總編輯：余光中

臺灣一九八九—二〇〇三

中華現代文學大系

貳

散文卷（四）

主編：張曉風

目錄

第一冊

第二冊

第三冊

王浩威作品

王浩威

台灣南投人，1960年生。高雄醫學院畢業。曾任花蓮慈濟醫院及台大醫院精神科主治醫生，也曾從事《島嶼邊緣》及《醫望》雜誌編輯工作，現職專業心理治療，同時擔任華人心理治療基金會執行長。著有散文集《一場論述的狂歡宴》、《憂鬱的醫生，想飛》、《海岸浮現》等，另有詩集、編譯作品、文化評論集等多部。曾獲全國學生文學獎、中國時報文學獎、吳魯芹散文獎等。

陌生的方向

1

我從來沒想到可以來到這個地方。

臨晚的三平寺依稀還可以聽見乍響還寂的鞭炮聲，飄盪在空中，爲我們的談話多了幾聲頓號的平靜。寺廟的負責人正急切地談著整個擴建的計畫，如何尋找合作資金，如何將旅客多挽留一天。我想我的神情必然是相當不安的，左腳不自主地晃動，焦慮急湧上，想是嫌厭的心情是沒全然掩飾了。

貧窮總是令人無奈地生厭。偌大廟宇的住持，應該是清高的修行，卻敵不過想要脫離困境的煩躁。我這麼地向自己解釋著，也許是因爲貧窮，才如此再三地提起合作擴建搞觀光的事。何況，我們在台灣習慣的那些佛道人士的優閑，某一程度上也是因爲富裕和忙碌以後才容易辨識出來的一種差異性。

在一片漆黑的山寒裡，一群人沉默地下樓梯，同行的朋友提起離開前兩天一位中共領導人的話：養活這麼多人就是最好的社會福利。

2

我童年記憶的某些片段是交錯在竹山老家的幾座墓仔埔之間的。通常是有些大人慌亂地在高聳的雜草裡進出搜尋，有些玩伴在遠方呼喚剛剛又發現一叢刺莓，而我左手因爲菅芒草的葉刃割傷，劃開的傷痕有血滲出，比右手掌心輕捧的刺莓果實還更鮮紅的記憶。

掃墓的路徑似乎向來都有一定的順序，通常是爲了方便記憶的。所有家族裡的男性，從叔叔伯伯們，以及長大以後的堂兄弟，全都擁有一張腦海中的地圖，在彎折的小徑中自在的前進。然而我從沒能留住任何些微的印象，以爲這輩子尋訪先祖的路永遠是步行在別人後頭，只能徒然地納悶這路程怎麼還沒走完。

然後就發現了，在亂草深處一個高不過一尺上下的石塊，刻字幾乎已經風化地不可辨識了。「去年這個找了好久沒找到咧！」說話的是我四叔，最熟悉這一切祖靈四處分佈所在的家人。通常是大伯會解釋爲什麼這塊墓碑豎立得最簡單，好像是年代久遠了，是太祖的某某長輩之類的。然而，我也忘記了。

3

唯一的印象，是每一墓碑在左右肩的位置，幾乎都出現的兩個字：「平」、「和」。

從漳州市到平和縣的路上，熱心陪同的作協朋友解釋著他們印象中的平和縣。「你簡直是要去西伯利亞嘛！」我一時沒會過意，後來才知道了，是指那既貧窮又遙遠。「不過這樣也好，」另一位朋友說了：「當年可以搞些反動資本的。」原來是大躍進以後，這地方因為天高皇帝遠，地處偏僻反而少蒙了一次盲進的傷害。

我們先是到南靖再前往平和的，路途有些擔擱以致抵達時已是下午兩點多了。公路越走越窄，也越是顛簸。大陸的一切，對台灣人的眼光來談，就是一個特色：大。即使是這地處丘陵僻壤的平和，隨便一個縣也是片大剌剌的土地養了五十一萬多人。

前一天晚上在漳州賓館，地方電視台的新聞正報導著即將開始的募兵活動，播報員充滿忠誠的聲音，努力表示平和縣政府正要積極地克服年輕人大量外流而不容易聯絡的現況。

我們在平和的縣城幾乎沒做太多的停留，就直接轉往三平寺了。幾乎每個人都忍不住誇讚這個寺廟籤卦的靈驗，從早遠以前民間流傳的許多故事，到現今遠從漳州、泉州、香港和東南亞回來的各地求神意見的閩南人士。陪同的楊西北兄提及當年他父親楊騷，四〇年代中國新詩的重要人物之一，從海外回到漳州時，也曾徒步前來這裡。在路上，有人說：「去看看吧，說不定你的祖先當年也是來這裡求過平安，才起程渡海到台灣的。」

我望向包圍在四週不高但也不露一絲縫隙的丘陵山塊，心中暗想：不知海洋的方向究竟是在那邊。從明清，到現在，所有生命青春的希望都是在海邊；不論是前往當年的台灣或是現代的沿海經濟開發城市，歷史流轉著，方向卻都是一致的。

4

故鄉每年的掃墓通常要分兩批，主要是因爲祖先的墳墓剛好是坐落在鎭的兩端。這些年來，漸漸改成上下午各去一個地方，因爲年輕力壯可以去砍芒草叢的族人中，眞正認得路的是越來越少了。四叔曾經在鎭公所負責過整個鎭墳場的管理工作，對於這些四散的祖靈是熟悉了許多，行程的安排幾乎也就全依賴他的安排了。

一路上，隨著每年沿路聊天的點點滴滴，大家才開始提到當年祖先的種種。平常，這些事蹟是極少聽聞的；即使有機會聽長輩聊聊，可以談的也不多。據說，我們的開台祖來到台灣的時間是很晚的，大約八、九代，算起來離現今也不過一百六七十年。因爲起身出發的時間晚了許多，也就落腳在這偏辟的地方。

這個地方鎭上的人通常稱它是大坑，位於竹山南端，在密佈的竹林丘陵中突然凹陷的小山谷。我們祖先的記憶是十分曲折的。從太太祖、太祖到曾祖，連續三代的無子嗣，幾乎都是臨終時才匆忙領養個兒子的。這是極不可思議的，連續三代的祖先全都是在年紀相當輕微的童年就成爲一家之主，繼承了許多祖產，卻沒繼承太多的祖先的回憶。甚至，在太祖或太太祖的時代，一場大火燒去了祖厝，也焚盡了唯一記載有祖先記錄的族譜和公媽牌位。

我在高中的某年暑假，回老家去住了幾天。祖父帶著我和另一位與我年紀相當的堂兄弟到竹林裡找竹筍。這塊竹林在台灣的歷史上是赫赫有名的，日據時代曾經因爲竹林承租問題而引發了農民組合領導抗爭的事件就是這裡；在地理上，也是同樣有名的，從鹿谷竹山一直延伸到嘉義梅山，形成了台灣林相中最廣闊的一片竹林。我們走著，穿梭在濃密的竹葉綠光裡，折進一塊竹林突然兩邊向後退而呈現整片平坦的空地。祖父會解釋這裡就是祖厝，當年一把火燒盡的老家。然而，除了還存有的一口古井，什麼痕跡也看不到了。就像祖父對所謂王家祖先的記憶也沒有太多的痕跡，因爲年幼時被抱來領養的祖父，沒多久就死了父親，祖先的故事也就所剩不多。王家的故事是從祖父開始的；年輕嗜賭的祖父，嚴厲持家的祖母，娓娓道來，依然是一篇動人心弦的傳奇。

5

在我們抵達三平寺時，座落在最外方的山門正趕著翻新，工人是天色暗以後才陸續散去的。整座廟坐落在山丘上，俯瞰著山谷，據說這是有名的蛇穴地理。所有的樹木大概是大煉鋼時砍盡了，一座一座全是光禿禿的山饅頭。寺廟沒有想像深山名刹中的清幽靈秀，群山也沒有台灣的雄峻和蒼綠。倒是寺廟副住持爲我們娓娓道來廟中祠奉的廣濟道人楊義中諸多傳奇，包括揮舞血腥的方杖，爲貶謫潮州的韓愈殺盡那些不聽信〈祭鱷魚文〉的惡鱷。晚風習習，在天光微暗的廳堂啜茶聽講古，倒也有一番風味。

原先我們是要求到土樓一遊的。從南靖到平和這一帶，鄉間到處都有著方形或圓形的龐大民宅，是這些年來建築學界頗爲知名的「漳州土樓」，有規模的大約近百座。只可惜，也許是因爲提出要求的時間太匆促，也許他們因爲身處本地而習以爲常了，總覺得不值得將時間浪費在這段路程上。

三平寺在地圖上的位置，比起土樓，是更南方了。整個建築形成三進，雖然是清朝翻修的模樣，格局上還是有些唐風的。當年三平祖師爺義中大師的父親是從陝西南下當官，從此才落籍在福建的。不知這廟當年修築之際，三平祖師爺是否曾料得同樣的一塊土地，在千年後，出現了像土樓這樣全然取方圓爲雛形的反傳統建築。

據說，這裡原是有一族與蛇共生的少數民族，唐朝之際來到此地的三平祖師爺帶來了醫術和新的生產技術，也就「馴化」了這地方的民族，只剩一個供祀「蛇侍者」的侍者公嶺廟。

6

同樣的故事也出現在台灣。

在我童年階段，在課本裡讀到了：「吳鳳，福建平和人氏，……」心情隨著文章的忠義情節而起伏了。記憶中，平和兩個字幾乎成爲了我光榮的胎記。也因爲這緣故，即使我幾乎忘記了自己是漳州人還是泉州人時，「平和」這兩個字是依然深烙在記憶深處的。

然而，成長以後，吳鳳的神話開始瓦解，光榮的塑像成爲了污名的代表，所謂的「馴化」，原本就是現實生活中活生生的血腥殺戮。而我的認同，似乎還來不及隨著時代意義的轉換而改變，來不及潛抑的記憶反而成爲了一種驅動了思考的痛苦。

一個人的認同眞的要抬頭望向祖先嗎？這眺望的距離又是應該多遙遠呢，十代、廿代，或是更久？然而，即使回顧是必需的，這些祖先眞的是所有一切事實俱在的祖先嗎？這一切的思考一直困住著我，讓我忍不住地不斷翻騰的困惑。我的生命從竹山出發，到了台北唸中學，又到高雄上大學，然後是六年的台北都市生活，而今卻又定居在花蓮。我已經很難確定自己還是不是南投人了，更何況遙遠的漳州平和。

7

每逢清明，如果就職所在的醫院許可，兩天的假我通常是會回去掃墓的。只是，這機會是越來越少了。

如果去墓仔埔，我就可以看到故里的名稱：平和、南靖、永定……，那些距離百來公里的縣名，如今都在同一塊侷促的墓地上聚在一起了。

我想我是很難確定自己的歸屬的，就像困惑的身分認同，永遠流離漂泊在不同的地名指標之間。甚至，我眞的會懷疑，墓碑上平和兩個字就是我這次去的漳州平和嗎？想像中的故鄉，眞能重疊在眞實的存在之上？

在那次旅程，離開平和縣時，當地作協的朋友問：你確定是平和縣嗎？在平和，五十多萬人口裡，只有一個小村，下塞鎭的王厝村，總共才一千一百多人姓王……。

我應該去問誰呢，關於這樣的問題，永遠陌生的方向，早已經失去了所有牽扯的絲線了，不如就當成旅程當中的一陣輕輕晃動了身影的微風吧。

——一九九四年九月・選自皇冠版《在自戀和憂鬱之間飛行》

無法遺忘的沉重

1

「你還記得診療間裡發生的多少故事呢？」閒聊之間，一個朋友這樣問著，那時我們正在巷弄的小店啜飲咖啡，他正想蒐集短片的題材。

我點的是拿鐵，比卡布其諾還淡的意大利咖啡，唯恐干擾了夜晚，而釋放出許多摻雜了記憶和想像的夢境。

然而，對於發生的事實，我又能擁有多少的記憶呢？醫療診間來來去去的故事，不是小小的空間可以容納的，甚至也不是我無垠邊際的大腦之海能夠記憶。

太多的影像和姓名，隨著日復一日湧進的患者、家屬和病歷，一一遺忘了；能夠不仰仗病歷紀錄，牢牢記住整個過程的，似乎只留下眼前還在掙扎處理的個案。

前兩天的一個下午，難得可以安靜坐在辦公室整理信件公文。一個電話響起，是一位女子的聲音，夾雜著驚訝和緊張的結巴，用我還來不及聽見的速度，很急促地念過自己的名字。「抱歉，我不知道你在，我原來只想留話。我是要謝謝你上次的話，讓我走出婚姻的困境。」她又沉默了，不知道怎麼說：「就這樣了，再見。」

我很想知道是怎樣的個案，怎樣的過程，而我自己又給了怎樣的神奇建議了。

我坐在辦公椅上，努力了好一會，想像這位患者的聲音，她含糊提到名字的類音。她這麼簡單地提起自己，彷如我應該很熟悉她的一切。而我，卻是一絲的記憶也撈不到了。

我自己的記憶是屬於文字的，特別是理性思考的文字。沒有用文字寫下的名字，幾乎是無法叫喚的；甚至連臉龐，看過三、五次的形影表情，可能因爲不屬於文字而資訊輸入失敗。音樂性的記憶不行，情節的記憶更差。如果我寫詩，必然不可能有多變化的節奏感，如果是小說，因爲不是天生說故事的人，也只好以反情節的後設手法來經營了。

然而，也幸虧了遺忘，我可以沉默，所有個案的隱私不必封鎖，就可以確定保密了。更何況，就像俄國神經生理學家盧瑞亞記錄的一個案例，任何情景聲音和文字都可以在腦海中重新放映的超級記憶力，鉅細靡遺的細膩情節反而教他沒法思考。既不能掌握事情的過程，又無法分析基本的結構。他是擁有超能力記憶的天才，他也是沒有遺忘能力的病人。而我，幸虧擅長遺忘，也就容易迎向新的記憶。

只是，遺忘卻是永遠不可能徹底的。它像是功能不佳的消磁設備，也許去除九成的訊息，完全的消逝卻永遠不可能。偶爾安靜下來，整個人的身體可以輕鬆地托給地心引力，生命的節奏緩慢下來，某一個似曾相識的片段，經常是湧上的一些深刻感覺，甚至是以爲失去聯絡的片段，某位遙遠的個案，不十分清楚的身影，又緩慢自黑暗中逐漸顯影而走過來了。

究竟，我的腦海裡還擁有多少檔案的殘跡呢？

2

精神科住院醫師的訓練，第二年是按慣例要到兒童心理衛生中心三個月的。就在那一季，我遇見這位剛巧國中二年級的小男孩。

雖然才見過一次面，但是我還記得。記憶的浮現，不是名字（這是我最不擅長了），也不是容顏（他的五官早已跟我曾經歷的其他數百位患者糾纏不分了），而是那一股情緒吧。

憤怒，倔強，拒絕任何友善的嘗試。這樣的情緒記憶，我開始勾勒聯想一雙黝黑而忍住淚水的眼眸，一張牙齒緊咬的脣。甚至，我也想像了一個名字，像小瀚這樣帶點生命力的名字。

母親莫可奈何地將小瀚拉到醫院來，是學校的輔導室介紹的，理由是拒絕上學。已經將近半個月了，筋疲力竭的母親臉上的表情明顯地走投無路了。

原來，在一個月前，導師上課的時候，坐在後排的兩個同學竊竊私語被發現了。導師大聲吆喝，全班都回頭看著這兩位被罰站的同學。這一干擾只是片刻之間的事，同學們紛紛又將注意轉回黑板，唯獨小瀚依然靜靜地保持著扭身回頭的姿態。老師忍不住叫了小瀚一聲，沒反應；再叫幾聲，他才恍然醒來，滿臉無知的尋常表情。

敏銳的老師稍稍疑惑一下，又繼續上課了。只是幾天後，類似的失神狀況又發生一次，老師不得不提醒家長了。

於是，就像所有焦慮的父母一樣，在經歷了猶豫、否認和確定的心情擺動之後，母親立刻帶小瀚到大醫院的小兒科門診，然後轉介小兒神經科。一連串的腦波電圖和電腦斷層，明顯的尖銳放電波，確定是癲癇的一種，不常見的單純型部分發作。

小瀚的症狀是輕微的，不過是單純地失了神。然而就是這片刻的失落，也許半分鐘，也許稍長一些，正值敏感青春期的小瀚發覺自己永遠不同於別的同學了。

在科幻的小說電影裡，我們經常可以讀到這類的故事，像李伯大夢一樣，昏睡多年以後又回到舊時地，一切熟悉的都因爲衰老而變成陌生了。在故事裡，這類的情節總有無限浪漫的遐想，彷如時光旅行一般。然而，到了眼前的現實，一旦發生了，所擁有的卻是恐懼、不知所措和羞怒了。

小瀚失去的只是一刹那，生命中絕大部分熟悉的依然熟悉，只不過是多了幾個看不見深底、永遠無法理解的黑洞罷了。這些缺口從來不曾造成生活的眞正威脅，卻已經形成了一種不安全感的陰影，黑暗中咒語一般的召喚。屬於自己的生命，居然被強行輸入了幾個和自己不相干的片段。更重要的是，老師和同學的關心，殷切地詢問示好，反而隨時提醒小瀚覺得自己是異於他人的。

小瀚拒絕上學了。連帶地，原先療效良好的抗癲癇藥物也拒用了。他拒絕了這個世界，這個像鏡子一般照映出他的異常的世界。

拒絕上學讓他可以避開提醒自己不同於別人的眼神，而拒絕服藥可以欺騙自己一切都沒發生。連帶地，他拒絕了學校和小兒神經科醫師，當然也拒絕了兒童心理醫師的幫忙。

這個個案就這樣地永遠失落了。不知道他後來是否重新上學或轉學了，不知道他是否還拒絕自己的存在；只是，我還依稀記得他眼神裡沉默的怒火，在臨晚暗鬱的診間裡炯炯發亮。

3

有些時候，不免殘忍地想：寧可這位病人的症狀更嚴重一些！

腦部功能的微小缺失，往往只是改變了個案一小部分的動作、認知或感覺；然而，整體的認知卻是依然幾近完整的。

因爲幾近完整，他可以清楚地意識到自己的缺陷，而且可能是永遠無法挽回的病變。如果再嚴重一點，他的腦部功能更形退化，連辨識自己病變的能力都沒有了，甚至連痛苦的能力也缺乏了，也就沒有各種極致的情緒反應了。

面對這樣微小缺失的患者，站在臨床工作者的立場，忍不住要提醒他說，還是有百分之九十九的健康呀，該努力活下去吧！然而，個案總是冷冷的眼神，彷彿是說：醫師，你沒得這個病，不可能知道我的痛苦！

罹患小發作癲癇的小瀚只是其中一個例子，他憤怒的眼神拒絕了任何協助，連專業訓練的我們也深深染上了這股無力感。

多年以後，我開始收到癲癇病友協會的定期通訊，是長庚醫院神經科施茂雄醫師協助發起的。透過通訊，許多病友詢問相關的醫療問題，許多家屬也獲知病人適應的困難和社會歧視的壓力。我看著這一封一封的書信問答，又想起了小瀚。也許，如果當時國內已經有了這個病友自助互助的團體，我可以將這團體介紹給小瀚或他無助的媽媽了。

於是，同樣的經驗，我試著應用到另一位雖非癲癇，但同樣是腦部功能部分缺乏的個案。

這已經是他第三次住院了。以往兩次的臨床診斷是杜雷特症候群，只是這一次再加上憂鬱症的病名了。

前兩次住院都是爲了調整藥物：如何尋找最適當也最少量的藥物，來達到最大的治療效果。他的杜雷特症狀不算輕，隨時冒出三字經般的穢語、吐痰，甚至忽然伸手觸碰對方。第一次住院時，剛好婦幼醫院兒童心智科蔡文哲醫師來兼任門診。他是我所知道國內對杜雷特症候群下功夫最深的醫師。我拜託他來給些意見，同時也對這算是少見的病來進一步確定診斷。

我們對自己的醫療表現是相當滿意的。根據自己的經驗，不自主的動作降到近年來最少的程度了。但是，對他而言，千里迢迢從南部來到臺大醫院是要尋求「痊癒」的奇蹟——不只是完全沒有症狀，而是要痊癒到不用吃藥。我們是坦然地告訴他現代醫療的局限。

失望的他出院以後，忍不住開始尋求各種另類醫療，包括中醫、傳統醫療和宗教治療等等。經常的經驗是遇到一位包醫的江湖郎中，告訴他這是如何如何的疾病，要服完幾個月的草藥，同時將所謂「有毒」的西藥完全排出體外，他只好乖乖地停止了原先好不容易調好的西藥劑量。

沒幾個禮拜以後，症狀又全然惡化的他，再次出現在門診。住院、調藥，一切重新再來一次的故事又重新上演了一遍。

幾次重複的失敗經驗，「痊癒」的奇蹟似乎眞的遙不可及了，他的沮喪也就開始了。這次住院剛好天下文化將薩克斯醫師的兩本書翻譯印行。我拿給他參考，包括《錯把太太當帽子的人》裡的鼓手小雷和《火星上的人類學家》裡小鎭的外科醫師，同樣都是杜雷特症候群。我說，不是要你只看他們的病和治療而已，而是要你想想他們爲什麼可以活下去。

只有國中程度的他，原先反映一定看不懂而想拒絕閱讀的。沒想到，第三天巡病房時，他就將書看完而要還我了。

他指著書本，問了幾個書中的問題，忽然抬起頭來，說：爲什麼臺灣沒有他們美國那樣杜雷特症的病人組織呢？

4

很遺憾的是，我們的個案從來都不是十分可愛的。

我這句話的意思是說，相較於薩克斯醫生的病例，他推崇的十九世紀科學精神，所謂「浪漫」或「傳奇」(Romantic)的科學描述，我們遇到的個案，以及他們的家屬，通常是可悲也可憐的，但往往不但不可愛，甚至可憎。

杜雷特症候群原本就不是討人喜歡的病，不只不像先天性心臟病一般擁有一張討人喜歡的童顏，甚至是經常讓人覺得困窘和激怒的。

一八八五年，法國神經科醫師杜雷特(George Gilles de la Tourette)首先記錄了這個症狀。就像那個時代擴張版圖的時代氣氛，征服和殖民不只是政治上的舉動，也是科學家們如同拿破崙一般雄心的表現。這個病，也就以征服者的名字而命名爲杜雷特症候群。

杜雷特也是一位業餘的劇作家。也許是這樣，他描述的症狀也就十分生動活潑：臉部肌肉抽搐似的不自主動作，情不自禁地摹仿或重複別人的言談舉止，忍不住發出怪異或猥褻的話語，甚至是肢體不自主地動作。

最有趣的，恐怕是不自主發聲這現象了。這個病所造成的困擾，經常表現成個案在任何場所都可能忍不住地發出三字經一類的髒話。而且講英語的人經常就是fuck或shit之類的；在臺灣，則是「幹！」最常聽見。連語言的內容，都會隨著母語的差異，而做出相似的調整。

在醫學院教學的過程裡，總有一些足以名列經典傳奇的個案，經由師長一代一代地流傳下來。關於杜雷特症候群的，最有名的莫過於一個老兵的故事了。

有一位老榮民，又一次在公共場所隨意掀路人的裙子，而被告到法庭去了。法官看了他的檔案，發覺同樣的妨害風化案情已經不下十餘件了。這位法官難得有一點心理的想像力，而不只是滿腦子的法律條文，也就忍不住地想，怎有可能這麼沒有現實感的犯罪方式？於是裁判精神鑑定，才知道是杜雷特症候群的不自主動作。他自幼罹患數十年來，卻從來沒被診斷過。

每當教學時，講起這個個案，滿堂的學生都會哄然大笑。大家立刻想到一位猥瑣的老頭子，可憐兮兮地站在馬路上的模樣。

現實裡的杜雷特症個案從來少有可愛的，至少在臺灣是這樣。住在我們病房的這位年輕人，也是如此，症狀嚴重的時候往往處處可以聽見他的「幹」聲不斷；如果再跟他進一步交談，他的手就不自主的伸過來，也許是逼進到眼睛，也許就往男性的下體或女性的胸部揮去。

這些舉動，不管是語言或動作，實在是都太過於富有涵義，以至於有時連醫護人員都忍不住要問：眞的不是故意的？

所有潛意識的原初衝動都跑出來了。包括性和攻擊，而且還會隨著不同母語採用相同意含的話。這不是所謂的潛意識，也許是因爲腦部生理結構上的問題，失去了自我審檢能力就直接跑出來了？當年，提出潛意識概念的弗洛依德和杜雷特一樣都是夏考(M. Charcot)的學生，難怪會一直想爲他的潛意識理論找到神經生理學的物質基礎。

當我面對他時，他的手隨時戳向我的眼睛。幸虧我是戴著眼鏡的，也就不必閃躲。然而，當他的手不自主地以偷襲一般的速度，忽然逼近我下體時，穿著白袍而當著眾多同仁面前的我，又該怎麼辦？

5

醫師的白袍，是一件很有意思的服飾。

穿過任何醫院的長廊，放眼望去就可以看到無數的白袍人。有些白袍人，一眼看過去，就知道是剛剛來見習的醫學生。他們通常成群結隊，匆忙行走之間還有很多動作，也許嬉笑也許因爲故作嚴肅的僵硬，彷如身上的白袍還很不安穩地暫居在他們的軀體上。

然後，你可以看到更資深的白袍人，通常是一個人走著，相當平穩而迅速的節奏，即使遇見招呼也是在行進中點個頭罷了。白袍文風不動，好似根深柢固地植入軀體，成爲眞正的肌膚了。

這樣的穩重所轉換而成的社會意義，包括權威和道德的形態，如果你是病人，除了表面服從，只能事後的不滿和憤怒罷了。

然而，杜雷特症的病人卻揭發了這一切。他面對權威，用合法的疾病及權力，直接觸碰了醫師的下體，也觸碰了醫師的困窘和尷尬。

就像所有儀式或所有形象一樣，神聖的光芒往往教人忘記了原來祂也是會吃喝拉屎的。一旦提醒了，所有耀眼的神奇就突然全消失了。失了這一層光芒肌膚的聖者，忽然被脫去了一切裝飾，窘態百出地裸裎在眾人面前了。

然而，疾病是有它特別的優越權利的。它可以讓人們裸著身體大搖大擺地四處遊晃，卻不會被告有違道德，因爲可能是在手術檯或急診室裡；它可以讓兒子撒賴要父母來侍奉，而不必被罵爲違反倫常的不孝；它也可以隨意吐痰，甚至吐血、拉屎，只因病情控制不住了，而不必被告有礙觀瞻。疾病有無上的權利，可以超越世上的倫常道德，可以拂逆諸神的神聖戒律，也可以無視任何科學或其他權力的種種權威。

疾病的權利多大呢？坐上白色的車子，用嗚嗚叫的喇叭大聲表明了自己的身分，連最擁擠的中山北路也都可以紛紛讓出行道。不必事先的警力部署，也不會有駕駛人咒罵特權，甚至還衷心地喜悅，因爲急救車的經過而自己又救人一命了。

只是，這一切特殊的權力通常都是暫時。在最緊急的狀態，最接近死亡的位置上，疾病的權力達到最高位階；一旦緊張開始紓緩，所有的努力都轉爲慢性的長期抗戰了，疾病成爲日常生活的一部分，權力也就轉換成另一套儀式了。

尊敬與神聖的氛圍開始褪去，被忽略許久的恐懼和嫌惡急急湧上。人們開始用各種療養院、安養所、慢性病中心繼續宣稱自己的愛心，卻也巧妙地隔離開這一切了。至於還殘餘在日常社會中的，會出現在馬路旁、家庭中或媒體上的，出現在你我之間的，也許隨著忽然浮現的恐懼感就掩頭而去了，也許立即潛抑這一切嫌惡而取代以善行的儀式，告訴自己這是特殊狀況，所以才一切不計較。

疾病提醒了人們的脆弱和平凡，騷動了掩藏良好的不安全感，甚至進而破壞了人們完美如神祇的美夢。於是，別人身體上共生的慢性疾病，像一面照妖鏡般地逼近，照出我們自我虛構如神祇或上帝選民的妖魔行爲。這一切不快的事實，能夠移動的就快快走避或驅逐，不能改變的則以戒愼恐懼的心情，視之爲道德的鍛鍊而敬爲亦魔亦神的上位者。

從空間的互動關係來看，嘲笑和善心都是達到保持距離效果的舉止，是同樣本質的不同形貌罷了。

只是，嘲笑的舉止有時合法，譬如現在社會對待愛滋病的矛盾態度；通常卻是非法的，是不允許浮出檯面的。

至於白袍，醫師身上的白袍，是整個社會善心操作的最高層次代理人之一，站在社會和病人之間，既是聯結了又是隔開了兩者的關係。

罹患癲癇的小瀚，當年以憤怒的眼神瞪著披白袍的我是可以理解的，因爲我的醫術和同學們的善行替代了整個社會，將他安置在一個固定的角隅了。我們也許是不自覺的，是在其他許多企圖下產生的附帶效果；但是，小瀚卻是清楚感受到了。雖然還沒法用語言說出這感覺，卻是眞實地在他身上發生了。

那樣的憤怒，只因爲還找不到可以懾服眾人，教眾人自覺羞愧的更高層次的道德語言。

6

然而，怎樣的道德才是這個社會所敬畏的呢？

這些年來，「醫院的建築愈來愈像是五星級的豪華旅館了。」仔細擦拭的壁磚和地板，在明亮無比的燈光下閃閃發亮，彷如以透明的軀體向眾人宣告它的純潔乾淨。醫院，成爲了人類文明發展的象徵，一種完善掌握下的無菌而有效率的完美狀態。

完美，一種幾近神話的概念，開始成爲我們平庸生活的唯一標準。

打開每一份報紙的家庭版，報導的開頭也許會述說當事人的某些缺點，終究還是以完美的家庭故事爲總結。讀者們依循著每一幅精美的居家相片，光鮮亮麗的布置和衣著，開始發現自己的不足。完美的故事，暗示著每一個人的現實生活，都是不足的。

就像我到內科病房，探望的一位病患。她是我治療的個案，典型的神經性厭食症，原本一直維持在勉強的健康狀態。沒想到陰錯陽差而無法聯絡，幾個月不見，體重僅剩二十六公斤了。這是隨時可能緊急狀況而死亡的體重，也就迅速安排住院了。

幾天以後，再去探望時，因為點滴補充和營養調理的迅速有效，體重又稍稍回升了。雖然離正常的體重，還是偏輕許多，她卻開始擔心逐漸失去的那種「身輕如燕」的感覺，也開始照鏡子，不斷地從每一個角度檢視自己是否太胖了。

她說，醫院的浴室只看得見上半身，她擔心自己的臀部是否又胖得走形了。

一位同來見習的住院醫師，忍不住插嘴問說，難道有人才三十公斤出頭而雙臀太豐腴？

在臨床的溝通技巧上，這是犯了極大錯誤的問話，依舊因循著本位的價值觀而提出完全沒有同理心的質疑。可是，和這位從沒照顧過厭食症的住院醫師驚訝而失去平常的專業水準的一切衝擊，其實是可以理解的：居然有人瀕臨瘦死了，還是對肥胖充滿了恐懼。

這一、兩年來，厭食症或暴食症的年輕少女，已經成為我門診常出現的案例，至少每周總可以遇見一位。

這些年輕的女子僅僅是冰山的一角。在她們的學校裡，在同樣是著迷於完美身材的青少年次文化裡，降低體重的瀉藥或各種催吐方法，在私下是如燎原之火一般地蔓延著。一位少女就說，可惜教官到廁所巡視只是小心翼翼地注意各種不被允許的煙味。如果女教官被提醒，必然也可以聽見在廁所後面嘔吐或輕瀉的聲音，其實是超乎尋常了。

只是，體重要減到多輕，才是所謂的完美呢？

在家裡拿起遙控器，順手按下有線電視頻道。廣告裡，一位家庭主婦正現身說法著，說她曾經擔心先生外遇，甚至瀕臨離婚的危險。後來，使用×××以後，整個體重減輕十二公斤，老公每次應酬都主動帶她一起去了。另一位更年輕的女子則說，男朋友都不再帶她出門了，因爲他受不了其他男人拚命對她瞄眼或勾引的眼神。

我問起另一位女同事：女人眞的這麼在乎嗎？她笑了笑，表示沒資格回答這個問題。她說，在醫院工作的女性醫護人員，也許是有專業帶來的成就感和忙碌吧，雖然也有不少的擔心，但幾乎是來不及去思考這個問題。她又說，下次去東區或西門町逛街時再注意看看吧，隨時都可以看見瘦得像「鳥仔腳」的女子；至於在我們醫院工作人員身上，恐怕不容易找到如此輕巧的身材。

在歐美國家裡，五、六〇年代才大量出現了厭食症的個案，有人以類似「嬰兒潮」(baby boom)的名詞而戲稱爲「厭食潮」(anorexic boom)。這個疾病的關鍵不是在厭食或拒食，而是在於對自己身體瘦胖的誤判——永遠都覺得自己太胖，覺得體型不夠完美。

這種對體型「完美」的病態執著，近幾年也如火燎原一般地悄然襲上了臺灣。

完美原本是一種理想的概念，如今卻是文明的西方化所帶來的新疾病了。

「從前有一個商人，所有兒女都很俊美，只有大女兒例外，人人都叫她醜八怪。有一天，商人迷了路，來到一座城堡，忍不住偷了七朵金玫瑰，野獸忽然憤怒地出現了……」這《美女與野獸》的故事情節，人人都耳熟能詳的。只不過，女性主義學者芭芭拉渥克，將它改寫成《醜女與野獸》了。

在她的版本裡，野獸不是被暗咒的王子，而是天生如此。志願代父償債的女兒也不是美女，而是世人眼中的醜八怪。然而，因爲他們彼此可以卸下虛榮的面具，可以坦然地接受了自己的長相，也誠懇地接納對方不尋常的美，童話應有的快樂結局還是圓滿出現了。

只是，遺憾的是，在我們的生活中，美的標準愈來愈單一了。厭食症的患者只是冰山的一角，龐大營業額的瘦身事業更是可以看出這一切問題的普遍性。

美的標準一旦單一化，更多的體型必然遭到排斥，更不用提對自己身體缺點的接受了。

前些年，因爲參與一個疾病紀錄片工作的緣故，認識了幾位巴金森症的病友。其中包括了著名音樂作曲家李泰祥先生。

年輕時，曾經以風流倜儻的風采而聞名於藝文界的他，如今卻要面對自己中樞神經的缺損所帶來的無法控制的抖動。訪問他的時候，已經是幾年的疾病生涯下來了。他豁達地說，反正手抖動不已時，就聽聽古典音樂，更是加大幅度地當作指揮的舞動吧。他說，音樂可以讓自己平靜，也不用在乎自己不能控制的抖動了。

對旁人而言，也許只是一種生活適應的技巧。但是，這樣的坦然態度背後，其實是對人生更深沉的領悟。至少，對李先生而言，他已經跳脫出一般世俗狹隘的美的標準。他不僅接受自己的疾病，甚至將疾病帶來的抖動視爲自身的一部分，就像微笑或哭泣，都是自己生命所不可缺少的一部分。

於是，擺脫了對「完美」體相的執著，自在的態度讓他放鬆，不再使力作任何刻意的控制，巴金森症的抖動反而明顯地減少了。

可是，在紀錄片拍攝的同時，我們也遇見全然不同態度的病友。他對自己的抖動極其敏感，甚至在妻子和子女面前都是刻意掩飾著。彷如，對他而言，做爲一位父親或丈夫，也就是要扮演出完全沒有缺點的形象。

只是，如果我們有機會自行稍稍做個小實驗：將雙手平舉，先放鬆，然後用力，很快地就可以發現使勁時的抖動，要明顯許多了。

對於自己的抖動全然無法接受的病友，他使用了力量要抑制任何可能的顫抖；只是，肌肉用力的結果，抖動反而更戲劇性的擺動了。

紀錄片結束以後，又陸續聽到了一些消息。聽說他去申請實驗中的腦部開刀治療方法，甘心成爲第一批的手術對象。

這樣的手術，的確是可以減輕巴金森氏症狀。只是，通常僅僅是明顯地將嚴重程度改善，卻沒有完全癒療。我想起了幾次會談裡，他有意無意的態度總是認爲沒法回到「完美的正常」，也就是完全不抖動，是不可能善罷甘休的。

如果這一次手術果眞有超水準的療效，高達九成的症狀全改善了；那麼，他會接受剩下的一成抖動，安然地與病共同生活嗎？

老實說，我相當懷疑。

8

當一位精神科醫師，其實是十分幸運也十分幸福的。至少，對我自己而言是這樣的看法。

經常，朋友憂心忡忡地問我：怎麼可能承受這許多心理苦難呢？尤其，在美國的統計，醫師的自殺率的確向來以精神科和痲醉科最常名列前茅。只是，在這許多苦難中，反而教我看到更多樣的生命形式，更豐盛的生命潛能；甚至，經常可以在相處數年的病人身上，感覺到生命成長的旺盛活力，彷如在深夜裡麥子落地以後，聽見了努力發芽伸出肧葉的隆隆喜悅聲。

小茜也是我住院醫師就認識的個案，那時她還是清湯掛麵的高中女生。先天的體質再加上秀異女中的壓力，躁鬱症發作了，她也被迫休學了。

後來，我去了花蓮工作，幾年以後才又回到同一家醫院。沒多久才知道原來她又住院了，而且，在失去聯絡的這許多年，躁鬱的周期經常不穩定地來襲。

「你們醫師怎麼這樣子呢，總是欺騙病人說沒啥副作用，可是，可是我幾乎失去了自己。」她回到門診時，抱怨起上次住院的經驗，控訴著強制施行的電氣痙攣療法教她失去了多年的記憶。

雖然，一再復發的躁鬱症造成了數度的休學，她的好強性格還是逼自己考上大學，而且就快畢業了。她的聲音充滿了壓抑的憤怒，長年病苦造成的過度成熟性格，反而渾身散發著女性少見的悲壯氣氛，幾乎讓小小的門診間窒息了。

雖然，這次住院不是我照顧的，電療的決定過程更是一點都沒參與；但是，強烈的罪惡感還是教我沉重了。畢竟，在我們專業訓練過程中，一切閱讀的厚重書籍和最新論文，都告訴著我們電療造成的記憶力影響是輕微而短暫的。甚至，這些世界專家的文章裡，不只有最科學的實驗來證明這副作用的微不足道，甚至也經常引用個案現身說法的支持。

小茜卻是憤怒的。

上個月，她回到了學校，除了這兩年向來拿高分的法文幾乎完全陌生以外，剛好系上也來了一位外國人。同班的同學都高興極了，充滿了老友重逢的喜悅氣氛；她也看見了那位陌生人十分熱絡地朝向她表示歡喜。只是，她很認眞地搜索記憶裡的每一個角落，卻是一點印象都沒有，只有全然的生疏、困惑和一陣一陣湧上心頭的恐慌。

「你知道那感覺嗎?像是被所有的朋友拋棄了，一個人孤立在不同時光的另一個世界。」她平靜的口氣，反而教我更哀傷了。

我只能鼓勵她多講一些，甚至乾脆寫下來，再強烈的控訴也無所謂。這般痛苦的生命經驗，幾乎撕裂了她勉強支撐的鬥志，我卻因爲只是個精神科醫師，只要有一點點愧疚感就可以擁有同樣的極致體驗了。經常，病人難以承受的痛苦，我們卻輕易地從中獲取了專業知識和人生哲學的體會。

丹麥導演拉斯馮提爾(Lars von Trier)在他的作品「醫院風雲」裡，曾經有一幕鏡頭在病歷倉庫裡緩慢巡弋，泛黃而斑駁的病歷紙，一層明顯的灰塵。這時，旁白深沉地喃喃響起：「每一張紙上密密麻麻的字跡，都是由病人的鮮血慢慢寫成。」

9

幸運的是，小茜終於願意固定服用預防躁鬱症復發的藥片了。

以往，也許是少年時代生病的特殊經驗吧，讓她長成了全然不要人幫助，希望完全和同學一樣，而拒絕任何罹病該有的權利，而十足好強的性格。而固定吃藥也就象徵著她的與眾不同，自然就經常擅自停藥了。再加上她嚴以律己帶給自己近乎苦行自虐的壓力，兩者累積下來的強大阻力，自然就經常引起了疾病的復發。如今，她願意固定吃藥，相信是她已經更成熟了，對自己的信心更自在了，也就不比以別人做為所謂「正常」的標準。

在門診，不管精神科還是內科，似乎總是充滿了「不必吃藥才算正常」、甚至是「吃藥就是不完整的人」的觀念。於是，糖尿病的病人問新陳代謝科醫師什麼時候才可以不用吃藥，高血壓的問心臟科也是同樣的問題，當然精神科也不例外。

我總是推一推自己的眼鏡，回答這些急切求好的心情說：「你看看，近視不也是一種病嗎？我這輩子注定要依賴這副眼鏡做人生枴杖了，但是日子還是可以很充實呀。」

藥物或其他類的長期治療，重要的是自己能否徹底接受，願意讓它成為自己生活的一部分。

如果，我的個案可以做到這一點，我就深深相信他自己的人生哲學已經成熟到某一程度以上的自信，不再需要以別人做正常的指標了。

就像我的青少年時代，一段最灰暗而悲觀的歲月。經常，一個人坐著火車從中部到臺北排隊看病，追蹤治療必須長期服藥的慢性腎臟病。那時，孤獨地坐在漫長的鐵道上，擔心著是否好不容易減少每天兩顆的類固醇又要被黃教授加個半顆了。甚至，在學校裡總是自卑地覺得自己是外星人似的，否則爲何沒人跟我一樣吃藥呢。這種敏感的性格蔓延著，連考試成績考了班上第一名，都會覺得「與眾不同」而痛苦萬分。

我是幸運的。那時，一起擠在特別門診等待的病友，有的日益惡化而必須洗腎，甚至早夭了；有的多年後再次重逢時，還固定吃了那幾顆粉紅色的類固醇。而我是極少數的幸運兒，竟然完全不用吃藥，也不必忌諱食物的鹽分和運動的負擔。

只是，我想，如果我病情只能維持而不能痊癒，還是一直必須服藥，會不會也像小茜，還有我自己的許多病人一樣，因爲好強、沮喪或賭氣，而拒絕服藥任自己身體敗壞？我相信，如果病情一直延到高中或大學，恐怕是寧可選擇消極的死亡而不願吃藥吧。

我跟大家一樣，曾經都是害怕自己不夠標準、不夠完美、不像同年紀夥伴應有的模樣。就像我們日常生活裡隨時可見的文化一樣，永遠都是對自己也對別人不斷苛責和要求，從來都不懂也不敢肯定自己或誇讚自己，一點點可以讓自己生命喜悅的自戀都不被允許。

然而，跌跌撞撞許多年以後，小茜都做到我所不能做到的了。她開始固定習慣吃藥，可見她的性格已經圓融到可以接受自己的一切，而擺脫了世俗的好壞標準。

10

捷克小說家昆德拉(M. Kudera)有一本國內頗受歡迎的小說《生命中無法承受之輕》，一九八四年出版的作品。

爲什麼是輕，反而才是生命所無法承受的？昆德拉其實是一位嚮往著人類永恆價值的作家。對他來說，一切的文明發展都只是愈來愈輕薄短小，愈來愈媚俗(Kisch)罷了。他是相當菁英主義的，而且，恐怕是尼采式的超人哲學，才會脫口引用猶太俗諺說：「人類一思考，上帝就發笑！」人類愈是努力去想，離眞理就更遠了。

對昆德拉來說，一般的人都是庸庸碌碌的生命，使他不得不以上帝的姿態來嘲笑了。於是，生命中所無法忍受的反而是一切的輕。

像我這樣一個平凡的精神科醫師，坐在不惹眼的診療室裡，彷如是井底裡深居許久的慘綠青蛙。任何走進井裡的，都是帶來訊息的使者，教我認識這個坐井觀天以外的世界是如何的模樣。這時，上帝發不發笑，反而是我不在乎的事了。

每一位個案都是豐富我世界的天使。對他們而言，小小的傷口也許是永遠無法遺忘的痛，以至於沉重地落入了這一口天井。而我遇見了，聽見了，也因而偷窺到生命的一些些哲理。

輕，對某些人而言，也許是生命所無法忍受的；然而，在我狹隘的世界，生命所無法遺忘的，都是永遠沉重的負擔。

——一九九八年二月・選自幼獅文化版《台灣少年記事》

張曼娟作品

張曼娟

河北豐潤人，1961年生。世界新專報業行政五專部、東吳大學中文系畢業，東吳中文研究所碩士、博士。曾任教香港中文大學，現為東吳大學中文系專任副教授，並擔任「紫石作坊」總策劃。著有散文集《緣起不滅》、《百年相思》、《人間煙火》、《夏天赤著腳走來》、《溫柔雙城記》、《青春》等。曾獲全國學生文學獎小說首獎、教育部文藝創作小說第一名、中華文學獎第一名、中興文藝獎章。

髮結蝴蝶

直到現在，年紀漸往三十上數了，看見騎單車、放風箏，或一群追跑而過的孩子，聽見笑聲如風，掠過耳畔。那樣悅耳、熟悉，總令我不禁怦然心動，以爲會與童稚的自己相遇。

一旦相遇，我會問紮著麻花辮的小女孩：妳開心嗎？

有時候，是不開心的。當牆外傳來同伴的嬉戲聲，我卻必須端坐，讓母親將兩條毛茸茸的辮子梳得光潔。多麼焦急啊！就像紗門外，撲著翅膀的紫色粉蝶兒。儀容整齊才可以出門，是母親的規矩。因此，我們母女二人，常要花費許多時間，梳理那頭秀髮。打出生起，從未經斧鉞的胎毛，特別細軟柔弱，我無法明白，母親是怎樣仔細避免弄疼她的小女兒，只因頸部僵硬而覺厭煩。也無法了解，在短絀的經濟情況下，母親努力使孩子乾乾淨淨地站在人前，爲的是教導我們自尊自重。

挨到辮子編好，我跳起身子，推開紗門，直奔出去。有時與蝴蝶翩翩錯身，也不覺得稀奇。

小時候，沒有蝴蝶館、蝴蝶谷一類的名詞。蝴蝶是鄰居，住在我家小庭院；住在路旁的草堆中；住在學校的鞦韆架。特別的季節裡，巴掌大的鳳蝶，色彩炫麗，成雙作對地從窗邊飛過。有時，不經意地飛進教室，孩子們興奮而屏息。在流瀉的陽光、瀰漫的花香中，老師打開另一邊窗戶，讓牠們離開。這樣奇妙的「經過」，在孩子瞳中煥發光彩。

不上課的時候，看到鳳蝶，定要追跑一場，口裡還嚷嚷著：「梁山伯啊！祝英台！」卻沒想到，奔跑跳躍，飄起的短裙也像彩翼；辮梢的花結正如展翅蝴蝶。

曾迷信一則傳說：把聖誕紅的花瓣夾起來，到了春天，便蛻變為蝶。有好一陣子，課本裡夾滿花瓣，悄悄地看著它的色彩由紅到黑。而我並不貪心，只等待一隻蝴蝶。也沒有完全失望，打開課本，果然見到彩蝶誕生，翩然飛起，儘管那只是一場蝴蝶夢，卻美麗得令人感激。

被蝶蠱惑的日子，出了一次意外。那是在五歲的夏日午後，雨剛停歇，沿著一條髒臭的水溝去幼稚園。水溝約莫一公尺寬，雨後便漲起來，時常飄浮殘餚或家禽家畜的屍體。我每次都保持著適當距離通過，因它令我想到死亡。那天，出神地追著一隻鮮黃色蝴蝶，跑著離溝愈來愈近，愈來愈近，終於，撲通！栽進溝裡。那水溝的深度嘛，恰巧足夠淹死一個五歲小女孩。

泡在冰涼的水中，緊抓著溝邊緣，我放聲喊救命。第一次體會到無助與絕望。

記不得是什麼人把我拉上來的，好像是個年輕男子，他說：「趕快回家去！小妹妹！」我是要回家，卻走不快。雨鞋裡裝滿了水，不僅沉重，還會嘰哩咕嚕響個不停。走著，開始傷心地哭泣，因為發現到方才差點死去。

對水的恐懼，直到今日。只是談起那次浩劫，已轉變了心情。據說，李白捉月下了水，那樣風流倜儻的人物，如此，捕蝶下水，也可視為韻事一樁了。

剛進小學，常和母親鬧：「爲什麼要上一年級！我不要！我不要去學校，都沒有點心吃。」最後一句話，雖然說得小聲，不免令做父母的臉上無光。然而，五歲半入小學，眾人都很能體諒我的年幼無知。

只是，有時年幼無知得太過分，我會作出老師沒交代的功課；或者，乾脆把別人的作業簿帶回家，自己的卻不知去向。爲了應付我，上課是老師的頭痛時間。我也有頭痛時間，那是在下課以後，頑皮的男生扯住我的辮子當成繮繩，使勁猛拉，令我突然後仰，因拉扯與疼痛而摔倒。其他的女生用板擦擊退男生，扶我起來。每次都以爲自己會哭起來，結果總是沒有。強烈的憤怒掩蓋了自憐，我眞恨那些壞男生；更恨自己與眾不同的辮子。

這樣的惡作劇，斷續地發生了好幾年，母親不得不在我的髮式上變花樣。紗巾、緞帶和絨線，爲我織就公主般的夢境。辮子垂在腰際，羨慕及讚美，使我不再怯弱自卑。

情況終究是要改變的，在一次不經意的巧合下，我甩頭時，髮辮打在一個男生臉上，他驚愕地摀臉喊疼。長久以來的鬱結得到紓解，我的「辮子功」遠近馳名，便開始與男生展開對抗。

數不清有多少次大小衝突，最嚴重的一次，是把石膏粉調在水桶中，白糊糊的一桶，對準某個男生兜頭澆下。男生當場哭起來，我們全都傻了，以爲他會像石膏像一樣僵在走廊上。片刻之後，他跳起身子，嚎叫著：「我要告老師！我要告老師！」乒乒乓乓地跑下樓去了。

那段日子眞不好過，好似小辮子被人捏在手中，提心弔膽地。我們怎麼也猜不透，受害者到底「告」老師了沒有；不小心眼光相遇，便心虛得厲害，其實，他並不是最壞的男生。因歉疚與愧悔，使我劍拔弩張的心性收斂許多。

而眷村中孩子間的遊戲，讓我更像個女孩。扮家家酒，撿拾各種葉片花草，洗洗切切，燉煮炒煎，彷彿永遠也不厭煩。那時，十分甘願地守住灶旁的方寸地方，等待小男生背著劍從遠處來，採一把松針當麵線。結束以後，一同到村外清澈的河溝，捧個小筒，盛裝男生抓到的大肚魚和小蝌蚪。青蛙的成長過程，絕不是在課本上學習的；而是那片廣闊的自然教室。

逐漸地，女孩們不耐守著花花葉葉、鍋碗盤盆。父母為我們買來溜冰鞋，還沒練好呢，接著又是呼拉圈，腰上還掛不住；卻又來了樂樂球、迷你高蹺……就在家門口，父母子女舉家同樂，揚起的笑聲，成為黃昏中溫馨的回憶。

尤其是練腳踏車這件事，最能看出鄰里間情感的深厚。大人們只要看見孩子費力地跨上車，總要幫著推上一程，不管那是誰家的孩子。當其他的孩子都能騎在車上，呼嘯而過，我仍在觀望階段。在人前露出不在意的神情，四下無人之際，不免躍躍欲試。某個下午，鄰居的年輕媽媽，嗓門響亮地，要替我推車。在她的鼓勵下，我騎了一段路，非常穩當，幾乎要歡呼。突然聽見那媽媽鼓掌喝采，在我身後，距離很遠的地方。很遠？我回轉頭，才發現她早鬆了手……就在同時，人仰車翻，前功盡棄。

在愈摔愈勇的苦練下，我終於成為一個優良駕駛人，肇事率一向都是零。女生們都喜歡坐在後座，由我載著，在村子裡兜風，最後，還是出事了！那天，載了個同伴，騎到人煙稀少的村邊，同行還有兩三輛車。到了該轉彎的地方，晃出個小小孩兒，連煞車都來不及，只得強扭龍頭，迎面躲不開的是一大片磚牆。在那千鈞一髮之際，我大聲叫後座跳車，一邊扳住煞車。後座的重量猛地消除，就在嘩然而起的驚叫聲中，車子像箭一樣，加速撞向牆壁。

我趴在地面上，好一會兒都不能思想，只看見許多光點，忙碌地跑來跑去，並紛紛掉落……眞是慘痛經驗，既慘且痛。

唯一引以自豪的，是在那「性命攸關」的一瞬間，竟能鎭定地指揮同伴脫險，足見是有些義烈古風的。同時，長大以後，迷糊、懵懂加上轉不過的腦筋，又常懷疑地想起那次撞牆事件，不由自主地。

小學的最後一個暑假，親朋好友都把眼光放在我的身上，不！是放在我的長髮上。國中註冊前，母親耗用更多時間，爲我梳理。若干年來，洗髮吹風則是父親的工作，那必須要有耐心。不知道他們是否已覺疲憊，我是早就已經不耐煩了。

剪髮之前，同伴們都預測我將流多少淚，並且說他們同學曾在剪髮時，如何傷心的哭泣。但，這些都影響不了我；我有自己的想法。剪去長髮，對我有個不凡的意義：小女孩長大了！不是値得歡慶的嗎？

坐在美容院，還向一旁看熱鬧的同伴眨眼睛。當所有的頭髮裹在泡沫中，並攏在頭頂上，看著鏡中的自己，突然想起過往的幾個夏日。炎熱的黃昏，沐浴以後，母親將我的髮盤成髻，固定在頂上。露出光潔的額頭，天生成不必妝點的一雙鳳眼，大而明澈。紮不住的絨髮掛垂頸上，武俠片正風行時，鄰居的爺爺奶奶，總說我像那個可以飛起來的俠女。

聽見剪刀響起來的聲音，驀地感覺心慌。剪髮師笑盈盈地把剪下的辮子舉起來給我看，我勉強牽扯嘴角，一點也不開心；倒是腦後輕鬆多了。

拿著黑亮柔軟的那截髮辮回家，清楚地知道，我的童年，就這樣結束了。一股難喻的惆悵，揉在暮色裡，層層加深。

搬離村子好些年了，偶爾經過，才發現昔時覺得無限寬敞的廣場、草地，其實只是那樣狹隘的空間。可是，仍是獨一無二、不可取代的，因它曾容納色彩繽紛的孩提夢想。

有風的季節，便想起緩緩上升的風箏，總像旗子一樣，掛滿在電線上，經風一夜吹襲，紛紛不知去向。童稚的我，甚至癡心地想，風箏也許化爲蝴蝶，在黎明時刻，破空而去。

誰知道呢？也許，眞的化爲蝴蝶。飛在小女孩的髮梢上，成一個美麗的、永恒的結。

——一九八九年・選自皇冠版《緣起不滅》

此城不傾
——九五年秋日香港

1

小時候，聽人說「香江」，我以為那是一條江。

後來聽人說「香港」，又以為是一個港。

成年以後初遊東方之珠，才知它流麗似江，繁囂若港。

還背負著民族的屈辱，歷史的滄桑，不能自主的命運。

這也是座城，曾以它的顛覆，成全了白流蘇，也成全了張愛玲。

歷史上傾國傾城的女子，大抵如是，只是她們自己並不知道。

我走過灣仔舊區的書報攤，仍可以看見以張愛玲為封面的雜誌，陳列販售。她的黑白相片，夾雜在那些鮮艷奪目的影視明星與光怪陸離的尋奇蒐異之間，格外顯出一種舊時代的迷離感傷。

蒼涼麼？張愛玲已說到絕，說到盡，又以生命去實踐。

我遂噤聲，隨著人群搭上已有九十幾年高齡的電車，是張愛玲乘坐過的木椅；行走過的軌道嗎？

一九九五年，秋天。

在香港停留的日子，我搭乘叮叮作響的電車，晃晃悠悠，往上環去。

太陽光暖洋洋照在身上，穿著短袖，仍有些微汗意。

2

租賃了灣仔一幢二十一層高樓的小公寓，爲的是小客廳有一面大窗戶，很充足的日照。我發現自己在黃昏時分，便不由自主坐上寬闊的窗檯，看著遠處近處，盤旋飛翔的老鷹。

我沒見過其他繁華的大城市，有這麼多老鷹。牠們的姿態很優雅，然而，天色愈來愈昏暗，我爲牠們擔憂，到底要在何處憩息呢？其實根本毋須操心，這裡是牠們的家，我才是過客。

我的住處毗鄰公園，愈外圍地勢愈高，高樓愈崇峻，從窗口探出頭，「中環廣場」這幢最高的建築物，寶劍一般鋒利光亮的屋頂尖端，指刺夜空。

剛到香港時，入夜總要下一陣大雨，我從夢中醒來，疾疾奔走，趕著去關每一扇窗，再跌回夢裡。

第二天醒來，陽光依然燦亮，幾乎要懷疑，那雨究竟下在夜裡；抑是在夢裡？

秋意漸濃，不再夜雨。

吃過晚餐回來，未及開燈，先被窗外遠遠近近，接毗攀昇的層層燈華所震懾。

朋友的電話來了，問我是否平安到家。

是的。我有些心不在焉。

「發生什麼事嗎？」朋友問。

我說沒事。

這是一個秘密，而且神奇。說出來了，恐怕就消失不見，所以不能說。

原來，我住在這城市的燈火之谷。

3

逛菜市，一直是我樂此不疲的嗜好。

更何況，我所居住的街底，便是綿延數條街道巷弄，港島規模最大的「街市」。香港人管菜市場叫做街市。

那街市陳列販售著各式各樣的飛禽走獸，游水海鮮。一籠籠的鷓鴣、鵪鶉、乳鴿、湯鴿，什麼龍山雞、惠安雞，大小形狀皆不相同。有白色毛羽的雞，羽毛尖端在陽光下燦然閃亮，氣宇軒昂，我替牠命名「金絲雞」，並封牠為街市之冠。不料過兩天又來了兩隻「吉林老山雞」，璀璨的花色與翎毛，根本是鳥禽圖鑑上才看得到的，金絲雞立時被比了下去。

秋天一到，街市懸起一張又一張紅幡，「蘇州大閘蟹」、「正宗鄱陽湖大閘蟹」，經風一吹，呼啦啦，氣勢好不壯闊。那些青色的蟹倒是規矩乖巧的，被草繩牢牢綑縛，一排排堆疊在玻璃冰櫃，一派知命認命，毫無異議的樣子。

香港的家庭主婦，喜歡下午再去街市採買一次，烹調晚餐才新鮮。因此，黃昏街市是人潮聚集的高峰。

水果攤上，我看見一個婦人在插著「一斤10元」的牌子下，挑了一袋水晶梨。於是，我也挑了兩隻梨，年約四十幾歲的老闆娘聽見我的口音，鐵面無私的：「二十元。」

「不是，不是一斤十元嗎？」我大爲驚駭。

而那塊牌子，「一斤10元」的牌子，不知何時已自動蒸發，使我懷疑，其實是自己的幻覺。

天黑以前，攤子上一盤盤活跳碩大的蝦子，引起我的注意。

「一盤十五元？」我問老闆。

有了前車之鑑，恐怕老闆一翻臉，一隻蝦子十五元。

「是啊。」老闆誤判我爲大陸妹，十分得意，自豪的口氣：

「我們香港是這樣的啦，不像你們國內呀……」

提著活蝦回家，倒入水槽才發現，所謂活蝦，只有上面三、五隻，底下的不但全死了，還是一些蝦兒子，蝦孫子，我看著，終於忍不住笑起來。

非常中國人的地方啊。一點機巧、一點狡獪，一點欺生與自大。

非常充沛的生命力。

去。

4

有朋自遠方來，我充任嚮導。

參觀過街市，乘坐了電車，又到中環交易廣場巴士總站，等候雙層巴士，往淺水灣、赤柱行去。

因爲有經驗，所以知道巴士的最佳座位在上層最前排，車子離開市區，入山以後，愈發驚險刺激。狹窄的山道，一邊是巖壁，另一邊是斷崖，車身急速轉彎時，彷彿要撞上巖壁；再一個急轉彎，好像被拋入斷崖，海上的拍岸浪花似乎就在身下，一種極度危險的瀕死感受，只一眨眼，又回到綠意盎然的山道，白花花的秋陽，懶懶地映照。

赤柱的濱海市集，餐廳和咖啡館，充滿異國情調。

淺水灣的金黃色沙灘，據說是從國外運來的細沙，格外珍貴。秋天的海岸已打烊，仍有三三兩兩的遊客漫步，走著走著，也許可以看見一輪明月。

看著看著，忽然驚覺，這不是白流蘇在淺水灣酒店看過的那個月亮？

這是張愛玲逝世以後，香港第二次的月圓了。因爲閏八月的緣故。

5

我喜歡坐電車，因爲廉價，因爲有年歲，因爲它穿梭在最陳舊破敗的地區，也經過世界一流的頂尖建築物。

新與舊，貧和富，絲毫不顯矛盾衝突的交融在一起。九七來臨之前，機場興建，塡海工程，更多的高樓大廈，片刻也不停歇。

電車，會一直保留下來吧？我看著車上男女老少，各式各樣，擠得滿滿的乘客。這不僅是實惠有效率的運輸工具，還保留了香港人已不多見的，從容不迫，優閒的生活情調。

住著住著，也熟了。穿越街市，便來到皇后大道，吃一客簡易午餐，到中環天星碼頭搭船渡海，往尖沙咀去。逛逛塡海塡出來的繁華尖東，到九龍公園歇腿賞鳥，看著暮色裡被燈光燃亮的彌敦道。

這樣的一座城市，被海洋溫柔擁抱，不會輕易傾覆的，縱使有變動。

回到灣仔，準備過馬路返家，忽然看見泊在路旁的電車，掛著往「筲箕灣」的牌子，是比較寥落的地區，我不曾去過，那麼，去看一看吧。

才一動念，已跳上車，揀了個靠窗的座位，黑夜裡，愈走愈冷清，天后、砲台山、北角、鰂魚涌，愈走愈荒僻，太古、西灣河……反方向電車擦身而過，乘客木然的臉孔鑲在日光燈的車窗裡，像未及轉世的幽靈。

我忽然覺得夜風冷颼颼的，拉緊長袖外套，攏了攏被吹亂的髮絲。

季節已暗中偷換，九五年將近尾聲。

——一九九八年三月・選自皇冠版《夏天赤著腳走來》

蔡珠兒作品

蔡珠兒

台灣南投人，1961年生。台灣大學中文系、英國伯明罕大學文化研究系畢業，曾任《中國時報》記者多年，現旅居香港離島專事寫作。著有散文集《花叢腹語》、《南方絳雪》等。

辛香失樂園

法國菜宜於調情，小酒吧方便勾搭，日本料理店適合分手，而泰國餐廳則是墮落的好地方。蓮花、青瓷、鎏金佛像、茉莉花串、柚木雕花椅、織繡大象的椅墊、光豔的泰絲衣裙、如歌行板低吟淺唱的語聲、青檸與南薑氤氳的香氣，營造出一方袖珍的樂土，彷彿食物裡偷摻了軟骨丹，令人目迷神馳四肢綿軟，咕咚一聲栽進頹廢的深淵。（先說好，那種鑲金鏤銀雕樑畫棟的泰式皇家魚翅餐廳，恕不在本文討論之列。）

十四年前我第一次去泰國，觸眼所見盡是光彩燦豔之色，鼻舌繚繞的無非花果幽香，回到台北後，忽覺周遭一切黯然無光。我不由分說愛上了這個微笑王國，就像泰國觀光局有一年打出的口號，「泰國是最有異國情調的地方」，那種鮮明強烈的地域顏彩，緩慢柔軟的生活情韻，交織出難言的浪漫氛圍，竟勾起一股烏有之鄉的懷舊愁緒——明明從不存在回憶中，卻有似曾相識的恍惚之感，令人魅惑錯亂，不知今夕何夕。而這樣的魅惑，尤其被食物所激發與勾引，一旦吃過道地的泰國菜，口舌感官被引領到一個新天地之後，我就再也回不了頭，從此成了味覺上的「哈泰族」。

辣是泰菜最尖銳的特色，初嚐者每難以招架，有人辣得跳起來，有人形容「辣到靈魂深處」，哈，這才好，才夠勁爆。不過泰式的辣，不是印度菜和墨西哥菜那種濃烈平直、大面積的狂燒，而是豐富有變化感的層次推演，當辣在味蕾炸開，引發一陣強烈但短暫的騷動後，香和酸立即湧上，甜與鹹接著上場，然後是辣與香的共舞，鹹和酸的對立，也許還冒出一絲絲苦味，遙遙烘襯著甜，旋即又泛起另一陣辣（然而和早先的辣已迥然不同）……，有如一場味覺的交響樂。

一般菜餚或鹹或酸或甜，無非以一兩種滋味領銜掛帥，然而一道再簡單的泰菜，都綜合了酸甜鹹辣至少四種味道，不是摻混，而是主輔分明參差互見，細膩複雜，在味覺光譜上濡染出濃淡各異的筆觸，中國人最自豪的「五味調和」，反而被泰國人實踐得淋漓盡致。

除了霸道的麥當勞，遍及世界各地的還有濃油厚醬的中式餐館、毫無烹飪技巧的義式披薩店，九十年代以降，泰菜餐廳逐漸也成爲餐飲界的新秀，而且趕上雅皮和優皮的潮流，沒有淪爲外賣粗食的小吃店，反而妝點得空靈雅致，成爲中產階級趨之若鶩的新去處。

早在八十年代末期，匯聚劇院與美食的倫敦蘇豪區，就有一家Sri Siam，看戲的紅男綠女如果不去Chinatown吃雲吞麵，就去那裡吃泰式春捲和炸魚餅。九四年，Sri Siam攻進金融區，開了內城(City)第一家泰國餐廳，銀行家、基金經理與股票經紀競相前往嚐新，蔚爲風尚。也是那年初春，雅士與富人聚居的雀兒喜(Chelsea)碼頭開了一家Thai on the River，牆上披著大幅的翠藍絲絹，掛著湄南河的淡彩素描，食客一邊吃紅咖哩鴨，一邊欣賞泰晤士河的美景。泰國菜成了城中的熱門話題，社交聚會中，當我向人說我來自Taiwan，常有人說：「Thailand?那是個好漂亮的地方哩!」

還有人向我要Pad Thai（泰式炒河粉）的食譜。

知道也不告訴你，我最不喜歡泰式炒河粉了，又油又黏，肉末雞蛋豆芽累贅一團，還要加糖撒花生粒，靈氣盡失。不過喜歡的人有的是，洋人學吃中餐，總是從蛋炒飯和咕咾肉開始，學吃泰菜，當然以泰式炒河粉和酸辣蝦湯來啓蒙了。

而法國比英國更早發現泰國，九十年代初我去巴黎玩，朋友教我做當地流行「泰式沙拉」，用新鮮的蒜、辣椒、香茅、薄荷和檸檬調出醬汁，雖然是法式翻版而非原裝，可是非常美味。九十年代中，當美國東岸還把泰菜當成時髦玩意時，西岸的加州早已十分老到，不但把中國菜、泰國菜和越南菜分得一清二楚，講究的還標榜泰北或皇家菜口味呢。在洛杉磯、舊金山和聖地牙哥，我吃到的泰菜都有相當水準，這可能是因爲當地多泰國、高棉移民，而且盛產海鮮和蔬果，天候亦適合種植芫荽、酸子、香茅、九層塔等辛香植物。據統計，目前美國各州已經有五千多家泰國餐廳，再過十年，中國菜的江湖地位說不定會被泰菜取代了呢。

我後知後覺，不久前初次去澳洲，發現那裡的泰菜也極爲普遍，各種檔次的泰國餐廳遍佈大城小鎭，可能因爲盛行已久，泰式的原料和烹調手法已滲入澳洲菜中，綠胡椒、香茅和椰子的運用俯拾皆是。我覺得這情況與加州很相似，既是移民社會與天候物產的交互結果，也因澳洲並無強勁的飲食文化傳統，不免摭拾重組他人所長，成爲新的雜燴菜式(Fusion)。可別小看它，這兩年澳洲菜在香港還很流行哩！

泰菜無疑已成爲一種現象，更正確點說，一種國際現象。除了那獨具一格的酸辣，泰菜亦因清淡低脂、新鮮健康而備受青睞，它採用大量新鮮的調味植物，富含纖維素與維他命，極少大魚大肉，符合近年的養生之道。不過，滋味與營養只是次要的原因，眞正使泰菜風靡全球的，還是那層既柔媚又神秘的異國情調(Exoticism)。

七十年代的嬉皮遠赴印度和尼泊爾，尋訪心靈的桃花源，夢想在失落的香格里拉找回自己。九十年代的人就務實多了，優閒是爲了衝刺，反璞歸眞無非爲了休憩，沒人想要明心見性，去泰國再好不過了：交通方便，社會平穩，物廉價美，沒有政變和戰爭，人民友善親切，總是笑臉迎人，說起話來像唱歌。而且泰國從來沒有被西方殖民過，西方人對她並不了解，只模模糊糊知道是個悠久古國，有金燦的寺院和優雅的舞蹈，來了總能沾點古意靈氣。更好的是，泰國似乎沒有中國或日本的文化那麼艱深複雜，甚至可以略過不看皇宮和玉佛寺，直接去芭堤雅或普吉島，多麼引人入勝！

所以，泰國成了東方的新地標，熱帶的香格里拉，開滿蘭花的波希米亞。繁殖世界各地的泰國餐廳，一再複製衍生東方樂土的文化意象，使得泰菜不僅刺激舌尖腸胃，還直搗靈魂底層的要穴——那個蒐集夢想碎片，殘存浪漫與溫柔的暗處。

對於這種狐媚的異國情調，我們東方人理應具有較強的免疫力，可是十四年來我多次重遊泰國，一踏入那白花花的陽光裏，望見昭披耶河畔瘋紅的鳳凰樹，我就開始有種微醺的錯亂之感，油然升起美好的狂想；等走到「巴剎」（夜市）的粉麵路邊攤，酸香辛味直撲腦門，令我悸動心跳，終於用笨拙的泰語點來一碗豐盛的酸辣鮮蝦叉燒魚丸牛肉湯河粉，拿筷子的手竟微微顫抖，然後入口的美味迅速撫平了渴求悸動，從而滋生巨大的滿足與幸福感。沒錯，這已經不是什麼異國情調，根本就是上癮！

所以每次去泰國，總要大動食指狂啖一場，因爲回來之後就沒得吃了。雖說泰國餐廳不難找到，正宗道地的卻絕無僅有，香港的泰國菜尤其荒腔走板，爲了投合粵式口味，每每減辣、去酸、增甜，而檸檬葉（Kaffir leave，正名馬蜂橙）、九層塔等辛香佐料，不是若有似無就是乾脆從缺，簡直索然無味。爲了解癮自救，幾年前我乾脆去泰國拜師學藝，在泰北的清萊，跟一位叫艾的老師學做家常泰菜。

艾的烹飪課由淺到深分爲五級，我既是家庭煮婦又是哈泰族，當然淺不了啦，於是直攻第五級，菜單包括青木瓜沙拉、酸辣海鮮湯、香茅椰汁雞湯、綠咖哩海鮮、蕉葉蒸魚泥、酸甜蝦球、辣醬炒蟹、鳳梨飯和椰絲糯米湯圓等，對中國人來說，泰國菜的烹調技術委實輕而易舉，眞正難的是調味。如何用舌頭和鼻子分辨材料的比例差異，掌握微妙的和諧平衡，兼容並包卻又特色鮮明，這可是一門大功課。艾要我先學做泰式咖哩膏，這項基本功有助於訓練味覺，令我獲益匪淺。

泰式的青咖哩、紅咖哩、黃咖哩、酸咖哩和叢林咖哩等醬料，做法大同，只是原料小異。艾搬出一個高而深的傳統陶製研缽，倒入十粒蒜瓣、四五個紅蔥頭、十餘粒黑胡椒、三匙蝦米、一匙切片的南薑、三匙拍扁切段的香茅、一匙撕碎的檸檬葉以及一匙鹽後，便用椰子樹幹做成的杵使勁研搗，廚房很快就充滿引人饞意的香味；搗到材料已熟爛，最後畫龍點睛，加入三匙泰語稱爲「披吉努」（意爲老鼠屎）的小青辣椒再搗一陣，即成青咖哩醬。披吉努只有一丁點大，卻是最厲害的辣椒之王，我不愼被弄得涕泗縱橫，淚眼望去，秋香綠的醬色倒是分外美麗。

上述配方如果去掉黑胡椒，並以大條的乾紅辣椒取代披吉努，做出的就是紅咖哩醬，辣度雖低而紅豔照人。如果以新鮮綠胡椒取代黑胡椒，並加入數根人參薑(Krachai)即是叢林咖哩，煮牛肉很棒。至於黃咖哩則複雜些，先把十來隻乾紅椒、十個紅蔥頭、六七粒蒜瓣和三匙蝦米，用小量的油煎香轉爲黃褐色，放涼後置入研缽中搥打成碎末，然後將碎末倒進小鍋裡，另加兩匙油、一匙椰子糖（Palm Sugar，由一種棕櫚樹汁蒸製而成，與椰子無關）、五匙酸子汁（Tamarind，又叫羅望子，可用青檸檬汁替代）、一匙魚露和醬油，攪勻後以小火慢煮五分鐘，即成香氣逼人的黃咖哩。

有了這些芳香醇的自製咖哩醬，不管煮的是魚蝦、雞鴨、豬牛羊肉或者素菜，都能令人胃口大開，不過還須以椰漿和其他佐料調味。艾示範一道紅咖哩肉片空心菜：她沒用油爆香，只在鍋中倒了大半碗濃椰漿，把方才的紅咖哩醬撥入一半，用小火煮散後加入肉片，再倒進較淡的椰水，以及酸子汁、檸檬葉、魚露、醬油和椰子糖等調料同烹，最後加進空心菜煮熟即成。

不過，並不是所有的泰式咖哩都加椰漿，泰國的北方或東北方就較少使用，做出的咖哩較稀淡，不像南方菜受馬來西亞和印度影響，偏於濃稠辛辣。艾雖然住在清萊，卻是中部人，所以喜歡把東西煮得又稠又香，她常下很重的辣椒，再以椰子糖來中和，「甜味既能減低辣度，又能突出辣味。」她說。當然可以用紅糖取代椰子糖，不過就少了點蜜味的芬馥之氣。

汗流浹背燒了一整天菜，傍晚大功告成，我們於是出去散步，走過一大畦鳳梨田，去看艾和男友漢斯正在蓋的木屋。漢斯是荷蘭人，四十開外已走遍全世界，幾年前來到泰國落腳。木屋前畔魚塘後依竹林，魚塘前是一望無際綠油油的稻田，正在凝漿的稻粒發出淡淡的米香，漢斯在粗具雛形的屋子走來走去，得意地向我們介紹：這是陽台那是書房，再過去要蓋間偏廳，樓上臥室要開一大扇天窗；艾在一旁和狗玩，笑意滿瀉眼睛發光。她和漢斯如何相遇？怎麼會來到這清萊郊外的小村莊？他們可有文化的矛盾衝突？……其中想必充滿了故事，然而我並沒有問，何必呢？幸福已是最好的答案。

回香港後，我老遠跑到九龍城的泰國雜貨鋪，抱回一個沉重無比的陶缽，除了搗咖哩醬，也用它來做青木瓜沙拉，一般餐廳總是刨絲了事，其實道地做法是「捶」出來的。而除了陶缽，我的廚櫃裡還闢了個泰國區，擺滿泰式油蔥、蝦醬、蠔油、魚露、辣椒膏、黑糯米、黃薑粉什麼的，沒事打開來聞一聞，不做菜也覺得開心。從艾那裡學來的一招半式用了幾年，近來我發現上網可以找到更多菜式，增加更多認識，例如有個叫泰國餐桌(www.thaitable.com)的網站，製作精美，其泰式調味香料的資料庫文圖並茂，十分扎實豐富，還有ＭＰ３教你唸香料的泰語名稱。這很有用，例如九層塔，泰菜常用的有三種：Horapa（紫莖九層塔）、Manglak（檸檬九層塔）、Kaprow（毛葉九層塔），我背了幾遍，去問灣仔石水渠街泰國鋪的老闆娘，果然買到想要的那種呢！

還有一個泰國食遊(www.thaifoodandtravel.com)也不錯，網主是南加州的泰菜作家卡絲瑪Kasma

Loha-unchit，一九九五年曾以《魚鮮如雨》一書贏得美食界著名的朱莉亞才德(Julia Child)大獎。生於曼谷的卡絲瑪十八歲移居美國，在柏克萊拿了個MBA後本來投身商場，然而十餘年前遭遇喪偶之痛，令她開始思考生命的意義，本來想當心理治療師，後來發現烹飪才是最好的安慰與治療，尤其是她最熟悉喜愛的家鄉菜，因此開班授徒教泰國菜，反應非常熱烈，吸引眾多中產專業人士來學，男性還不比女性少呢。這個網站有多篇文章值得一讀，食譜亦豐贍詳盡，初學與進階者皆適合。其中有項內容尤其實用，是介紹泰式調味醬料的好品牌，這類調料的牌子多得令人眼花撩亂，不懂泰文的人只能瞎抓，我先後買過多種魚露，不是太鹹就是太腥，後來照著網站介紹買了瓶「金童牌」，果然好多了。

今夏濕溽多雨，令人昏昏懨懨有氣無力，吃泰國菜已不僅是解癮，更爲了喚醒遲鈍的舌頭，刺激呆滯的大腦，滌淨身心的濕毒瘴氣。而這場洗禮是從廚房開始的，拍南薑、切香茅、剁辣椒、磨蓖荽籽、擠青檸汁、摘九層塔，每個動作都激發大量的精油和氣味分子，它們愉悅地在空氣中縱橫飛舞，穿透我的身體滲進我的心裏，在食物與靈魂之間，我於是擁有一片肥沃的樂土。

——原載二〇〇一年八月號《媽媽咪呀美食誌》

冷香飛上飯桌

蒝荽的基調是一段清清冷冷的甜香，幽幽然施施然飄來，有種空渺的遠近感，不像蔥蒜之類迎面直搗黃龍，死掐著鼻孔不放。蒝荽的氣味幽微而秀美，雖然撲捉不到，但卻飄忽左右，徘徊盤桓如魅影，不知道爲什麼有一種淒美的意味。

冷香幽幽飄來

一般人就喊它香菜，以致常和九層塔混爲一談，別名又叫香荽、胡荽、胡荽，我們慣常寫成的「芫荽」其實錯了一個字，應該是「蒝」不是「芫」，李時珍在《本草綱目》中特別解釋，「蒝」形容植物「莖葉布散」的樣子，「荽」則因其「莖柔葉細，而根多鬚，綏綏然也。」寥寥數句，精確捕捉了蒝荽的神韻姿態。

在西方，蒝荽除了coriander的本名之外，俗名又喚作「中國香菜」(Chinese parsley)或「中國生菜」(Chinese lettuce)，儼然成爲中國口味的特殊標誌，因而歐美的中菜食譜封面、超市「東方口味」的促銷廣告上，總少不了一抹青脆欲滴的蒝荽，藉以昭告中國美食的氣味。至於中國人（廣義而言，指受中華飲食口味影響者）自己，更想當然耳認定這是民族本色。

中國香菜是外國貨

其實蒝荽是不折不扣的洋玩意，古早古早的幾千年前，這種身染異香的野草，隨意生發在地中海沿岸的南歐及中東一帶，早就被埃及、希臘、羅馬等民族採用，一直要到兩千多年前漢武帝時代的張騫打通西域，終於才將蒝荽引入中土，在中國人的飯桌上大放異采，也從而產生迥異於歐洲的「蒝荽文化」。

蒝荽是人類社會最古老的植物之一，在文明史上處處留下雪泥鴻爪。建立於銅器時代晚期的希臘宮殿，遺址廢墟裡殘存了不少蒝荽籽，意味著早在五、六千年前，它即已從野草馴化爲農產。成書於公元前一千五百年的埃及《埃伯斯紙草文稿》(Ebers Papyrus)，是目前所知最古老的醫學文獻，纂集了巫醫及民間處方七百種，其中蒝荽也赫然在列，埃及人用它來做藥方、香水以及化妝品。《聖經》也提到蒝荽，《舊約》〈出埃及記〉及〈民數記〉形容天降神糧嗎哪「樣子像蒝荽籽，顏色是白的，滋味如同摻蜜的薄餅。」（〈出埃及記〉十六章）看來應該風味不惡。

除了嗎哪還有什麼

忍不住要岔開話題說說嗎哪。這個中英文音義俱美的字眼，向來是珍味美食的代稱，最能勾發舌尖的愉悅想像，尤其這天神炮製、瑩白如珍珠的小粒，總是在漫天鵪鶉與迷離夜色的掩護下，乘著剔透冰涼的露水飛落人間，意境雋美令人神往，但如果每天吃嗎哪過活呢？看看《舊約》〈民數記〉的描述：以色列人離開埃及尋找迦南的途中，雖有天賜神餚果腹維生，但日子一久不免煩膩，於是一把眼淚一把鼻涕向摩西訴苦：

……以色列人又哭號說，誰給我們肉吃呢？我們記得在埃及的時候，不花錢就吃魚，也記得有黃瓜、西瓜、韭菜、蔥、蒜。現在我們的心血枯竭了，除這嗎哪以外，在我們眼前並沒有別的東西。（〈民數記〉十一章）

畢竟凡夫俗子只配以人間煙炊餬口下肚，這段記載鮮活淋漓地勾勒出人類的食性，構成口腹飽足的要件並不是單一的無上美味，而是富於選擇變化的物類。人是無可救藥的雜食動物啊。

這也是爲什麼蒝荽以及其他調味植物，很早就在人類生活史上發端肇微的原因。除了前述的《埃伯斯紙草文稿》、《聖經》之外，蒝荽也出現在古印度的梵文經、希臘「醫學之父」希波克拉底(Hippocrates)的文集，以及源自波斯的《天方夜譚》故事中。而在上古時代，促使蒝荽由地中海岸逐次衍植傳播到歐洲各地、中亞、小亞細亞、非洲等地的民族，主要是阿拉伯及羅馬人。

自西徂東的芳香

位居歐亞輻輳點的阿拉伯，占了台語說的「三角窗」地利之便，自古就是溝通東西方的最佳仲介，阿拉伯人機敏靈光販有運無，個個都是優秀的商業兼文化掮客，蒝荽便由此向東流傳，對印度、中國的食物產生重大影響。在另一方面，以共和國與帝國威赫一時的羅馬人，在歐洲東征西討北伐南進之餘，順便也引渡了生活的器物文明，把蒝荽及其他香料傳入北歐、東歐，以及現在的奧地利、德國、英國等地。等到十六世紀航海文明時代，西班牙等歐洲人又把蒝荽帶到美洲，改變了墨西哥、秘魯等民族的口味。

經歷數千年的分布流傳，澱積了鍋底和舌頭的豐富感受，蒝荽的氣味版圖早已涵蓋全世界，跨越年代與地域。諸多民族都有一套如數家珍的蒝荽拿手菜，除了中國之外，中東、北非、中南美、南洋等地都以用蒝荽知名。

而考諸古今中外對蒝荽的食用法，可以概略分爲「蒝荽籽」及「蒝荽葉」兩大系統。

化身無數的蒝荽籽

北歐人做醃漬食物、德國人灌香腸、瑞士人烤麵包和蘋果派、保加利亞人烘蛋糕、英國人做泡菜及調製琴酒(Gin)……，蒝荽籽都是不可或缺的香料，其用法可能近乎中國人使用花椒或茴香，但蒝荽籽甜鹹皆宜，可以廣泛用於烘製糕餅甜食，靈活程度更大，在缺乏零嘴的從前，歐洲人還把它沾裹糖霜做成糖珠子，嘉年華會時從遊行花車上四處拋撒，惹得孩童瘋狂搶拾，後來糖珠子演變爲五彩碎紙，是西方節慶婚俗的必備之物，而這五彩紙的英文Confetti即來自蒝荽的Coriander。

歐洲雖然是蒝荽的發源地，但綜觀其調味運用的方法，縱使甜鹹俱備，基本上還是萬變不離其宗的「莞荽籽文化」，極少動用莞荽的枝葉。

除了歐洲之外，印度也是「籽文化」的另一大系，著名的咖哩即含有大量的莞荽籽粉末。一般人誤以爲咖哩只是一種現成的黃色調味香料，其實咖哩千變萬化，北印度、南印度、孟加拉、東南亞等地，都有本土的配方特色，香辣濃淡各自不同，種類多達上千種，攙和使用的辛香植物則多達十幾廿幾樣，其中有幾樣是構成咖哩的基本配方：小豆蔻、歐蒔蘿、胡椒、薑黃、乾辣椒，以及莞荽籽。雖然印度菜也流行用莞荽葉綴飾或切碎後燉煮，但爲數有限，其意義與普遍性都無法與咖哩相比。

莞荽籽的味道比莖葉來得溫和，所以形成的感覺也較爲蘊藉含蓄，隱而不顯，令人難以察覺。相形之下，「莞荽葉文化」就熱鬧多了，直截了當的香味，翠綠醒目的顏色，爽脆中帶澀的口感；在在向感官提出主動的挑戰。

綠葉盛餐

中東菜、北非菜以及牙買加、古巴等地的加勒比海菜，都常用切碎的莞荽枝葉涼拌蔬果或魚鮮，整株的則做湯或燉肉。秘魯和墨西哥人自從在五百多年前認識莞荽之後，便對它一往情深每飯不忘，數不清的蘸醬作料都少不了它，尤其是有辣椒的菜，例如我酷愛的一道墨西哥家常小點Guacamole（中文或可譯作酪梨醬），把熟酪梨打成泥，擠入青檸檬汁、加入剁碎的洋蔥、番茄、辣椒、莞荽葉等，攪拌均勻即成悅目的綠色濃醬，以玉米脆片或薄餅沾食，清香酸辣柔滑適口，眞是迷人，據說秘魯某地有一個部落，男女老少都酷嗜芫荽，久而久之眾人體膚竟發出芫荽的香氣，不知道現在還能找到這「芫荽族」嗎？至於台灣比較熟悉的南洋風味，諸如印尼、馬來西亞、泰國、越南等地的烹調，以辛香濃腴、開脾醒胃見長，對芫荽的倚重尤多，除了籽與葉之外，連根都不放過，例如泰國有一種紅咖哩醬，用來煮牛羊肉既辣又香，這醬是由紅蔥頭、大蒜、橘皮、香茅等十餘種材料煉製而成，其中既有磨碎的芫荽籽，也用到切碎的芫荽根，等到菜做好端上桌，少不得又要在上面撒一把芫荽菜；眞是把它用得淋漓盡致！

羅馬人的香菜譜

芫荽的籽與葉這兩大系統，現在看來似乎涇渭分明，但我懷疑早期並非如此，遠古時代的希臘人、羅馬人、波斯人等歐亞民族，可能也像現在的東方人一樣喜歡芫荽葉。

從零星殘存的食譜史料，可以窺測當年口味的一斑，其中有一本最古老的《論烹飪》（*De Re Coquinaria*，英文譯爲*On Cookery*），相傳是公元一世紀時羅馬美食家阿比鳩斯(Apicius)所寫的食譜，是研究上古飲食的重要文獻。從此書看來，古羅馬帝國的烹調頗爲接近現代義大利的南方菜，但使用的素材更健康，包括豐富多樣的蔬菜、取自地中海的蝦蟹海鮮，以及野禽和內臟雜碎等，常用的調味料有酒、醋、胡椒、茴香、麝香草等；切碎的芫荽鮮葉則大量用於各式菜餚，例如「紅酒芫荽燉蘑菇」、「大蔥芫荽煮甜菜」、「白酒燒比目魚」，以及「漁港海鮮湯」等等。

香菜抓住丈夫的心

可惜這些做法在後代已然式微，由於某些我們無法考查的原因，中世紀之後的歐洲人逐漸冷落了新鮮蒝荽，轉而取用蒝荽籽，並因疏離陌生而認爲這種香菜很有「異國風味」。倒是黎巴嫩、伊朗等舊日波斯古國，還多少留存了昔日食風，除了蒝荽葉用得較多，吃飯時也會擺上一盆「什錦香菜」，滿置薄荷、蒔蘿、洋香菜、蝦夷蔥、蒝荽……等各式芬芳綠葉，既可佐餐又能清口。波斯人還有個迷信，說是婦女吃完飯後，如果把這些香菜配著麵包和乳酪一起吃下，就能永遠抓住丈夫的心。現在聽來有趣，當年卻不知埋藏了多少黑面紗後的無助心情。

胡荽進了中國胃

說蒝荽，當然不能不談中國。兩千多年前的西漢，歷盡千辛萬苦的張騫，終於走出一條貫穿歐亞的絲路，把蒝荽和胡麻、西瓜、大蒜、葡萄等西域蔬果引入中原，所以蒝荽古名「胡荽」，由於北朝的胡人皇帝石勒避名諱（胡、石、勒等都不許用），改稱香荽、蒝荽，原名羅勒的九層塔也改叫蘭香或香菜。石勒不過是歷史上一閃而逝的名字，這兩種家常菜蔬竟跟他有關，你大概作夢都想不到吧？幸好玫瑰叫什麼都一樣香，蒝荽也不因改朝換代而走了味道。

剛傳入時，一般人不知道如何下手入口，道家還把它列爲「葷菜」，說它辛臭刺鼻，多吃會「昏神伐性」，但時間一久慢慢吃出味道，尤其東漢末年開始流行「胡食」，風味特殊的胡蒜（即大蒜）、胡芹、胡荽……等外國調味料，紛紛用於廚下，深深影響了中國菜的烹調風味。例如當時有一道風行的「胡羹」，以羊肉煮汁，用蔥頭、安石榴汁、蒝荽等調味，香濃誘人。我們至今仍喜歡在羹湯上撒蒝荽，說不定就是一千七百多年前「胡羹」的流風遺韻呢！

借來的味道

中國菜用蒝荽，一來取其清香以烘襯菜餚的氣味，二來借它沁人的翠色以平添生動食相，雖說兼顧了調味功能與菜色美感，但我總覺得其心法只在一個「借」字，並不是認眞要吃它。我見過因爲買不到蒝荽而急得跳腳的印度朋友，也在墨西哥市場看到大綑大把買蒝荽的女人，卻從來沒有見過中國人因爲缺了蒝荽而嗒然若失；反正只是借用幫襯，可有可無，和它的關係有種若即若離的疏遠客氣，上了桌也多半用於綴飾，不像其他民族剁而啖之，燉而煮之，對它戀執情深，非得餐餐在齒舌間廝磨纏綿不可。西方人以爲蒝荽是中國菜的專擅特長，說起來只能算是一項美麗的誤認(misrecognition)。

是壯陽還是補陰

東西方對蒝荽的吃法容或有異，但對它的藥效卻一致賞識推崇。希臘的醫學先驅希波克拉底，很早就指出它有開胃、解毒、助消化的功能，所以西方民間慣以蒝荽籽煎汁來治療腹瀉或腸絞痛。印度人則認爲它能紓解腸胃積滯、便秘、失眠等毛病，還有幫助女人分娩的效用。中國的

《本草綱目》更洋洋灑灑臚列了數十種功效，除了消化健腸之外，蒝荽還能退燒、止頭痛、補筋脈、催奶水、治腸風、發痘疹、去黑斑、敷治蟲蛇咬傷、解除肉類中毒……，最神奇的是，連中蠱都能醫！

中世紀的歐洲人甚至相信，蒝荽有催情及壯陽的功能，是炮製春藥的原料之一。這點當然大謬，因爲蒝荽除了能催乳、助產之外，根據現代人的研究，還能激發女性荷爾蒙促進排卵，明明是「壯陰」大補丸，怎麼會是壯陽藥呢？另一個出自中國的軼事則令人發噱，《南唐書》不知從哪裡摭拾來的傳聞，說是播種蒝荽的時候，如果嘴裡唸唸有辭滿口髒話，將來發出的蒝荽就會長得肥美茂盛，當時的讀書人因而把說髒話叫做「撒蒝荽」。可惜這個用法現已亡佚，否則我們就會聽到人家說：「你少在那裡撒蒝荽，有本事給我過來！」

為香菜除臭

最後，我要爲蒝荽抱屈鳴冤，這麼清逸優雅的香氣，卻還是蒙受了若干不白「臭」名。它的學名Coriandrum sativum源自於古希臘文Koris，原意是臭蟲，大概是命名人把床板縫的臭蟲摳死後，認爲那氣味很像蒝荽。與莎士比亞同時代的英國著名植物學家杰拉德(John Gerard)則形容它「是一種很臭的草」。至於中國道家更把它和韭、蒜、薤等並列爲「五葷」，說是辛熏之物有損性靈，修行煉氣者必須戒食。

我想，這些人的嗅覺都缺了一竅，所以無法跨入蒝荽的堂奧，進入那清冷的、幽渺的、秀美的但又忽遠忽近，似實還虛的世界。

——二〇〇二年九月・選自聯合文學版《南方絳雪》

簡媜作品

散文卷

簡　媜

台灣宜蘭人，1961年生。台灣大學中文系畢業。現專事寫作。作品以散文為主，著有散文集《水問》、《只緣身在此山中》、《月娘照眠床》、《夢遊書》、《胭脂盆地》、《女兒紅》、《紅嬰仔》、《天涯海角》等十餘種。曾獲吳魯芹散文獎、中國時報文學獎、國家文藝獎等。

三隻螞蟻吊死一個人

——談挫折

一隻紅螞蟻，一隻黑螞蟻，一隻白螞蟻；架起牠們的天線，穿好行軍靴，排成一路縱隊，踢著漂亮的正步，誓師討伐。

三隻螞蟻雄兵，尋找一處名爲「人」的肉體叢林，開始挖戰壕、修棧道，佈設地雷、搬運糧草，依人體結構畫分游擊戰區，牠們非常聰明地把總司令部設在頭髮地帶（如果那個人不是禿頭的話），在舉行簡單而隆重的升旗典禮之後，隨即互授軍階，分派突擊任務、成立後援小組。當這些事都依照時刻表完成時，天色也晚了，牠們象徵式地拿幾滴毛細孔內的餘汗擦個澡，夜來紮營於耳朵內。牠們輪流站衛兵，以防人的指頭突然掏耳朵此種顚覆的陰謀。如果一宿平安，第二天準時吹奏起床號，集合報數、點名喊「有」，一起做螞蟻體操，呼個口號。

三隻螞蟻不打仗的時候，喜歡圍坐一圈，讀〈南柯記〉傳奇小說，牠們允文允武，以儒將自許。當高聲朗誦到：「中有小臺，其色若丹，二大蟻處之，素翼朱首，長可三寸。左右大蟻數十輔之，諸蟻不敢近，此其王矣。」時，必同聲悲嘆、痛哭流涕，不能自已。牠們矢志爲螞蟻帝國失落的光榮傳統獻出熱血，以一己爲犧牲，圖萬世之大業。牠們的兜兒裏都揣著蟻王的正面半身御照，晨昏定省，以示服膺領導。當黑螞蟻目光炯炯，逼視同袍，說：「這是一個非常的時代，一個救亡圖存的時代……」兩隻螞蟻不禁悲傷地俯首，遙想家鄉的小螞蟻子孫正瀕臨斷糧危機，嗷嗷待哺地等著牠們擄回「大蟲」以熬過寒冬。兩隻螞蟻捶胸頓足，忍住眼淚，與黑螞蟻一起又呼了個口號。

挫折像英勇的螞蟻兵團，以縝密的作戰計畫，單點突破，化整爲零，逐步展開：頭髮之役、眼淚潰堤、極機密嘴部堅壁清野策略、手腳大捷，並且運用心戰喊話，使名爲「人」的這隻大蟲突破心防，自動倒戈，撞牆抹頸割腕，一時三刻昏厥過去。勝利的時刻終於來了！三隻螞蟻扛著敵人的軀體，踩著漂亮的正步，浩浩蕩蕩朝著螞蟻國的康莊大道前進──事實上只有兩隻螞蟻扛人，因爲必須有一隻螞蟻在隊伍前面打起勝利的旗幟；牠們經過激烈且複雜的猜拳才達成協議由黑螞蟻掌旗──牠們順便決定凱旋時不呼口號，改吹口哨。

挫折就是這樣。叫人死不了，活著又不爽快。好比春花浪漫的季節裏，早晨醒來，發現身上的薄被爬滿螞蟻。在你還沒有驚叫之前，牠們已經爲豐盛的早餐做過禱告了。

挫折不單獨來，它帶著子子孫孫一塊兒來。被三隻小螞蟻扛走的人，似乎只有兩條路：成爲俘虜，或反敗爲勝斃了牠們的蟻王。

挫折飢不擇食，只要是內分泌正常，帶人味兒的，全是三隻螞蟻搬運的對象。管你帝王將相、販夫走卒，管你美若西施、醜若嫫母，牠們全看上眼。若有人說打從出娘胎到現在，不知道螞蟻這小可愛的，必是瞎掰；說活到這把歲數沒經過挫折的，除非石人木心。那就對了，三隻螞蟻夠氣力吊死一個人，當挫折來了。

要我翻賬本兒，查查挫折這筆開銷，說眞心話，有那麼一點難。好比考我哪塊蛋糕哪片餅屑曾招過螞蟻，八輩子也想不起來。我一直處在挫折之中，日久生情，把眼睛也瞧順了。對走到哪裏螞蟻隊尾隨而至的人而言，沒那等閒功夫趕牠們的。

自從我練就半遊戲半認眞的人生觀之後，人生道上的枯木漂石、鼠屎蟑螂鞘，隨它們愛來就來，愛去即去。情感受創、事業多磨，也不過像一鍋好湯飄了一粒蟑螂屎，舀掉它，湯頭還是鮮得很。遇人不淑、懷才不遇，加點破財消災，也犯不過捉肺動肝拉一攤鼻涕眼淚。照我的老法子，螞蟻舔過的甜糕我一樣吃，如果牠們很慈悲留給我的話。

挫折，是我道上的朋友。當然，這是經過多次被莫名其妙扛進螞蟻窩之後，才換帖的。

在我還沒有認識可愛的蟻獸之前，那是我這一生中最金碧輝煌的歲月。我相信必定有幾位長翅膀的仙女成天無事可幹，搧著小翅跟著我在鄉村的每一條路上飛來飛去。我甚至以為，過於奇妙地躺在稻梗上摹仿雲朵的姿勢，或瞇著眼睛搖頭想把世界全部晃成綠色這種傻事，必定是她們促狹哈我的腳丫才使我變得如此快樂，莫名其妙的快樂。我至今想起那些短暫的時光仍會心痛，因為人不應該那麼無邪地快樂，它的消逝，意味著仙女們的早夭，因為我不小心誤跨人世的門檻，不得不開始早熟。

從此以後，快樂像乞丐碗內的剩飯殘羹般值得感恩，因為，挫敗與痛苦才是我們本份的糧食。

意外。總是意外。在我生命歷程裏的挫折事件從不肯慢慢撒苗、冒芽，以讓我儲蓄應變能力去擋它，它們突然發生，一次來臨足以崩垮我所依循的秩序，逼我不得不從廢墟中撿起碎成片兒的自己，離棄舊土，再找一處荒野打樁砌牆安了身。我總是清楚，這一走便永遠回不來了，那兒的風土人物與故事，都將成爲儲放記憶的抽屜裏的碎紙頭、破畫片，以及不能再咬住什麼的迴紋針。

如果歷經挫折也像蛇必須蛻皮的宿命，我猜想我所蛻的皮夠織一條拼花地毯吧！

但是，人不應該過度炫耀自己的痛苦，因爲任何一條街道的拐角仍躺著比我們更痛的人。能夠正常地一肩挑起自己份內的破敗玩意兒，畢竟是一種福氣，有些人遭遇到的襲擊，壓根兒非他能力所能負荷；譬如五十公斤肩力的人擔四十公斤石頭，與十公斤肩力者挑二十公斤擔子，哪個重呢？

我這樣子看挫折，漸漸把它當作修行。

人生的結構，也像月之陰晴，草樹之榮枯，一半光明一半黑暗。我們之所以容易受傷，乃因爲在盡情享受美好的一半之後，更貪心地企求全部圓滿。我們並不是不知道這個道理，卻習慣在挫折來臨時怨聲載道，彷彿受了多大的冤屈。人是追求完美的動物，而完美只是激勵人向上意志的信念而已，人生的基礎結構無法得出完美。

挫折的來臨，有時象徵一種契機。它可能藉著顚覆現行秩序，把人帶到更寬闊的世界去。它知道人常常不知不覺地窩在舊巢裏拒絕變動，久而久之成爲甕內醬菜。它不得不以暴力破缸，讓人一無所有，赤手空拳從荒蕪中殺出生路。當他坐在新莊園品嚐葡萄美酒回想過去的折磨，他會衷心感謝挫折，並且不可思議爲何自己能在那只醬缸窩藏那麼久！

挫折開發了我們再生產的潛力。

我已經不再覺得被崩垮的故事與人物，有什麼值得眷戀的地方，這種看來相當寡情的性格，根源於對人生有了更開朗的看法。過去的，好比一張被雨淋溼的舊報紙，不需要再背誦新聞內容，更犯不著以體溫烘乾冷溼的紙張。我但願自己永遠保持一種自信：現在擁有的比過去任何時刻都豐盛。

所以，三隻螞蟻背著繩索在我背後躡手躡腳的時候，我起了愉快的遊戲心情。牠們以爲尋獲了龐大獵物，流露出不懂得節制的快樂，我暗算牠們將扛我到更曼妙的世界去，同樣流露出過於猴急的表情。

反正，我已經被綁架許多次了，知道什麼樣的姿勢有利於打包。反正，我已經無可救藥地寡情了，當然不會捧著人生裏的骨董珍玩增添螞蟻們的負擔。牠們喜歡綁我就綑吧，有時候不妨學習視一切如糞土，連牙刷也不要帶。

三隻螞蟻像忠黨愛國的軍人呼過偉大的口號之後，又激烈地猜拳，這時間夠我在牠們勝利的旗幟「戰俘一名」底下塡寫自己的名字。當牠們達成協議又經過熱情的握手禮儀，終於發號施令：「一、二、三、四，左腳、右腳、前腳、後腳」一面踢著漂亮的正步，一面抽出天線，收聽廣播電台是否播報三隻螞蟻吊死一個人的新聞號外。

牠們過度興奮以至於不曾發覺，扛著的那個人正在打呼，尾隨在後的仙女們搧著小翅膀，把七彩的鼾泡搧到天空，三隻螞蟻誤以爲遠方蟻國正爲牠們的勝利施放煙火，非常感動地朝著鼾泡行舉手禮，又激動地呼了口號。

——一九九四年十月・選自洪範版《胭脂盆地》

秋殤

——爲一九九九年「九二一震災」而作

如今，您們躺下。在自己的家，自己的鄉，自己的國土裡。一九九九年九月二十一日丑時，星月交輝、微風吹拂，甫過最喜氣的九月十九，離月餅與柚子的節慶只剩三日，而您們竟然躺下。

如果壓在您們身上的是柔軟的被褥而不是磚牆，我們的痛苦會輕一點。如果包圍您們的是花朵而不是瓦礫，我們的眼淚會少一些。如果鞭打您們的是柳條而不是鋼筋，我們的愧疚會短一點。如果親吻您們的是陽光而不是永恆的黑暗、如果在您們耳邊誦唱的是天使的詩歌而不是圓鍬十字鎬挖土機，我們的心不會那麼痛。如果奮力挖掘即使十指流血亦不停止，猶能將您們摟抱入懷，聽您們喚過家人名字、說完每一樁遺願再走，那麼我們的恨不會這麼地深。

婆娑之洋啊美麗之島，那夜竟無一神眷顧原應靜美的秋夜，無一神守護善良子民的睡夢，任憑地底魔力搖撼這小小島國如摧殘汪洋裡的一葉扁舟。

那夜強震襲來，睡與醒之間的距離僅容一粒砂。彷彿有千百支縫衣針刺向背脊，人從床上驚跳而起，覺察到前所未有的搖撼，如一位瘋子掐你頸項死命地搖，無邊際的黑暗令人驚悚，顧不得巨大的聲響在耳畔威嚇，顧不得自身安危，一心一意呼喊親人的名字，摟抱同床共枕者或奔向另一個房間欲保護家人——時間在此凝固，永遠地封鎖了。

所以我們這些倖存者，帶著戀戀不捨與無法停止的淚水迎著天光誦唸報紙上刊載的死亡名單——沒有一個名字是我熟識的，但也沒有一個字是我不認識的。陳姓一家五口、李姓夫婦二人、簡姓親族二十九人、林姓兄弟兩家共十一口、黃姓王姓吳姓、莊圍社區部落……。長長的名單是神的恩典還是惡魔的饗宴？這名單上的人何罪之有？不過是務農的阿公阿嬤、做生意小商人、行船捕魚男子漢、採茶賣菜婦人、背書包上學的五歲、六歲、七歲兒童！他們離權力還有一段遙遠距離，亦無勢力勾結官商，更無實力與黑金共舞、吸食土地與人民的精髓永不饜足。他們只是大地上憨厚傻氣的人民，信任政府、信仰天，以爲用選票選出來的應該都是清官賢吏；以爲平生不做虧心事，應得佛祖菩薩保佑。

「天道無親，常與善人」是句謊言。爲什麼斷垣殘壁不壓貪官、污吏？爲什麼鋼筋鐵條不困土豪、劣紳？爲什麼哀哀欲絕的總是手無寸鐵的布衣平民而不是高高在上、不問民間疾苦、不管他人死活的政治敗類呢？

難道這小小島國必須藉生離死別的痛苦才得以壯大、獻上血祭才能福祚綿延？難道唯有在台灣最美麗的心腹之地涵育的最善良子民才能爲這座日益喪失正義與理想、沉溺於貪婪與罪惡的孤島做「救贖」，才能讓這島醒過來，看看自己雙手沾的是什麼？摸一摸自己的心口還剩什麼？

若如此，您們——兩千多位平凡百姓便是這一場大自然戰役裡的戰士！是換取我們走向正確之路的英魂。您們躺下，供我們踩著您們的身體牢牢地站好；您們躺下，把殘破的家園交給我們，讓我們有機會回憶這島嶼命脈是從災難與流離之中開始的，回憶數百年來，哪一次不是緊咬著孤獨與無助把日子過下去，哪一次不是一無所有卻終能白手起家！

魂兮歸來！我們最親愛的父老！戀戀不捨的鄉親！我們將搬移壓在您身上的磚牆如同搬移邪惡，剪除圍困您們的鋼筋鐵條如同剪除不義，還您們一身潔淨如同修復我們自身的心靈。

魂兮歸來！請您們從今以後守護這島，做我們永不倒塌的靈魂樑柱！當諸神離席的暗夜，我們亦不恐不懼，因為抬頭便能望見兩千多顆星子，陪伴我們直到陽光降臨。

一九九九年中秋團圓因您們遠離而空缺，這被沒收的時間我們要一分一秒地討回。請與我們訂約，您們當中身體強壯的，要記得攙扶每一位老人家、照顧每一個懷孕婦女、牽好每一位孩童、抱緊每一個嬰兒，不管路途多遠，要回到婆娑之洋美麗之島，回到福爾摩沙。

浩浩蕩蕩，魂兮歸來！在每一個月圓的秋夜，一起回家。

——二〇〇二年二月·選自聯合文學版《天涯海角》

水證據

——給河流

想像你正飄浮著。

想像你飄浮在高空之中隨氣流翻轉，時而如一片嫩葉迎向驕陽及不可計數的星宿，時而倒臥如古木，測量陸地與海洋。想像你路過東經一二〇度、北緯二十三度附近時心旌搖晃，彷彿遠方有人喚你姓名，遂撥開雲層俯瞰，一陣陡然上升的氣流帶你偏離座標，盤旋向上。你速速穩住身體從萬餘公尺的高雲區緩緩下降，無意間竟同時穿越如蔥瓣層層包覆、在宇宙間浪遊的時空層，於是你見識一座島離奇誕生。

初始是一億五千萬年前，你驚訝這古島只不過像浮在海面的兩三滴嬰兒淚珠。你尚未看清淚珠的布局即一箭掉入一千萬年前至五百萬年前區間，這回你看到「菲律賓海板塊」與「歐亞大陸板塊」宛似不共戴天仇敵，擠壓、交戰，逼出這島的脊樑骨——中央山脈。接著，你穿過約三百萬年之久的火山爆發期，滾燙的岩漿四處噴發，如傷重之人流淌鮮血。你無法在這火燒之島駐留，迅速墜向另一時空層，不意竟撞入一萬二千年前的冰河期，你的腦海尚留著熾烈的火舌印象，頓時無法接納冰封事實；你在酷寒中戰慄，竟幻覺這島被冰棺鎖住。冰河期海水降低，使島與大陸之間的海峽乾涸，彷彿有矯健且壯碩的動物在露出的大陸棚上奔蹄，朝這島遷徙。你不及等待回暖、見海水如何一寸寸解凍又塡滿海溝，便提早進入另一層時空。那是十六世紀晴朗無雲的某一日，你在高空發現這島宛如一枚綠眸，安靜地停泊在大洋與大陸激戰之處，拱起的中央山脈使她看起來只睜三分眼，無限淒迷卻也流露悲憫。你情不自禁被她吸引，飄然而降宛如迷路葉子被母樹召回。你完全不理會有一支白面紅髮的海上探險商隊一面敞胸享受季風吹拂一面擒起望遠鏡對島觀測、高喊，只是癡癡地凝望這翡翠般散發綠芒的島嶼。你被豐饒的綠澤感動，雖未見到野鳥山雀蹤影，你卻相信整座島嶼都被歡歌的綠林覆蓋著、晃動著。這美妙的瞬間千載難逢，你竟想將她據爲己有，一生不夠，一世不夠。其實你心裡明白，觸動你的是她的身世，火燎過，冰封過，歷千百劫而悠然一醒，復活後自有一股容得下憎恨也藏得住情愛的雍容氣派。你歡喜讚歎，這島是菩薩眼。

現在，不可阻塞的思慕頓時注滿胸臆，乃雲層不能遮蔽、烈日無法蒸涸。這思慕是一切的源頭，歡樂、憂傷或痛苦。你內心澎湃著，彷彿夏日的積雨雲渴望釋放雷陣雨，於是你依恃意志慢慢向島嶼泊靠，你愈移愈近，幾乎像繫在高山峰頂百年冷杉上的一線風箏，原先高空所見的綠眸搖身變成側睡的地母身軀。現在，你的高度適於追蹤獼猴的嬉戲路線或數算島上河流。

爲了數算河川，你繼續忽高忽低地飄浮。「數算」的念頭令你覺得甜蜜，近似孩子般期待——這感覺非常熟悉。你不禁相信，生命中每一樁美好事件發生時，人會在肌膚表層埋下無數酥癢暗號，以備日後藉由其他事件、細節觸動那酥癢機關而再度喚醒美好經驗。你試著解析這甜蜜、期待感覺，釣出往事。適時，你的腦海浮現溫暖回憶，數十年前你仍是幼童即曾擁有如此刻般的甜蜜數算：那是春日午眠乍醒時刻，你推被坐起，恰恰好看見風藏入竹叢內舞動，低垂的枝葉一會兒拂過窗戶，一眨眼又速速退回。你常常把手伸出窗外，折一兩枝竹條插在眠床角落木板的縫隙裡，玩著幼童的幻想遊戲。此時，你被以你的年紀尚無法言說的那份天地悠遊的情趣打動，不想折枝，僅依隨莫名的歡喜意識，湊眼觀看身旁仍在熟睡的祖母。你輕輕拔出她頭上的髮簪，細玩其圖案，復插回，她仍不覺。於是你大膽地扶起她的手臂，翻左覆右、提上放下，數算一個勞動老婦手上的青筋。你的目光追隨筋絡起伏，終於在浮凸與潛行之間迷失。你相信當時祖母一定已醒覺，卻仍然假寐成全孫女的祕密把戲而暗自竊笑。但你不知，因不知故全心全意數算血脈而烙印了一生的愛。

此刻，這島這地母必定也裝成不知你正在數算她身上的血脈，以誘發你對她的愛吧！一百二十多條河川流淌於島嶼全身，壯河足以行舟，即使是瘦川，兩岸種稻植菜也夠養活一村。你輕聲嘆息，這隻綠眸稱得上淚眼婆娑。

你無法解釋爲何河流總讓你興起戀母情懷！或許是從娘胎帶來的，於羊水中嬉游的原初記憶吧！這使你無法抗拒任何一處河灘芒草的招引而想要親近，不得不聆聽水流呼喚而輕聲響應。你癡癡凝望每一條遇到的河，於徒步或車行中，你爲翠綠景致、清澈河水歡喜，但更多時候，你不忍卒睹那污濁且飄著牲畜糞味的臭河，遂屏息閉目、匆匆經過。剎那間，你的心碎著、痛著，只有自己才聽明白，那碎裂的聲音有多尖。你看過因皮膚潰爛而毛髮脫盡的棄犬，一條黑河，對你而言就像耳聾目盲全身癱瘓、倒臥在路旁的親生母，她看不見你，而你衣冠楚楚地看見她卻喊不出口。

逃，成為你在城市叢林中最常使用的動詞；就這麼路過吧，當作沒發生。然而人在自欺中獲得的甜食，恐怕連螻蟻也不屑一顧。經年累月在頌揚科技文明的征樂中負著生活之軛，你的精神狀態日漸佝僂、萎縮，自慚不及旅鼠，牠們猶有勇氣躍入那阻斷遷徙的海洋，而你只能垂下頭，怯懦地看著紫外線指數偏高的陽光撥弄你的影子，如有人持竿撥弄火焚後的焦屍。

那焦躁的感覺隨著新舊世紀交替之逼近而加深。你想反抗故常常覺得口渴，彷彿另有一具軀體埋在滾燙沙漠裡未被掘出。你拚命灌水，試圖跟整座沙漠頡頏。

事情開始有轉機是跨入中年門檻之後，不知不覺，你多出好幾副「眼睛」來觀看熟得不能再熟的生活路徑。

譬如，你徒步至山下購物必然經過的跨溪大橋，橋左側的風景只有天空、山巒與溪流，這是你摯愛的一景。山巒溪彎之處，偶有白鷺棲息或尋幽釣客獨坐石上或一陣野風吹動芒草，這是你摯愛中的最愛。如今，重型機具及勤奮的外籍勞工恰恰好在你摯愛的景致中豎起兩座跟焚化爐煙囪一樣嚇人的橋墩，以高聳入雲的姿態宣告高速公路交流道必會「大駕光臨」。那兩座橋墩像兩根刺，除了「象神颱風」當日你目睹滾滾泥湯升至橋墩三分之二高、據此預言下游地區必將潰堤淹水，乃這兩根俗物提供測量之用外，其餘時日，二刺傷眼。又譬如，你返家途中抬頭見山，山嵐繚繞之處新豎了幾座負責「南電北送」的高壓電塔。再譬如，溪畔路旁你曾俯身欣賞草叢上布滿早已在市面絕跡的粉紅小蓮霧，遂仰首與她相認、如見乳母的那棵高齡蓮霧樹，如今被劃入土雞城之類餐飲業者的停車勢力範圍。你不卑不亢過你的生活，其實是對這些轉變無能為力。

直到有一天，初越中年門檻的某日，你練習用另一種視力觀看四周。你站在橋中央，面對那兩座橋墩，觀之諦之參悟之，你設定自己只有十歲，相襯地，那天空、山巒、橋與溪流亦回復三十年前面貌。你深情地滲入那時空，首先覺到一陣秋風間間吹來，將附近山巒翻了個身，同時晃動你所佇立的吊橋。你的意念在此停頓，深深嗅聞風中落葉的香氣，閉目聽取溪聲，貪心得像永遠不再、永遠不再，以致回神後略感惆悵。你又假想自己已逾七十之齡，乃辭世前數日、意識尚完整時，你經過老蓮霧樹原址——三十年後這兒可能豎了一根公車站牌，你決定就在這有溪有樹的地方跟整個世界告別。（你擔心羽化之際會有短暫性驚慌無助之苦，若有水靈樹精護持，即使是忘川之靈、無情樹之精也比醫護人員的管線讓人安心自在。你謀慮溪流風景已久，可惜旁人無法洞察，只視你如迴轉車壽司般巡迴於各大醫院。此日無意間路過，倒成全了你的渴慕。）孝子賢孫（若有的話）記住的是數日後你在醫院或自宅歸西，只有自己知曉，你的魂爬上蓮霧樹，就在那溪畔老樹懷內、如嬰兒熟睡般舒服地蟬蛻而去。雖然在旁人看來，那兒只有覆蓋鐵蓋的排水溝及一根毫無靈氣可言的公車站牌。

這般私密練習讓你掙得一些轉圜空間，甚至類近輪迴轉世。於逸走之中，你覺知所有意識、思維、慾望、情愫一一拆解，紛然飄流於浩浩蕩蕩水域裡，隨漩渦而迴轉，遇斷崖則跌宕。於是，那些行經煙火人間必會沾染的恩怨情仇像沸湯上的浮泡、糟粕，漸次漂走。重組後之意識、思維、慾望、情愫有了光澤，彷彿一棵枯敗之樹，躍入水中潛伏數日，上岸後察覺樹幹枝椏冒出密密麻麻的嫩葉，那純然的光澤令人竊喜，再一次，你忤逆了這世間。

現在，諳練心靈祕戲的你已能對抗現實裡隨時出現的各種破壞，包括矗立在溪流中的那兩座橋墩及引爆居民拉布條抗議的高壓電塔。你用無盡的思念自我治療。那深埋內心糅雜經驗與想像、對壯美自然與樸麗田園的思念是你深戲的憑藉。人遇風邪而流涕，逢哀傷而垂淚，因思念則飄浮。

飄浮於離地萬呎空中，你算出百二十餘條河川織成銀灰魚網，從太平洋海底撈起這豐腴之島。想必當時曾高高撈起又重重摔落，致使破海瞬間激生的一圈白浪，永恆不滅。

你放任自己依隨川流而凝睇、遊移，險險迷失於銀色網罟之中。你定一定神，理所當然從流程最長、幾乎橫穿整座島嶼的濁水溪開始想起。

自中央山脈躍下時，她只是一尾敏捷的銀白小蛇，一路穿鑿山體、切割幽谷，颼颼然如不畏天地的小龍。她狼吞虎嚥急著把自己養胖，就這麼嚼食板岩吃下過量黑砂，導致溪水變濁。行至下游，這條泥黃大蟒用盡最後一絲氣力，扭身攢出肥沃的沖積扇平原，而後斂目出海。如今，你懂她了，沖積扇平原養出獨特的濁水米，乃是一粒粒語句，每日黃昏量米聲中，響出她的叮嚀：吃壯吃實在了，才挑得動一籮一筐的苦難。

這炊煙形象太過鮮明，使你不禁憶起二十多年前甫入大學、某次社團聚會的情景。那時你什麼也不懂，傻傻地加入一個即將瓦解卻仍在殘喘的文學性組織。新社員僅有幾名，老鳥不過一兩隻。吃過迎新飯後，總得做點跟這社團有關的事兒才行，於是有了那場誦讀會。更確切地說，是新社員選一段跟自己家鄉有關的文章，幾個人窩在桌椅零亂的舊教堂裡唸一唸罷了。你根本忘了自己誦讀什麼，可是你記得那個剛從鄉下北上唸大學、尚未度過思鄉階段的理工科男孩。黑黑瘦瘦的他略顯靦腆，台語流暢帶腔，國語彆扭亦有腔。他讀文章的聲音考驗你的聽力，促使你必須在無影印稿可供參照的情況下支起耳朵如聆聽聖旨。你第一次聽到濁水溪這名字。什麼樣的描寫已聽不出，因爲他的聲音忽然哽咽，不明所以地哽在沒人知曉的故事裡。沉默封鎖了那間舊教室，人人垂首不知如何破解，如置身喪禮。最後，他啥也沒說，收拾東西，離去。不多久，那社團也在眾人默認下煙消雲散。

年輕時，你特別厭惡「失控」，認爲那是對意志力的羞辱。是以，不能理解爲何他誦讀家鄉河流竟像一個兒子在哭母親。鬢髮漸霜之後，你了解那男孩在古老教室裡向你展示的是一個人一生中可能僅有一回的純情——對家園、土地眞情流露。進入社會後，這純情不再。

從米糧想到魚，便不能不記起大甲溪上游支流七家灣溪一帶的櫻花鉤吻鮭。大甲溪水力豐沛，蘊藏量居全台之冠，哺乳了大台中地區兩百多萬居民並供應灌溉、工業之用。這般極度入世的河川，竟有一段冰清玉潔、不染煙塵的上游。

發源於雪山山脈的七家灣與武陵溪在武陵地區匯合，加上源自羅葉尾山的有勝溪來會，三溪共聚形成大甲溪主流——從此這河入世。入世的故事難免千斤重，尤其這條母河奶量驚人，數座水庫壓身，比永鎮雷峰塔的白蛇更無翻轉機會。兩岸成千上萬人口嗷嗷待哺之狀，想來令人悚然。這流奶之河若還想有一點自我，便只剩腦海風景。悠游於七家灣溪的櫻花鉤吻鮭，大約即是這河祕密冥想的前世罷。為世情所困之人總是毀掉今生，河亦如是。

自雪山悠然而出的七家灣溪，流域長度僅十五公里餘，卻具有一股靈氣，讓櫻花鉤吻鮭斬斷思鄉、洄游之鏈，與她依偎七八十萬年。這冷水性鮭魚的旅途十分迷離，或說是百萬年前遇冰河期，這島與大陸相連且氣溫驟降，魚群順流來訪，在此卜居。冰河消退後氣溫回升、海再現，殘存之魚不耐高溫，自平地暖河逆溯至高海拔寒溪，遂孑遺成「陸封性」魚，在冰冷處安身立命。或說牠的祖先可能生活在黑龍江上游古代湖泊，於降海過程順寒流千里飄游。

總之，牠們在山鳥歡啼、流水淙淙的七家灣溪找到自己的桃花源。對這群具有化石價值的魚而言，原鄉、異地之辯已失去意義，因為所有的傳奇皆導因於一次意外之旅。

你想起多年前武陵遊，穿越眾樹雜處的原生樹林，隔著數步之遙，你遵循保育專家所指凝視流水，試圖發現魚蹤。其實你什麼也沒瞧見亦不再聽聞身旁人語，只深深被這條清澈到接近柔情的溪流吸引。你感覺眼前風景即是一個悟境，種種我執漸次消融，遂恢復孩童之眼與她相認。武陵地處雲霧帶，遠山雄渾卻終年煙霧繚繞，近處反而陽光燦亮。你偏著頭，以目光臨摹山嶽奔馳之姿及岩脈驛動之法，又放眼細數色彩繽紛的濱溪植物，見落葉在風中閒飛，終於隨流水。潺潺溪流，如雲遊僧一路誦唱。溪底黑白卵石，清晰可數，濕潤的樣子像軟石頭。溪面浮著陽光與葉影，更像無數悠游小魚。你抬頭，復見百年松杉、千歲紅檜所指的那方晴空，窣窣然有感：人經歷種種遠近、軟硬、冷熱、輕重、動靜、五彩與黑白、有聲和無言……所爲何來？莫不是爲了體會有情眾生所嚮往的清明時刻，爲了親自領悟一切事物所指向的最終本質？你於是迴觀自己，深深覺知這芥子般生命能夠存在於天地之間，實是驚異的、值得致謝的。你問自己：「如果這生命於此時消失，會怎樣？」正當這時，保育專家邀大家移步向前，他正要講解溪流生態及櫻花鉤吻鮭的保育計畫。你聽到遙遠處傳來不知名山鳥的啼叫，短短數聲，復歸寂靜。即使駑鈍至無法用言語表述所謂本質涵義，你也不難視眼前風景爲一片顯像拼圖，藉此臆想全貌。該流淌的，日夜流淌；該悠游的，繼續悠游，該萌發的，在春日萌發；該飄零的，自在飄零。

「如果這生命於此時消失，會怎樣？」你問。

微風吹拂，空氣中瀰漫森林冷香。

「一滴雨，落入溪流中，會怎樣？」你又問。

即使五歲孩童也會攤開手，手指旋出兩朵空花，說：「沒怎樣啊！」

也許，答案就是這麼簡單。你想。

你不禁微笑，溪聲叮叮咚咚，說的或許不是生態語言。「鮭」即「歸隱」，暗示一條盡責給水、灌溉、供電的民生大川，在她腦海深處不僅杳無人蹤，且早已把紅塵看破。

你當然不會忘記凱達格蘭人守護過的基隆河。

這河是個異數，桀驁難馴，性似頑童。他開開心心造瀑布，又忽發奇想鑽蝕河床挖出一堆「壺穴」。他對米糧、漁產不感興趣，十分詭異地出產沙金和煤礦，連西班牙、荷蘭人都曾聞風而至。

頑童長成叛逆少年，最愛蹺家搞幫派。他把不歸他管的兩尾小河給併了，活生生搞出令專家頭痛的一百八十度大轉彎。從地圖上看，這河自平溪鄉菁桐山出生後，流穿南港山脈與伏獅山山脈之間，一路乖乖向東。到了三貂嶺附近，卻突然九十度向北轉，流至金礦之城瑞芳，又九十度轉向西流。這由東而北、自北轉西的步法，若非狂舞即是大醉，倒也符合青春期德性。天有天道，地有地理，若有所謂河川法庭，憑這河的叛逆行徑，一定被押入少年河川感化院。

然而弔詭的是，江山皋壤若不叛，怎能造出奇景？既已成就奇景，此地自然不適人居，人應謙沖而退，另覓他處結廬。可是，人不這麼想，硬是以逆治逆，移山塡海或截彎取直，對一條河施以手銬腳鐐，逼其就範。基隆河花了數萬年光陰兼併二河才造出大轉彎，人打算花幾年叫一條手舞足蹈之河立正站好呢？河有河性，每年颱風季暴雨來襲，即是這河越獄復仇時刻。雨水永遠幫助河水，河水以牽動海水，這力量讓原名「水返腳」的汐止大鎭不僅水淹腳目，且浸入泥湯之中。

那景象叫人哭，彷彿以天地爲鼎鑊，一暴烈少年咬牙切齒，煮了你一座城池，洩恨。

身爲淡水河三大支流之一，基隆河的最後一程在關渡。他的表現正中有邪、邪中帶正，鋪出遼闊沼澤地，養著水鳥、螃蟹及珍貴的胎生植物紅樹林——這一幕很像放牛班學生生活：寵物隨侍在側，功課叫螃蟹去寫，他抓著大把水筆仔朝地上練飛鏢。別的河求功名利祿，他只顧玩，倒也玩出生機無限的自然生態保留區。玩夠了該入淡水河，他手一揮，一群野鳥驚起，遮蔽半個天空。

擁有這條奇河，即使不諳勘輿也敢預言，台北盆地將永遠是個野性首都，永遠帶著哪吒性格。

瀏覽這許多河，你有淪陷之感，覺得自己的身體也像一截斷河；四肢是支脈來會，十指似田野間的涓涓細流。所以你這麼想，或許每個人都可以找到某條河的某段地貌與他的身形合符：髮與水草共舞，頭顱與亂石並列，或是肩與堤岸接駁。哪一條河是愛戀之所在，則繫乎童年銘印或文化地理上的追尋。你相信人會在潛意識領域模擬那河身、流程、水量，移植其氣候、景致及生養，河川神韻慢慢滲透、運行全身，決定一個人的逍遙姿態與蒼浪氣質。人，不是斷河，是浩浩蕩蕩的一部分。

換一角度看，即使是流程短促的野溪、小河，也希望其他河川知道他們的存在吧！然而，河水雖能奔流，河床卻是固定的；兩河若欲同流，需花萬年時間鑿穿岩層，若借暴雨之力氾濫改道亦僅是寸步之移，不若種子能離樹，鷗鳥能遷徙。因此，河不得不豐富自己的內涵，修飾水湄、妝點沙洲，使水鳥樂於棲息，人戀戀徘徊。如此，候鳥甘願成為河的使者，人則是「恆河沙數」分身。當人離開此地，雲遊他方，遇他方之河而懷想此河或與人交談中提及此河名字時，這河便藉由人的意念、言語傳播出去，讓河川同伴知曉了。河會思念另一條河嗎？這要問候鳥。每年飛往南國江畔過冬，是真的為了避寒，還是一隻隻棲於沙岸如一字一句，讓這河誦讀北國河川要牠們捎來的情書？

你想遠了，差點忘記自己如飛鼠伸展肢體沿東部海岸線飄浮乃爲了尋找童年河。位於蘭陽平原的冬山河，你要與她合符。

然而，她不在了。

一九七六年起歷經六、七年整治，彎曲的下游舊河道已塡爲水田，新闢河床較寬闊、筆直，經過數年規劃，如今搖身變成聞名的觀光景點，也叫冬山河，但不是你心中的那條。你有些悵然，不知該繼續相認還是降於山阿，學迷途孩兒一哭！該怎麼描述這種感受呢？好比王位被篡了，還認不認新皇帝？即使勉爲其難認了新皇上，你心裡愛的還是舊江山！

人對生養地的根柢情感，算是珍貴本能還是一種徒增苦惱的局限呢？

理智地看，若這河不脫胎換骨，不僅無法帶給無數遊客親水之樂，還會繼續讓三、四鄉鄉民飽受水災之苦——這種苦，像突然降下大批天兵天將，把你押到水邊按住頭，活活淹死。視河如人，河川也需要醫生，人的醫生不輕易動刀，河川醫生更需評估全局才能下藥。河，從發源地至入海處是一獨立完整的生命，一條河命繫住兩岸山野、村鎭、人民，頭頂著四季風雨，自成一格。尊重河川生命、河流風格的人能理解，任何挖掘機、廢水排放管所做的事足以取命、破格。河川不是不能整治，但先得把河當作活活一條命來治。整治工程也不只是官員、水利地質專家、包商之事而已，還得問問人民及歷史古蹟、自然生態、民俗文化、文學家。煩雖煩，也得耐煩。人若須截斷一根指頭，一定不厭其煩遍訪中西名醫並與家人朋友商量再做定奪，難道一條河不值一指頭？

說起整治，你氣鼓鼓地，好發議論的毛病不得不犯。年輕時，你頗愛野遊，四處行腳倒也參拜過不少湍流美景。你最恨那些不知靠哪座山選出的基層民代、鄉鎮長、縣市長，此「熱愛鄉梓、爲民服務」之輩酷愛糾集黑道、白道（或灰道）整治山川、粉飾太平，又喜於溪流、瀑布風景區建涼亭豎碑石表彰己功。那亭式、碑文千篇一律，如出自同一工廠。你總是雙手環抱胸前，讀碑，心中嘲諷在碑上署名的張阿三或李阿四：「你，好大的功勞哇！」你眞想問問他：如果有牙醫幫你拔牙後，在你臉上刺青，讚揚自己的醫術如何如何一流，你高不高興、開不開心、愛不愛？

你幻想中的碑是一棵棵濃蔭大樹，樹鬚拂水的樣子，彷彿魚可以緣木與鳥結巢。你也能接納樸素小石碑，或記述河史，或鐫刻與這河相關的詩歌、古謠。你諦視河水，想像之、理解之，深覺流水暗喻時間，岸上屬空間。所有存在於空間裡的一切事物，最後都聽流水安排，永遠消逝。所以你不喜看見以鋼筋水泥在岸上立傳世碑的作法。即使一首詩、半篇美文，也不值得用金剛材質以誌不朽。想到底，文學也只是在時間流域裡偶然閃現的靈魂鬼火，見者見，不見者不見，各自隨喜而已。朽，才是存在的最高律則，你認這條法律。

如果有一條河讓你作主，你會狠心叫她職司遺忘，還是手下留情，讓最悲傷的人飲了這水，也能想起一兩件甜美往事？古希臘羅馬神話述及，亡者進入冥府前，必須渡過數條冥界河川，其中一條爲「忘川」，亡靈飮忘川之水即忘卻世間一切，尤其是喜悅的記憶。既然死後被迫遺忘，生時嚐一點甜又何妨？畢竟世事多苦，你眞不忍有人悒鬱而卒。如果有一條河讓你作主，你要叫她讓人歡。

然而歡後又如何？是更加驗證「苦」字，還是因這點兒甜所以頂得住整個苦？若屬後者，算是苦中帶甘，還能靠這一絲滋味把人生嚼完；若是前者該怎麼辦？你想了想，這條河還得主覺悟。

「他深情地望著那流水，望著水的透明碧綠，望著奇妙的水波上亮晶晶的紋路。他看到明亮的珍珠自深處升起，一個個水泡在如鏡的水面漂送，蔚藍的天空映在水中。河水用一千隻眼睛在看他……」

赫塞《流浪者之歌》曾滋潤年輕時的你，撫慰憂鬱的青春。此時你想起書中追求眞我的西達塔，歷經滄桑後來到河邊，「他看見河水不停地流呀流，可是河水仍在那裡。河水永遠是相同的，可是每一剎那又都是新的。」

河啓發他。當他注視水中倒影，看著自己那張疲憊至極的臉欲投河自盡時，忽然自內心深處響出一個聲音——神聖的「奧」字，這是古老婆羅門在祈禱前後必誦之音，意爲「完美者」。河，救了西達塔一命，讓他褪去舊我，二度誕生。他學擺渡人留在河邊，向河求道。

所以，如果有一條河讓你作主，你會騰出一程霧色草岸，讓行吟者走到這空白處輕聲一嘆，而後佇立岸邊，與流水商量，迴身把江湖恩怨、世間情仇研成齏粉，沿岸灑自己的骨灰。你不知不覺擊掌，彷彿剛剛舉行河葬，欲拍去指縫間的餘燼。能這樣是美的，生命恢復白淨狀態，不記舊人，不解舊事，不留舊傷。這荒誕念頭使你開懷起來，也就不反對隨俗在河邊豎幾個小碑，刻幾首詩文，但手法必須隨興，最好像下山樵夫見雨後軟泥上的獸跡甚美隨手抽四根木條框了它般，野趣就好。

人生，難就難在野趣啊！

你一路忽高忽低，隨意識亂流飄蕩，繞了幾圈才來到泰雅族護守過的南澳新寮山——冬山河自此展開二十多公里流程。

蘭陽山勢剛柔並濟，險峻中帶著秀氣。在此瑰麗山頭發源，冬山河不走彪形大漢路子，反倒是天生柔骨。然而，柔骨多變且多難。上游地勢陡峭，形成峽谷與瀑布；行至山麓地帶，河床屬透水性強的礫石層，河水滲入地底變成伏流，埋伏數里進入丘陵地山腳又破土而出，形成湧泉。中、下游蜿蜒於平原上，亦是運途多舛，未整治前水患不斷。每逢夏秋間，這島位於颱風必經路徑上，島嶼東半部則是颱風最喜登陸之處，花、東地區如前院，宜蘭屬客廳，三地皆無所逃遁於天地間。於是，豪雨觸動山洪，河水挾泥沙滾滾而下，河身狹仄、曲折不利洩洪，再遇河口附近海水倒灌，兩派水系只須激戰一夜，即能使冬山河岸田疇、村舍沒入一片汪洋之中。

詭異的是，連年大水來襲卻未擊退依河而居的村民，是窮困至無處可去，抑是根柢已定不願放手？

蘭陽原是噶瑪蘭族(kavalan)過太平盛世之樂土，蘭陽溪以南、以北計三十六社，各聚落各自漁獵、游耕，在雨神眷顧的美麗平原上安然度日。一七九六年（清嘉慶元年），吳沙率三籍墾民大舉入蘭墾拓，自烏石港至蘇澳。從一七九六到一八一〇（嘉慶十五年）這塊土地正式納入清朝版圖、兩年後設「噶瑪蘭廳」止，這十六年間，噶瑪蘭人飽受漢人入侵、奪地，漳、泉大械鬥，海盜進犯等災厄。最後，勢力單薄的族人留下「噶瑪蘭」名號及至今沿用的音譯地名，被迫翻山越嶺遷徙至偏遠的花、東地區，另覓安身處所。對一族群而言是移墾偉業，於原住族群卻是奪地之恨，歷史背後總有殘酷的一幕，端看人要認、不認。冬山河流域原本分布著眾多噶瑪蘭族部落，如今也只剩位於蘭陽溪、冬山河交匯處的「流流社」尚有幾戶噶瑪蘭人家。兩百年來人事全非，而噶瑪蘭族的聖樹「橄仔樹」（大葉山欖）卻依舊矗立在遺址上，繼續守護這族群哀而不竭的命脈。噶瑪蘭人當然愛冬山河，他們被迫離鄉之日，難道不會頻頻回顧雨中橄仔樹、樹旁茅草屋，一路以高亢的哀歌向雨神、向流淌的冬山河之靈述說自己的依戀與不幸？那麼，若他們之中有巫者詛咒漢人將飽嚐一年落二百二十日雨、每年河水氾濫淹沒稻穀與牲畜，也是合情合理。飄洋過海尋覓新樂園的漢人難道不愛這片沃野？當然愛得如痴似醉。那麼，若他們發下重誓：「山崩而埋，水淹而溺，子孫永世不離。」也是合情合理的啊！

如是，淹水成為冬山河流域住民的宿命。

行至下游，這河仍是一程一蟬蛻，變化莫測。她造出遼闊的濕地與沼澤，摒除人世恩怨，化身成為水鳥國度。讓眾鳥在蘆荻深處、防風林間議論流浪與返鄉的永恆主題。最後，冬山河偕蘭陽溪入太平洋，與龜山島形成三奇佳會。

你的思緒澎湃，敘述的慾望如大河奔瀉而下。你放任思維漫遊，親親密密地隨這條母河蜿蜒——像孩童拉著母親衣角小跑步，被風一追，竟有小飛之感。你的腦海紛然湧現許多地名：馬賽、隘丁、大坑罟、功勞埔、武荖坑、猴猴、珍珠里簡、冬瓜山、武罕、武淵、三堵，打那美、鼎橄社、奇力簡、加禮遠、五十二甲、一百甲、五結、歪仔歪、阿束社、阿里史、奇武荖、羅東……。你從小熟知這些鏗鏘有力的地名，除少數與漢人開墾歷史有關，大多數依噶瑪蘭族社名音譯。流浪至遠方的噶瑪蘭人留下詩歌般的噶瑪蘭語稱誦這塊土地的美好。語言，是最大的巫靈，你這漢人子裔被奇妙的音韻誘引，誦唸其音，如飲甘泉，遂在內心深處升起莫名的憂傷與渴慕——想見你從未見過、可能並不存在的親人。標示這些地名的那張古老地圖掛在父祖輩嘴邊，沒有路標與距離，他們或以手指遠處，或遮眉仰望天空浮雲，或在河邊浣衣喟嘆，說你那住在「珍珠里簡」的大姑的悲淒童年，嫁到「奇力簡」的姨婆如何又嫁到「阿束社」，曾祖父在「一百甲」的那塊地白鷺鷥多到能遮太陽後來又如何被誘賤賣，住「歪仔歪」的叔公如何流浪到他鄉，自小送至「打那美」當童養媳的阿姑如何變成靈媒，你外嬤住「馬賽」但她是「猴猴」人，守寡後每次說話必先長嘆一聲……。你從小被這些古怪地名吸引，不知如何書寫，不明其意。幾十年後，你才知道「羅東」是「猴子」(Roton)音譯，想必二百多年前那兒有猴群出沒，吱吱戲弄行人。「歪仔歪」是籐，應有大樹盤踞，盛產籐蔓。你最親的那塊地「武罕」，原名「穆罕穆罕」，意為新月形沙丘。

如今，這張老地圖泰半粉碎，代之以中正、中山、仁愛、大同……等里、路、村名。語言，仍是最大的巫靈。

你找到跟這條河有關的最早記憶，那是一場婚宴。你還小，大約四、五歲，鄰村親戚家娶妻，吉日已訂，不巧正逢颱風稍息大水未退之日。你記得父親站在簷下將你舉高，要你看看小路浮出來了沒？你望見整個世界是灰鴿色的，天空仍飄著微雨，無人。不多久，卻有一葉俗稱「鴨母船」的小舟停泊在曬穀場邊——那景象讓你產生水、陸錯亂之感，以致欣喜異常。船夫戴斗笠披簑衣，奉命前來接人赴宴。鴨母船原是冬山河流域附近養鴨人家必備的交通工具，或用來游牧鴨群，或打撈浮萍、布袋蓮做爲鴨食。船前後兩端均爲尖頭形，船身瘦長僅容二、三人，船夫撐長篙行進。想必婚家所在之處未遭水潦，喜筵照常，掌廚的「總鋪師」及珍貴食材均已至，賓客卻被水攔住，不得赴會，婚家才急徵鴨母船相助。經過一番推辭、懇邀，祖母帶你赴宴，二人均披雨布、趿塑膠長筒雨鞋，狀似水鬼。那是你第一次坐船，當小木船滑過你家田地，你聽到水中稻禾擦過船板的聲音，心內壓抑著強大的快樂，你首度怯生生地幻想天地顛倒、滄海桑田的景象，遂覺得這一葉小舟宛如浮在空中悠遊，不受管轄。沿灌溉溝渠行至河域，你看到數艘鴨母船、竹筏急急往返途中，船夫們高聲問答，大約是計算尚有幾戶人家待邀罷！

這就不能怪你了，解事之前每逢狂風暴雨，你總有節慶的感覺。

「做大水」是冬山河流域孩子們的共同記憶——平等且沒有階級之分的經驗。整治後這條河已馴化，但你必須自私地承認，最懷念的仍是她的狂野時代。

夏秋之交，颱風破空而來，河水暴漲，淹水速度如眨眼，轉瞬間，水淹腳踝，不一會兒，爬上小腳肚，說幾句話功夫，已到膝蓋高。人以爲土地遼闊無邊，得下多大、多久的雨才能積水一吋啊！這道理本沒錯，可惜全被洪水破解，一旦水開始淹，就像全世界的雨都落在你家一般。所有地標、疆界、平地、屋舍、速度、方向……的認知系統全被粉碎；水，是唯一的空間與時間，水是唯一的存在。

你記得暴雨初至之時，大人們急著搬運穀倉內稻穀、搶救日用器物，七八歲的你則必須遵從指示，火速至竹叢縫、草垛上搭救被風雨嚇呆的三兩隻雞鴨；或是揹起竹簍至菜園拔光所有蔬菜，以免水退後必須連吃一週豆腐乳、蘿蔔乾、醃冬瓜、醬瓜、鹹菜。你總是戴上那頂炸了花的破斗笠，披著半身塑膠布，認分地做每件事，既不畏懼也不抱怨。豆大雨點打響塑膠布，竟似節慶鑼鼓，這讓你興起神祕的感應。強風奪了斗笠又把塑膠布吹成翅膀模樣，這種會飛的感覺如此美妙，你忍不住仰首展臂乾脆把颱風吞入腹內。一望無際的平原籠罩在狂風驟雨之中竟有一種孤寂之美，你心內激動卻無法言說——日後你學會爬梳情愫、驅遣文字，回想這一幕，確信當時鯁在喉間的那團情緒若化成文字應是：「啊！無邊的孤獨，我在這兒！」

這剎那間的啓蒙使你成年後每次憶起仍不免眼角微潤。你永遠秤不出這股憂傷混合歡愉的情感有多重，每當置身風雨之中，這情感便沛然莫之能禦，如風飛回風裡，水流入水中。土地孕育形貌，氣候沁潤性格。颱風經驗轉化成內在支援，當你陷入生命幽谷，最想傾訴的對象不是任何人而是風雨聲，那裡面有讓你靜定的力量。這也注定，你總是那麼容易自簇擁的人潮中走開，不留戀人群的氣味。風雨中藏有「毀」的成分，你一定繼承了這基因，故週期性地向舊日告別，讓一切歸零，像大水讓即將收成的金黃稻田在一夜之間歸零。

不鬧大水的時候，冬山河及其支流堪稱風情萬種。野薑花及「過貓」蕨佔據極長的河岸，空氣中蒸騰著蝶薑香味，或濃或淡看風的力氣。只要有小學女生放學經過，即能看見她們紛紛掏出課本，摘白色薑花夾入，次日即成淡黃色香蝴蝶。這是每日儀式。她們更不放過抽芽的「過貓」蕨，人人採了一束形似綠色小問號的嫩蕨，帶回家嫌少，乾脆攏成一大把成全一兩人。一隊小童沿河岸邊走邊嬉戲，興致來了，還脫鞋跳下，於水淺處摸蜆放入便當盒中，或翹起小指尖，尋岸邊發育中的葫蘆瓜刻字：「考試成功」、及祝福班上最調皮的那位男生「頭上長五粒瘡」。就這麼迢迢，誰家到了即揮手出列，剩下的繼續隨河蜿蜒。有一段河岸較幽深，密竹野樹遮蔽天光，牽牛花恣意撒網。據說農曆七月常有水鬼出沒，經過這兒，總讓人腳底生涼，森森然彷彿從野鬼身上跨過。然而只在此處對岸有幾棵高樹垂下無數含苞珠串，似天女的瓔珞。小女生最愛持竿鉤那珠串，不愼打落，水中發出叮咚聲。這樹的氣質像曇花，只在深夜綻放花朵，又居於水邊，眞是集自戀與孤僻於一身。雖在夜間開花，若清晨路過，仍可窺見一串煙火般的炫麗花束，眞是一棵怪脾氣的樹，偏要在絕美處參鏡花水月的禪理。如果夠幸運，小女生們還能撿到橢圓形果實。雖不能吃，殼內硬果卻有一股清新香氣，搓一搓能生出泡沫，具清潔作用，可見它已參透夢幻泡影，故能洗去凡塵。幾十年後，你才知道這樹的正式名字是「穗花棋盤腳」，又叫「水茄冬」。但你記得孩子們都喊它「水叮咚」，這名字較親。

你還記得三十年前的河川自成一豐饒世界，稱作河川生態也好，讚爲水性宇宙也罷，人不論引水耕作或岸邊浣衣、河裡摸蜆，皆是取一瓢飲之舉，而非逞一己之私，趕盡殺絕。即使在那麼清貧的年代，河蜆不僅可以賣錢亦可佐餐，然大人們仍舊伸出手指告誡摸蜆孩童：「拇指、食指大的可以取，其餘的放回河裡。」因此，被稱「蜆仔栽」的初生小蜆得以在軟泥中成長，河才有說不盡的語句。你總是感謝童年河賜給你們無比珍貴的摸蜆時光；一群放了學的孩童腰繫小鋁盆、手持竹篩踴躍入河的情景令你難忘，連那高聲嬉鬧的童音、河面光芒、沁涼的水溫仍貯存在記憶特區，隨時閃耀。你相信，如果成長過程未曾與一條河共舞，那童年近似坐牢。除了摸蜆及田貝，捉泥鰍、溪蝦、澤蟹及俗稱「大肚乃」的小魚，亦是童年樂事。河川提供給孩童的豈僅是潑水泡澡之類親水活動，一條自由的河一定會給孩子成就感，如贈予他生命中的第一顆珍珠。因而，老河的形象著實像一個胖祖母，身穿縫著無數口袋的衣衫，陽光下坐著不動，笑嘻嘻地任憑孩兒們掏口袋，她讓他們皆有所獲。

你無意矯情地誇讚窮困年代，但你確信自己之所以不斷緬懷過往，最重要原因是那時代的大自然有尊嚴，一棵老樹或一條野溪，皆有其風情與故事。人，從它們的故事中穿梭而過，它們也不經意地替人生點睛。

因爲有尊嚴，所以在你心中每條河皆具靈性。甚至你臆想著，當摸蜆小孩聽到母親喊叫，上了岸一路水淋淋地跑回家時，那河靈尾隨在後，一溜煙地跟著進屋，躲在湯裡，藏入澡盆內，甚至與孩子同眠，又在半夜的童尿中現身。你猜想每個孩童的書包裡都有一條河靈，要不，爲什麼好好的路不走，偏要走河岸呢！走著走著，孩子們總會發現「河裡有我」，我笑他笑，我委屈他也委屈。待年歲長了，當聽到熟識的河被截肢或被傾倒有毒溶劑時，才察覺原來「我之中也有河」，那河藉淚水浮現。

如果可以飄浮於空中，你希望找到一條最像童年河的溪流，先至源頭處，像祝福嬰兒一般願她一生平安、燦爛，然後重溫靜靜地坐在岸邊聆聽河水的幸福。

你希望那是個清晨，因為微風與細膩的陽光最能讓河與人相互留下深愛的證據。這證據會長成一株水草，不斷地在河面及你的心頭招搖。

——二〇〇二年二月・選自聯合文學版《天涯海角》

煙波藍

海洋在我體內騷動，以純情少女的姿態。

那姿態從忸怩漸漸轉爲固執，不準備跟任何人妥協，彷彿從地心邊界向上速衝的一股勢力，野蠻地粉碎古老的珊瑚礁聚落，驅趕繁殖中之鯨群，向上竄升，再竄升，欲摑天空的臉。卻在衝破海平面時忽然迴身向廣袤的四方散去，驕縱地將自己摜向瘦骨嶙峋的礫岸。浪，因而有哭泣的聲音。

我閉眼，感受海洋在胸臆之間喧騰，那澎湃的力量讓我緊閉雙唇不敢張口，只要一絲縫，我感覺我會吐出一萬朵藍色桔梗，在庸俗的世間上。

暮秋之夜，坐在地板上讀妳的字，涼意從腳趾縫升起。空氣中穿插細砂般的摩挲聲，像兩座大洋跋涉萬里後在耳鬢廝磨。我被吸引，傾聽，又不像了，倒像三五隻藍色小蜻蜓互搓薄翅。於是，那聲音遂自行搭配油綠的山巒印象、嗚咽小溪、柔軟陽光及果實甜味，悠悠然在我的想像裡漫遊。我忽然想喝一點紅酒，這原本尋常的夜因妳的字而豐饒、繁麗起來，適於以酒句讀。

妳的信寄到舊址，經三個月才由舊鄰託轉，路途曲折。妳大約對這信不抱太多希望，首句寫著：「不知道妳會不會看到這封信，妳太常給別人廢棄的地址。」

廢了的，又何止一塊門牌。

妳一定記得，出了從北投開往新北投的單廂小火車，只有兩條路可走：一條是油膩膩的大街，大多數學生走這兒到學校：路較短但人車熙攘，活生生是一條食物大道。捏飯團的胖婦永遠捧著她的木桶杵在火車站出口，烙燒餅的外省老爹在第一個紅綠燈邊，蒸饅頭的南部老闆在大轉彎處，加上攤蔥油餅的、開麵館的、賣豆漿的，沿路招呼永遠睡不夠的高中生。走這條路是酷刑，讓人錯覺青春身軀是一尾遠洋鮮魚，路兩旁皆是磨刀霍霍的大廚，等著削你的肉做生魚片。

另一條是山路，鋪了柏油，迂迴爬升之後通往半山腰的學校後門，人雖少但多了一倍腳程。我們願意走這兒。清早的山巒是潮濕的綠色，遠近籠著晨霧，自成一場淒迷氛圍，好像在這路上弄丟的東西將永遠找不回。空氣比市區薄了些，但隨著季節不同飄浮各種野地花草的香氣，山素英、木樨、七里香或是不知從哪裡盪出的混合草味。跟著路走的，是山溪，經年摟著大小岩石洗浴，水聲忽緩忽急，聳立的岩塊背面被洗出青苔，彷彿這也是一種愛的方式，只要勤勞地愛下去，終會被記憶。鳥，總有幾隻，不時躍至路面，或莫名地跳換枝椏，驚動了亙古不移的寧謐，卻也擴大了寂靜的版圖。

離山路幾步之遙有一幢廢屋，妳也一定記得。從柏油小路岔入庭院的石徑被野草嚼得只剩幾口，廢得日月皆斷，恩義俱絕。站在路上，面朝廢屋，可以清楚地追蹤在它之後山巒起伏的弧線。雖屬低海拔暖濕矮山，看起來也有一份壯勢。妳或許同意，台灣的山巒藏有繁複的人世興味，構成山色的相思樹、筆筒樹、痲竹、梧桐、菅芒……，只要有些歲數，那山看起來就有一份蒼茫，好像見多了滄海桑田，嘗盡了炎涼世情之後，有點累，想要坐下來，搥一搥膝頭，順道原諒幾個名字，想念幾個人，因而那蒼茫是帶著微笑的。單獨一屋，靠著這樣的山，不免也有飄泊的性格。

約略記得院牆一側站著一群相思樹，應是從山腳斜坡延伸而來未遭屋主砍伐的，既然續了山勢，樹自是高大蓊鬱，然而那種綠有著時間的鐵鏽味，以至於樹群看久了，也有傷兵面目。院牆另側，爬滿複雜的蔓藤與野地植物，通泉草、蟛蜞菊、霍香薊，間雜郊野常見的軟枝黃蟬、紫花槭葉牽牛。再怎樣的亂世，都有人可以手臉乾淨地過日子，那些花開得繽紛，像隨手倒貼在鼠灰色墓域的一張「春」字。院門是兩扇矮木柵，斑剝的藍漆接近慘白，門都脫臼了，有一扇被野蔓纏住，刺了一身花花綠綠的七情六慾。

那寬闊的院庭留給我憂傷印象，像渴愛的冤魂積在那兒，等人喊他們的名字。因有說不出口的苦，以致終年瘀著散不去的冷。掩在亂草雜木之後，是日式木造屋，被時間蛀得只剩半副骨架。屋頂塌去大半，幾根交錯的木頭上勉強扣著黑瓦，像十幾隻集體自盡的烏鴉屍體。四壁已面目模糊，然而朝向院庭處卻兀自站著半面牆，想必是地震、強颱沒帶走的。牆中間嵌一扇窗櫺，髹成酒紅色，在雨水中浸久了，嘔出敗壞氣息，似毫無商量餘地的幻滅。牆後，在那原應是清雅閑適、有娟秀女子與她的夫婿坐在明式桌椅上品茗談心的客廳位置，姑婆芋大手大腳地開著，肢體橫陳，幾乎要吃掉那牆。從未看過喜陰濕的植物像它那樣，開得有狗吠聲。

就這麼僵在那裡，彷彿沒人理會也可以跟自己天荒地老。有時，覺得這荒園靜得接近失憶，時而又有一兩陣微風吹過，樹群咳出幾聲蟬。

這廢屋適宜養鬼，或收留我們那埋在青春身軀裡的憂鬱眼睛。

我相信妳不會忘記它，在全校美術比賽中，妳以此爲題材，摘下寫生組第一名。

原本報名參賽的我，那日卻放棄了，獨自躲在操場邊榕樹蔭，讀《惡之華》。風，閒閒地吹動書頁以及齊耳的頭髮。大屯山的天空總有幾朵閒雲，在淡水河口與山城之間迴旋。我凝視遙遠的山稜，彷彿看見妳揹著畫架到那，一個人靜靜地參悟廢屋的意義。我們從未談過對荒蕪庭園的感覺，但我確信自己對同質者有一份靈犀，如攬鏡自照，知道妳與我一樣，靈魂常在那兒棲息。頹廢、幻滅絕對具有蠱惑力，煽動每一個現世體制亟欲將之推向光明軌道的青澀靈魂。我一度認爲頹廢裡含有高度的忠誠，而幻滅，無疑是一種痛快的自虐，不屑與笑咪咪的世俗體制多費唇舌，遂轉過頭去，不言不語，調自己的酒，把生活調成只有自己才喝得出來的具有甜酒味的死亡。

獲獎作品在圖書館展出。我們念的那所學校一向缺乏像樣的升學率，但在音樂、美術方面卻有沛然成績。妳的畫在同時展示的各幅書法、水彩中是那麼特殊，彷彿成熟大人與唱兒歌的小孩同台。我十分驚訝妳出手大膽，選用靛藍色系語言鋪排廢園的神祕、衰頹與汩汩滲出的森冷氣息。藍，是難以駕馭的一支色裔，像色彩中的遊牧民族，自由隱沒於晴空、砂丘、草原、瀚海與深淵之間，在它們身上，既看得到死亡的蔭谷，也反映出稚兒無邪的藍瞳。但妳並未耽溺在藍色系的魅影裡，亦細膩地掌握草花的喧鬧，給它們輕得像煙的蜜黃、薄紫色層，彷彿雨後新晴，花葉上光影玓瓅，有一種浮升的活潑感，晃動畫面，使它不致因墨綠、暗藍的大塊吞吐而產生壓迫與墜落。妳讓秋陽在那扇蒼老的紅窗櫺上遊移，幾近撫慰，遂有甦醒的暗示。妳的畫讓人停下腳步，思緒澄淨，靜靜聆聽色彩與光影的對話而讓思維漸次獲得轉折、攀越。妳題為「時間」。時間，讓盟誓過的情愛灰飛煙滅，也讓顫抖的小草花擁有它自己的笑。妳的畫如是敘述。

不久，我們將沉入冷冷的幽暗裡，
別矣！我們夏日太短的強光！
我已聽到悲傷碰撞的落地聲，
響亮的木頭落在庭院石板上。

我抄下波特萊爾的詩〈秋歌〉首段，趁老師迴身寫黑板時傳紙條給妳。我相信妳從這張沒頭沒腦的字條中可以理解，我不贊成妳藉輕盈的草花色彩、明亮的光影試圖釋放死亡的壓迫力道。那時的我無疑地嚮往一種驕奢的毀滅，好像要天地俱焚才行。

從一開始，我們即是同等質地卻色澤殊異的兩個人。然而，不管我多老、離純眞歲月多遠，我都願意以歡愉的心情跨越時光門檻重回青春年代，再次欣賞妳的亮度、暖澤以及很難在少女身上發現的優雅。即使是現在，行走於煙塵世間多年之後，我看到大多是活得飢渴、狼狽的人，勤於把自己的怨懟削成尖牙利爪伺機抓破他人顏面的嫉世者，鮮有如妳一般雍容大度。妳笑起來眞像好天氣，白皙素淨的臉上總是閃著光輝，似一種累世方能修得的智慧，完整地帶到這世，妳有一雙修長的手，相較於嬌小身量，那十根手指絕對是爲了藝術而來。

妳的眼睛裡有海，煙波藍，兩顆黑瞳是害羞的，泅泳的小鯨。

起初，我並不欣賞妳。正由於妳太晴朗了，而我情願把自己縮至孤傲地步，如一枚蠶繭化石，埋入永不見天日的冰原底層。因爲同屬瘦小，使我們毗鄰而坐，這意謂交談的機會比他人多；有時，一方忘了帶課本更併桌同看。我總是不自覺地瞄向妳的手，觀察妳無意間轉換的手勢，如馴睡的白鴿、高崖上等待爲明月撥雲的松枝，如款款而舞的水草，或五條岔路之迷宮。我揣測有著這般纖手的主人該配何種命運？浪跡天涯的鋼琴師，擁有一畝私人苗圃的園藝家，習慣把皮尺繞在脖子上的服裝設計師？這手會用一生的氣力去抓住什麼？最後又是誰握住了它？

如今想來，對妳的好感是從嫉妒開始的。

我們遇到一位霸氣但顯然懷才不遇的美術老師，她絕不允許美術課變成英、數老師用來補課、考試的公共時段，更以嚴厲的口吻批評那些叫學生回家畫蘋果、香蕉而上課時漫談羅曼史或坐在講台上打毛線的同儕們。一輩子至少要畫一張像樣的畫，她說。

石膏像素描、靜物寫生、戶外練習捕捉光影，她玩眞的。我們當中雖然不乏躲在畫架後附耳聊天，愛饅頭超過愛炭筆的，但也有如妳我，期待每週一次到那間掛著紅絨窗幔、畫架環立的美術教室。

我以爲我是最好的，直到素描課告一段落進入水彩階段，她在畫室中央高台上擺了瓶花要我們臨摹，我才知道從小到大積存的繪畫信心竟是那麼不堪一擊。

玫瑰、百合、向日葵搭配龜背芋葉，失序地插在青瓷闊腹瓶內。大約擺太久了，花垂葉敗；多雨的冬季午後，光，垂垂老矣，眼睜睜看著豔麗花朵被時間凌虐而無法給出一點安慰。我一定在那間畫室感應到生命中有一股恣意蹂躪靈魂，噛咬青春、夢想、情愛，把種種昂貴事物摔得粉碎的暴力，才有鬼魘之感，以致完全修改那瓶花的擺設，跳脫寫生框架。我只畫玫瑰，枯萎的玫瑰田一隅；彷彿被激怒般大量選用紅、黑、褐，層層塗抹，砌出立體感，暗影籠罩下的紅玫瑰，看來像一群醉酒骷髏。

畫尚未完成，劣質畫紙因承受過量顏色而起縐。她站在背後，我知道她已站了一會兒。我以爲她會理解壓在年輕胸膛上的苦悶而給予一兩句暖語。但她似乎對我的「不守規定」惱火，以失去理智的尖銳聲調批評：「妳這是什麼畫？」然後，輕蔑地「哼」了一聲。

她要我看看妳的，她說妳畫得非常之好。

必須等到數年之後，有人發瘋似地在大學社團活動中心一再播放唐・麥克林的「Vincent」，坐在窗邊推敲一篇文章的我被音樂吸引、墜入記憶中大屯山城的「starry, starry night」而重新回到使我放棄繪畫的那堂美術課，我才消弭餘怨並且承認，那日是生命中險峻的大彎道，促使我毀棄那幅枯玫瑰的不是美術老師的譏諷，而是看到妳的才華那般亮麗耀眼，遂自行折斷畫筆，以憾恨的手勢。

遺憾像什麼？像身上一顆小小的痣，只有自己才知道位置及浮現的過程。

青春是神祕且熾烈的，凡我們在那年歲起身追尋、衷心讚歎之事，皆會成爲一生所珍藏。我終於知道畫筆會是妳的第十一隻手指，妳要去朝聖的地方，布有梵谷、塞尙足印。而我，約達一年之久將自己鎖入孤絕冰冷的洞窟，日復日提問生命意義而不可解。我的臉上一定充滿敵意與抑鬱，多年後妳才會說當時的我看起來像莫迪里亞尼筆下的「藍眼女人」。青春是這麼難熬，尤其不知自己欲往何處的慘綠歲月，每一步都是茫茫然。就這麼積壓著，直到困惑夾雜憤怒如沸騰的泥漿即將封喉，我求援似地在紙上寫下第一個句子，彷彿觸到出口，接著第二個句子敲掉巨鎖，理所當然第三個句子出現，將門踹開。

星空下，牧羊人指認祂的羊，天地悠然而醒。

才華既是一種恩賜亦是魔咒，常要求以己身爲煉爐，於熊熊烈焰中淬礪其鋒芒。然而鍛鑄之後，江湖已是破敗之江湖，知音不耐久候，流落他方。彼時，才賦反成手銬腳鐐，遂無罪而一生飄零。

首先，妳的家庭遭逢變故，一夜之間變成無家可歸的人，接著是情變。畢業多年後，在一家咖啡館享受下午茶時，同校女友一面用小銀叉挑起蛋糕一面透露輾轉聽來的關於妳的消息，我以爲妳的一生應該像姣好的容顏般風和日麗，至少，不應有那麼多根鞭子，四面八方折磨妳。

她說，沒有人知道妳還畫不畫。這讓我憂慮。當時，與妳同期的美術社團社員已有數位嶄露頭角，以新銳之姿受到畫壇矚目。然而在我心目中，妳是最亮的，命運可以欺負人，但才華騙不了人。我祈求妳不要潰倒，一旦崩潰，人生這場棋局便全盤皆輸。

活著，就要活到袒胸露背迎接萬箭攢心，猶能舉頭對蒼天一笑的境地。因爲美，容不下一點狼狽，不允許掰一塊尊嚴，只爲了妥協。

人的一生大多以缺憾爲主軸，在時光中延展、牽連而形成亂麻。常常，我們愈渴慕、企求之人事，愈不可得。在他人身上俯拾皆是的秉賦、智慧、美貌、眞愛、家庭、財富、機運……，對自己而言卻像稀世珍寶不可求。年輕時，我們自以爲有大氣力與本領搜羅奇花異卉，飽經風霜後才懂得捨，專心護持自己院子裡的樹種，至於花團錦簇、鶯啼燕囀，那是別人花園裡的事，不必過問。

收到妳寄來的結婚照，依稀是夏天剛過完時。擺脫一般婚紗攝影的俗套，你們選擇南台灣礁石林立的海邊爲背景，架起三角架自動拍攝。在一座高聳的黑岩上，你們完全顚覆新郎新娘的角色扮演；身著無袖及地白紗禮服的妳，笑咪咪地抱起西裝革履的新郎——他一手高舉捧花另一手驚險地勾住妳的脖子，表情如即將墜海的幸福男人。約是清晨光線最柔美的時刻，在你們背後的海，藍得如煙如霧。

照片背面，妳說「終於有個家了」，一筆一劃都抖著幸福。

當我們尋覓家，其實是追求恆久眞愛，用以抵禦變幻無常的人生，讓個我生命的種子找到土壤，把根鬚長出來。情愛，是最美的煉獄，也最殘酷。畢竟，兩情相悅容易，與子偕老難。願意將所有的情愛能量交予對方，相互承諾、踐行的情偶，乃累世修得之福報。多數戀人，這生才相逢、相識，纏縛、瞋恨的課業正當開始，或雖積了一些，尚差一截痛、幾行淚水，也就無法於今生成全。對帶著宿世之愛來合符的兩人而言，眞愛無須學習，乃天生自然如水合水、似空應空。

只有在煉獄中的人，才須耗費心神去熔鑄、焊接，成形之後，還是一塊冷鐵。

冷鐵無處去，要用牙齒一口一口嚼爛，成灰成土了，才還你自由。

梵谷「星夜」明信片背面，妳寫著：巴黎的冬季冷得無情無義，但比傷心的婚姻還暖些。星夜，有著詭異的筆法，形成漩渦、潮騷，似不可違逆的力量，把人捲至高空，獲得俯瞰的視界，但也從此囚禁在無邊際的虛無之中。妳淡淡下筆；生命裡好多東西都廢了，來這兒看能不能找回什麼。冬天實在太冰，把顏料凍裂。

廢了的，又何止一塊門牌。

繞行半個地球，妳回到畫布前。才華秉賦果真是涵藏「孤寂之旅」與「聖美殿堂」的一則預言，必須不斷被鐵耙犁心，犁到見肉見骨，連十八層地底的孤獨種子都露臉了，前往聖美之殿的地圖才會浮現。這樣苦苦地追尋有何意義？也許，對他人毫無價值，卻是甘願苦行者一生中最尊貴的一件事。這世間多的是庸俗之人、便宜之事，總要找一樁貴一點的吧！

妳沒留地址，想必是居所不定。巴黎，被稱爲藝術心靈的故鄉，但我相信對一個嬌弱的東方女子而言，現實比銅牆鐵壁還重。唯一能給妳熱的，不是家人、朋友或前夫、情侶，是妳自身對藝術的夢——從少女時代，妳那閃動著煙波藍的眼睛便痴痴凝睇的一個夢。

泅游於南極冰海的巨鯨，被捕殺之後，捕鯨人以尖長的剝魚刀自頭至尾剖開鯨體，清除內臟，再將鯨的尾翼綁在船頭，航行時，讓海水可以徹底沖洗牠。即便如此，若航行時間太長，置身冰冷海水中的鯨，骨頭也會因內部所產生的高熱而焚燒起來。我想像，當異國風雪拍擊賃居公寓的窗戶，唯一能給妳熱的，只有夢。

數年，失去消息，無人知曉妳在世界的哪一個角落？

生命的秋季就這麼來了。白髮像敵國間諜，暗夜潛入，悄悄鼓動黑髮變色。起初還會憤憤地對鏡撲滅，隨後也懶了，天下本是黑白不分，又何況小小頭顱。中年的好處是懂得清倉，扔戲服般將過期夢想、浮誇人事剔除，心甘情願遷入自己的象牙小塔，把僅剩的夢孵出來。

浮世若不擾攘，恩恩怨怨就盪不開了。然而江湖終究是一場華麗泡影，生滅榮枯轉眼即爲他人遺忘。孵出來的一粒粒小夢，也不見得要運到市集求售，喊得力竭聲嘶才算數。中歲以後的領悟：知音就是熠熠星空中那看不見的牧神，知音往往只是自己。

忽然，暮秋時分，老鄰居轉來妳的信。

是張畫卡，打開後一邊是法文寫的畫展消息，另一邊是妳的字跡。第一次個展，與老朋友分享喜悅，妳寫著。

是啊！時間過去了，夢留下來，老朋友也還在。

印在正面的那幅畫令我心情激越。畫面上，寶藍、淡紫的桔梗花以自由、逍遙的姿態散布著、幽浮著，占去二分之一空間，妳揮灑虛筆實線，遊走於抽象與實相邊緣。畫面下半部，暈黃、月牙白的顏色迴旋，如暴雪山坡，更似破曉時分微亮的天色。如此，桔梗之後幽黑深邃的背景暗示著星空，黎明將至，星子幻變成盛放的桔梗，紛紛然而來。

藍，在妳手上更豐富了。令我感動的是，這些年的辛苦並未消磨妳的雍容與優雅，文學、藝術工作者一旦弄酸了，作品就有匠氣。也許妳也學會山歸山、水歸水，現實與藝術分身經歷。藝術難以改變現實，但在創意意志的導航下，現實常常壯大了藝術。

妳留下地址。

不需回信了，我們已各自就位，在自己的天涯種植幸福；曾經失去的被找回，殘破的獲得補償。時間，會一吋吋地把凡人的身軀烘成枯草色，但我們望向遠方的眼睛內，那抹因夢想的力量而持續蕩漾的煙波藍將永遠存在。

就這麼望著吧，直到把浮世望成眼睫上的塵埃。

——二〇〇二年二月・選自聯合文學版《天涯海角》

林燿德作品

林燿德

（1962～1996）

本名林耀德，福建廈門人。輔仁大學法律系財經法學組畢業。歷任《草根》詩刊編輯、《時報周刊》、《中華日報》、《自由時報》等多種媒體專欄作家及特約撰述。著有散文集《一座城市的身世》、《迷宮零件》、《鋼鐵蝴蝶》等，另有小說集、詩集、評論集等著作多種。曾獲梁實秋散文獎、國家文藝獎散文獎、聯合報散文獎、中國時報新詩獎等。

房間

1

在這個世界上總有些奇怪的房間。

譬如我常想像，也許在某一棟建築裏，就隱藏著一個永遠不曾啓用的房間。它被默默地封鎖在黑暗中，只因爲中途修改的設計圖以及施工的誤失，沒有人發現它的存在；沒有窗也沒有門，沒有房間通向它，它也不通向任何房間，就這麼無嗔無喜地夾藏在所有的房間之中；人人都以爲那個遺失的房間是某一戶的產權，卻沒有誰核對過整體的建築空間。

這個永遠不曾啓用的房間，既不曾存在，也就談不上被人遺忘；但是它卻成爲一個無意識的竊聽者。整棟大廈的每一個房間、每一個房間中的對話，都沿著牆基奔流到它的四壁，靜靜沉澱，在無盡的黑暗中被悄悄積蓄在那充滿回音的腹部。

或許這個秘密的房間就在你房間的隔壁。有一天它終於承受不了那些充滿壓力的語言，突然就爆炸了，整棟大廈在瞬間崩潰，揚起浪濤般的塵埃，向四面八方的街道滾滾流動，所有的聲音隨著塵埃的洪流毫不害臊地浮沉在太陽之下。

2

流失的耳語飄出窗口，會不會幻化成蝶呢？

有的房間像是蛹，在外觀上看來總是缺乏變化，夜晚時拉上同一種質料和色澤的窗簾，透出同一種品牌和亮度的燈光，但是卻有一些奇異的經驗在那掛簾幕的後面發生。

沉默的蛹作著無止無盡的夢，後一分鐘的夢有時接回前一分鐘的夢，就如同是被超低溫所液化的氦氣一般，蛹的夢可以穿梭在人類髮絲七十分之一的細管裏，流轉如快速旋動的星座盤。幼蟲時期的世界攪拌進蛹夢的製造機，曼妙的變化像晚霞的漸層在它的體內進行，過去的軀殼不斷分解，融入重新結構的身體。蛹的夢是一種等待，包含了對於回憶的依戀，以及摧毀這種依戀的殘酷。

無數的蛹，在這種喪失自我、同時又重建自我的雙重逆向過程中，承受不了激進的革命，只好默默死亡，寂滅在逐漸焦黑、空洞的蛹體裏，掛在冬季的枝椏間，既回不到幼蟲的身世，也長不出美麗的翅膀。它們停頓在朝向羽化運轉的齒輪間，以非蟲非蝶的詭異面貌，懷抱著被時空凍結的驚恐。

有的房間就像是蛹，亮著不變的燈光；但是，總有些改變一切的決定，化成蝶，或者永遠蟄伏。

在自己的房間中，因爲CD壞了，只好忍受寂靜。

3

我一語不發地抽出盒中的不鏽鋼針，我喜歡的四號昆蟲針；沒有六號針的粗拙，也沒有一、二號針的柔弱感。

奧地利製的四號昆蟲針，金屬的硬度和彈性透過那道流貫針身的光纖而呈現，冷峻、銳利，足以穩定心情。當針尖準確地扎入鬆懈的蟲身時，可以聽見積存在它體內的恐懼在一剎那間被刺穿的聲音。

就在那一剎那，它的死亡傳導到我的指尖，脆弱而卑微的死亡，在靜默的房間中擴充成巨大洪亮的回響。

我拈著針身，轉過檯燈的罩口，讓整隻蝴蝶投影在床前的白壁上。顫抖的、龐碩的蝶翅佔據了整面牆壁，彷彿晨曦將至時振翼欲動的姿勢。

把它安置在梧桐木刨製的展翅板上是一件精巧的小型工程。將昆蟲針垂直插入凹槽，然後以我粗拙的觸覺，取出霧色的硫酸紙將兩對對稱的蝶翅壓平在枕木上。這隻「曙鳳蝶」的翅翼布滿了黑色的網絡，尾翅上紅底黑圓點的圖騰帶著邪惡的氣質，一種冶豔的嘲諷。

它必須重新等待，在展翅板上等待完全的乾燥。

然而我已經準備好它的房間，一個鑲上玻璃蓋的扁木盒。我找出一張一吋長、半吋寬的小紙片，用拙稚的筆跡寫下它的標示。

Atrophaneura horishana Matsumura
24. VI. 1992
Tarokota
Yao-te Lin
（原寸：1×0.5吋）

4

那麼，房間的標示呢？走在大理石壁板嵌鑲的長廊間，每間套房標示的只是銅製的三位數號碼，在渙發淡金色的廊燈下，迴轉著流利的光澤。

一排排房間連繫在一起，卻是一個個孤立的時空單位，令我想到潛水艇中的狹小隔艙。當靴聲橐橐地經過長廊，那些成單成雙跳號的門板都用窺視孔上的凹凸鏡窺視著我的側影。有許多不同的秘密被堆砌在門板後的房間，然而此刻，我卻被那些秘密的擁有者悄悄觀測，在進入自己房間之前必須容忍的磨難。

觀測一個人的私有房間就可以了解他生活的眞相；但這又何嘗容易，因爲那些引起旁人興致的房客，通常是不被人所熟悉的角色，或者深居簡出、或者早出晚歸、或者脾性古怪不交朋友、或者行蹤詭異處事深沉；至於那些常常「開門揖盜」的好客者流，就像是打開所有窗戶的公共建築，反而沒有人願意去查探些新鮮的話題。

這道理，多少可以在那些醜陋而稀有的蝴蝶身上印證；美麗的蝴蝶如果數量龐大，至多也只能論斤賣給工藝品生產者，毫不憐香惜玉地把它們的翅膀黏貼在一幅可悲的、仿冒名畫構圖的蝶翅畫上。醜陋而稀有的蝴蝶，卻可能鄭重地陳列在檜木框裏，讓蝶痴們頂禮膜拜。

要了解一個陌生的房客又不觸犯私闖民宅的罪刑，最有效的辦法是檢查他的垃圾。

垃圾是房間的排泄物。人類的排泄物沖進了馬桶，房間的排泄物用ＰＥ塑膠袋包藏丟棄；如果排泄物可以檢驗出人體功能，那麼也可以藉著垃圾去揣摩和理解一個房客的房間和他的性格。

只要翻攪垃圾袋，可以發現一個獨身者習慣自己動手做飯或者喜歡罐頭速食。一個空藥瓶證實了失眠時的焦慮不安，一封揉皺的情書說明了愛情正成爲難以治癒的傷痛，一疊詩稿指出了它們的主人所以憂鬱寡歡的原因，幾團拗折的紙菸盒提供了房客肺活量的資料。

垃圾是一切隱私的鑰匙。

5

更直接的方法是觀察房間的窗口。

最近幾個月，我一直蟄居在八樓的八〇三號房裏，除了閱讀一大疊工作所需的圖鑑之外，把房間的燈光熄掉，在入夜以後靜靜窺視隔街大廈窗口的內容，成爲枯澀生活中最有趣的娛樂。

當然，我還不至於變態、卑鄙到準備一套專業設備來窺視別人的房間。此外，還有一樁心理性的事實，那就是與其費心購買高倍望遠鏡、紅外線攝影機這些好萊塢警匪片裏常見的道具，我寧願去買一架多功能的新型電傳機，更好的考慮則是更換一部電腦。

所以，我的窺視也只能算是業餘的，何況能夠窺視的窗口清一色是客廳和書房這一類房間，期待中的浴室和臥房不巧是在那棟大廈的另一面。

這段時間裏我唯一感到興趣的是七樓C座的客廳落地窗，每天晚上九點到十點，年輕的夫妻在溫暖的紅色地氈上，穿著單薄的衣衫，不斷踩踏著華爾滋的步伐，一圈又一圈地繞著六坪大小的場地迴旋擁舞。我可以聽見他們胸腔滿溢出來的、溫柔的喘息聲，四隻赤足沙沙磨蹭地氈的騷響。他們的舞姿令我入神，彷佛各有一對新生的翅翼在他們堅韌的背脊上悄悄地延展。

6

爲了考證一隻蝴蝶的學名，AKANE在電話那頭興奮地說：「距離一小時車程的兩個房間，沒想到就像是在隔壁一樣。」我當然了解她的意思。兩個孤立自閉的房間突然超越時空連結在一起，我感動得差點眞的打開門到隔壁去。

這種經驗是美妙的。我卻聯想到反面的挫折——撥號。

答錄機：您好，這是雨果商業設計公司，請撥分機號碼或撥9由總機轉接。

撥分機號碼１４７。

答錄機：對不起，我們沒收到正確的分機號碼，請重撥一次。

重撥分機號碼１４７。

答錄機：轉接中，請稍候。

等待。

答錄機：（分機號碼確認錄音）您好，１４７，何清美。

等待。

答錄機：抱歉，目前分機無人回答，留話請撥1，找其他分機或總機請撥0，離開請掛斷。

撥號1。

答錄機：（何清美本人留話）我暫時離開座位，麻煩您留話，我會儘快與您連結。（總機小姐留話）請在音響後留話，結束請按1。（機器聲）嗶——

我說不下去了。唯一的動作是掛下電話。

7

不論是掛AKANE的電話，或者掛下雨果商業設計公司那一長串的錄音帶質詢稿，自己的房間都會回到自己原本的位置。

自己的房間利用電話、電腦和電傳插入了繁複的世界體系，化身為一塊記錄著我的思路的電路板，通向一個新的時空，或者被另一個房間所拒斥。

關閉了那些由電子組構的、無形無影的門扉和窗口，剩下的是一個封閉的自我。粉刷牆壁的時候，像是粉刷自己的情緒，一層白漆乾了再漆一層，一層層白色堆疊在白色之上，仍然匯融成同一種不可抗拒的白色。

「曙鳳蝶」的複眼，可以在那面白牆上看出我所無法辨識的色彩嗎？

我靜默地注視它被攤平在展翅台上的黼黻，那些細緻精巧的網絡，飽含著金屬光澤的鱗粉錯亂了我的視覺。

在我自己的房間中，我目睹了「曙鳳蝶」從蛹裏掙脫出來的記憶。它背負著四個又皺又黏的囊袋，任憑體內的汁液源源注入，那醜陋的囊袋在沁涼的夜裏逐漸豎立成璀璨而孤傲的翅翼。

銀色的月光一束束射穿樹葉的間隙，映照在那不斷挺直的翅翼上，它的複眼環視著色彩無盡的夜。透過它的複眼，我也見證了那如同莫內油彩的奇異視域。

我拔下它身上的昆蟲針，揭開壓翅紙，把它帶到房間外的小陽台上；對面大廈七樓C座的客廳窗口，年輕的夫妻還在互相環抱旋舞。我攤開雙掌，手中的蝶屍竟然搧動雙翅，翩翩飛向泛藍的夜空，一蓬閃亮的鱗粉尾隨著它的軌跡懸浮游蕩。

——一九九三年・選自聯合文學版《迷宮零件》

魚夢

公元前三世紀，秦始皇東巡到琅邪，夢中遇見海神幻化人形，操戈與他大戰。始皇醒來，召喚占夢博士解夢，占夢博士對答：「人類的肉眼無法目睹海神，但是祂常常化身為大魚鮫龍。天子平時謹慎祝禱天地，竟然夜夢如此惡神，那麼只有把祂除掉，善神才會降臨。」

於是秦始皇下詔，命令工匠趕製巨大的網具，並且備妥連弩。沿著綿亙萬里的藍色海岸，在黑夜中張帆點燈，秦帝國的艦艇像是潑灑在黑色絨布上的珍珠，南北梭巡，尋捕海神化身的魚怪。

1

浪濤翻攪，無盡無底的深藍色水域，一波又一波的海流在漲潮退潮的節奏中，反覆拍動著地球的脊背。

誰也不知道海神是不是真的化身魚怪。但是在那規律起伏的海面下，必然潛藏著比人類歷史更為荒老的生命衝動。正是那股無以名之的神秘衝動，將魚群自汪洋中釋放到大地的邊緣。

五億年前，那些滾動、掙扎在沙灘和沼澤間的魚群，長出了肺、長出了腳，艱困地向陸地爬行，它們一隻隻枯涸、風乾在荒涼的太古紀元。萬中擇一的倖存者，在大地上爬著爬著，爬出了萬頭攢動的生物、爬成了橫霸白堊紀的恐龍家族。在那些人類還來不及參與的歲月裏，一座座火山噴濺出遮蔽天空的灰燼，大陸和大陸互相推擠，閃電、鳴雷、洪水和宏偉的地殼改造運動，億萬種類的族群分分秒秒向衰亡接近，又有億萬新生的品種在冰雪、沙漠、莽原、叢林或者肥沃的沖積三角洲中不斷誕生。

時間和海洋同樣都趨近永恆。不知經過多少日出日沒，這段漫長的光陰，銀河系爆發出來的新星比恆河砂的數目還要來得多，那些爬上岸的古代魚類終於輾轉進化成了人類，而那些留在湖海中的魚仍舊世世代代浸泡在生命的故鄉。

2

新石器時代的中國河姆渡遺址，出土了六支木槳、若干骨質織網器、木魚、陶魚和陶舟。原始的河姆渡人，他們肯定是內行於漁獲的；當然，他們並不知道那些被食用的魚是因爲來不及進化只好將種族保留在河海之中。

魚群被河姆渡人的網拖出水面，它們無手無足，咄咄翻動鰭尾，用闔不起來的眼珠子楞楞望著荒原上空的烈日火輪。沒有人有足夠的證據顯示：河姆渡人已經開始崇拜魚的圖騰，但是他們遺留下來的雕塑，那些布滿玄幻斑紋的陶魚和木魚，卻見證了中國原始住民簡單而樸實的世界觀。

到了廿世紀，台灣離島上的雅美族人依舊保存著人和魚之間的對應關係：老人吃黑魚，男子吃灰綠色的魚，女子則食用紅黑紋和白色魚類；雅美族不吃掉落地上的飛魚，在飛魚汛期忌諱土葬，凡有喪事都改爲崖葬。在他們的宇宙中，人的生命與魚的生態緊密地纏結成索。

人類的歷史猶如沉積岩，一層黑暗覆蓋上另一層黑暗，時間經過，萬物在寂滅中復甦，在興盛時衰亡；魚的生態，成爲古老陸塊上住民們觀測生命循環的指標。

魚是生命的象徵，也是戰爭和死亡的象徵。

太極的構圖由黑白兩尾互相追逐的魚所組成，兩尾魚的追逐是陰陽兩極的循環，推動整個宇宙的變化。

秦始皇東巡時夢見海神。對於這個生長在內陸的一世霸主而言，當他第一次看見傳說中的海洋時，必然被驚濤裂岸的雄渾氣勢所震撼，因此他的夢預示著帝國版圖的終極已經展現在海洋之前。始皇崇拜統治大地的嶽神而敵視汪洋裏的魚龍，正寓言著大陸文明對於原始慾望的壓抑傾向。

3

浪濤翻攪，無盡無底的深藍色水域，一波又一波的海流在漲潮退潮的節奏中，反覆拍動著地球的脊背。……

浪，浮沉的魚群，我泅泳在它們之間，亮閃閃的鱗片在四面八方晃動。陽光折射進淺海域，水中展現北極光一般的簾幕，更深的海域中是一片又一片，無數藍色和寂靜所疊積起來的空洞。

我是魚。泅泳在魚群之中，左右兩側的眼珠可以映現三百六十度的世界，這是人類所無法體驗的遼闊視野，周遭的海景以無法言說的逼眞立體向我包圍過來。我身在其中的魚群，那些同伴們生得一模一樣，以同樣的身姿扭擺腰肢，朝向同一個方向前進，它們身上斑斕七彩的鱗片噴放出寒冷的火焰。

當然，以上的敘述必定是一場夢，一個化身爲魚的殘夢。一旦我在夢中化身爲魚，才開始體會喪失了手足的悲哀，才開始了解：爲什麼在地球五億年前的奧陶紀，那些太古魚類要拚死爬向乾旱的岸上；因爲冥冥中它們的基因裏產生了生長手足的慾望，產生了語言的慾望；它們想要抬起頭來看清楚不被水幕遮蔽的星空，它們艱難地嘗試在大氣中嚎嘯，死而無悔。

4

我醒來的時候，臉上布滿晶瑩的水珠。

床頭櫃旁的魚缸水花激潑，一尾三十公分長，俗名「紅珠」的紅魚，正以纖巧的側姿扭轉它粗拙的腰身。我自床上坐起，分不清楚臉上的水珠究竟來自魚缸還是我自己的眼眶。

揉揉眼睛，憶起殘夢中的濤聲。

對於從小生長在玻璃缸中的紅珠而言，它和童年的秦始皇一樣，絕不明白海洋爲何物。三尺長、二尺高、尺半寬的長方形魚缸是它唯一的世界。它的世界單純而嚴苛：兩吋高的白砂石，終年不斷的馬達聲，自隱藏式氣孔釋放出來的氣泡，一支溫度計，一套淨水過濾系統，保持著十幾隻供它食用的小鯽魚。

在擺尾三次就得迴身的水域中，它不停地對著我的臉龐衝撞而來，但是它懂得謹慎地避開玻璃，它已經習慣於被透明的牆所束縛。紅珠總是盡了最大努力來親善我，任何富有養魚經驗的人都知道這種魚的智商高得足以認得它的主人。隔著一層穿不透的玻璃，紅珠靈活旋轉的眼珠凝望著我的表情；因爲這層玻璃，它無法親吻我的臉龐，因爲這層玻璃，我成爲紅珠心目中可以信仰卻無法了解的神祇，我出沒在紅珠的生命所無法抵達的神秘空間。

有時候，我深信它爲了討好我而表演捉弄小鯽魚的趣味。它若無其事地蹬著鯽魚們滑過它龐碩的體側，直到時機成熟，一扭身，便張口啣住一尾無辜的鯽魚，它並不急於一口吞下活生生的食料，讓鯽魚張闔圓唇的頭部露出它的大口外，然後轉向我游來。這時，面對著我的是兩雙魚目：紅珠滿足的眼神，以及它口中那鯽魚充滿無助的目光。

因爲紅珠習慣向我表演這個動作，我相信它正反覆進行一種儀式，它或許產生了一種關於神的模糊觀念。在魚缸的長方體水域中必定有某種文化誕生，而且是在魚缸中才會誕生的文化。

如果紅珠有手，必定也會將我的臉龐雕刻在某一塊白石；而且會因爲我餵食的勤快與否，決定了我的雕像是具備了慈祥的笑容，還是一副冷酷陰狠的嘴臉。

從另一角度來看，紅珠又是一個先知，因爲它的生態，使我相信人類的世界之外，可能存在著一個，或者一群超越名相超越人類想像力的「神」。

5

每個星期，我都得花費新台幣壹佰圓爲紅珠購買食用的鯽魚。它理直氣壯地活著，彷彿有天地以來就有它的存在。有時候，它甚至讓我覺得人類的世界根本上就是失敗的。

在紅珠居住的魚缸旁邊，是一整排紅木書架。游動的魚是音樂，一排排靜止無言的書籍是另一種音樂。它們的音樂都是時間的藝術。

比「神」要來得更抽象，又比「神」和我們更接近的正是時間。

時間有時也會凍結，尤其正當我打開一個沙丁魚罐頭，特別感受到那種失去時間的惆悵感。拉開白鐵罐蓋，沙丁魚銀灰色的身軀沉默地堆積在裏頭，餐廳粉紅色的百葉窗斜斜射進一道道平行的金色陽光，那些銀灰色的軀幹逆反著百葉窗的投影，漫射出纖細的光暈。它們的時間被冰藏在死亡裏。很難想像它們曾經生存在永恆的海洋，它們沒有表情、沒有幻想也沒有夢，它們好像是自月球的寧靜海跌落下來的殞石碎片，它們是浸漬在油膩腥氣中的化石。

在沙丁魚罐頭裏，時間和冰冷的魚屍凝結成塊。

當我們的生命再也無法越過下一個峰頭的時候，我們也學習沙丁魚靜靜地蟄伏，讓一切的記憶都捲藏起來，沉寂爲一無所有的鏡面。

6

在某一種生物還沒有進化出自我意識之前，它們穿越時間的方法是生殖。

巨大的雄鯨就是如此，爲了十秒鐘的性愛，把生命的膏脂燃盡。發情期降臨，它以重達一噸的胸鰭撥動海水，採取奇異的舞姿環繞著雌鯨；它躍出海面，拍擊聲驚傳千里。直到雌鯨心花怒放，和它一齊垂直降潛海底，逆向分開，繼而雙雙浮上海面，相向而馳，在互撞的刹那，同時躍出海面，半空中心腹相連，在不及十秒鐘的極樂間，完成繁殖的夢想。數百噸的龐碩軀體，爲了性愛的瞬間而存在。

人類爲了更複雜的原因而追求毀滅。

在印度支那半島，無數細小曲折的運河通向湄公河的主幹。開航，向南方，在鴉片的收成季。小舟成群，舟身沉甸甸地覆蓋著黝黑的夢魘。船夫們沿岸蒐集阿芙蓉葉片，每張葉片都寄生著夢的使者。船夫們撐動船槳，烈日下，河面如碎鑽閃亮，沿岸的森林隱隱騷動。河水永不回頭，一艘艘的鴉片船背負著死亡，像待產的魚順流而下。

我想到了這樣詭譎的畫面，發現這個世界擁有許多隱祕的「負空間」，它們永遠不會被時間涮洗得更蒼白，也不曾改變黑暗的色澤，它們的內部從不被歲月入侵。這種晦闇的、獉狉未啓的心智，貫穿人類禍亂的歷史，它們存在於人類誕生之前，也存在於人類滅亡之後。

7

一億五千萬年前的白堊紀，處處布滿古老的菊石、爬行著海生爬蟲類的地球淺海域，生育著一種和抹香鯨體積相似的海龍。

海龍擁有四支肉鰭，一排如同正在燃燒的赤色背翅；當然，它也擁有大蜥蜴的長尾，細密鋒銳如齒鋸的排齒，渾身凸露著灰綠相間的鱗塊。在我自己手繪的《末世恐龍圖鑑》第七十七頁上，海龍的想像圖，正以一個華麗的華爾滋身段滑翔深藍色水域，穿越一群愚騃的頭足類生物，這幅圖我複製自一本正式出版的《恐龍事典》。海龍令我震撼的倒不是它瑰奇的造形，而是考古學家給它的名字，它叫做「時間龍」。

秦始皇夢中的海神一旦化身爲大魚，就該是一尾「時間龍」吧。幾億年的地殼變遷、海洋翻覆，不可計數的事物生滅，魚的意象就是永恆的音樂、穿越時間的時間龍，就是生殖和死亡的慾望圖騰。

8

在晉朝干寶所著的《搜神記》卷十二，記載著南海之外生存著鮫人。鮫人水居如魚，不廢編織，他們哭泣的時候，便自眼眶滴落珍珠。

鮫人的形象令人悱惻，淚眼流珠的綺思更擁有神秘魔幻的浪漫色彩。要是鮫人眞的存在，他們到底是人類墮落的變種，還是生靈返璞歸真的進化、昇華？

在我的潛意識中正隱伏著一群魚，它們通過我的心靈，又自我的生命再度啓航。

它們曾經凝聚成海神的化身，在夢中和秦始皇交戰。

它們曾經出現在漢代畫像石上，拖拉沉重的車輛，伴隨轆轤般的輪軸聲，橫空搧動它們透明的鰭翅。

它們來自沒有語言的夐古，經歷變化萬千的時空，目睹了恐龍一族的滅絕。有一日，它們是不是也將在殘敝的、失去了臭氧層的地球上見證人類死亡的寂靜。

那時，它們也只是一群巨大的黑影，經過變形的山河、經過頹圮的都會；它們依貼著樓房和街道空洞的稜線游動，穿越無聲的建築和銅像，穿越廢棄的繩纜、地鐵和核電廠，穿越望不著邊際的荒涼田野，穿越融解的極地。它們環行地球，吞食人類滅亡的哀泣。

是的，我悄悄釋放它們。

那群扭擺腰桿前進的魚影，朝向銀河的深處潛航，去尋找重生的慾望。

——一九九三年．選自聯合文學版《迷宮零件》

銅夢

1 蟄伏

二疊紀、三疊紀、侏羅紀、白堊紀……海洋和大地在億萬年間分合推擠，不知花費了幾百萬年才從海底爬上岸的動物一一陷落在瞬間裂開的深淵。

那是人類無法以愛和恨抵達的太古鴻濛。

那是感性的禁區，沒有人進入過恐龍的夢境；而銅的夢境，連最聰明的恐龍也拿不到通行證。銅元素安謐地蟄伏在地球之中，聆聽滄龍和蛇頸龍鬥爭時拍擊海水的淒厲音響，聆聽腕龍家族狂奔通過曠野的恐怖震動。

2 結晶

兩億兩千多萬年前地球就已經出現了恐龍，那是地球上最巨大的史前動物，他們在六千五百萬年前謎一般滅絕。直到今天爲止，仍然沒有誰能夠確認活生生的恐龍應該長成什麼樣子。所有的恐龍都是披滿著甲冑一般的皮革嗎？他們身上是否擁有某些蜥蜴那種詭異鮮辣的彩色斑紋？甚至，他們可能遠在始祖鳥出現以前就長滿絢麗的羽毛嗎？就連恐龍究竟是恆溫動物還是冷血怪物至今也都還是個疑問。

在當代，沒有任何生物目睹活生生的恐龍，也沒有任何生物看過他們的血肉。地球就像是作了一場夢，醒了以後忘記了夢的顏色、夢的血肉，剩下的是失去顏色和血肉的巨大殘骸。龍族的化石是夢的證據，卻不是夢的本身，誰能讓他們回復到已經不存在的記憶中呢？

人類用自己的夢去重建地球遺失的夢。畫冊上一隻隻工筆彩繪的龐大爬蟲，銀幕上互相追逐、彼此撕裂脫序的古代怪物，那些生動的幻影終有一日成爲人類本身命運的預告；也許，恐龍帝國的崩潰根本只是一則寓言，恰好作爲現實人間的投影罷了。

人類發現並且證實了恐龍曾經主宰世界一億五千多萬年只是最近一個多世紀的事情，而人類發現銅以及銅的功能則是數十倍於此的史前時代。早在恐龍沒有出現的洪荒紀元，銅已經埋伏在地球中不知多少歲月了，其實，他是地球與生俱來的一部分。

他是人類自古已知的元素：原子序廿九，原子量六三．五四六，在攝氏一〇八三度時開始熔解，到達二五九五度時開始沸騰。這種充滿光澤的紅色金屬，具備良好的延展性，便宜，適合用來鑄幣，幾乎無所不在；他是地球永不褪色的夢原素。

暴露在潮濕的空氣中，銅逐漸氧化爲綠色的銅綠，比較嚴肅的稱呼是「鹼式碳酸銅」，一旦生物吃下了就會中毒、虛脫而死的美麗化合物。

銅如果和硫化合就會形成銅藍，呈現出幻想般的六方雙錐體金屬結晶，猶如冰藏的焰苗，在地殼和岩層中以薄板狀蟄伏著，有些時候則覆蓋在活火山的表面，記憶著上一次爆發時的驚駭。銅藍的色澤不是眞正的藍色，而是一種「流動的琉璃色」，自青黑過渡到靛青，或者夾帶著條痕式的鉛灰，或者轉化爲光滑的漆黑色。

自潛藏的礦脈來到地球的表面，無論藉諸火山之口或者人類的雙掌，銅從不裸身，他總要和各種元素結合爲各種彩色的物質，直到他與人類的腦和心也化合爲一。從古代的銅器到現代的導線和電鑄版，像他記錄著火山的身世一般，忠實而堅硬地記錄著人類的夢。

3 分身

也許地球上所有的銅原子都是同一個整體（可稱爲「大銅」）分裂而出的分身。沒有性別，沒有愛情，但是他們也有他們自己存在的法則。

4 詛咒

人類最初製作的銅器，包括了狩獵刀。人狩獵野獸也彼此狩獵，人與人互相狩獵名之曰「戰鬥」，涉及人群與人群之間的則叫做「戰爭」。結果通常是戰勝的一方取得另一方的奴隸、女人與土地。

最早使用銅製武器的是蚩尤。《雲笈七籤》卷一百記載著蚩尤他「兄弟八十人，並獸身人語，銅頭鐵額。」簡單地說，這則記載指出，中國的先住民之中，大陸南方的部落首先使用了銅製的頭盔。這是傳說，傳說是一種比史學家看得更清晰、更準確的謠言，用來記憶那些無根據也無線索的眞相。

人類的戰爭使得銅的鋒刃舔舐了血液的滋味，雖然古代的青銅寶刀來不及和鋼刀交鋒就已經被鐵製的兵器取代了，但是那些煉刀鍛劍的神秘傳說本來就令嗜血的人類感動莫名。例如刀匠將自己的血肉混融進高熱的爐腔，把自己靈魂的意志貫徹在銅合金的分子結構中。

那畢竟是玩刀人強加於銅的意志。銅本身自有他們的意志形式，但是銅本身逐漸產生了類似人類的思考；他逐漸和人類不可剝離、成爲「人」的記錄者，是以鼎的出現作爲臨界點。

沸騰的銅、錫、鉛合金在一定比例下構成了青銅器的配方，一旦傾倒到「陶範」中，就會形成設計者心目中的器物。銅的性格因爲錫與鉛的加入而默默改造了，他的熔點降低而冷卻後的硬度增加。沸騰後的冷靜使他成爲一個厚重的鼎，在合金形式的鎖扣下，鼎身周圍凝塑出各式各樣的圖像，饕餮的臉孔、鳳凰的姿勢、龍虎的紋身、魚獸的混種、牛羊的肢體……幻覺的、寫實的、神話的或者生活的，人類世界所創造出來的奇異圖繪浮露在鼎身上，各種圖騰以一定的秩序排列著，構成一個無言的小宇宙。

從這一刻起，銅鼎中的銅原子不再是大自然中單純靜默的銅元素了，他已經和人類的世界混合爲一，在無言的形體中寓藏了人世的狂烈喧囂。當一個部族敗亡之後，銅鼎便背起他們的歷史，忍辱負重，隱身在廢墟的瓦礫中，或者終究站立在另一個種族用以自豪的博物館櫥窗中，恆久展示他身上迷濛的圖騰。即使銅鼎被熔解，銅原子也無法再回到鮮亮無知、充滿眞趣的礦物世界，只能一而再再而三地流動在人的世界中，漂流在慾念的海洋上，變化成各種形狀，和不同的元素結合，終究布滿地球，參與了「巨大的人類垃圾」的終極狀態。

紀元前三世紀，一座高達三十四公尺的阿波羅銅像在一連串強震和兵燹之後倒塌在愛琴海中的羅得斯城。這些曾經結合成巨大太陽神雄姿的銅塊，在一千年後被穿上白袍的阿拉伯侵略者賣給了猶太商人，這樁交易動用了一千匹駱駝才將巨大的廢銅塊一一運走。直到今天，那座阿波羅像上的銅質仍然流離在人間的不同角落，變成數以億萬計的分身，寄藏在各種銅幣、銅壺、銅罐之中，甚至，悄悄地潛入了一束橫亙城市地底的電纜中。

銅的命運已經被人類詛咒。

5 象徵

當有智慧的碳水化合物發現了自身的脆弱時，習慣用無機的金屬來比喻那些他們難以割捨的事物，或者用來強化他們的精神弱點。金石象徵友誼；鋼象徵意志；而銅呢？也許有延展性又能夠和各種元素化合出瑰麗色系的銅，更趨近易於變質的愛情？

6 鏡面

春秋時代的銅鏡質樸而輕巧，到了兩漢逐漸發展爲華妍而厚重的形態。在大清帝國時代引入玻璃鏡以前，不論是狗屠之輩還是理學大師，想要清晰地認識自己的臉孔，總得攬銅自照。磨光的鏡面顯現不同的臉孔，自無怨的青春到死前的訣別，自現在此刻到無數此刻構成的過去，自一個世代接續另一個世代，自一個家族轉移到另一個家族，真正逐漸老去的只是背面的鏡鈕和紋飾。

在同一枚銅鏡的正反兩面，顯現了兩種相背的時間觀念。光滑的鏡面只能反映人們的臉孔而沒有自己的臉孔，所以時間對鏡面是沒有意義的；布滿紋飾的鏡背不能反映人們的臉孔卻擁有獨特的面相，因此他也被光陰所烙印。

銅壺滴漏曾經斷斷續續滴過遙遠的古代，幽幽醒來的鏡前人撫摸自己滄桑的顏面低吟：「銅壺漏斷夢初覺，寶馬塵高人未知。」在歷史上最黑暗的一個夜晚，當滴漏也不能說服時間繼續前進的不眠之夜，自傷的詩人像是鏡面一般反映出生命的空洞。

不論是弦紋、雲雷紋、渦紋、繩紋或者環帶紋，或者那些帶著邪氣的蟠虺與魚龍，鏡背上的銅雕被感傷的指紋浸染侵蝕，飄逝的慘綠青春正悄悄凝結成紋路間的銅鏽。

7 時間

銅，原本是不懂得何謂時間的。但是，作過夢的銅，都會跌入時間的陷阱。

8 銅山

古代的某一夜，漢朝一個偉大的皇帝夢見自己登天不成，有個黃頭郎推他一把，總算把他推上了天頂。夢中的皇帝回頭瞥見黃頭郎的後衣破了洞，醒來以後他總是惦記著那個奇怪的夢。不久，皇帝閒步到一座四面環水的看台上，看見一個船夫後衣破了個洞，他想，也許這個船夫就是上天指派來幫助我的賢人。於是他便召來船夫，給他高官厚祿；又派相士爲船夫看命。相士說：「這位先生會因爲貧餓而死。」

皇帝說：「只要我高興，誰又餓得了他。」

於是皇帝將一座銅山賜給了這位無功受祿的船夫。

擁有銅山的船夫終究餓死了，因爲他得罪了太子，恰巧太子又非常順利地繼承了皇位。

據說那個皇帝就是漢文帝，而那名船夫叫做鄧通。這個故事很無聊，但也很寫實。鄧通靠他的銅山也無法違逆他的命數。而銅山也有自己的運勢，否則就不會出現「銅山西崩，洛鐘東應」的說法了，究竟銅山也有崩毀和曠廢之日。

三年五年都無所謂，鄧通總算是個響亮過的名字，一步登天的人其實是他而不是皇帝。鄧通在放棄船夫生涯後就不曾眞正的活過——不曾眞正生活在現實之中，他只能活在皇帝的夢中，他是進入別人的夢以後，再也走不出迷宮的那個人。

9 銅夢

一塊廢棄的銅片說：「我夢見我變成了一個人，這個人想利用銅來延續他的存在。」

10 流變

一塊廢棄的銅片，在飄流人間數千年之後，又被投擲到高溫的熔爐裡重新提煉，洗浴身上所有的雜質。他重新融入精純的銅漿之中，和所有的同伴化爲新的整體。

他曾經在銅山中和其他元素結褵爲幻美的結晶，曾經被融鑄爲夐古時代的巨鼎，曾經是皇帝花苑中佇立台閣上的銅烏，曾經被壓縮爲打印上年號與幣值的制錢，曾經被僧人牢牢釘死在山門上成爲銜住門環的獅頭環扣，他又化身爲擾人的滴漏、夜夜震動易碎的詩人心房。那些記憶滲透在他的夢中，而沸騰的銅爐正將一切的意識都煮成氤氳的蒸氣。

當他清醒過來，已經成爲一具魁梧塑像的顏面，迎著晨曦，他感受到清涼的南風。眼前是一座城市，一層層的樓房亂中有序地鋪展成巨大的扇形視野。到了正午，他被驕縱的陽光晒得燙熱，煥發出強烈耀目的金屬色澤，車輛們都得繞著他台座周圍的圓環緩緩通行。

塑像傲視的立姿成爲市景的一部分，他不再是一群銅分子的凝聚體了。即使過去的歷史已經模糊得無法辨識，他卻毫不在意。

他開始相信自己是塑像人物的化身，他甚至頓悟到什麼是寂寞。對於銅本身而言，寂寞是一種根本不存在的情緒，他也曾經蟄伏在看不見光的礦脈深處，地球自轉了幾十億年也不曾讓他如今一般觸發寂寞的念頭。接著，他慢慢相信自己擁有心靈，意識到自己正在無聲地意識著這個世界。從行人的眼光中，他看出了塑像人物和人民之間那種既熟悉又疏離的情感，他從人類眼光的變化體悟出崇高和敬畏之間的不同。崇高是一種無法用言詞超越、更談不上有任何可能被具體描述的心靈震撼；而敬畏，僅僅是一種避凶趨吉的禮儀。

他也開始意識到這座銅像似乎也寄藏了人類的夢，而且是許許多多哭嚎失聲的夢。他遁入塑像尊者的生命史裡，體會這種身著戎裝、僵直地站在市區中央的困惑。

塑像人物生前最驕傲的手勢完全呈顯在台座上方，塑像的臉龐上也鏤刻出一連串戰爭遺留下來的鑿痕。

塑像人物本身的殘夢也入侵了清醒的銅材。

顏面上的銅，他開始目睹那個人過去的榮光，每當他舉起右拳向忠誠的子民們宣告祖國人民的使命時，無數人群如癡如狂地被那種神妙的手勢導引……

顏面上的銅，早已失去了光澤。他最後學到的情感是自憐。靈巧的鴿子在塑像的肩授和軍帽上漫無節制地排泄。隨著塑像的陳舊，路人不再有崇高的震撼，不再有敬畏的眼神，他們以鄙夷取代了禮讚；最後路人連鄙夷的心情都沒有，他們回報塑像的是無表情的冷漠。

在這座城市有史以來首度被侵略者攻陷的時刻，銅像的眼睛流出了金屬結晶構成的淚痕；他仍然屹立著，直到這座城光復之後，才被自己的同胞推倒，送進陳舊老邁的煉銅廠。從每一個城市送來的、一式一樣的銅像如同巨大的棄屍，無禮地橫陳肢體，彼此壓擠，等待著分解，以及毀滅。

顏面上的銅塊再度被解放了，但是馬上又被模鑄成形，這次他被分割成幾百發尖銳閃亮的子彈。當他們以高速呼嘯著破空穿入人體，一切多餘的夢境都在血光中歸於寂滅。

——二〇〇一年十一月·選自天行社版《邊界旅店》

林黛嫚作品

散文卷

林黛嫚

台灣南投人，1962年生，台灣大學中文系畢業、世新大學社會學碩士。現任《中央日報》副刊中心主任兼副刊主編。創作始於小說，兼及散文，著有散文集《本城女子》、《時光迷宮》等，另有長短篇小說集多部。曾獲全國學生文學獎小說首獎、梁實秋文學獎、中興文藝獎章、中國文藝協會文藝獎章等。

本城女子

每天睜開眼睛最先看到的是兒子澄澈晶亮的雙眼。

事實上是他喚醒我，他的生理時鐘在六個月大時便已調整好，總在近九點時，他開始哼哼唧唧輾轉反側，然後長針短針的角度校正了，他驀地睜開大眼睛，和我雙目相對，立即他笑開了，看見母親的安全感讓他的一天有個愉快的開始。我也是，尤其是他隨後清楚地一聲「媽媽」。他才十個月大，『媽媽』是他擁有的四個辭彙之一。

我的生活習慣一直在變，就以就寢時間來說，同樣是求學時代，從唸國中時——九點一到就被像趕鴨子樣吆喝上床，往往很痛恨錯過那些精采影集——隨著學歷升高往後延，一直到進入新聞界工作，不須早起的職業型態，使我和床舖的約會幾乎要與旭日東昇交接。相對於就寢，起床時間也順延，而維持近午起床也有好幾年。

這一年的生活型態卻變化更鉅。

對於受過高等教育，接受新式資訊較一般人快速的我來說，要不要婚姻、要不要兒女的掙扎，糾纏已久。親近的好友、同事當中，「單身貴族」、「頂客族」、「離婚族」都有，所有不婚或不要子女的說法都振振有辭，能說服我，然而我性格中怯於（或說懶於）與命運對抗的特質，終於在水到渠成的情況下與相交七年的男友步入禮堂，並在三年後產下一子。

結婚前我對他表示，希望生活不要因婚姻而改變。由於夫妻兩人擁有完整的小天地，以及另一半經常出差外宿的推銷員職業，我的堅持不須面臨考驗，我仍然能夠享受放縱的樂趣，像任何一個城市女人，日上三竿才起，對擠上班車潮的人們嗤之以鼻；吃遍大台北個性餐廳的商業午餐，如常春藤的午餐隨物價指數從一百五到一百八到兩百，我們都參與其中；以及下班後排擠夜色的唱KTV、PUB喝酒，或是午夜場電影，子夜時分散場，百貨公司外的長廊尚有一整排地攤的精美正品等著我們掏荷包；也可以一時興起，駕車上馬槽日月農莊洗溫泉，再走陽金公路回台北，或是轉上濱海公路，去南方澳的漁港等日出，路再遠、夜再深都無妨，我們得天獨厚不被時間追趕。即使挺著大肚子，我仍能持續一年一度的海外旅遊。

直到兒子出世，我不得不與過去的日子告別。

首先是婆婆搬來同住，兩人世界陡然擴張一倍。

事實上，婆婆的生活轉變也很大。她離開居住三十多年的古厝，離開街坊鄰居熟悉的村落，離開日出而作、日入而息的農事，總之，她驟然丟棄五十年如一日的生活圈子，投身完全陌生的城市。

說起來，婆婆這位性格堅毅的傳統女子適應力比我強多了，她迅速融入這個新環境。我們住的八十戶小社區，兩年了，我連樓上樓下的鄰居面孔都不熟，遑論他們的職業、家人，她卻幾個月就能四處串門子，建立起自己的人際關係。

對於城市生活，她能接受一客幾百元的西餐，生冷的沙拉和附餐咖啡都入境隨俗，卻也能在家中整治台式的四菜一湯；她穿我在百貨公司買的數千一件襯衫，卻也自己在市場小店買八百的套裝，她知道除兒子正用著的片型紙尿褲，還有新推出的褲型紙尿褲，她還知道百勝客的披薩正在買大送小促銷；她不識字、不會說國語、記不得家中住址，但能一個人從車站叫計程車拐過彎曲巷弄回家來。對照每年春節回夫家古厝，我只待一天一夜，卻對處處不便的鄉居視為畏途。

婆婆唯一不能與城市生活苟同的習慣，是黎明即起，縱然近午時有些困倦，她也只會在沙發上打盹，她的觀念是早上睡覺對身體不好。於是婆婆清晨起床，慣常去爬遍附近小山前，便將與她同睡的孫子，抱至我的臥房來，讓我一天開始與兒子同步。

午餐之前，我與兒子遊戲，婆婆收看重播的閩南語連續劇，看見她專注的神情，我這才知道上午節目存在之必要。

兒子從酣睡二十小時到能坐能爬，到牙牙學語，一步一步順著《育兒指南》的發育程序，如今他能扶持站立，會揮手再見，尤其擅長電視機、電燈、電鈴的開關。往常我擁被晝寢的上午，成了與兒子奮戰的晨間運動，他爬，我跟著爬；抱著他下樓散步，在他抓落一片樹葉時，告訴他，這是樹，這是葉。對一個夜行族來說，上午的陽光暌違已久，午後人們的活動多麼疏離！

因為兒子，我和社區警衛熟了。他們識得兒子，然後才識得我，輪班警衛的第一句台詞都是——噢，這是妳兒子呀，然後逗逗兒子飽滿的臉頰，問他，阿媽呢？婆婆和兒子先深入這社區，然後才是我。不光是警衛，每位鄰居都是，啊，我認得妳兒子，阿媽呢？我在這個城市居住十幾年，搬遷過數次，卻從未認識這麼多鄰居。

因爲兒子，我知道：哪一戶人家搬來又搬走；哪一戶房子要出售，售價幾何；社區外的公園正在破土；蓋這社區的建商又在鄰居預售一處社區。從前我不屑一顧、尋常百姓的生活瑣碎正一點一滴滲入我的生命。

因爲兒子，我不再睡眠不足地趕早場電影，不再以盛裝心情赴精緻的午餐約會，不再爲健美身材跳韻律舞。公事之外的應酬盡量推卻，我寧願看著王家三歲的偉偉與兒子握手，陳家兩歲的恬恬與兒子揮手說再見，我正從一位追趕時代潮流的新女性蛻變爲甘於平淡的家庭主婦。

午餐之後，婆婆有午間閩南語劇集打發時間，爲此，我曾寫信給三家電視臺，感謝他們服務如婆婆般只對市井小民的悲歡感興趣的小眾。

平常日子，我下午上班，與兒子要隔天才能見面，當我下班後，他通常在我不能參與的睡夢中優游。若是假日，在外奔波一週的先生加入我們的生活行列，偶爾舉家出遊，近郊的陽明山、木柵動物園、碧潭、外雙溪……消磨過幾個下午，但大多時候是做個忠實的電視族。

假日從先生與胡瓜的「百戰百勝」開始。我曾數度抗議他如此虛度一個難得的假期，和兩口子逛街、看電影、吃麥當勞，或淡水看落日、基隆廟口吃海鮮的日子比起來。先生因此在他可做爲都市白領階級代表的辦公室做過「民意調查」，題目是「星期天你們做些什麼？」結果在家看電視佔七成，偶爾才有訪友、踏青的「特別」活動，對於這樣的答案，我還能說什麼？

他手持遙控器，癱在沙發裡，兩眼平視二十八吋的閃爍世界。隨著綜藝節目主持人的笑話，回以哈哈大笑。他曾說並非眞喜歡看這類節目，只是在衝鋒陷陣、辛勤工作一週後，看些不傷腦筋的電視，有益身心。我則在另一座沙發裡，有別於辦公室匆匆瀏覽，而因一大片空閒，鉅細靡遺地讀起報紙、雜誌來。

有時和婚前的閨中秘友電話敘舊。

綾與湘是專校同學，畢業後共同賃屋而居多年，情誼遠勝姐妹，從我率先結婚，打破三人行世界後，我們的生活不再並行，只能在聊天中用言語形容生活。

綾是我們之間感情最早安定下來的，她一向眼高於頂，高瘦的身材，臉部輪廓明顯，深深的眼窩、厚而翹的唇，很有幾分費唐娜薇的性感，這是她把異性視爲「阿貓阿狗」的本錢，可是當她碰到生命中的第一個男人，就毫無抗拒能力拜倒。別看綾有世故、超齡的外貌，其實是未曾蒙塵的明鏡，邱帶著她從天眞的少女成爲飽經風霜的女人。

湘在任何場合都是磁場，把所有同性、異性的目光都吸引過來。學生時代以至成爲職業婦女，我經常跟著湘，稱職地扮演綠葉，烘托湘這朵紅花，甚至湘交固定男友了，我們仍同進同出，湘的每位男友和我都很有得聊，往往盡是我們兩人不斷拌嘴，而湘滿足於一旁聆聽。對湘來說，男人只要多金英俊又愛玩就夠了，個性合不合、談不談得來都是其次。也虧她的美貌，有本錢在滔滔人海中挑揀最大一顆石頭。

眞實人生比通俗劇還通俗，二十歲如此，三十歲也如此。綾和邱幾度分合，男方無意花好月圓，女方執意非君莫嫁，綾有三次得以和諧的婚姻機緣，卻在邱一聲召喚，又重回他身邊，繼續毫無希望的愛情。邱家要家世良好的清白女子，不要唸書時就與兒子同居又無錢無才的綾，她知道。湘直到青春美貌漸起皺摺時，不情不願下嫁，旁人看起來婚姻美滿，頗相配的一對，她卻時生不滿。

到了三十而立的年紀，我過著自己正敘述的生活，綾還在那沉溺得即將發酵的愛情中，等待結果；湘則剛結束一段短暫婚姻，繼續那無止境的追逐遊戲。

「幸福」這個辭彙，不知哪種人有幸匹配。

當兒子學步椅的滑輪製製響起時，我的冥想也戛然停止。他的午睡結束，我的個人休閒也結束，我們又開始遊戲，兩人或三人，丟球撿球與玩具。夕陽的金黃光彩從落地窗灑進屋內，一父一母環擁一子，身影參差，好一幅柔和溫暖的油畫，可以裱框起來，印製成房屋廣告的DM，文案是：我們有一個家……

這卻是我從未思想起的一幅畫面，雖然甜蜜，卻很辛苦，原有的優游自在完全捨棄不說，照顧孩子十分耗費體力。兒子精力旺盛，他的智慧尚不足以理解「有餘」的樂趣，他要把蘊藏在體內的力氣全部用盡才會罷休，成人們若做和小孩一樣整天的活動，除非如職業運動員，否則準保累癱了，這是一個新媽媽的體會。

然而婆婆承攬了大部分照顧兒子的工作，還要買菜、作飯，當一頓豐盛的晚餐熱騰騰地在餐桌上向我炫耀著時，我也只有自我調侃，或許少了椎心蝕骨的人事傾軋，少了戰爭、饑荒、環保等新聞的紛擾，人能活得健壯些吧，婆婆就是不受知識蝕害的例證。

晚餐之後，黃金時段的電視節目熱鬧繽紛。我們是城市人，卻如鄉間，農閒之後，人們藉著一片螢幕醞釀倦意。兒子會在玩累之後要人哄睡，婆婆略事整治廚房之後與孫共眠，先生在胡瓜與他二度道別後關機，他也要進行恢復體力的睡眠，以便有個生氣蓬勃的星期一。

而我的黃金時間正待展開。多年夜間活動的習慣一時改不了，即使肉體累得想打烊，靈魂卻使雙眼精光無法闔攏，何況我捨不得深夜的靜謐，白天匿藏無蹤的靈思會從屋子的每個角落向我燈光盈然的書桌靠攏。

讀書、寫作、聽音樂，孤獨讓我的青春記憶又復甦，似乎一切如舊，我跟隨著陳淑樺的流行歌聲，吟唱起「本城女子」……

兩位多年不見的本城女子，不期然相遇於午後的街，問候語是，是否一切如故？同住一個擁擠的城市，她問她是否如她不知將心事向誰傾吐？所以她們，喝杯咖啡，暫時忘卻忙碌，每天都過得倉促，當然也有孤獨，不清楚擁有的是否叫做幸福。說盡許多心底感觸，時光卻留不住，彼此道別，相互珍重，心情自己照顧……

時近兩點，闔上閱讀近半的米蘭昆德拉，望著身旁鼾聲如雷的他，我撳熄床頭燈，一天的最後一個念頭，這偌大的城市有多少屋簷下是如我這般生活的四口之家？

——一九九四年・選自皇冠版《本城女子》

孤獨的理由

你第一次看見他，他坐在客廳的藤椅上，那一組五張，圍著一張藤製圓几，他坐的那張藤椅正對著一架十四吋黑白電視，見你進來，他瞪著小小螢幕的表情沒有絲毫變化。往好一點想，是他電視看得太入神，無法騰出心思向來客招呼；若依你如大和民族般多禮的性子，那麼那不似好客鄉親的行為未免有些詭異。

後來你對這屋子、這一家人有些認識，發現他那不動的姿勢才是自然，和這周遭的環境相配。

譬如距離經濟起飛的六〇年代已有一段時間，政府主農政的官員也一天到晚強調「富麗的農村」，可是這戶農宅仍維持十分原始的農家型態。從大馬路拐進來，是一處大曬穀場，一排屋舍對著曬穀場，臥房位列廳堂兩旁，廚房旁是倉庫，堆滿自家田裡生產的稻米，倉庫外是菜圃，種著自家栽種的青蔬。於是吃自家的米，自家的菜，自家養的豬的肉，傳統的農業社會不就是如此自耕自足，只是在現代工業社會能自給得這麼徹底還眞不多見。

再譬如，相對於都市公寓寬敞許多的屋內，竟然沒有廁所。浴室是搶了廚房一點空間，於是你用大灶澆開了水，方便直接提進浴室，再把一旁的木板扶正，那就是門了，如此簡陋。這麼說，那位於屋外的廁所也不算什麼了。

你為了解燃眉之急，必須揣幾張廁紙在手上，穿過廳堂，繞過曬穀場，把綁在門上充當門鎖的繩子解開，你可別被衝鼻的臭味以及向著人撲過來的蒼蠅給嚇壞了，更要小心的是，別一時暈眩，沒看準那踏腳板，那會有墜坑滅頂的危險。

花了這麼多口舌述說那讓你一夜都不肯住下的地方，只是為了說明當你的未婚夫聽到你的抱怨，殷勤地摟著你說，就為我住一夜吧，這可是我生長了二十多年的地方時，你的淚水為何止不住地潸潸而下。

你其實明白什麼樣的人生都有，你非得柔軟的彈簧床、晒得鬆暖的被褥不肯睡，非得合口味的食物才肯讓它進入你的胃，但在這個未來的夫家，你草草把乾硬的米飯扒完，然後在硬木板床上不時翻動發痛的身軀，一夜難眠。

你當然只肯過一夜。隔天你帶著諸多疑問離去。走進這戶傳統農家前，未婚夫指著大馬路前的茂盛水田，說，從這兒到那兒那兒，都是我們家的，還有溪邊那一片望不見盡頭的蓮霧園，還有養蝦池等等，只要其中一兩項，都可算是富麗農家，那麼為何不生活得舒適些，至少，在屋子內蓋個廁所吧。

你終究會知道關於孤獨的理由。

你們的婚宴上他並未出現，他應該來主持婚禮的，但是那時原來尚稱美滿的家庭已經有了變化，他結縭三十多年的妻子離開他，說是孩子大了，她爲家庭作的犧牲該是終結的時候，她要去追求自己的人生。爲免婚禮因這對不合的老夫老妻而氣氛尷尬，所以得知他不出席時，大家不約而同鬆了一口氣。你並不知道你們杯酒觥籌、幸福無限時，他起個大早，正試圖從那荒僻的農村出發，先是追著客運車冒黑煙的車屁股，氣喘吁吁好不容易趕上老舊的客運車，車子晃蕩四十分鐘來到火車站，再搭一小時才有一班的小火車到大城市轉搭北上快車，希冀火車不要誤點才能趕上他兒子的婚禮。

當你們被同事們促狹共飲一杯莫名滋味的交杯酒時，他在中部大站下了車，繞著彎彎曲曲的地下道走到對面月臺，靜靜等候下一班南下的火車，這時候不必非快車不坐了，反正無論如何都到得了家，回家的路雖長總不比人生路漫長。

你沒有問那婚宴上空著的主婚人位子，有些答案知道了並不比不知道好，但是當熱鬧的婚宴到了終曲，看著歡鬧之後的寂寞，他那靜靜坐著動也不動的身影竟然和滿地的碎紙殘羹一起侵占了你的記憶。

丈夫告訴你，他是多麼聰明的一個人。小學全校第一名畢業，如果像前輩畫家一樣偷偷離家，遠赴異邦，先讀高等學校再進醫學院、藝術學院或商學院，於是返鄉時便可當醫生、畫家或企業家，但是他不能，他是家中長子，有四、五個弟妹要拉拔。他只得背起形狀神似枝仔冰筒的藥筒下田噴灑農藥，噴完水田噴蓮霧園，噴完農藥還有河邊的鴨子要餵、還有蝦池要照料。如此夫婦二人日夜不休，稍有積銀，便去買一小塊田，集合幾處小面積的旱田，再換購面積大一點、近馬路邊的水田。除三餐溫飽，一分一毫都花在弟妹身上，這便是那農家明明有厚實的基業卻不捨得張揚的緣故，他珍惜那辛苦掙來的每一分錢。這些錢讓大弟念商學院，二弟拿了資本蓋一座養豬場，小弟在東部買了一座山自給自足，也為兩個妹妹覓得良好歸宿，備妥嫁妝歡鑼喜鼓出嫁。

像這樣的事並不陌生，你在很多書上看過，人生的情節像走馬燈一樣在不同的人身上不斷重複，你們的長輩很多是這樣走過來，有的父親也曾以抱憾的語氣回憶當年他拿到日本某中學的入學許可，被多桑發現後當面把那顯示美好光明未來的一紙通知書撕得粉碎，時移事往，那位父親留在家鄉繼續走人生的路，除了偶爾以一絲絲遺憾的心情追憶之外，又能如何？那種天地悠悠，四顧茫然的感覺也是孤獨的一種吧。

眼看他的人生任務快完成了，那蟄伏二十年的雄心壯志卻一夕復甦，他想接續起年輕時的夢想，他當然不能繼續念書，卻可以從其他方面證明他的能力，於是他養豬、養牛、養熱帶魚、種檳榔，也許是方法不對，也許是時機不對，他的每一項事業都以失敗告終。如今他很幸運，有事業有成的兄弟接濟，有家庭穩定的姐妹幫忙，這些失敗的虧損他承受得起，他承受不起的是，他得靠他的弟弟賞給他個差事。一切不對勁就從那時開始。

孤獨並不僅是文學家習於抒發的題材，也是心理學家頗費筆墨研究的主題。從荊軻的風蕭蕭易水寒、項羽的獨立烏江、盧騷的歸遁隱廬到梭羅的華爾騰湖畔索居，許多的文學家為此寫下謳歌的篇章，許多心理學家爲他們的心靈找到學理的依據，不管他們怎麼闡釋、分析，至少你同意「孤獨是人生的基調」。那種與生俱來的孤獨感並不陌生，你記得你很小時向母親伸出需索的手，卻等不到一隻溫暖的手回握；你記得所有在田野獨自戲玩的時光；你記得每一次在熱鬧的人群那不由自主的冷寂；你記得你在「有伴的孤獨」過程中如何學習和自己相處。可以說，你很習慣孤獨，你只是不習慣和孤獨的人共處。

婚後，你和丈夫回家。農家還是農家，少了女主人打理，似乎更加破敗。

你必須擔起振衰起敝的工作，雖然你並不擅長。首先你把一屋子的空保麗龍便當盒丟出去，如果你有興趣，可以數一數有多少個，那麼你便知道女主人離家多少日子；接下來你把老舊得只剩螢光點點的黑白十四吋換了大一點、新一點、彩色的電視機；你還燒了一頓飯，不怎麼可口，卻有家的味道。然後，你們去散步。

爲什麼要去散步，這麼久了你其實已記不眞切，也許是年節的氣氛，團圓佳節不都該闔家出遊嗎？也許是你覺得他在那藤椅上窩坐，都坐出一凹人形了，想必對健康有損；也許你不知要說些什麼，不經意脫口而出，我們去散步吧，他應聲而起，你來不及轉換話題。

你丈夫駕車，到離農家最近的名勝，傍晚的澄清湖除了湖水清澄外，斜薄夕陽掩映更添隱約美感，遊賞、運動的人不少。你丈夫藉口連夜開車疲累，要在車內休息，於是你只得和他二人緩步走向湖邊。

晴日雖冷，那經冬陽籠罩整日的湖畔，迎面吹來的風卻是和暖的，但你有些緊張，就算你把身邊這人當作自己父親，也不能舒緩幾分繃緊的情緒，因爲你也沒有和父親散步的經驗，一家之主爲生計忙碌，總是步履匆忙，那能和你如此優閒地踱步？

你側眼看他，和你丈夫相似的樣貌，霸氣的濃眉，粗獷的落腮鬍，下巴緊抿透露出堅定的意志。你只和他相處半天，以爲他並不難處的感覺並不準確，你只是在心中沉吟，他到底屬於那一種孤獨？英雄豪傑，心比天高，覺眾民渾濁而感高處不勝寒的孤獨；沉潛自求，自願離群索居，追求性靈的孤獨；或是殘弱老病、眾叛親離，孤苦無依……他那在夕陽光影下更顯明的，揮之不去的孤獨的暗影，到底是那一種理由？

你不知道他的記憶停留在那一個時空，你甚至沒和他說上一句話，你們只是各懷心事沿著湖邊向前推移，走著走著，遊人漸稀，這就是散步吧，再繞半圈就可以提議轉回程，你正這麼想。

突然，他對著迎面而來的一位婦人，對著從你們身後擦肩的男人，說：「這是我媳婦」。什麼？這是你問，在心裡問。最靠近你們也許聽到他突如其來的這一句話的路人，停下腳步，看了你們一眼，又繼續自己的路程。

「這是我媳婦」，他聽到你心裡的問話，又說了一次。

你看了看他那靦腆而有幾分驕傲的神情，忽覺一股熱氣衝上腦門，在眼眶邊繞呀繞，尋找出口。原來他這麼在意你，這麼在意他的人生的新角色。

你彷彿明白孤獨的理由了，你記起尼采說的，「孤獨是我的原鄉，我純粹、美好的原鄉」，既然孤獨是一種宿命，那麼再多的解釋都是沒有意義的。你讓那長著厚繭的大手握住，讓他疏散他的孤獨，伴隨那沉落下的夜幕一起散向天地。

——原載一九九九年三月十二日《聯合報》副刊

呂政達作品

散文卷

呂政達

台灣台南人，1962年生。輔仁大學畢業，曾長期在報社工作，歷任記者、副刊主編、總主筆等職，也擔任過《張老師月刊》總編輯。著有散文集《怪鞋先生來喝茶》等，曾獲中國時報文學獎、聯合報文學獎、梁實秋文學獎等獎項的首獎。

長夜暗羅

最後，萬事沉寂的黃昏，總會有防腐藥水的氣味，不經意的飄盪著，淡去。

最後，還有那枝浮雕花紋的鋼筆，經歷長達半個世紀的書寫，當初的熱情一一退去後，只留下冰冷的體溫，像解剖台上的身體，安靜的，躺在檜木書桌的抽屜底層。

最後，還有教室中央的水泥台座，收容過難以計算的身體，無數的死者就在這裡，進行他們的告別演出。整整三十六年，老教授用緩慢的動作，優雅地切開躺在台座上的屍體，爲每個世代的學生，示範解剖的過程，事後回想起來，那種動作，還有一些指揮交響樂的況味。

總是會記得，剛上老教授的解剖課時，我曾經注意到冰凍多時的屍體，拿出來解凍時，視網膜會結著一層灰藍色的蛛網狀，我想像還不死心的記憶，就是那隻蜘蛛，穿過已然空洞的腦袋，想要沿著視覺神經爬出來，就在眼眸上繼續張網，捕捉歲月的獵物。有一回，我忍不住將這個想法說給老教授，只見老教授從鼻孔哼聲，說道：「聽好，那個叫做鞏膜變異。要不然，你試試看在冰庫裡躺上三天。」

然則，來自記憶的蜘蛛，仍舊在老教授研究室簷角上結網，前來的學生一抬頭，第一個印象，就是那隻蟄伏在重重蛛網間，等待著獵物的灰蜘蛛，毫無聲息的準備進行捕捉與廝殺；日子一久，有些學生還用老教授的名字，爲蜘蛛取別名。

最後，彷彿與歲月毫無關聯的則是，研究室氣窗外，闖進眼睛來的一個尖角，布置那座陽光普照的花圃，植栽著老教授最喜愛的一叢長葉暗羅，總說，是當年老教授爲生平解剖的第一具屍體，親手種下的紀念物。研究室裡，老教授仔細讀過的書籍，安靜的陳列在書架上，招著一層薄薄的灰塵，翻開書本，還會看見道林紙留下鋼筆沙沙畫過的痕跡；日後，老教授就用握著筆管的這隻手掌，拿起解剖刀，輕輕的劃過無數屍體冰冷的皮膚。我總是記得，解剖台前，老教授咬著嘴唇，認眞而且拘謹的神情。

自然，也會有排在午後第一堂的「人體解剖」課，上課鐘響後，沉默的屍體與學生們一起屏息，等待老教授的皮鞋底，遠遠從走廊的盡頭傳來回響。記憶裡，總像有一隻色彩斑斕的蝴蝶，會從他混雜著防腐藥水氣味的口袋悠悠飄出來。第一次上實習課的學生，訥訥的躲在老教授的身影後面，心跳加速，血壓上升，只敢用眼角瞄視屍體，有些人緊張到臉色明顯發白，彷彿可以聽見屍體體內的靈魂，憮憮的在這個夏日的午後坐起來，感覺恍如隔世，正在喊著飢餓。

這時，老教授總會提高音量，提醒學生尊重眼前這副安靜的身體，「敬意哪，諸位，那不僅僅是屍體，也曾經和諸位一樣作過夢，會哭會笑的啦。」解剖完成，老教授交代學生，就從外面的花圃摘來盛開的花朵，供在屍身的腳下，當做人間還能爲他們奉上的，沉默的謝禮；歲月一久，解剖課後爲屍體獻花，已經成爲系上最知名的儀式。有些學生上課前，自己到市場買來整束的鮮花，捆著蝴蝶結，必恭必敬獻給剛剛爲他們展示過臟腑的屍體，那一刻，竟然有著濃厚的荒謬劇的況味。花朵上沾黏的陽光明亮嫵媚，才準備好要在解剖台上跳舞，就隨著蓋上屍布，送進冷凍庫陰暗的洞窟裡。

上過幾堂課，解剖過幾具屍體，仔細的翻看過人體結構後，老教授會要求學生利用午休，輪流上解剖台躺躺，體會生死相間的眞實感受。這麼多年後，我仍然清楚記得，第一次躺上解剖台，脊椎從根部冷起，頭皮發麻的感覺。那一刻感官竟然異常的敏銳，頭殼間傳來遠處流水嘩然的流動聲，馬啼的噠噠擂動，由遠而近；繼而省悟，那其實是來自潛意識底層的聲響，躲藏著連我都不明白的前世恐懼。那一刻，死去已久的親人就在耳膜邊，幽幽喚著我的名字，那只是一種虛擬死亡的幻覺吧，卻異常眞實的，呈現在所有感官一起動用的世界裡。

從此以後，面對形貌各殊，只用編號相稱的死者，一名夭折的年輕女子，或是滿佈風霜和老人斑的身體，人世的疲倦還留在永遠睡去的臉孔上，解剖刀輕輕劃下，進入他們的體內，想像也隨著啓動，急切的想要知道他們生與死的故事。

記得，曾經送來一名車禍喪生的女子，家屬依照死者的意願捐出遺體。送來時，臉上還塗著濃妝，聽說這也是女孩在病床間的願望，她說人間的最後一場演出，也要漂漂亮亮的登台。解剖後，有人供上我所見過，最大束的鮮花，滿天星、黃菊、嬌豔的火鶴紅，玫瑰花則尚未盛開。

記得，曾經送來一具年輕男子的遺體，結實的胸膛已經挖走心跳，但臉孔仍遺留著笑容，好像在向我們說：「送來的，可就是我短暫的一生，要好好的解剖，不要對不起我啊。」那日持刀的老教授，用滿布皺紋的手臂劃過青春飽滿的皮膚，竟然形成相當強烈的對照。年輕男子說是爲情自殺，死因記載著一氧化碳中毒，生死的間隔就只差一道呼吸，一口幽氣仍埋藏在年輕的肺壁裡，轉眼卻幻化爲幽明間的嘆息。然而，老教授切開年輕男子的肺臟時，無來由的，一滴淚終於落在死者冰冷的胸膛間。

總說，戰爭的年代接近尾聲時，老教授還只是醫科的實習生，和他交情最好的同學，卻在一場失戀事件後服藥自殺，戰爭時法醫人手不足，刑警轉送來做死因鑑定，就是由老教授執刀。總說，那正是老教授生平解剖的第一具屍體。年輕同學的臉上，當時有沒有留著笑容，從沒有人聽老教授提起過，那段記憶，顯然沒有眞正離開過老教授的腦海。總說，戰爭過後不久，老教授就親手種下窗外那叢長葉暗羅，當作內心深處，對過往年代永遠的紀念。

多年後，我坐在人事已非的解剖教室裡，聽著下課鐘響後，遠方傳來騷動的人聲，仍然無法擺脫這段傳說的糾纏。我好奇對永遠逝去的年代的追憶，似乎總是格外鮮明，像是鯨魚從星月無蹤的海面巡游而過，噴起白色的水柱。依舊在夢幻與夢幻間逃竄的淚水，圍繞著那想來已腐朽的肉體，久已腐朽了，留下來的，卻是琺瑯質般的宿命。

多年後，自己也當上老師，我已經習慣偶爾上解剖台躺躺，也會要求我的學生，試試這種生死相間的滋味。當年做學生時在解剖台上經歷的恐懼感，早就消逝無蹤，代以想像鋒利的解剖刀劃過皮膚，探針深入臟腑時的感覺。一回留到深夜，就著窗台邊冷冷的月光，躺下來，聆聽李斯特的交響詩〈前奏曲〉，十九世紀的音樂仍然澎湃堆高，像死神腳下踏著的英雄塑像，宣告人生正是死亡的前奏曲，宣告生者暫時的勝利，那是意志自娛娛人的勝利法，音符結束，門外將傳來掘墓人緩重的腳步聲。然則，我喜歡著這種短暫的勝利滋味。

確實，每當我拿起解剖刀，彎下腰俯看眼前的死者，李斯特音樂的高潮片段，總會像是幽靈蠱惑，迴盪在腦際間，勝利勝利，把死者亡靈像舉著獎盃那樣，高高的舉起來吧。想歸想，我所做的只是繼續不動聲色的，切開屍體的腦部。每當灰白的腦漿出現時，我總以爲能夠窺見屍體的思想，幻想腦漿也能像是墨水乾枯的日記簿，留下一些寫作思索的痕跡。有些記憶的片段，必然追隨死者而去，永世塵封，帶進一個莫可名狀的世界；然而，解剖的過程裡，關於死者年輕時的影像，愛過的人，久違的親友，時常會從眼前閃過，莫非這確實就是幽明間細微的心電感應，記憶仍不願死心的，像蜘蛛，盤據在死者腦漿組織裡嗎？多年前，老教授就曾在課堂間告訴我們，「諸位，看清楚腦殼裡的構造，那是一切故事的出發與結果。」莫非，老教授也曾在漫長的解剖歲月裡，窺見宇宙最玄奧的秘密？

另一個瞿然驚心的地帶，確實名副其實的，就是心臟。死去的鳥剜出心臟，放進玻璃皿，還能夠怦怦跳動，心跳卻常是最先離開人體的生命節奏。打開胸膛，切斷連接心臟的主動脈和下腔動脈，把心臟輕輕的向上抬起，再切斷兩層漿液性心包膜，整副心臟就可以握在手掌裡，宣告永遠的退休；可以拿來比對自己的心臟部位，觀察左心房與右心室的結構，卻永遠再無法從冰冷的心臟裡，模擬血液如定期的潮水來去，或是愛情熱度讓心臟發燒起來的感覺了。童話裡的快樂王子，最後將鉛製的心臟送往溫暖的天堂，沒有在人世留下標本，當最後的暮色降臨時，或許，才是正確的選擇。

暮色降臨，老教授最後的那段歲月，時常就坐在研究室，看著長夜一寸寸逼近過來。沒課，我會過來陪他坐在暮色裡，喝濃郁的肉桂茶，佐英國小餅乾。談起往事，他還記得我第一次上解剖課時，全身接近痙攣的模樣，這時，只有往事還能給他帶來一點笑意，繼而我們一起驚懼於歲月的流逝無情，雙雙陷進長久的沉默趺坐。窗外他親手種植的那叢長葉暗羅，漸漸拉長身影，像宿命注定降臨的長夜，悄悄登上窗台。好像，暗夜裡那人騎著瘦骨嶙峋的黑馬過來，一隻冰冷的手搭上我們的肩膀，宣布最後一頁已經寫滿。我從不害怕這樣的結局，想像那將會是一場路途最遙遠的旅行，口裡也將喃喃念著，多年前不知在哪裡讀到，艾略特一段讖語般的詩句：「這場誕生，對我們而言艱難且痛苦，像死亡，我們的死亡。」

老教授走後的第二天，有家報紙的社會版用補白的位置，報導老教授遺囑裡捐出身體，給他任教長達三十六年的系作教學解剖的新聞，那名記者使用了一些讚美的形容詞，但字體極小，極容易就會錯過。我們開始檢視老教授的遺物，發現他的筆記裡，詳細記載解剖過每具屍體的資訊，每份紀錄都夾著一片枯乾的花瓣。分明這麼些年來，老教授曾經在紙上，把每名死者當作朋友那樣的聊著天，談論彼此生與死的訊息。身體曾經是靈魂寄居的殼，飄飄蕩蕩間，離開解剖台的靈魂，想來也帶著防腐藥水的氣味，一頭鑽進老教授的筆記。但我終於知道，老教授其實用長長的一生，只是想要教導他身周的人，同樣學會對死者的敬重吧。

老教授解剖那天，是由我執刀。有些第一次上人體解剖課的學生，訥訥的躲在我的背後，想來恍惚看見，老教授正要從這個夏日午後的夢裡醒來，向他們眨眨眼睛。最後，解剖刀伸進老教授飽經風霜的皮膚，剝開胸腔，可以看見那顆耗竭過度的心臟，我提高音量：「敬意哪，諸位，你們看到的，可是一段故事的出發與結束。」切開腦袋，一陣溫暖的電流從解剖刀流向我的指尖，再沿著手臂神經一直奔向眼前，前塵往事傾瀉而出，有如猶不死心的蜘蛛前來結網，竟然，就是我與老教授最後的交談。

最後，解剖完成，一陣沉默過後，有學生帶頭鼓掌，爲解剖台上這具疲倦的身體，獻上盛開的花朵，完美的告別演出，宣告這才是永恆的勝利。如此，總算完成對一位死者的追憶，要不然，這個萬事沉寂，飄散防腐藥水氣味的黃昏，活著，還能爲死去的人做些什麼？

最後，注定是這樣的，長夜暗自降臨了。

——一九九八年十月八日·選自九歌版《怪鞋先生來喝茶》

遊戲夾子

遊戲開始

夏日遲遲。綠衣服的郵差彎著腰，遞過來一件包裹時順口說：「這是件生日禮物吧。」你對著他笑，看他重重地蓋下戳印，事情就這樣開始，紛擾而顏色沉重的夏日。

事情的開端，至今其實仍是個謎。那件送來當生日禮物的包裹，沒有任何署名，地址歪斜而可笑。拆開布滿粉紅圓點的包裝紙，裡面是一具電動遊戲機，和裝著幾只電玩卡帶的夾子，黑色的塑膠外殼像是勾著極盡嘲笑的神情。你的直覺反應是：「這把年紀還玩電動玩具，誰開的玩笑？」禮物拋在一旁，照常打領帶上班。

過幾天，才再想起這件禮物。裝上卡帶，握緊操縱掣，打開開關，隨即滑出一串金屬的樂符，當電視螢幕出現「遊戲開始」的字樣，你便禁不住想起自己遙遠純潔的童年，記憶裡小孩時常回過身望你，眼神澄澈而孤單，他再轉過身，對著循環不已的落日發出嘆息。

但此刻嘆息卻出自那具電動遊戲機，仔細聽更像是吃飽時的嗝聲；那幅落日則由積體電板釋放出的幾百條掃描線構成。落日消逝後，隨即預告即將展開的一則冒險故事，想來你就將是那名身負解救世界重任的英雄吧，你緊緊握著操縱掣，心虛而且不知所措；但冒險的故事仍進行著，惡魔的獰笑環繞在你的耳膜周圍，不可思議的世界的光亮都映在你的臉孔，再沿著視膜神經鑽進來嚙咬你的腦細胞。你握著操縱掣上的十字鈕，不斷揮劍、前進，揮劍、前進。

就這樣，一件沒有任何署名的遊戲機，像是用長長的鐵鍊鎖住整個世界，推到你的面前，誘惑著你，把你也推進這個資訊和遊戲滋滋作響的時代。當然，你必須學習熱愛這個時代。

你必須學習聆聽遊戲機裡，複雜的ＩＣ和積體電路，用超過光速的電流迅速交換著訊息和談話，即使那些音量極小的訊息，都有可能是解答生命奧祕的關鍵語；你也必須學習分辨在一叢叢電晶體裡，藏著的種種神鬼英雄、金剛夜叉、天龍八部。想像天堂和地獄微縮在電玩卡帶裡的情景，當「遊戲開始」的燈號亮起，審判日一到，天堂和地獄只是操縱掣上的兩枚按鈕，你長長的一生就在螢幕裡迅速掠過。

「必須學習熱愛這樣的時代。」你想著。數以億萬計的無線電波在空中穿梭，倒懸的人造衛星剛剛經過你的屋頂，一整座城的電腦相約在同一時刻醒來，電視螢幕射出的輻射線包圍著你，溫暖而有母乳的氣味。你的手緊緊握著電玩的操縱掣，下一刻，應該鑽進一片詭譎的宇宙，還是一粒小分子中呢？

遊戲開始。

「宇宙保衛戰　夾子編號：〇〇〇一　射擊遊戲」

宇宙的開端，其實也仍是個謎！大爆炸後，前一個百億年非常安靜，除了宇宙還在不安地擴充疆界，它還是個受驚嚇的小孩！花掉百億年的時間，仍不知道如何在永遠靜寂的黑夜裡安睡。那些銀河深處紛擾的星球和人類，更像是宇宙偶爾的惡夢，不安地翻個身。

太陽系第三行星地球，人類在這裡像一群寄居蟹住著，繁殖著，建立他們的文明；地球，或者更像一隻昆蟲鼓動著脆弱的胸脯。遙遠的大氣層外，保衛艦隊按時升起，沿著渺小的邊界巡邏。當警報器響起時，艦隊同時發出巨大的藍光，迎敵作戰。激烈戰鬥後，那些汽化的艦艇，陸續站成一個個浮游在宇宙間的黑洞。

「宇宙。」地球最後一名戰士啓動「同歸於盡」的按鈕前，再度默默地唸著這個名字，「宇宙都將會是我們的。」他想像自己的意志可以遍及所有懸浮在宇宙間的星球，宇宙也將跟著他笑，跟著他一起呼吸。但那只是千分之一秒的心思，他的思緒以接近光年的速度變換著，還來不及轉個念頭，宇宙已經恢復原來的靜寂。

「宇宙。」你握著手中的操縱掣，「宇宙將會是我們的。」現在地球只是一粒穿過擁擠而嘈雜的星河間的塵埃，註定繼續飄泊。

「超級瑪俐歐兄弟　夾子編號：〇〇〇二　冒險遊戲」

生命的開端，其實也仍是個謎。進入母體前非常安靜，只知道那些長尾巴的精子，張開眼睛，認清方向後，便朝向母體深處游去，他們穿越黏稠狹窄而悶熱的管道，費力通過母體製造的黏液布陣。相對於精子的體積和脆弱，這是條絕對漫長艱困的旅程，絕大多數精子並無法完成旅程，便紛紛倒下枯死，剩下的繼續向那個無以名狀的世界游過去，難道有一支生命的號角暗自催動著他們嗎？旅程的終點，達爾文和他的信徒相信那是個進化的伊甸園，盛開著幽微而飽漲生機的花，嶙峋的表面不斷閃動電流般的紫花。那些負載遺傳密碼的染色體，隨著精子的來到開始發出由弱轉強的訊號，生命，就要在這裡駐紮、建造，但冒險尚未結束。

那時，瑪俐歐兄弟才離開他們居住的水管，要前往神話世界拜訪心中愛慕的公主。他們和公主在花園裡，一起度過愉快的早晨，（瑪俐歐兄弟為著誰能得到公主的垂青，獻盡殷勤。）忽然一陣腥風吹過，惡龍攫住公主的身軀升空，「救命——」公主在高空裡吶喊，瑪俐歐兄弟對望一眼，冒險才要展開。

於是，冒險抵達終點的精子，將發現他們面對一座巨大而詭譎的城堡，他們將感覺溫暖的春潮散開陣陣的漣漪，演奏圓舞曲一般地包圍住他們。這時細胞膜緩緩張開，彷彿是歡迎凱旋的英雄，讓第一隻精子進入。這些故事都發生在母親的身上，染色體、基因、遺傳和生命的密碼就種植在城堡裡，萌芽成天地間最初的胚胎，開始建造肉體。

那時，瑪俐歐兄弟仍在奔赴城堡的途中，聽說囚在城堡裡的公主每日以淚洗面。他們穿過陰險的叢林、沙漠和惡地形，躲過栗怪、烏龜和吃人花的攻擊，他們必須試著撞擊沿路的磚牆，泗進不可思議的水管，尋找過關的密碼。

其實，生命的一切密碼，性別、膚色、身高、智商、相貌、掌紋、八字都在精子游進城堡時就已決定，早已寫好的身世緊緊裹住那枚深植在母體裡的胚胎，看它隨時日長出五官和軀幹。當心跳也長出來後，（很現實地，生命開始倒數計時。）穿過子宮的薄膜和溫暖的羊水，靈魂正試探地向內窺視著，像是準備選擇一家寄宿的旅館。飄浮在潮水裡的胚胎努力動了一下，「我第一次來這世界，一切請多照顧。」靈魂會意一笑，很快的穿過去，輕易的像只是拉開一扇紙門，「我進來了。」

「你們來了嗎？」惡龍站在城堡前，對著瑪俐歐兄弟獰笑，「試試看進來我的城堡。」然後發射致命的火球。

「你來了嗎？」一粒卵細胞在母體的迷宮裡，如此招呼一尾迷路的精子，他們的命運從此就要改變。

「你來了嗎？」實在的，應該如此招喚每個剛來到世界的生命，向他們曾經經歷的冒險故事，致上崇高敬意。

「音速小子　夾子編號：〇〇〇二　動作遊戲」

生活的開端，唉，其實也仍是個謎。開始加速前非常安靜，但他將發現速度是生存惟一的方法和目標，遲早他必須學會退後兩步，跳躍，再向前奔跑，快，再快，快到看起來只像是一團旋轉的絨球，路邊的風景留不住他，敵人都躲在暗處射冷箭，與時間展開漫無止境的競賽。

他知道寓言故事裡有過許多無助地與時間競賽的英雄，但在這麼快速的奔跑裡，他時而忘卻當初加速的動機，究竟是要迎向什麼，還是在懼怕而想逃離開什麼？那方落日泱泱的螢幕舞台上，身後總像有無數喊聲追趕著他，他再轉過身，眼神澄澈而孤單，追趕著眼前的落日。

「速度，」你握著手中的操縱掣，操作越來越熟練，手指使勁而迅速，正像遊戲裡的音速小子。「速度只是一則交給現實的寓言。」但你也知道事實上人類對於速度，似乎有一種與生俱來的冥求。那個遊戲的世界裡，一切都講求速度，人們胸膛懸掛著速度紀錄的勳章，用互相交換眼神，替代冗長的談話。有些事物來不及發音，只好用手去指；生活用難以想像的速度進行著，或者說這樣被要求著。談戀愛的雙方想在第一次約會後就上禮堂，成長也像一枚旋轉快速的種子，開花，繼而迅速凋謝。緩慢的閱讀是很久以前學究的樂趣，現在則直接剖開腦袋，注射知識。他們鄙視任何速度比自己慢的同伴，如果有人偶爾慢下來，周圍的人就像餓虎一樣撲上。所以，他必須繼續保持快速的奔跑和轉動，像一隻怒張的刺蝟般防衛著自己。

但音速已破，光速至今仍是個偉大的夢想。直到那個小子試過一遍，我們也因而有機會，見識一次覆滅的結局。響亮的音爆過後，小子的藍色身軀分裂成無數的碎片，紛紛墜落，那些碎片意識到自身的存在後，宿命一樣地，立刻起身向前奔跑。

「三國志列傳　夾子編號：〇〇〇四　模擬遊戲」

歷史的開端，怎麼，其實也仍是個謎。前一個千年非常安靜，中原無事，匈奴已在長城外喘息，（霍去病則已安息）；帝王的疆界圖邊，有執戟的衛士眼神望向遠方。「天下英雄，惟使君與操耳。」曹操指著劉備說出一番話，陰雷忽至！劉備翻倒酒杯，一段歷史就開始了。

還有些歷史開始於一個誤會，或一次不可預知的邂逅。有些歷史更簡單，開始於一名女子的微笑，笑得甜極了，史書裡記載的那個人一直笑著，笑了幾千年仍無法闔嘴。那時，寫《三國志》的那個人還在燭影搖紅的紗窗下研墨、攤開宣紙，劉備、孫權、曹操等一群幽靈就在窗邊飄蕩，希望成為那人筆下的某個靈感。寫《三國演義》的那人還要幾個改朝換代後才輪到出場，拱手而執禮甚恭，在歷史的迴廊另一頭耐心等候。

那麼，應該看待歷史為一頭忠心的狗，偎在你腳邊，很少會變心，還是繼續沉迷在遊戲卡帶裡的世界，相信歷史可以操弄、顛覆和改寫，歷史人物都將有機會翻身。於是，長阪坡可以沒有趙子龍，雲長也可能投靠曹營，劉備不再讓徐州。彷彿那些發生在歷史裡的缺憾，可以一個一個地彌補起來，你喜歡這種控制、預測歷史演變和趨勢法則的感覺，雖然你明知道這將只是一個錯覺。

那段歷史的高潮就發生在赤壁，只見鐵鎖連舟，煙焰障天，一場烽火將整部三國燒得遍書通紅。但只要重新打開機器，遊戲裡的歷史便再來過一遍，那些死在赤壁的幽靈哀怨地求著：「再來過時，請不要傷害我們。」

再來過時，下一個千年仍將非常安靜，輪到下個世代的人在電玩的螢幕裡興風作浪，把屬於我們的歷史當成一場遊戲。或許那時已不需要螢幕，千年的歷史只將是腦漿裡的一個隨起隨滅的氣泡，直到影影綽綽的帝王英雄都散去後，歷史也只是個空置的舞台，隨便打著一盞燈。

「迷宮　夾子編號：〇〇〇五　情境遊戲」

文明的開端，照例也仍是個謎。廿世紀前非常安靜，轉過文藝復興、漫長的啓蒙時代，宗教改革，轉過東方的鴉片戰爭，再轉過西方的工業革命，冷戰，後冷戰，新世界秩序，前面遇到的仍是堵爬滿藤蔓的牆垣，左右分開兩條岔路。你越來越覺得人類也深陷在這個文明的迷宮裡，隨時嗅得到戰爭的氣味，但找不著出口。

你應該知道怎樣繞出去吧？向前再轉個彎。

有時你會走進一個異常空曠的廣場，那是時間的古戰場，人類文明產生過的偉大智慧都在這裡作戰，仆倒，成爲一尊尊巨大的石膏頭像。你幻想著其中一尊像蘇格拉底的雕像突然張開眼睛，告訴你這幾千年來夢見些什麼？僥倖的話，甚至指引你走出這座迷宮。

羅丹的「沉思者」也在，看你一眼，說他想得累了，現在只想休息。

然而，廿世紀其實是孤零零被遺棄在這裡，經歷著過往世紀從未有過的恐怖和幸福交織的經驗。文明走到路的盡頭，仍然是一面高牆堵著。

現在應該向左，還是往右？你知道怎樣繞出去吧。

再轉個彎。

遊戲結束

能不能不要有結局？

能不能從字典裡，把「GAME OVER」這個詞刪掉？能不能就讓那名星球戰士繼續巡邏任務，讓瑪俐歐兄弟永遠在奔赴城堡的途中，讓音速小子一直轉動著，三國的烽火燒不盡，而迷宮始終繞不出來。

但結束的開端，其實也仍是謎。那是進入絕對而永恆的安靜，像是突然關掉電源，兩股相戀的電流即使用光速奔跑著，也來不及相會。至今人類並無法具體的描寫這種經驗，文學不曾，科學更辦不到，至於電玩遊戲世界裡的一樁樁冒險故事，也沒有交出滿意的解答。結束，才是遊戲的開始；死亡，才是最後的冒險。

你起身關掉遊戲機的電源，突然空盪的螢幕反映著你的模樣，這是一個人類從廣闊無涯的宇宙的行星地球的一座小島的城市中，發射出微弱的電波，試圖在他形色匆促的生命時段裡，穿透永恆的訊息。那正像是一只軟弱的手套，想要靠自己的力量撐起來，緊緊握成拳頭；一本亞麻色的書厭倦供人閱讀的命運，試圖翻過身閱讀自己的內容，它們的心靈都因想望而敞開著，雖然注定的仍是並無相異的命運。

「命運。」你的心靈再度敞開，默默地唸著這個名字，「命運都將是我們的。」思索著宇宙、文明、歷史和生命的意義，你終於知道，那個夏日遲遲的時刻，綠衣服的郵差彎腰走過來時，確實，你才是送給遊戲夾子的生日禮物。

遊戲結束。

——一九九四年一月二十七、二十八日·選自九歌版《怪鞋先生來喝茶》

皆造

往往，父親會從惡夢驚醒，起床踢正步，緊閉眼睛喊口令，嘴裡發出機槍掃射的聲響，這一來驚醒屋裡的人，知道夢遊的父親又陷進他的戰爭，午夜時分，記憶裡的戰爭還沒有結束，父親的，後來，也是我們的戰爭。

往往，午後的塵粒在光束裡飄揚，母親會進入妳的房間，打開棉被，櫥櫃的衣服，許多年前，為妳留著出嫁要穿的白色洋裝，還會定期拿出來曬曬，好像，母親仍等著妳回來試衣。那時妳才開始跟男孩出去約會，總從外頭冒冒失失闖進來：「哎呀，我要穿那件衣服好呢？」一個安靜的下午，母親突然拿出妳的相片簿，要我陪著看。看到一張妳十六歲的照片，怎麼相隔許多年後，覺得照片裡的妳跟著變老了呢？眞的是這樣嗎？照片是不會變老的，歲月才會，而歲月是妳無緣得知的東西。

我又何從體會歲月的況味？每有家庭聚會，誰的誰結婚，小孩滿周歲，忌日，送往迎來，最後家族聚攏來拍照，還會為妳留一個位置。吃飯，也為妳留一雙筷子，做妳喜歡的菜，就像妳只是路上遇到堵車，趕不及筵席的第一道菜。但表妹結婚那次，冷不防姑丈提起妳的名字，嘆氣，如果妳還在，也是幾個孩子的媽了吧？

這些年後，留下許多家族的合照，一本照片簿子也裝不下的記憶，然後我們年復一年的老去，照片裡，屬於妳的位子總是空著，像是紀念我們共同的，內心缺掉的一個角。嘗試想寫信給妳，有位朋友說，天堂不可能有戶籍地址，然則，只要在風中喃喃唸出想說的話，或者，只要寫下妳的名字、生辰，燒起一把火，就會有不可知的精靈前來充當信差。想要告訴妳父親的近況，妳是不是還經常躡腳穿越母親的夢境，留下輕輕的嘆息？幾年前，一場試圖聯絡妳的通靈儀式裡，我幾乎以爲看見，妳的影子越過一屋子瀰漫濃烈的香氣，回頭向我微笑。我搜索內心的心電感應，一陣神經悸動，那麼，妳可以透露，到底凶手是誰嗎？

我保留著那天的剪報，記者用司空見慣而疏離的筆調，報導妳的事情。多年後，我熟記每個字句，妳一個人租住的頂樓如何打開房門，血跡如何從房間一路滴到屋頂，他們在那裡發現妳的身體，妳緊閉的眼睛上方，是照常蔚藍的天空。妳來不及實現的夢，想要交代我們的話，一定還藏在安息的腦神經裡。這則新聞只在社會版出現兩天，隨即以驚人的速度，離開眾人的視線，好像假裝離開以後，就什麼事也沒有發生過。我卻始終記得接到電話，茫茫然沒有半點力的感覺。悲傷其實是種神秘的東西，任何語言的描述都無可捉摸，父親的夢遊，母親打開妳的照片簿，我常在走路或獨處時，聽見妳在背後叫我：弟，快點過來。始終懷疑住在附近，那名肥胖的中年男子，警察說他有完美的不在場證明。到頭來，妳用自己的死去提醒，歲月總會開給我們不在場證明。

凶手到底是誰呢？妳願意穿越我的夢境，透露一些線索嗎？即使只是輕如隔世的靈感，我會留意傾聽。我會仔細閱讀每則凶殺案破案的報導，想像會不會是同一個人，在那個夜晚像一尾罪惡的魚，泅進妳的房間。他應該長得像警察公佈的凶手畫像，蓄著落腮鬍，或者沒有？究竟他知不知道，從此以後，他永遠，永遠的改變了我們這家人，一個完全的陌生人，如何承受我們龐大的憤怒與怨恨，我們的命運卻如此穿織在一起了。報紙社會版每天充塞許許多多的凶殺案，留下來的家人，又怎麼各自進行他們的煎熬呢？

那種感覺，像雷電襲擊平靜的原野，憑空撕去某個章節的傳記，橡皮擦拭過的筆痕，消逝的青春，從培養皿裡蒸發的呼吸。「那年，」父親這樣描述他的戰爭，「大河南岸，躺在燒夷彈炸過的坑壕，和土地只隔著一件卡其布衣，耳朵貼攏，會彷彿聽見地裡傳來的喘息，一波強過一波，那其實只是敵人欺近的腳步，死亡的氣息如此接近，要不繼續躺著，巴望不被發現，要不冒險爬起來，朝黑暗的方向開槍。」記得聽著聽著，妳問父親當年做了什麼選擇，父親露出罕見的笑容，一副想當然耳的神情。妳出事後，晚年的父親仍在夢裡朝未可知的命運開槍，他的戰爭還沒有結束。

死亡的氣息如此接近，像野獸尋找獵物遺留的腥臭，從妳的頂樓房間出發，一路追趕我們，像巫婆的詛咒，意識裡展開永遠不肯罷手的追捕。我從一場場惡夢醒轉過來，想起平克佛洛依德樂團的封面，兩個朋友握手，右邊的人卻自顧自燃燒起來，告別離去，脆弱的肉體當然承受不住焚火，只有想念可以，握手後的餘溫猶存。我想起那張唱片的名字：「但願妳還在。」是的，但願妳在這裡，我們可以一起老去，一起分擔憂傷的快樂，一起在南方的窗口澆樹，騎腳踏車穿過清晨的運河。想起大學聯考前晚，我拋下書本，和妳聊起我的前途和生涯規劃，轉過身來，落日劃過的屋頂，一把匕首刺中胸膛，戲來不及演即匆匆謝幕，獨角獸踩過妳仰躺的臉孔，凋謝，像「哈姆雷特」裡的奧菲莉亞。

是的，但願妳在這裡，就在我寫這篇文章的時候，從冰冷的骨灰罈走出來，拭淨胸前的血漬，對著我窗口的燈微笑，爲這幾年妳在家族聚會的缺席說抱歉，妳說：「弟，好好讀書，以後路還長著呢。」歌曲這樣唱著：但一年跟著一年，我們只是魚缸裡兩尾失落的靈魂，環繞在相同的思念，不可能的願望與想像，我們將發現什麼？相同的恐懼，恐懼有一天輪到自己從旋轉木馬掉落下來，恐懼不知道應不應該開槍，還是繼續躺在黑暗的坑壕裡？那年我自私的只顧聊起自己的生涯，卻不曾探問妳的人生計畫，因爲總以爲人生很長，時間很友善，擺一擺手，就有一條長長的道路等著。如今已經來不及知道，妳短短的一生有缺憾嗎？一切來得這麼決絕，我捧著妳的骨灰罈，焚燒的溫度還在，召魂幡跟隨在後，再後面，父與母的行列，妳應該聽見了我們內心沉默但堅定的聲音：回來，回來。

回來，回來，我們內心的風景已經荒蕪，感覺逐漸結凍，沒有什麼事情，能再讓我們快樂。想起妳走前一年到琉球的旅行，來到一個叫做「姬百合塔」的地方，二次大戰末期，美軍將手榴彈丟進滿是年輕女孩的洞窟，和妳一樣的年輕女子，來不及實現的夢，一定也埋藏在那座野草蔓長的洞穴裡。現在的琉球建起高樓，觀光客穿巡往來，在折翅的天使雕像旁，終生懸掛長串的紙鶴，爲歷史祈福，安靈，紀念琉球人內心缺掉的一個角。那天，難道是一種對自身生命的預感，妳翻過鐵欄杆，說想要看清楚洞穴的深處，「哎呀，我看見一個十七歲的靈魂回來了呢。」我翻尋出這段往事，尋思命運的偶然或必然法則，好奇在亞熱帶異國土地上，竟然預演著妳的身世。

離開青春與哀愁的洞穴，那次旅行在記憶裡，仍燦爛如同南國海洋的陽光。下一站，來到金武軒，地底是億萬年的鐘乳洞穴，風絕寒極，終年不見光線的地底層，設著一長排酒櫃，供遊客買酒貯藏，貼上自己的名牌，幾個月或者更久以後，再回來提領。妳興致極好，嚷著也要買瓶酒貯藏，相約以後再一起回來喝，妳說：「酒開封的時候，今天這裡所有的人，都還要再來。」洞穴口的小店，老闆揚起音調，賣自家釀的清酒，透明的玻璃瓶裡搖漾著透明的酒液，看起來，像一個願望還是安慰：來過的總會離開的，至少這裡有瓶酒等著，再回來吧。酒瓶上貼著「皆造」兩字，說是經過四季的釀造、提煉，去酴滴酒，所有工作都已完成，這樣做出的酒才可稱爲「皆造」。這是心情的結束與等待，四季的循環，酒的完成同時也是季節的離別，旅行的尾聲。

想著遙遠的地底層，萬年的洞穴，陽光滲透不進來的角落，藏著一瓶清酒寫有妳的名字，眼淚一般的液體，那滋味飲來必然既苦且澀。記得妳搖晃酒瓶，學小店老闆的音調：「得飲此佳釀，了無缺憾。」想總有一天，我要回琉球實現妳的心願，開這瓶清酒喝。妳說，這樣就能了無缺憾嗎？但缺憾必然會從瓶口湧出，漫進飲者的胸際，沒有這缺角，又怎麼喝得到酒呢？轉念一想，或許，應該永遠的讓酒藏在地底，紀念妳，紀念我們擁有的歲月。妳說，再回來時，我們必然會認得嗎？錯身而過的鳥隻，會認出彼此的歌唱嗎？

警察的檔案，必然也藏有妳的名字，一樁懸案的受害者，用案發日期編號，歸檔，妳終而也只是一列數字。父親每隔幾個月就要我陪著，到警局詢問辦案進度，得到的往往是失望的答案。我卻在心內反覆排練警察宣佈破案，面對凶手，我要做的事。想給他看妳的照片簿子，就像母親常做的，拼湊一連串記憶的片段。請他還給妳，還給我們這段缺席的歲月，塡滿家族聚會固定的空位，照片裡的缺角。當歲月漸行漸遠，如同隱去轉角的歌聲後，我一直沉浸在相同的問題裡，到底，我可以原諒這樣一個人嗎？原諒他永遠，永遠的改變了我們？讀過一篇新聞報導，說有個男子殺了人，一直沒有被抓到，晚年男子死後，人們才在他的衣袋裡找到遇害者的新聞剪報，以及男子寫的，悔恨與道歉的詩句。或者，我也可以如此想像，在這個城市的角落，有一個陌生的男子，衣袋裡也藏著妳的名字，關於追悔與贖罪。我一再陷入這個天眞的念頭裡，他一定會後悔的吧，一定會的。

妳知道嗎？到頭來，我們終究變老了，終究環繞在這必朽的螺旋裡，一如命運的風暴。只有妳仍保留著照片裡的模樣，笑容燦爛，髮型從沒有改變，像王爾德「陶林葛雷的畫像」，只不過這次，永遠年輕青春的只有妳，殘忍的時間攫住妳爲獵物，卻唯有在這裡才顯得友善。世間所有的邪惡與殘忍都遠遠追不上妳，毀滅不掉妳在我們心裡的記憶。我每每驚懼於父親的衰老，母親停留在妳房裡的時間越來越長，日頭走遠，夜晚降臨，這才想到恐懼歸恐懼，自己實在並沒有從旋轉木馬掉落下來。染白的髮根雖如伛僂的鹽柱，怨恨雖是座巨大的牢籠，但活著的，卻想好好的活著，想有一天能坐下來，喝一杯了無缺憾的清酒，吹南國的風，宣佈一切的工作都已完成，試圖尋找內心的平靜。然則，戰爭從沒有結束，在意識清醒的白日，或者等待妳輕輕穿越的午夜。

午夜，父親照常會從惡夢驚醒，踢正步，發出機槍掃射的聲響。那年從南京、福州撤退過海，一路烽火追趕，生命果眞是這麼回事，前方，還有什麼在等著他？推開房門，拉父親的衣角，我低聲說：「爸，睡覺了。」想不出安慰的話，試探一句：「敵人都撤退了。」

敵人撤退了。我小聲的對自己說一遍，尋思其中的意思，忍不住又說了一遍。

——二〇〇一年十月二日．選自九歌版《怪鞋先生來喝茶》

楊照作品

散文卷

楊　照

本名李明駿，台北市人，1963年生。曾任民進黨國際事務部主任、靜宜大學藝術學院兼任講師、「公視論壇」主持人、遠流出版公司編輯部製作總監、《明日報》總主筆等職。現為《新新聞週報》總編輯、E.T.FM東森聯播網「新聞多一點」主持人。出版有散文集《軍旅札記》、《迷路的詩》、《Café Monday》、《悲歡球場》、《場邊楊照》、《楊照精選集》、《為了詩》等；另有詩集、小說集、評論集及電影劇本等計二十餘種。

一九八〇備忘錄

1

怎麼能夠，擁有如許豐沛鬧熱的感情，而且充滿矛盾，十八歲的日子？

2

林青霞眞的和秦祥林訂婚了。有點讓人討厭。不喜歡秦祥林當然是原因之一。他欠缺悲劇性。要求「三廳電影」帶悲劇感是過分了些，可是至少可以不要像秦祥林那樣永遠蠢蠢地幸福著。「三廳電影」還是得給男女主角一些折磨，最後才能團圓完結。可惜劇情怎麼努力，好像就是折磨不到秦祥林。永遠那麼健康，隨時可以吃下三碗飯的模樣。

秦漢就不一樣。苦苦的，不太笑得出來，讓人相信愛情畢竟要付出一點代價。鄧光榮則是俗氣的流氓，你不會相信女主角那麼容易可以愛上他，不過你會相信要愛他必須有點勇氣，滿冒險的。

另外一個原因是討厭現實竟然抄襲二流電影。銀幕前和銀幕後同一個故事。那不就沒有「幕後」了嗎？要我們相信沒有另外一個「眞實的」林青霞？

我們眞是看了不少「三廳電影」，這一年「三廳電影」是我們執意過無意義生活重要的一環。學校裡愈是要我們認眞，我們愈是不想追求些什麼。甚至蹺課去看太好的電影，都嫌太認眞了。所以永遠是戲謔地走進中國戲院、大世界戲院、萬國戲院。

不過也許無意義只是我們的藉口？忘不了那次從「萬國」走出來，H突然重重地嘆了一口氣，說：「唉，林青霞眞的好漂亮。」其他人當然叮叮咚咚地搥了他好一陣，笑他俗氣沒水準，可是同時大家好像都鬆了一口氣，至少我是。

我們其實努力在否認自己俗氣、無聊、沒水準地迷上了林青霞的事實。實在沒辦法堅決否認時，只好告訴自己，「眞實的」林青霞沒有電影裡那麼膚淺罷。

討厭的是，這種自我欺瞞被揭穿的感覺罷。

3

迎接高三的來臨。把存留在校刊社的書籍陸續搬回家，大部分是詩集。H在練胡琴，W不斷鬧他，一再說：「國樂社的，不要隨地亂拉啦！」W愈鬧，H愈是得不斷換地方練習，W故意驚叫：「到處都被你拉遍了啦！」語出驚人，兩個留下來讀書的高三學長經過，忍不住探頭進來察看什麼東西拉了遍地都是。

我坐在已經不屬於我的主編位子上，翻開楊牧的《北斗行》，在扉頁上草草地寫：

注定要星散的，就不能
回到地上來
天空是無限廣無限遠無限光年
的離去與遺憾……

停下筆來，還在想下一段要不要寫下來，要如何寫，L站到我身後，看了這樣沒頭沒腦的句子，竟然拍拍我的肩頭說：「我們是兄弟，不是朋友。朋友久不見面會生疏，兄弟不會。隨時隨地都是熟悉的。」

收了筆，闔上詩集，我感動著。

4

去麗水街「星宿海書店」，沒有人來。我獨自在二樓趺坐榻榻米上讀《李白詩全集》。劍氣與俠影，鏗鏗如金石相擊的音韻。讀了幾首，覺得捨不得再多讀下去，於是找來溫瑞安的《山河錄》稀釋一下。

讀到兩腿發麻，卻堅持不讓自己換姿勢。對自己總是無法盤腿久坐，有一種自卑感，決心咬牙練習。

不意Z上樓來，我匆忙起身，卻在她面前狼狽地跌了一大跤。

Z過來扶我，熱熱的手掌緊緊貼著我的肘，綠制服的短袖口劃過我的臉頰和耳際。我很想哈哈大笑自我解嘲一下，然而急遽加快的心跳讓我其他感官運作完全失靈。

Z也是一個人來。她說在學校聽說沙特逝世的消息，所以跑來找人談。沙特死了，提倡存在主義的人不再存在，這代表什麼？存在主義也談論不存在、虛無與死亡嗎？

我們一邊等著別人可能會來，一邊談了兩個小時的存在主義。大部分時候是我在講。存在先於本質。不存在就不能選擇，也就是人道哲學的終結。不需要捏造存在以外的超越意義。在這點上齊克果和他的上帝起了爭執。杜斯妥也夫斯基則是狂亂徘徊在信與不信之間。海德格把死滅簡化爲時間的變數……

可是我一直想起剛才那一跤的醜劣模樣，一直想著Z可能如何暗暗地嘲笑我，還想著從她手掌裡傳來的陌生的異性體溫。

因而覺得褻瀆。褻瀆了沙特、褻瀆了存在主義、褻瀆了燈下目光閃耀的Z。

5

暑假到來，炎熱無風的操場屬於我們。教室搬到一樓，看出去不再是窄窄的走廊，而是開闊的跑道。然而弔詭地，完全沒有想跑的念頭，連籃球也沒有那麼愛打了，因爲覺得自己老了，看高一高二學弟們那麼稚嫩。

更奇怪的是，剛考完大學返校來的學長，好像也比我們幼稚。他們的笑容，脫掉大盤帽後半長不短的頭髮，都讓我們不習慣。他們太快樂了。我們獨有高三的蒼涼與無奈。

6

訓育組指定去參加北市文藝營。各高中校刊的編輯齊聚一堂。可是只有我們學校和北一女來的是升高三的，其他人家都是剛要接編校刊的下屆學生。

實在沒什麼道理派我們來，只是讓我們更覺得自己老。編輯、印刷的課程我們自認爲和講師知道得一樣多。至於文學，我們驕傲地炫耀著我們的獨特品味。

第一天晚上，我們幾個人就在達人女中操場後的山坡上聊到十二點多。聊宋澤萊最近的小說〈打牛湳村〉。我說我其實還比較喜歡他還叫廖偉峻時的作品。像〈嬰孩〉、像〈黃巢殺人八百萬〉。N指責我的文學品味還停留在皮毛的現代主義心理分析層次，是一種小資產階級式的自閉症，用美學來掩飾對大眾的不關心。我們爲了什麼叫「小資產階級」起了小小的爭執，很自然地又扯上了許南村評陳映眞的文章，以及鄉土文學論戰的是是非非。

後來C提起黃凡的〈賴索〉，換作是N和L的相持不下，N說〈賴索〉裡的韓先生影射的是邱永漢，L則認爲應該是廖文毅。他們兩人都對自己的看法百分之百篤定，誰也不讓步。偏偏另外包括我在內的三個人，都無從替他們平息爭端，因爲我們沒人曉得邱永漢和廖文毅究竟誰是誰。

N和L快快不歡而散，我們也只好回寢室去睡覺。沒想到第二天一早集會時，我們都被點名了。營主任M在台上宣佈我們的罪狀——「夜裡查鋪時不在床位上」。M要我們公開說明自己的去處。她一定以爲這樣會是有效的懲罰手段。我不客氣地上台講了三點：一、我們有回床位上睡覺，只是查鋪的人來得太早。二、營隊應該有讓大家眞正認識文學、討論文學的機會，營隊不提供機會，我們只好犧牲自己的睡眠時間。三、我們聊天討論的內容是什麼什麼什麼。

M不知道怎麼處置我們。只好叫我們下課到辦公室找她。其他學員用驚訝、羨慕的眼光看我們。他們一定搞不清楚我們在談什麼。

知識是最大的虛榮。我們都眞虛榮。

7

M說對我印象深刻，盛氣凌人的一個小男生。而且別人都叫她「陳姐」，只有我總是連名帶姓叫。

我對她原本倒是沒有什麼深刻印象，甚至不記得自己怎樣稱呼她。她跟我講這件事時，我已經完全不對她用任何稱呼了。不願意連名帶姓，因爲太生疏。可是也不用「陳姐」，因爲顯得和其他人都一樣。

8

M的辦公室在敦化北路上，回家的公車會經過，提早三站下車就可以去找她聊天。她那裡本來就會有許多學生進進出出，不過我愈來愈不像一般的學生。

第一次是M告訴我她辦公桌身後就有一道邊門，平常只有團主任在用。邊門進來左轉就只有主任室，右轉則是M所在的角落。主任都從那裡進出，這樣辦公室其他的人就不會曉得他什麼時候來什麼時候走。自由是職位能夠提供的最大權力。M建議我可以改由邊門進出。不必從大門進來接受其他同事詢問的眼光。

第二次是我沮喪地告訴她對這個社會的失望。我搭公車時看見一條小狗被綁在樹旁，一個可能只有小學三、四年級的男孩拿著竹竿興味盎然地戳打小狗，小狗的哀聲淒厲，努力閃躲的身影扭曲變形。我在公車停紅燈時結巴地拜託司機讓我下車，衝回去救小狗，怒氣沖沖地一把奪下小孩手中的竹竿，一邊痛罵：「沒教養的小孩，爲什麼要欺負小動物!?爲什麼沒有一點愛心!?」一邊忍不住把竹竿重重地戳在小孩的大腿、肩膀上，說：「人家這樣弄你你會不會痛？你會不會叫？這樣好玩嗎？還笑得出來嗎？」

小孩痛了、小孩叫了、小孩害怕了、小孩哭了、小孩跑走了。我頹然蹲在渾然搞不清楚發生什麼事的小狗旁邊，心絞痛著。爲什麼捨得欺負這樣幼小、毫無抵抗力的生命？可是剛才我的舉措，看在別人眼裡，是不是也是殘酷地欺負弱小？我該怎麼辦？這個有那麼多讓人看不慣的事接踵發生的社會……

M沒有安慰我，她沒有做到一個救國團大姐姐應該做的。她跟著我一起沮喪。她沮喪的理由是她和我一樣徬徨無力，不過她比我多徬徨無力了十一年。她直率地告訴我：「長大後你會知道，生活裡最難的是讓自己過得理直氣壯。如果你還想活得理直氣壯，千萬不要進公家機關。連一天都不要嘗試。」

講這些話時，她和我一樣都氣虛難過得懶得再去挺直腰桿，我們趴在桌上，把手墊在下巴底下，那樣近距離的四目相對。那種相濡以沫、不可能相忘於江湖的落拓感傷。

第三次是我去找M，聊天一半時，來了一位大學女生J。J剛畢業，剛考上大家羨慕的學校。M讓J坐在別的位子上等，繼續和我聊天，聽我講楚浮的電影「綠屋」。一個男人想盡辦法延續保留已經死去的愛。到後來保留的執念取代了愛。愛是方生方死方死方生的，本身並沒有耐性與韌性。要把愛留住，愛如果要通過時間的磨蝕，一定得經過某種轉化，可是一轉化就畸形了。我如是滔滔地分析自以爲對電影、對楚浮、對將來而未來的愛情的想法。

J等了一陣子等不下去了，就寫了一張紙條，簡單地說大學很有趣，可以找到更多時間寫作。她最近寫了一篇關於「自殺」的小說去參加聯合報小說獎，等等。紙條遞給M之後，J就瀟灑地擺擺手走了。

沒想到下一回我去找M時，湊巧遇到有附中學生來找她，問她關於校刊怎麼編一類的事。M一樣示意我坐在對面座位上等她。等了十幾分鐘，我也學J一樣，拿出書包裡的白報紙，幾乎是毫不思索地就寫：

「我想這是報應。我沒有權利插隊，後來的就應該要等。可是我不想等了。這樣的等待是可笑的。」

我故意把白報紙撕得參差不齊，又折得密密實實的放在M的桌上。我完全不看她的眼光，我知道她會留我，可是我不要給她留我的機會。我沒辦法像J那樣依然愉快地擺擺手。我拎起書包帽子就闖了出去。

我憤怒。我嫉妒。我生氣原來我並沒有任何特權。在其他事情上，我信奉公平。然而對M，我開始要求特權。

9

M開始上補習班補GRE。雖然學校申請還在進行，她出國的日子卻已斬釘截鐵。一九八一年三月，距離我聯考一百天。

M六點半搭公車去上課剛好可以趕上。所以我幾乎每天陪她在辦公室耗掉下班到六點半之間的時間。她的同事差不多都走光了，偌大的辦公室只剩下她所在的角落還亮著花白寂冷的日光燈。

其實也不是真的有那麼多話可以說。有時候我出賣死黨們的戀愛故事，有時候我帶各種的詩刊詩集給她。上面有我前一兩年寫的詩。我沒告訴她哪些筆名其實都是我。她也完全沒有懷疑，完全沒有猜到過。

詩和人原來可以純然是兩回事。沒有辦法由認識我的人而辨識我的詩。這樣我還能聲稱這些詩是「我的」嗎？詩與我的關係到底是什麼？我迷惘了。

她終於提到一首詩，是我寫的，而且她喜歡。她說那首題名爲〈獨居〉的詩，很神秘而且很溫柔。

夜來的樹林
竟然有岸有波有急流也有漩渦
一層層的風捲起一層層
水般迷離的模擬
因爲妳去了河湄

妳去了河湄
山中的岩石彷彿
也都塗染了魚兒與水草
嬉玩的圖樣
我等待著一聲歡娛的驚呼

我等待著妳的驚呼
在河湄想起魚兒與水草

與斜影日光下鱗鱗頁頁的碎點金黃
妳的笑聲與水流淙淙押韻
菅芒草努力爆放無數的毛花

菅芒草無數的毛花
提醒我，獨居山中的事實
而妳早已去了河湄
妳離去的手勢其實如此明確
如樹林裡夜來後不容自欺的

全然黑暗……

她當然不知道，這首詩眞正模擬的，既不是樹林、也不是水湄，而是我與她的別離。她就要去了美國和丈夫團聚，我只能留在台灣，至少留到讀完大學服完兵役。不，事實上是要留一輩子，因爲她去了的那個美國，只屬於她和她丈夫，沒有我的位置。

她眞的讀出什麼嗎？我不知道。

我只知道沮喪，以及「全然黑暗」即將來臨的恐懼。

10

我們從來不一起吃飯。我總是說不餓，說沒有習慣太早吃晚餐。兩個人空著肚子聊到六點半。她也說沒有胃口。可是六點半之後她還得上課，到九點四十五分之前沒有辦法吃東西。飢餓的感覺。胃裡空虛的感覺。將她送上車後，我總是走路回家，二十分鐘的前心貼後背。從來沒有那麼餓過。這種餓法和平常經歷過的完全都不同。飢餓裡有一種無法明說的意義。我享受著這短暫的，肉體上靈魂上思想上三合一的飢餓。到家後立即急急吞食媽媽特別準備的一大盤炒飯。

她應該也餓著。這是我唯一能帶給她的折磨，我捨不得放棄。

11

沒有直接回家的時候，就沿著棒球場的牆邊走到體育場去。我知道從哪裡可以偷溜進棒球場和體育場。曾經想過帶M到棒球場的左外野草地上聊天，甚至可以躺下來看天空中雲的變化。太文明的台北趕走了星星，可是卻格外適合觀賞雲影。各個角落反射的或強或弱或白或黃光線，把雲映襯成立體的舞台，比白天時的陽光青天多了一分詭譎惡戲的神秘猙獰。

不過一直到她出國，我沒有辦法啓口要求。可悲的是，我甚至不能適應在太小或太大的空間裡和M獨處。太小或太大的空間給人太多想像的可能，年少的我膽小地逃避著這些愛情的可能。

我的愛以極其儒弱、極其有限的形式反覆迴旋著，沒有進展。

我獨自走在左外野，或體育場空蕩蕩的看台上。我可以盡情地唱歌，用自己覺得最舒服的音量，在聲音裡加足加滿最多的感情，不必擔心別人聽到。

最常唱的是「萬世巨星」的主題曲 "I Don't Know How to Love Him"，不過我總是把歌詞裡陽性的he，him改成she，her。我不知道如何愛她，我不知道怎樣能夠感動她。She is a girl, she's just a girl, and I had so many girls before, in every many way。……我想著我自以爲曾經愛過、或愛過我的女孩，愈發地對M感到困惱與疑惑……Should I bring her down? Should I scream and shout? Should I speak of love, let my feelings out?……一連串的問題，一句疊一句難耐的激烈情愫。我眞的想尖叫與吶喊，眞的想釋放被禁錮被壓扁被扭折被一再錘打的感覺。

可是我不能，我頂多只能用難聽的假聲拚命唱出歌中的最高音來。

另外還唱 "You Light Up My Life"，妳照亮我的生命，黛比潘的歌，又是一首非常女性的歌，可是竟然如此切近我的心情。多少的夜裡我在窗邊獨坐，等待著有人帶給我她的歌，多少的夢被我深藏，孤單在黑暗，然而如今妳來了……最庸俗的歌詞，被陌生異國的語言轉介後，剛好可以借來排解自己其實是最庸俗的感情……我如是自棄地放縱與墮落著……

我消失在你的髮叢裡，慢慢的
我溶入你的雙眼，化成一陣朦朧的輕霧
慢慢的，為你掩上了兩扇小小的窗
……

再次讀羅青的《吃西瓜的方法》，收到E的信之後。

E有一種太過明朗、太過健康寫實的味道，她整個人都是，所以她喜歡羅青的詩。余光中說羅青是「新現代詩的起點」，我和N討論過。我們一致的感覺是有點失望。羅青的詩是很特別，因爲有幽默感、有輕盈的調子和無傷大雅的賴皮，和我們所熟知的六〇年代的詩很不一樣。可是我們還是寧可讓詩彆扭、讓詩陰鬱、讓詩像一個愛著卻不知如何表達愛的少年一般，陰晴不定、暴烈與懦弱與溫柔與瘖瘂與狂亂，同時並存。在焦躁、苦惱的深淵裡，我們唯一不需要的就是幽默感。我們負擔不起幽默感。

E不能了解這些。她崇拜著羅青。她主編的校刊特別選擇羅青作訪問。她又求又哄又騙要我陪她去訪問。訪問過程中我幾乎未發一言，冷冷地坐在角落看羅青與E神采飛揚的模樣。我未發一言。太流暢的語言、太清晰的概念、太快樂的表情，讓我感受不到詩，甚至覺得，詩被背叛了。

E不能了解這些。她的甜美、她的好脾氣、她工整正楷如書法習作般的信，都和這些格格不入。我不再理她了。

她寫來長信表達傷痛。可是連她的痛楚都是中規中矩的，這裡面其實沒有悲劇。至少少年的我認爲沒有悲劇。可是我自己卻沉浸在悲劇裡，無暇照顧她的情緒。

我對M的悲劇的愛。

讀E的長信時，我並不覺得傷痛。一個星期之後，在《深淵》裡讀著「去年的雪可曾記得那些粗暴的腳印？」，讀著：

你是一條河
你是一莖草
你是任何腳印都不記得的，去年的雪
你是芬芳，芬芳的鞋子

這樣的詩句引我想起E，於是悲從中來，無可抑扼地哭了。

13

有可恥的想法在我心底盤桓著。M走了之後，我還得活下去。我竟然還得活下去。沒有勇氣死去，也不甘心死去。因爲花了那麼多力氣準備的聯考還沒到來，還沒結束。不甘心浪費，荒謬卻又事實。

我還得活下去，所以就必須有除了M之外，活下去的理由。一個代替她的理由。一個代替她的女孩。

補習班裡有一個女孩，看起來就像十一年前的M。十一年前的M，高中時代的M，我並不認識，我只是想像。突然之間，在困窮中，我非常需要想像，依賴想像。

想像著也許可以認識十一年前的M。認識十一年前的M的代替品。這樣今日的M走了，我可以把對她的感情，移轉到十一年前的M的代替品上去。

不過，那樣的感情，是眞的，還是代替的贗品？

星期五下午，蹺了課提早去找M。窗外的天還坦坦白白地亮著，不像一般時日的傍晚薄晦。我一轉頭就看見在M他們辦公室的大門口，有一個賣烤玉米的攤子，攤上等著要買烤玉米的，赫然就是那個被我目爲是她的代替品的女孩。

十一年前十一年後的M，眞實與贗品的M，遠近重疊著。我忍不住追出來確認一下那個女孩到底跟M有多像。她已經走了。我被自己可恥的想法癱軟了雙足，不能也不敢再回到M的身邊去，就在玉米攤邊人行道的冰鐵椅子上坐了半個小時。

我不知道M有沒有看到我？有沒有看到那個買烤玉米的女孩？

14

上國文課，國文老師I勃然大怒。他生氣是有道理的，他一定累積了太多的委屈。

他是學校裡公認最好的男老師，年輕俊美，刻著深深雙眼皮的眼睛，比我認識的任何一個女孩的都迷人。個子雖然有點小，可是充滿一股別人無從模仿的英氣。對中國眞情熱愛、學問淵博、聲音清亮清晰。

他以前總是教甲組班，總是教得他們既像他一樣熱愛中國文化，同時還能在聯考中取得優異成績。

我們這一屆比較特別一些。考進來那年爆發了培元補習班的洩題案，只好用超額錄取的方式補救。到了高三果然出現了些不知該如何解釋的奇特現象。被視爲「二等資質」才去考的乙丁組班級，從往常最多兩班爆增到四班。學校決定把I調來應付多增加出來的兩班文組國文。

I一定覺得挫折感深重。他在理組班上獲得認同與支持的教法作法，在我們身上似乎都失靈了。我們非但沒有應和他以身作則七點到校的精神，提早來自習用功，甚至繼續以大量的比例在朝會中缺席。總也有一些人毫不避諱地濫用他聲稱絕不點名的信任好意，大大方方地蹺課。

這次更過分的是，他當場抓到他最欣賞的學生，上星期已經蹺過兩次課的，即使坐在教室裡也完全沒有在聽課。

他從我桌上搶走一張正一次次刻寫著M的名字的白報紙，近乎失態地逼問我那是誰的名字，然後在講台上把白報紙撕成碎片，還把碎片揉成一團，塞進他自己的提包裡。

我和他怒目對視。可是我明明白白知道我自己的憤怒是假的。他完全沒有激起我反抗權威的情緒。只是他製造了荒唐局面逼得我不得不如此扮演。

多年之後，我從許多藝文界人士處聽來許多關於I的傳言，我確定他也不是眞正生氣。他是用誇張的嫉妒形式，在表達他對我的愛。

我其實是感動與感激的。

15

看了兩部電影，一部永遠忘不了，一部恨不得完全忘掉。

寒假中，M辦了一次文藝營的團聚會，我竟然笨到會去參加。大家一起去「國賓」看星際大戰第二集「帝國大反撲」。在人群裡，M是一個無懈可擊的救國團少年文藝主管，我是一個典型的高中文學少年。僅此而已。電影則是大家正正經經扮演中規中矩角色的索然背景。索然無味。

第二天自己去看了Allen Parker的「名揚四海」(*Fame*)。講的就是一群人如何學習在舞台上扮演不是自己的角色的故事。難過得不得了。他們爲了舞台上的輝煌而扮演，而壓抑眞實際遇裡悲多於喜的事實，我又是爲了什麼扮演？

這部電影竟然沒有成爲影史的經典作，是我心頭永恆的創痛與遺憾。

16

一九八一年來了。聯考來了，M走了。

想起瘂弦〈如歌的行板〉裡的最後四行：

而既被目爲一條河總得繼續流下去的
世界老這樣總這樣：——
觀音在遠遠的山上
罌粟在罌粟的田裡

——一九九六年五月・選自聯合文學版《迷路的詩》

迷路的詩II

1 時代

詩屬於一個逝去的時代。遲疑、溫吞、徬徨、臆測、隱藏、躲避，在最冷的空氣裡壓抑著最熾熱莫名衝動的那樣一個時代。

詩屬於一個逝去的時代。那個時代霧色茫重，大家在霧裡努力睜大眼睛想要看清楚周遭。永遠有無數神秘角落拒絕被明白描述。於是只能用詩，用晦澀中顫動著心悸的詩，來勉強尋尋覓覓。

詩給的不是問題，也不是答案，而是問題答案兩頭落空時無休止、無法克抑的逡巡考掘過程。問題在考卷上、答案在風中，詩在靜寂與騷動的辯證裡。

那樣的時代，本來就很像一個被愛情所逗引、想要趨近愛情、以為擁抱愛情就能揭開愛情面紗的天真少年。少年的愚騃、少年的無奈。

那樣的時代過去了。霧一層層漸漸撥走。可是詩已然成為度過那個時代的人，生命中不可拒絕不可否認的血肉。總有少許的幾個片刻，詩從意識的迷宮裡鑽找回到出口，帶來時代錯亂的怵然泠然，陽光與濃霧的頡頏對話，引人趺坐憶想。

2 情詩

距離是我們生活的重心，是我們最珍視的朋友，最殘酷的敵人。

即使在嘈嘩喧嚷的夜市裡，或是因過度擠壓而啞然無聲的公車上，距離依然是橫霸強力放送的主調。我們不斷被教育、不斷學習什麼是適當的距離。人與人之間的距離、人與社會的距離、人與國家的距離、人與世界的距離。「生活與倫理」及「公民與道德」兩套課本，是我們的標準量尺。

太靠近的我們害怕，太遙遠的我們不切實際地奢望著。只有在情詩裡，我們練習著怎樣去縮短距離，打破和一個女孩之間的標準距離，同時又製造距離，藉著文詞字句的拐彎抹角增加遲疑、溫吞、徬徨、臆測的距離神秘感。

情詩，其實是對既有秩序的一種叛亂。最溫柔又最狂亂的弔詭叛亂。

3 叛亂

日子裡每一天都是愚人節，在那個時代。被愚、自愚或者愚人，選擇題，可以複選，不過沒有「以上皆是」。

要接受訓導處的規定嗎？從帽子、頭髮、制服、皮帶、褲腳寬度、襪子、皮鞋到腦袋裡背誦的東西。這樣被擺弄被愚弄。不甘心的時候我們就拿這些規條作叛亂的工具，和教官、老師玩著我們似是而非的遊戲，帽子要摺到多翹才叫翹？髮長多長才夠格被誇張地罵作嬉皮？褲腳幾公分以上就無可爭辯地成了喇叭褲？制服顏色多白就不再是卡其色？書包帶子多長或多短就妨礙校風？

這些當然是愚蠢的遊戲。用浪費自己生命的方式浪費老師教官的生命，用無止境的叛亂騷擾他們、愚弄他們。

不過一切畢竟都無傷大雅。反正誰也不曉得不浪費的生命應該去追求些什麼。在那個時代。

4 呼喚

當然有很多情緒在我們心中呼喚著，一些也許更有意義、也許更無聊的追求。不過我們是膽小的，而且不斷在尋找著怯懦的藉口。

曾經有那樣的一個機會，女孩的肩就倚著我的肩，裝作無心地將頭貼靠過來。我可以不動聲色，一樣裝作無心地牽握她的手，甚至可以用唇輕輕碰觸她血色豐潤而膚色皙清的臉頰。

我沒有。我只是珍惜地記取她短短的髮梢幾乎是規律地搔拂過我頸顎一帶的感覺，認真地思考那是風造成的現象嗎？還是她的心跳？該如何把在美麗與誘惑間的一切細膩，寫成一首一首的詩？

曾經有那樣一個機會，和大我十一歲的女子共處在她的房間裡。離別的前夕，第二天她就要飛去美國，又變成是他人的妻子，與我了無干係。她特別約我去她家，一直談到深夜。她知道那段日子裡我對她的依賴。她應該預期著，最後最後的剎那，我終究會說出對她的愛吧，而且有充分的理由給她或紳士或熱情的絕望的擁抱。

我沒有。我只是咀嚼著歡樂與哀傷似極端對立實則密切交相認同的緊張關係，想起寫過的詩，以及未來為了紀念這段悲劇將要傾洩書寫的詩。

5 猶豫

猶豫是我們的印記，猶豫是我們的簽名式。

因為叛亂，所以猶豫。因為叛亂，所以怯懦。那些照著大人們設計好的路子去走的人，他們理直氣壯，他們充滿信心，雖然無法隨心所欲，但他們絕不踰矩。

我們猶豫、小心地試探從來沒人替我們規劃過地圖的領域。包括愛情。不參加叛亂的人，他們認定愛情是成人的事，與少年無關。我們則在愛情的三公尺深水池裡手忙腳亂。所有的書，包括別人不讓我們看的書，寫的都是成年人的愛與性，對我們幫助不大。不管如何精巧模仿，沒有人會拿我們當大人看待。

走離開學校的軌道，我們傾聽自己騷動叛亂的心跳。那裡面有一種海嘯來前的雄渾低音頻率，波波濤濤嘈嘈切切捲捲然轟轟然，怎樣的一隻怪獸將要脫柵而出。

我們會認識自己心中的這隻怪獸嗎?它眞的出來時，該跟它說些什麼?甚至，該怎樣跟它打招呼?「嗨，你好」?

6 慌　亂

少年時期，最跩最酷的模樣就是假裝永遠不會慌張慌亂。寧可遲到，寧可因遲到趕不上朝會，也不願意追公車。追公車的動作實在太拙劣了，必須一手捏住大盤帽、一手拉緊書包，閃躍在人車中間。表現出無助、恐慌，完全被司機漫不經心的「開/停」念頭操縱著，完全沒有尊嚴。

正是心底愈慌亂的人，愈是害怕在外表露出慌亂、無助的樣子。自以爲的優閒悠哉，是慌亂本質僅存的一點掩飾。

7 尋　覓

距離聯考不到一個月的時間，我們最後一次結伴遊植物園。植物依然，園裡濃郁的初夏氣味依然。混雜著潮氣將乾未乾，草澤熱烈萌芽成長，孑孓紛紛孵化爲蚊子的種種異端氣味。讓我們幾乎忘卻時間，從高一到高三的時間差別。

後來我們晃到科學館，剛好看到復興美工的畢業展。大家都靜下來。靜靜地走過一幅幅的油畫、水彩以及雕塑和廣告系列示範前面。

那種慌亂的感覺又回來了。除了別人也有的，面對聯考面對未知的分數的慌亂之外，還有一些別的什麼。

不知道自己高中三年到底在尋覓什麼、到底尋覓到什麼的慌亂。人家有明確的技巧與作品在他們的名下，那些美工學校的學生們，畢業展就是他們三年的交代，不管多好多壞，總是扎扎實實，可以看得到摸得到。我們除了將到未到的聯考成績單外，有什麼可以展覽的？成績單能算作品嗎？薄薄的一張電腦分數，能承載多少眞理？

於是感激地慶幸，還好我們有詩。詩是尋覓路途的隱晦紀錄。

8 羞怯

詩屬於一個逝去的時代。一個間接、彎彎曲曲的時代。一個羞怯的時代。

一直到今天，我不喜歡接電話。電話鈴響毫無例外地會讓我心跳加快，毫無理由。我也不喜歡打電話。總是能拖就拖，撥了號碼又恨不得別人不在家，或者電話佔線。

懷念那個用文字書信來往，事情都不需要當面當下交涉解決的時代。如果嫌書信還太明白直接的話，就寫詩。詩可以寫得很長很長，講很多很多的感覺，卻只用了很少很少的字數，鋪陳攤白出來，空空洞洞的。

可惜那樣的空空洞洞，空洞中彼此猜測的愛與羞怯，不再能夠被容忍。

9 等待

她總也不來。週會老不結束。長長通往夕陽的路怎麼也走不到盡頭。信箱裡一直是空的。電話鈴卻遲遲不肯中斷。公車來了又走了。老師永遠佔據著講台講桌。心底的呼喚一再被延期。天黑了路上總有一盞慢半拍要亮不亮的燈。無奈淒涼的感覺就是找不到藉口發洩。找不到出口。她總也不來，只好出發去尋找，卻迷路在第一個街角轉彎處。

10 迷路

近中年的心境裡，坦白地說：
能夠迷路的少年時代，竟是一種幸福。

——一九九六年七月・選自聯合文學版《迷路的詩》

可怖之美就此誕生

我們反覆看見，那撞擊、那火光、那煙塵，我們知道在那裡，卻只能透過視覺的指涉去想像、去比擬的轟轟然吟吟然囂囂然呼呼然，在瞬間迸發如燄般，壓縮混同的聲音，玻璃、鋼架、機翼、泥灰、人體與血液、生命與靈魂，霎時間不再能夠分辨的某種不再能夠命名的巨大。巨大不是其名，是無可形容中唯一能夠拾撿起的無望、無奈與無能的殘剩的形容詞。

而那畫面反覆出現，無所遁逃。而我們反覆盯視，帶著不可思議的熱切與專注，非但沒有嘗試遁逃，且飢渴地一次又一次接受那刺激。飛機接近、飛機沒入，另一端爆炸凸漲，然後等著等著，等到世界貿易中心兩棟巨樓相繼崩垮的鏡頭，明明是固體、最堅固材料組合製成的摩天大樓，在我們眼前融化，一部分如液體般向下，向看不見的某個與地獄一般遠的深淵，沉落流洩；另一部分則變形爲氣體，沒有重量，連地心引力都攫抓不住的微粒，不停不停地向上騰升，彷彿可以一直無止息地騰升。

我們反覆看見，同時我們反覆疑問，這到底是什麼？那在我們心底騷動，使我們無法將視線從反覆的電視畫面上移開的，到底是什麼？我們究竟看到了什麼，我們究竟渴求看到什麼？

所有的記者、所有的專家、所有記者提供的事實與專家提供的分析，都不能眞正回答我們的疑問。我們知道那是兩棟紐約地標灰飛煙滅，我們知道那是美國有史以來遭受的最嚴重的恐怖攻擊，我們知道可能有數千人在事件中罹難。……但這些沒有辦法解答，甚至沒有辦法觸及，我們心中的那個最脆弱的問題：我們到底看見了什麼？我們究竟因何感動？爲什麼面對驚心動魄的災難我們不是掩起臉來急急離開，到一個荒冷的角落悲傷痛哭，而是釘坐在電視機前面，無法離開也無法哭泣呢？

似乎只有詩人，只有藉由詩人引領我們繞遠遠的詩的遠路，我們才能進到自己心中這塊不安海域。例如說藉葉慈的引領，繞過一九一六年的愛爾蘭復活節，聽到詩人告訴我們：「一可怖之美就此誕生。」(A terrible beauty is born.)

一可怖之美就此誕生，這正是我們所目睹的。美得如此可怖，而且因其可怖而幻化爲無可比擬的美。美與可怖的結合，不可能卻又如是眞實的結合，來自詩人更清楚的諭示：

我了然於胸明白
……
這一切都變了，完全變了。
一可怖之美就此誕生。
此刻以及永久未來，每當那時當綠衣身上穿著，都變了，完全變了；
一可怖之美就此誕生。

可怖之美來自於我們相信的不變竟然「都變了，完全變了」。來自於我們原本在不變的預想下執持的所有價值與所有判斷，竟然都不再有效。在詩人的句子裡，我憶起過往每每帶友人遊紐約，不可免俗要搭渡輪去看自由女神像，回望曼哈頓南岸天際線時，總要表達對那兩棟超高方盒摩天樓的厭惡與厭倦，那造形的單調與誇張，充分代表著現代主義都市運動的失敗。然而那是在假設它們會一直存在著前提下的價值與判斷。此刻，對那兩棟不再占據天際線的大樓，只感覺到無限的懷念與珍惜。

都變了，完全變了：
一可怖之美就此誕生。

這是葉慈〈復活節，一九一六〉詩中的句子。葉慈寫詩誌念在復活節起義中喪生的愛爾蘭共和軍同志們。共和國同志在四月二十四日以武力占領都柏林，然而隨後遭到英軍殘酷的反擊，四月二十九日，同志們慘敗投降。這悲劇，這歷史的沉痾，使葉慈寫下這些詩句。這裡引用的是詩人楊牧的譯文。

——二〇〇二年八月・選自印刻版《爲了詩》

長著風的翅翼、無形的火的使者

一九八八年，我到美國留學的第二年，夏天裡發生了黃石公園的大火。大火開始於七月二十二日，起因是一位伐木工人丟棄的菸頭，火勢一燒就不可收拾。

那年學校放暑假時，我就回台灣了。七月、八月，台灣不會有人關心遠在美國最荒無人煙的懷俄明州發生的森林大火。那個夏天，台灣有自己熱鬧得不得了、看得人目不暇給的政治大火旺旺地在燒。李登輝剛接班上台，戒嚴解嚴還在曖昧的過渡階段，我記得雷震的日記被警總燒掉了，引起軒然大波；我記得國民黨的全國代表要開四年一次的大會，大家都好奇會選出什麼樣的新領導班子……。

八月底再飛美國，才知覺到黃石公園的火燒得非同小可。我開始仔細追看這條新聞時，已經有至少五萬英畝的森林被大火吞噬了。五萬英畝有多大呢？我還記得紐約的中央公園，那塊看起來大得不可思議的都市綠洲，總面積是八百四十英畝。事實上，紐約曼哈頓全島不過才一萬四千英畝！

更讓我驚訝的是，這場火燒掉的是全世界第一座，也是美國最知名的國家公園。而當時在美國媒體上爭議不休，引起正反兩極激辯的，不是該怎樣撲滅大火，而是該不該讓火燒下去。

原來國家公園管理單位的基本立場是：火本來就該燒，就算起火原因不是自然造成的，但火會燒那麼大，表示森林已經有了自然需求。溫帶的森林和亞熱帶、熱帶森林不一樣，因爲氣候太乾燥，老化死掉的樹木必須要花很長很長的時間才能腐化分解。腐化分解的基本化學作用也就是氧化；而焚燒不過就是劇烈快速的氧化。像黃石公園地區這種森林差不多每隔兩百年就應該有一場大火，要不然森林裡會充滿了老幹死枝，森林的活力反而會停滯。

我從來沒有想過，森林大火可以是自然某種正面的調節，這新的知識新的立場，給了我很大的震撼，顯然也給了美國一般民眾很大的震撼。

火繼續燒下去，燒掉的面積從數萬英畝增加到數十萬英畝，大自然應該發揮調節作用的雨水卻遲遲不降下來，到了九月間，對這種「本來就該燒」態度質疑的聲浪就越來越高了。大家想到將來去黃石公園，會是滿目焦黑；周圍靠觀光產業爲生的懷俄明州民想到生計被斷絕；電視觀眾從畫面上目睹一場恐怖災難沒完沒了……，累積起強大的壓力，終於迫使聯邦政府決定全力投入滅火，動員了數萬消防人員，花掉數千萬美金亦在所不惜。

不過顯然太遲了。大火有了它自己的生命，拒絕被控制。於是有好多天，新聞裡討論的都是爲什麼火那麼難撲滅。我清楚記得，一個在現場待了超過一個月，一直追蹤火的動向的專業人員在電視機前生動地描述：

大火燃燒的時候，會產生大量的火花，這些火花事實上就是比空氣還輕的微粒物質，它們會一直一直盤旋上升，稍稍有一點風時，它們就開始快速飛行。一邊飛行一邊繼續燃燒，燃燒不完全的結果就是黑煙，可是火花可以飛得比煙還要遠。甚至在物質統統燒光的瞬間，變成一塊純粹的熱空氣，高於燃點卻完全不見蹤跡的無形的熱空氣。熱空氣會迅速冷卻、迅速下降；可是如果還沒降到燃點以下就碰到了新的可燃物質，那麼它就會轟地一聲重新復活……。

在幾百公尺、甚至幾公里外轟地復活。整個黃石公園，滿空中都飛著無法計數的、幾萬個幾億個飛翔的隱形小精靈，它們拒絕被觀察、拒絕被測知，它們飛到哪裡就在哪裡復活，再多的消防人員也防不了它們、消滅不了它們。這些長著風的翅翼、無形的火的使者。

他只是在陳述客觀知識。然而那特別的知識性質，其密度其廣度及其難以描述性，卻在不知不覺中逼他使用了詩的語言。這些長著風的翅翼、無形的火的使者。這是詩的語言，卻也是最有效的火災傳播方式的描述。

詩是特定文類的作品，但詩的語言卻可以無所不在。

那場黃石公園大火，一直到九月二十六日才正式宣告熄滅。一共燒掉了一百二十五萬英畝的森林。約等於九十個曼哈頓的面積。

——二〇〇二年八月・選自印刻版《爲了詩》

王家祥作品

王家祥

台灣高雄人，1966年生。中興大學森林系林學組畢業，曾任《台灣時報》副刊主編。目前自願失業中，以寫作和畫插畫維生。作品有《四季的聲音》、《山與海》、《鰓人》、《窗邊的小雨燕》、《打領帶的貓》等。得過賴和文學獎、吳濁流文學獎、中國時報文學獎、聯合報文學獎、五四文藝獎，散文多次入選年度散文並獲選戰後台灣文學二十年集《散文二十家》(九歌版)。

凝視風雨中

夏季的雷雨過後、帶點微溼的天氣在鄉野間徒步，再好不過了！我喜歡細雨紛飛的溫涼氣候，雨水將鄉野的植物清洗得煥然一新，甚至聞得到鮮綠的氣味；我習慣不帶雨衣，有時候改穿涼鞋，好讓腳的皮膚能隨時浸入路旁的水窪，踢踢水，就像小時候的下雨天；我知道有幾個好地方淋點雨走點路是很舒服的，比起在烈陽下曝曬脫水好多了！所以夏天時心境總是隨時待命著，等待下過雨的天氣涼爽一點要出發去走路，可以裝配兩只水壺的徒步腰包就放在車上，只要補足水份便可隨時走它個二小時，地點可近可遠，有時候一陣雷雨過後，地面上的暑氣全消，趁著溼潤的涼意，必須趕在太陽恢復威力之前，及時享受一段即興的徒步。

當然我的職業是個自由作家，雖然經濟拮据卻擁有自由調配的時間，才可能隨時機動去玩耍。

我私人所習慣的徒步並不僅僅是一般輕鬆的散步，它必須保持一定的快步走完長距離，有時候是越野的，有時候是登高望遠的，有時候及時來的一小段徒步最少也在一小時以上；倒不是我規定自己必須走完一小時，而是我所選的距離加上平時日積月累的練習，不知不覺便走完一小時是很正常的事，我時常在那段距離內忘了手錶上的時間，也忘了自身的處境；在專注行走的當時，凝視著周遭的視野，常常會讓腦子裡什麼也不想。

常常抽出空來做一小段時間的完全空白，就只是走，調節呼吸，凝視遠方，偶爾思考，是很必要的功課，它成了我生活中很主要的追尋，上了癮的欲罷不能的娛樂，而且不是那身體上的健康考量吸引我，而是內在心靈的平靜練習讓我覺得訝異。我常常在疲累的長距離越野後有一種狂喜卻異常平靜的特殊體驗，雙腿疼痛不堪地勉強走完最後一段路程，然後全身癱軟在地拚命喝水，雙眼卻很清明地凝視著遠方我剛走過的原野，腦袋靜默著，心卻充滿狂喜，但是你的確再也不能動彈了！你無法跳起來歡呼，你也乾渴得無法叫喊，於是你順其自然地維持靜默不動，心情平靜卻也覺得可以飛起來大聲歡呼說你辦到了！

也許你無法隨時維持心靈平靜，無法維持一整天的心靈平靜，但你至少可以透過一些儀式或方法練習心靈平靜，然後加長心靈平靜的維持或時時警醒心靈平靜的維持；我就是順應身體動靜平衡的天性，透過徒步這種動態靜心的方式，尋求心靈平靜的境界。

我常想走一小時便能靜下心來，那麼持續走一整天的心境又如何呢？長距離的變數和挑戰禁不禁得起考驗呢？人生也和氣候一樣，不能一直風和日麗微風細雨般調得恰到好處，既然不能把天氣調整到剛剛好細雨紛飛溫涼適中，想要享受雨天的快意，就不能介意有時過度的風雨。往往風雨中潛藏著大量的魅力，我知道只要選對地方，風雨會增強那地方的磁場。

我愛看那飛奔黑雲的磅礡氣勢，愛看半空中的水氣瀰漫如渲染的潑墨，這些都必須走出戶外才能看得見，徒步者常有機會在戶外熟悉天空中的各種氣象，而且擁有充裕的時間和視野閱讀它們，尤其精采的是變天之際，氣流紊亂紛飛，各方能量匯聚潰散，景象萬千，你必須讓自己置身在空曠的原野，讓橫掃的暴風衝撞著你，讓豆大的雨滴鞭打在你身上，這並不是無聊的遊戲，我總是衷心地信仰狂風與大雨是祭壇上的法器聖樂，原野是祭場，你必須以身體疲倦地走完它，然後才能感應宇宙的能量，讓它穿透你、治療你，這是很難形容的特殊經驗，說多了其實無益。

颱風來臨的前一天，我直覺便想到三面環海的龍磐草原，不知爲什麼我總是感覺得到那兒的環境磁場非常美好，我的腦海裡常浮印著在草原上空飄過的雲，有時候是雲淡風輕的一抹白雲，有時候是千軍萬馬奔騰的黑雲，那兒三面環海、一方背山的地理形勢，讓站在它上面的人隨時感覺得到能量的流動，如果你能靜下心來，當你走在它上面時，甚至可以感覺到你在飛，一種無形的能量托著你飛；以往每當有連續的陰雨天或颱風過境之後，我第一個就是想到那裡走路。這一次我計畫在那處能量匯集的絕佳地點正面迎接颱風的暴風雨，提早抵達現場耐心等待它的來臨；不要認爲我很瘋狂，其實這裡很安全，地質穩定，坡度平緩，而且我熟悉一些安全的路徑。

颱風的暴風圈預計今天下午登陸恆春半島，我在昨晚抵達墾丁，住進小灣附近的民宿，我有一個上午安全又接近風暴邊緣的時光可以徒步，這是令人興奮又難能可貴的經驗。

颱風來臨之前海岸的風雨有多大？什麼時刻風雨會逐漸增強？風雨增強時我挺得住嗎？走得回來嗎？實在無法想像，必須親自走出戶外才知道。

清晨，從半山腰的民宿眺望遠方的太平洋，雲團的氣勢正在醞釀壯大，蔚藍的海岸已經因爲持續的雨水沖刷土壤流入近海而顯得黃濁，越被開發的海岸線，黃濁得越厲害。

昨天也有另外一群人湧入墾丁，與急著結束假期匆匆離去的觀光客不同，他們的步調似乎也在等待颱風的來臨；今早我帶齊裝備出門剛走到船帆石，便遇見其中一類的他們，船帆石岸前的停車場停了幾輛價值兩千萬的衛星轉播車，分別屬於各家的無線電視，還有一群扛著攝影機的攝影記者和拿著麥克風的採訪記者，大清早便冒著斜風細雨來到無人的海岸邊，等待攝取巨浪的鏡頭。

這時代實在有點詭異，科技的進步讓颱風的預測有點兒提早了！還加上颱風來臨前刻的現場實況轉播，如果颱風不如預測的行進速度而是遲遲不來，那麼這些記者就有得等了！於是他們轉而去採訪因為追逐巨浪而來到墾丁海岸的衝浪人，這是另一類必須把握不常有的美好時光的自然人，他們在海裡找到自己的遊戲方式，要向不凡的時刻挑戰。

一排排的巨浪不斷轟擊海岸的隆隆悶響是寧靜的清晨唯一的聲音，而我們少數人在岸上以雙腳遊戲，在公路上享受無人清晨的斜風細雨，穿過綿長的被雨水淋洗得很清新的海岸林，在一處偏僻不為人知的番仔埔聚落抄小路爬上龍磐草原，一爬上丘陵脊背，那兒的視野便變得遼闊起來，可以同時望見台灣海峽、巴士海峽和太平洋，不過少了海岸林的遮蔽，置身在曠野般的草原，風勢與雨勢明顯地增強。

颱風從太平洋來，蘭嶼海面的天空的確已經戰雲密佈，千軍萬馬，往海岸方向奔騰而來，草原上一波一波鞭打的雨勢迫使我不得不穿上雨衣，將自己的臉遮得只剩下一雙眼睛，有時風從大斷崖下向上驅趕一波一波由空中灑落的雨，形成風與雨對峙僵持的奇異場面，當雨比風小，便被吹得四方亂竄，並不直接落地；我在風與雨的夾持中維持著快步前進，不時瞥見白色的巨浪在斷崖下方的礁岩間爆開出一朵朵蹦飛的浪花，那湧升翻捲的太平洋海面顯得焦躁而壯觀，突然間意識到我的靈魂透過這雙眼睛正凝視著大地即將進行的儀式，所有的能量皆已齊聚，不斷在空中交手，我從未如此地親近過一場暴風雨的邊緣，以往我總是依循著颱風警報躲在建築物裡觀看隔著窗玻璃的搖晃樹影，豎耳傾聽拚命想鑽進屋內的尖厲風聲，我忘了走出戶外抬頭瞧它一眼。今天我循著我的思想來參與這一場大自然的力量聚會，我在毫無遮蔽的曠野中以身體迎接它，而它正在試驗我心中的寧靜度，此時的山與海交界雖然有一些些搖晃著，我的腳步也有一些些難掩心中的興奮而不穩，我繼續往前走去，一點也沒有折返的打算。

忽然間那種深刻的寧靜便發生了！發生在我的內在，我的雙眼深深地注視著眼前的風雨，意識警覺而敏銳，我的身體必須對抗風雨而保持在高度的機動狀態，除此之外一點雜念也沒有了，我想我是深深地愛上眼前的這一刻而變得異常專注，面對它的時候竟然忘了手錶上的時間，也忘了自身的處境，我從來沒有這麼正面地凝視著即將來臨的暴風雨的景象，在無人的曠野，它是這麼地美，這麼地狂亂，這麼地能量懾人，讓接近它的人不得不醉心地以雙眼凝視，而且能夠凝視很久很久，腦子裡無暇它想。

後來我閱讀到印度的靜心大師奧修教導弟子們凝視的靜心技巧，凝視就是深深注視著一個景物，停止頭腦平時不停的運作習慣，他說如果你持續凝視一樣東西，完全覺知，完全警醒的，譬如凝視著光，凝視著鏡子中的自己，問題在於你是否能夠在凝視當中完全停止頭腦？將頭腦集中在一個焦點上，好讓內在的移動，內在的煩躁不安能夠停止，內在的搖擺不定能夠停止，你只是注視，其他任何事物都不要做，那個深深的注視會完全改變你，它會變成一種靜心。

暴風雨前夕，雖然外在的能量狂亂紛飛，難以想像地我卻有一段記憶深刻的寧靜；我明白！就是那個徒步者深深地凝視，很警醒的凝視。

——原載二〇〇一年一月七日《中國時報》人間副刊

祭場

我喜歡一個人獨自進入山野，沒有交談，不必分心於言語，即使與同伴一起入山，我也不喜歡講太多話，在山中行進保持靜默不語，對山是一種尊重，對自己而言更是絕妙的享受。我會專心地調節呼吸與腳步，對於周遭的景物保持敏銳觀察，那時如果講太多話便會阻礙規律的呼吸，打斷我對於鳥類或植物的觀察；害羞的山鳥可不會喜歡一個吵鬧多話的傢伙；我也會試著整理自己的情緒，也許有一點困難，但至少不比在山下現實世界中波動得大。這是很好的時機，那時的心情好似正準備進入一間莊嚴肅穆的廟宇或教堂朝拜，目標是山上一處不算遠但全程來回也必須走上三小時路程的僻靜空間，我相信，要進入這樣一處能夠讓人獲得心靈平靜的絕美之地，必須花費一些力氣與代價，必須身體去實踐才行，不可能憑空獲得。朝拜的過程遠勝過於見到一座廟宇那類的人造建築；通常廟宇就是人造的神聖空間，透過這些具體的人造偶像與宗教氣氛，讓你更能想像神聖的感覺，快速獲取心靈平靜的力量，鎮壓不安，治療恐懼；然而我知道神聖的感覺是從內而外不易求取的，內心的波濤或隱憂不可能自我欺瞞鎮壓的，通常我的姿勢習慣保持靜默不語，專心致力於享受徒步的身體律動，細心體察內心的變化，它有高有低，有黑雲有晴朗，但多花一點時間來走路，至少讓你握有充裕的機會察覺到它是流動的，它一直在變，因爲變動是不變的眞理，所以毋需執著；如果與人同行便會打破此種沉浸在內在的享受。

愈來愈喜歡一個人輕裝機動在山野間遊走，我常每隔幾日便上山一次，輕鬆地流汗，但不致負荷過度地勞累，感覺身體會完全地打開，飄飄然地像喝了一點酒般微醺，夜晚也果眞好入眠。

打開身體的什麼呢？打開身體與心理的過度緊繃與防衛。

在現實社會中我不太容易彎腰低頭，也常犯許多錯，對未來徬徨迷惑卻倨傲得很，可是我卻常常在山野間找到一處感情認同之地，感動地對祂合十膜拜甚至五體投地，環顧四周向不知名的精靈吐露我的心事，我的擔憂，我的恐懼，我的遺憾，我的壓抑，我的力有未逮。這是很奇怪的體驗，每一趟步行幾小時，就只是爲了上山來看幾株老樹或巨石，一片森林下的落葉，或眺望更高的山，更遠的海，坐在祂的身旁幾分鐘，內心默禱幾句話，便心滿意足地下山了。

喬瑟坎伯在他的《神話》一書中曾說：「我記得西賽羅曾說過，當你走入一座高大的樹叢時，你會感覺到神的存在，神聖的樹叢到處都有；小時候我常常一個人走到樹林裡，我還記得我曾經崇拜一棵樹，一棵很大的老樹，心裡想著：『老天！你一定知道很多，經歷許多。』我想這種對創造物存在的感受是人的基本情操，然而現代城市中到處充斥的只是人造磚石，當你身處樹林中與花栗鼠和貓頭鷹在一起時，那是一種完全不同的成長世界，所有這些事物都圍繞著你出現，代表著生命能量與神奇潛能，祂不屬於你，但又是生命的每一部分，同時也對你開放，你會發現祂在你心中迴盪，因爲你就是自然。當一個蘇族印第安人抽煙斗時，他會把它對著天空，以便讓太陽收到他噴出的第一口菸，然後他會向四方分別噴菸，在那種心靈結構中，你如能將自己朝向地平線，朝向你所在的世界，那麼便可在世界中占一席之地了！那是一種不同的生活方式。」

向山林雙手合十，彎腰膜拜是一種很自然的感動，因爲美的空間所蘊涵的力量而不知不覺地臣服敬畏。

越野徒步很有機會在山野中邂逅一處隱祕不爲人知的空間，有時候那處空間是一片躲在珊瑚礁岩與海岸灌叢後的寧靜沙灘，那片沙灘在日光下發著潔淨的光，躺在湛藍的海洋上，像剛從天上交班的彎月回到地球上度假；有時候是一條鬱閉幽深的神祕小徑突然間開闊起來，原來通往一處展望極佳的稜線脊背，在那兒你可以撞見山谷涼爽的風；有時候是一座奇岩巨石被整片森林包圍著，陽光穿透林間篩落一列金光，彷彿是史前巨石文化的祭場，讓行經此地的我敬畏地不敢多說一句話。

我走過宜蘭棲蘭山的神木林再進去的高山湖泊鴛鴦湖和松蘿湖，那是終極而神聖稀有的空間，很難去形容那種奇異的磁場加諸身上的震懾，走過的人想必都有一種回到千百年寂靜不動之地的宗教體驗，懷抱著敬畏心下山。此處的生態因爲潮濕多雨，連鳥類的活動也很稀少，整座原始林的寂靜無聲讓人覺得此地的靈魂彷彿已經沉睡很久了！我們貿然進入會不會驚擾觸怒了祂們？通往湖邊的檜木群長相奇特又醜怪，每株皆像長了很多隻手臂的千手觀音靜坐凝視著你，又像張牙舞爪伸出手想要攫抓你的魑魅樹妖，躲在森林深處先窺視著你，而潮濕森林最常見的松蘿就長在祂們的手臂上，簡直就是眾神的毛髮與小鬼，那種原始森林的鬱閉氛圍非常駭人，不屬於人類活動之地，聰明的人應盡量遠離，不要打擾此種終極之地。

突然間我意識到眞正祭場與祭神的意義，那是一處單純得可以體驗自己的地方，所有的能量皆已準備就緒，美的驚駭無時不刻不發生著，那透過林間篩落的陽光是神的榮耀，你可以得到一種「神性」的感覺，無心的人感覺不到神的能量，人必須持著敬畏之心，冒犯者會得到報應懲罰。

我若不用雙腳踏著去尋找我的廟宇，我的祭壇，我的神聖空間，總是覺得缺少了什麼，只能以雙腿去邂逅的神聖空間，才是眞正的廟宇吧！這樣的過程有一種苦行僧的氛圍，要是山上的廟堂開車便可直接抵達，這途中便少了走路靜心的有機過程。

不過這是一個無神的時代，大家都不祭神了。

即使祭神，也不懂得神到底是什麼？

雲南的納西族祭天且祭風，納西族的神似乎與我們不太一樣，納西族的神可以說就是大自然，納西族很多村寨保留有許多樹林密茂泉水奔湧之處，納西語稱之爲「署古丹」（意爲祭署神的場所）的古老祭場，常見到若干插在地上的木牌畫，上面繪著各種蛙頭人體、蛇尾或人首蛇體的精靈，還有日、月、星辰、風與雲團，這種棲息於自然懷抱的宗教藝術中，深藏著一個人與自然的古老祕密。

納西族信仰的東巴教中有個規模宏大的儀式叫「署古」，即「祭署」，對納西族的生產活動和社會生活生態道德觀等有很大的影響，這一儀式體系也是在東巴教自然崇拜的基礎上逐漸成形的，「署」是東巴教史的大自然之神，司掌山林河湖野生動物等，在東巴教象形文中是一個蛙頭人體蛇身的形象。

東巴教認為亂墾濫伐，污染水源，盲目開山鬭石及濫捕野生動物是惹怒署神的主因，祭署儀式即為禳災解禍，安撫署神，向其贖罪。

納西族籍中也說，人與大自然之間的關係猶如兄弟相依共存，對大自然不可隨意冒犯，否則將遭到無情的報復；與大自然和諧相處是東巴教古籍和民間信仰中的警世基調，也是納西族古典文學藝術中的一項審美範疇。

另外一支少數民族哈尼族視高山森林為命根子和衣食飯碗，對高山森林的保護和管理有著約定俗成千年不渝的規定，哈尼族將森林分為水源林、村寨林和龍樹林，這三種林子是任何時候都不許砍伐的，否則鄉規民約將予以嚴厲制裁，制裁的方式很多，例如罰款、罰糧、罰清掃街道等。據調查現在對砍伐森林者的懲處，有了更明確的規定，例如有的村寨如有人砍伐水源林，按樹的直徑來罰款，直徑每一公分罰款兩元，高山森林的任何樹木砍伐一棵，罰款七十元，每個哈尼族村寨都有一名森林管理員，是由村民推舉產生管理員，雖不是專職，僅是兼管，但必須具有強烈的責任心並為村民完全信任，這個人過去多由村長擔任，每年村民湊一些米錢給他作為報酬，另外在約定俗成的和明確規定的禁令之外，還運用神靈的力量來保護山林，哈尼族將村後有蓄水作用的山林畫為神山神林，常年加以保護和祭祀，哀牢山哈尼族一年數次的大規模祭山，和一年一度的寨神節「昂瑪突」，都有借助神靈保護森林的意義，人力和神力的結合，有效地保護了森林，也就有效地保護了水源以及動植物的家。

瀘沽湖畔母系社會的摩梭人，把每年的四月至八月定爲封山期，期間有專人輪流護山並負責祭祀山神，春節時家家戶戶都要在院子裡栽一株青松以示崇敬和祈福，摩梭人視青松爲大山的根骨，嚴禁砍伐幼樹。

台灣的排灣族與魯凱族人視大武山自然保留區的小鬼湖與大鬼湖爲祖靈永息的聖地與禁地，賦與美麗的蛇郎君神話傳說，打獵的獵人都要繞路通過，不可隨意打擾，以現代的意義來解釋，便是原住民保護水源地與獵場的智慧，各民族的經驗皆是相同的。

不過移民文化下的平地人就失去神的庇護了！因爲他們根本不認識神，譬如一條採礦道路竟然被允許開入大武山自然保留區，因爲道路的便利，本來需要徒步兩天才能抵達的小鬼湖，如今只需要坐車三小時外加一小時的輕鬆步行，造成遊客大舉湧入小鬼湖；平地人也感覺到那處空間的神聖磁場，結果小鬼湖一度成爲大家樂求明牌的熱門之地。唉！

——原載二〇〇一年十月一日《自由時報》副刊

眠夢之島

才下午兩點，書房內的光線轉趨黯黑，我待在燈下讀書，可以感覺到外頭的天氣逐漸變壞，東北季風持續敲撞著玻璃窗，敲得我的心境也隨著水色暗沉，流勢潺緩，讀到葡萄牙詩人佛南度‧裴索的詩：「我的思想，我困在那裡，一如那風，困在空氣裡。」忽然便想起那座困在冬天的北風中的眠夢之島，臺灣的天氣都如此惡劣了，望安島上的東北季風想必此時一定更強了。

從海岸上的環島公路轉入一旁西垵水庫的壩堤，這座小型水庫其實只是一座大池塘，傍晚蒼冷的光影讓池塘裡的水看起來是深藍色的，一隻蒼鷺緩緩從水面飛過時，幾乎被那搖晃出水面的深藍光影給淹沒了，金黃色的貝殼沙灘就躺在另一旁的海灣內，四周的海水也是蒼藍的，還有起伏的土黃色草原上散布著一座座墳塚，透露出的也是荒涼的蒼冷，那些深藍色的水波動得劇烈，甚至銜接著水岸邊柔美的草浪繼續一波接一波爬上蒼涼的草原，是這季節的風的緣故，走在壩堤上感覺到連空氣中的光影皆隨著搖晃，如夢似幻，催人入眠。

光影使我陷入「冥想」，我走在寧靜之中，忽然想起所謂的「冥想」到底該想些什麼呢？「冥想」是一種客觀的回憶方式嗎？不會帶著任何濃烈或主觀的情緒嗎？它需要大量獨處的時間持續不被打擾嗎？還是它需要寧靜而美好的時空旁襯，觸發人內心沉澱深藏的情感或記憶？我特別喜愛在旅途之中「冥想」，或者不知不覺在徒步的時刻陷入一種我習慣稱之為「冥想」的狀態，我甚至不確定那就是「冥想」！我只知道我的思維雖然沒停過卻也不活絡，有時候常常懸空停滯在哪兒！哪兒是哪裡我也不太確定？也許可以比喻做天空吧！煩惱或愁悵會像天上的雲絲輕輕飛過，很快便會化散無蹤，天空常常是晴朗無雲的，比如寧靜是一股強風，光影是一種力量，很快便會掃除帶走那些情緒的雲絲，所以在一個人等船的時刻，或坐在船上通過大浪搖晃的時刻，或獨自徒步海岸凝視大海的時候，或像目前身陷強風搖晃的黃昏光影之中，總讓我覺得自己走入冥想之中，而且不知該不該稱它作「冥想」？不過這種神聖且神祕的時刻已經讓我狂喜成癮，非不得已，我不願割愛被人打斷。

冥想有機會讓「本我」跳脫「自我」這個主觀的客觀嗎？它是一種反省的方式嗎？思索著糾葛的人事嗎？未來的路途嗎？理財投資我的荷包嗎？孤單寂寞沒人陪嗎？還僅是下一站的餐宿沒著落？有些時候我在旅途上的確會感到孤單，像今天獨自走了一下午沒遇見半個人影，當然也沒開口講過一句話，腦海裡老是懸空著，不特別悲傷也不特別快樂，有一點點浮自內心的很寧靜的喜悅，也有一點點淡淡的孤獨愁緒，總不比身陷人多嘈雜的時候孤單，這種孤獨很容易自得其樂不打發掉，我只是很興奮地「遇見」，有時候轉入公路旁的曠野丘陵間遇見一條令人心動的小徑，不知它會通往哪裡去卻想去走它，因為這條小徑便遇見一隻大眼看著我的黃牛，一株花蕊衝入天空的瓊麻，一座座墓碑的刻文已被風蝕磨滅的老墳，不知葬者是誰，然後又遇見一片隱祕的貝殼沙灘慵懶蜿蜒地躺在蒼藍的海灣內，甚至不去想下一站的餐宿在哪裡？那種奇異的光影會催人入眠，帶你離開現實的路面上，引領一個徒步者的靈魂走離開他雙腿正在走路的身體。

不知我這樣形容冥想中的人對不對？不過這一條眠夢之路的確給我這樣的感覺，直到對面也有一個背著書包的小女孩慢慢朝我這方向走過來，當我與她擦身而過時我仍然保持靜默不想講話，四周光影的迷幻氣氛讓我不想講話，而且我是一個外地來的陌生人，不該對一個落單的小女孩講話嚇到她。

那個眼神天眞的小女孩卻忽然轉頭問我說：「請問你是本地人嗎？」

「我不是！我是來玩的。」我意識到我被喚醒了！可是這孤單的小女孩怎麼會問我是不是本地人這種怪問題呢？我看起來像個本地人嗎？是不是本地人都用走路的，而觀光客很少走路都是坐車的。

小女孩一直說著話一點也不怕羞或提防陌生人，顯然她找不到人說話的症狀也很嚴重了！

「妳知道哪裡有住宿嗎？」我想起該正視這個問題了。

「夏天比較多，冬天只有布袋港有一家旅館蓋在海灣旁的濱海小木屋，從這裡過去，走東邊或西邊都一樣遠呢！」小女孩很熱心地告訴我之後忽然覺得該走了，已經快天黑了。

古蹟導覽上寫著：「布袋港位於望安島東部，爲一天然的港澳，北有長溫仔，東有鯉魚山爲屏障，其形外狹內寬如布袋狀，是昔日中社、水垵二村帆船的泊靠地，現已淤淺不再使用，但仍殘留石砌碼頭一段。」

十一月的澎湖離島皆沉睡在東北季風之中，每天早上九點，下午兩點半，本來皆有定時航班從馬公港航往澎湖人叫作南海的望安與七美群島，海上風浪大時，早上九點出航的公營交通船恆安輪便得看天氣開航了，有時出航一天接連天氣惡劣停航兩三天，班次很不確定，由於只有恆安輪的航線是經由望安到七美，回頭再經望安回馬公，一天來回，對於時間緊迫的觀光客來說較能把握有限的假期，不過一旦風強浪大便很難抓得準了！如果搭下午兩點半開航的民營渡輪比較靠得住，據說海上七級風仍然開航，不過只到望安，起碼得住上一夜，隔天一早七點半才回馬公。

東北季風一吹，海上風浪大，航班不固定，天氣又冷，來往離島必須冒險又辛苦，遊客自然就稀少了；很難想像島上的觀光業和居民的營生完全停止的寂寥冷清，我十年前初訪望安也是十一月的清冷，記得坐小飛機從台中水湳機場飛過澎湖群島時，那天上的亂流把九人座的小飛機捲得如同坐雲霄飛車般上下大大地搖晃，前往離島又是最後一批稀疏的外來旅客了，記得巨浪衝撞的同船上只有一位遠從法國來拍澎湖八景之一的天台山的無畏攝影家姓包，船一抵達碼頭，又獨自一人背起沉重的攝影裝備往強風吹襲的天台山走去，我記得那島上的強風吹得我一時之間無法抬頭面對，回鄉的旅人們很快便鑽入避風的巷弄牆垣內紛紛不見了，東垵村的街道上才一會兒便空無一人，目睹那追趕光影的外籍攝影家趕在太陽下山前無畏地迎著冷風往北方走去，印象更是深刻；不過那趟旅行，我平凡的身體始終無法克服橫掃的東北季風，在迎風面的島的北邊只做了短暫的停留，那是個奇異的遺憾，所以不知不覺必須在十一月再來一次，把它走完。

若想離群索居，十一月的離島，無論光影、顏色、空間、寧靜度、皆是適合體會孤獨，安靜冥想的季節，想痛快地吹風，甚至讓風刺痛你的皮膚，眼角流出不是悲傷的淚水，鼻孔溜下不像感冒的鼻涕，就在十一月去澎湖離島徒步吧！那些結實存在的風會測試你的雙腿站得穩不穩。

十一月的澎湖離島，風控制一切，風很結實很具體地存在，你的生活中想必沒有像這個季節的島民一樣，與風那麼有關係；望安島上的人家，門窗設計恆常緊閉，彷彿永遠不曾打開一樣，轉入巷弄中偶爾瞥見一個人影出現在阻風的院落之中，原來人都躲在牆內避風，而望安島傳統聚落建築的思考模式可以讓人感覺到與風有關的況味，院落牆垣彼此之間緊密相連，極力地避風，讓風在櫛比鱗次的迴旋巷弄間迷路，削弱風的力道。

鑽入穿出那些狹窄迷亂的巷弄間，便能暫時躲離風縈繞在耳畔的壓迫，不過更寂靜了！靜得連一點風聲也沒有的寂靜是有多麼沉重了！在風與風的間隔之中是更深的寂靜，這時候徒步者可以抬頭挺胸了，不過突然轉換到古老傾頹的神聖空間，一種逝去的氛圍，一些幽幽的存在環繞著我，我的腳步變得輕緩不敢越矩，一座座以硓砧石嵌建的花宅古厝，細看之下還留著千萬年前海底珊瑚的美麗羽紋，那是珊瑚的柔軟骨骼隨著海水飄游猶如羽毛般細緻輕柔，如今永遠停格在堅硬的壁牆上，叫我如何不迷惑喟嘆！尤其那堅硬的壁牆也隨著時間的流逝正在侵蝕傾倒，我禁不住輕輕將手往風蝕的石牆上觸碰，將視線往那破敗的門窗縫隙中窺探，那手指感覺到的細細砂粒彷彿就是一種時間的沙漏，我意識到正在觸摸流逝的過往，而那院落中除了爬滿的蔓藤灌叢掩蓋過倒塌堆疊的朽木石塊，我的眼睛不死心地想窺探些什麼呢？窺探令人感到荒涼的風也無法吹入的荒蕪空間？風帶不走的是什麼嗎？留存的是什麼嗎？我也不清楚！那些寂靜的院落因為離去的主人深鎖門窗的年代久遠，似乎很久沒有人進入移動過任何一景一物，傾倒與堆疊想必皆是自然的神祕力量。

我看「望安島古蹟導覽」上寫道：「中社古厝於望安島中央偏西的一個山凹內，因形成該村的兩個主要聚落大小花宅，中央有一處小丘村人稱為『花心』，故中社舊名花宅，中社村由於人口外流情況相當嚴重且外流的時間也甚早，為數不少的村民早在臺灣光復前即已搬遷，所以其大部份住屋未遭到如一般傳統住屋被拆除或改建或毀壞的厄運，它的聚落形式仍相當完整，大部份建築為保持相當良好的傳統三合院住屋，堪稱目前臺灣地區保存最完整的濱海古厝區。」

我靜悄悄地走來，走入一層層幽幽的空間，像個好奇地窺探時間的旅人，幸好我是徒步而來的人，徒步緩行對這些存在已久的古厝是一種敬畏的禮儀，不要去驚動那些牆垣院落中的古老靈魂，在村外就要記得輕踮腳步，若是租騎摩托車來的，在村外就要熄火停妥，這些古厝禁不起吵，彷彿一吵歷史就要倒下解體，那些院落中的記憶就要魂飛魄散。

這一次來的季節更遲了！島上的便宜民宿和出租摩托車皆已停止營業，那表示在你即使不想以雙腿走路的時候還是不得不走，十一月的強風是一種催眠人入夢的聲音，不斷地嗡嗡嗡嗡從你耳邊掠過，或者結實地朝你撞過來，一點也不願讓路；風日日夜夜地吹，卻令人覺得很寂靜，我環島走著，彷彿進入眠夢的遊晃之路上冥想，等待內心回到和諧的振動，能形容那是催眠嗎？是風催眠我嗎？風年年在冬天催眠這座島嗎？我來到這座光影恍恍惚惚的島嶼，人也變得恍恍惚惚，感覺到土地是活的，踩在這處美得像夢的島嶼，心中有無限狂喜，那是接近神的體驗嗎？我知道自己的身體是清醒的，我的腳正在向前走著，這座孤獨寂靜的島，只剩風的聲音，一個人影也沒有。

古蹟導覽上寫著：「水垵村北海域是一處著名的古戰場，清康熙二十二年（明永曆三十七年一六八三）六月十四日上午，福建水師提督施琅率大小戰船二百餘艘，從銅山澳（今福建東山島）出發，十五日下午到貓嶼、花嶼、抵達望安水垵澳後天色已晚，便將船團泊於該處海灣，遣官坐小船到將軍澳、南大嶼等島安撫島民，十六日早開始進攻，此戰鄭軍死傷二千餘人，施琅右眼被火槍擊傷，但未失明，十七日船隊全部泊於水垵澳灣，到了二十二日，施琅再分批傾力進攻，直向娘媽宮（今馬公）撲勦鄭軍，此戰甚爲激烈，鄭軍死傷一萬二千餘人，大小船艦沉沒一百九十四艘，鄭將劉國軒見精銳皆盡，大勢已去，便乘小快船自北面的吼門遁逃臺灣，施琅繼續進逼，七月十九日鄭克塽降清，臺灣納入大清版圖，由此可知水垵北海域戰確爲關鍵之役。」

迎風面的島北風中隨著海浪是典型的氣象，海水跳離沙灘隨著一股股強勁的氣流在空中亂竄，站在大斷崖旁的草原上迎風而立，不一會兒臉和嘴便沾滿了鹹鹹的水花，眼鏡全糊了，原來巨浪一抵達雄偉壯觀的玄武岩盤立刻被黑色的亂石拆解飛濺，只有繼續往黃色的海灣中壓擠，而且隨著蜂擁的風擠上柔軟的貝殼沙灘；風實在太多了！一下子被高聳的岩盤阻擋流暢的去路，也紛紛擁擠入這一處小小的峽灣，變得很有力量，因此不僅把浪花推上沙灘，還助它凌空躍起變成一團團水霧，往內陸草原飛去。

我沿著叫布袋港的海灣開始走，從玄武岩盤崩裂滾落的黑色亂石沿著峽角大量堆疊，堆疊至另一處叫鴛鴦窟的峽灣，我也踩在堆疊的亂石上沿著海岸走到那處閃著文石的黃色峽灣，峽灣中展演著一幅幅活的潑墨畫，黑色文石是潑上去的墨點，需要海水的浸染滋潤才黑得美，飛濺的海水有時是風力潑上去的，畫布便是那一片柔軟閃亮的貝殼沙灘，也被風吹理得很勻整；我一轉身，充滿魔力的黑色文石便在陽光下閃閃發光，我珍愛地將它撿起放入口袋，以爲可以將美的驚駭帶回家，不久便發現它失去光澤的力量，連那黑也不夠純粹了；原來那力量是融合海水、強風、與陽光共同作畫的顏料，還有貝殼沙灘的畫布，缺一不可，不可思議，這座玄武岩的小島每日展演著即興的畫作，沒有人能將它帶走。

古蹟導覽上寫著：「鴛鴦窟位於望安島東岸的北方，是一處由西向東走向的河谷地形，它的谷口隔著一條寬約六百公尺的海峽與馬鞍嶼相對，有一說是因爲早年其地有多處適宜鴛鴦戲水的水窟而得名，是否正確有待進一步考證；藏軍洞是鴛鴦窟地區所殘存的一處歷史遺蹟，日本據臺末期選定鴛鴦窟爲其海軍魚雷快艇特攻隊基地，因當地海灣外有馬鞍嶼作屏障，極爲隱蔽，於是在民國三十三年（日本昭和十九年，西元一九四四）發動望安及將軍澳兩島村民，不分男女老弱，滿十八歲至六十歲者都得參加勞動，夜以繼日輪班挖鑿，在鴛鴦谷地北面山丘共開鑿了與中央指揮所相通的洞穴十處，其第九、十洞自洞口至海岸段則鋪設鐵軌，讓快艇靠岸時隨即推入洞內隱藏，每洞約可藏五、六十艘，其餘八處則做爲特攻隊員寢室，然而動工年餘，工程將近完成之際，日本便宣布無條件投降，該基地遺廢棄，迄今多處洞穴多已陷落，但其遺址仍然可尋。」

這座島上存在著遠古的寂靜，之所以寧靜，不願讓路的風其實也與徒步者體內的振動尋求著和諧，那嗡、嗡、嗡的聲音穿進我的身體，我在耳畔彷彿聽得見，它就在存在的中心，它是天空的聲音，空間的聲音，宇宙的聲音，風的聲音，也是我體內的聲音，那最終經驗最美的寧靜的聲音；我平凡的身體走在無處可躲的曠野，透過強風無所不在的撞擊，以及努力地想要迎風而立往前前進，那嗡嗡嗡的聲音竟然是那麼地寂靜，我聽見了，在風與風的間隔之中是更深的寂靜。

聖經上說的。那從曠野上來的人是誰啊？我呢！只是眷念著想要往曠野走去，我只是遊晃地想要「遇見」美，有時候轉入公路旁的曠野丘陵間，遇見一條令人心動的小徑；因爲這條小徑，那隻大眼瞪著我瞧的黃牛讓我遇見童年，我頑皮的童年在鄉間度過，常常逗鬧脾氣好的牛，也曾被那激怒的牛攻擊過，從此我便對狹路相逢的牛敬重有加；那株花蕊高聳入天的瓊麻提醒我注意到上午天氣的短暫放晴，澄淨的藍色天空有燕隼快速飛過；一座座墓碑的刻文已被風蝕磨滅不知葬者是誰的老墳，上頭卻堆著一顆顆一排排親人祭拜留下的石頭，風吹不走，彷彿要告訴路過的人們這墳仍有人祭拜清理，並不是無主孤墳，只是時間久遠墳已老。

那是一種特別的風俗吧！親人祭拜之後會留下小石頭，壓著一張張紙錢在墳上，時間久了紙錢早就腐朽化散被風帶走，那些石頭體積小，受風面少，奇怪地很，強風怎麼吹就是吹不走，除非有人去移走它，否則彷彿永遠黏附在墳上似的；我愛看鄉野間墳塚上無聲的小石頭，覺得猶有老靈魂在看顧著，不讓風或人畜壞了它們的排列，那是對於思念最美的表達。

然後遇見一處又一處隱祕的貝殼沙灘慵懶蜿蜒地躺在蒼藍的海灣內，我走著走著不知不覺跪倒在地，貪婪地撿拾陷藏在沙中的美的驚駭，包括那些藏著時間之祕，海洋之奧的石貝；美是需要時空打造的，那些沙灘上的貝殼與奇石與聚落裡古厝的美，皆是大自然以時空的力量打造出來的，這就是望安島，催人眠夢的海浪有它獨特的節拍，一切無常的事物都有它自己的節拍，沒有任何承諾。

第二天午後我又走過潭門港，發現昨天那個小女孩又是自個兒一人孤零零地在碼頭玩耍，正納悶著此時上課時間爲何她不待在學校裡呢？有個中年人從派出所內走出來喊了她一聲，是她父親，我立刻明白了！原來她也不是本地人！我猜她大概請了兩天假，隨父親回到望安，所以不在學校裡上課，反而一個人四處遊晃，望安也許是她阿媽的家，也許是他父親任職的地方。

我在心中謝謝這個小女孩昨日突然給我的喚醒，從她身旁輕輕走過，沒有再跟她說話。

——原載《聯合文學》雜誌

鍾文音作品

鍾文音

台灣雲林人，1966年生。淡江大學大傳系畢業，曾赴紐約視覺藝術聯盟習畫兩年。曾擔任記者一職，現專事寫作。被喻為九〇年代後期崛起的優秀作家，兼及小說及散文寫作。著有多本長篇、短篇小說集，及散文集《昨日重現》、《寫給你的日記》、《永遠的橄欖樹》、《奢華的時光》等。曾獲聯合報散文獎評審獎、小說獎，及中國時報文學獎、華航旅行文學獎、長榮旅行文學獎等。

記某年獨行南方

抹上了藍，畫布很掙扎，我看得出來，可是來不及搶救了，衹好先擱著，等顏料乾了，再冥思藍調歸路。

倒是我的雙手已沾滿了打底色時用的華紅，熾豔的鈷，日久沿著智慧紋浸入，智慧開成了溝溝渠渠，毒加劇，殷殷赭紅催魂老。

鍾理和的最後一頁手稿，如是歷歷，作家咳血，臨終之眼，紅紅冉冉，目睹生命的向度和厚度。

紅橙黃綠藍靛紫，食衣色受想行識，色色相溶也相戒，滿滿是人間煙色。惘然如黃，綠漸蒼衰，耽嗜若紫，愛瞋剎紅，橙是那塵寂一隅的喧譁，靛是張愛玲魂上的石痕，火星上的夕陽竟是藍色。而我那分裂洄游的心卻在說一切虛色，虛色一切。

一張空白畫布，我攤在陽光兜進的屋內一角。

我和白對談，不知如何對談起，我像紅塵，白若沙門。繪畫裡嘗試過整張留白的是觀念主觀流風所及的西方極簡，但從生活裡冥思的白就衹有水墨的留白懂得這分空白。然而，屬於我的白，還沒有晤見。於是白兀自祇想留白，而我的眼睛也開始目盲，辨色全由心。

這會心卻也枯槁，陽光白白幫了忙。

於是，嘆吁下，我把那畫布的白面背對著牆。霎，時，我，第一次，很認眞，靜靜觀看，畫布的內裡，頓時那內裡才是重量之重。那白其實是我之前刷上的GESSO，石膏把那棉麻的肌里遮蓋；日久，乍然拿起畫布還以爲那布是天生就白晰的。我觸摸那棉、麻橫錯纖維的條紋織線，屬於熱帶的氣息夾雜著騷躁，撲黏了鼻息。

我頓然回到了某一年的夏天旅程。人在墾丁。瓊麻蔓生的海岸，豔豔熾熾的陽光，我這個傘兵大膽降落，投降在蒼蒼大地。低矮叢林，有一雙被擱置的鞋，皮質挺好，我聞悉了一個城市人來此尋夢的況味，我希望能遇見還未陣亡的同志。

但一路無人。

海岸原始植物讓我回到了蠻荒。我是第一個上岸的外星人，我時而在海的陰面，時而在海的陽面。裸露暴外的裙狀礁，分歧的網狀水路，新舊世代相陳，蝕溝縱深盤錯，偶有生物竄過，海浪拍激時上時退，腳跟踩著或冰透或炎燙。溫度，我體察到久違的眞實溫度了。

高能量的潮汐，海流，波浪和風化，於是沿岸物體在大環境作用下，搬運再搬運，磨蝕再磨蝕，沉積再沉積。碎屑如珊瑚，貝殼，孔蟲，有如滔滔眾生的被海挾帶，擱淺。瑰麗的珊瑚礁竟只是海岸的沉積物而已，沉積也可以堆陳出美麗，還是因爲這裡離造物主和佛手比較接近呢？

山地逼近海岸，沿海錯置平原。風海之蝕，刻痕歷歷，可是我對自身面貌卻是紋路模糊。踩在光禿滾燙的石礫，低身觸摸發育在巨大石礫上的蜂窩岩、壺穴，陷阱處處，滿眼粗荒，力道張狂。石礫岩倒是好胸襟，讓這些沒有法則的小坑小谷任其在表面蔓生著，一如表層的珊瑚礁早已覆蓋其下的中世紀的泥頁岩了。我，不知道年深日久，是什麼樣的原我覆蓋了舊我，發育凌駕在現我之上？

大地無語，自古常在。遊客狎玩其上，我這個走獸，瓦釜雷鳴，又能留下幾許？熟悉天地交談的符徵、儀式，感應……，我卻目盲了，一度又一度。祇感到城市的一切是班門弄斧，張牙舞爪。但也許我祇是需要多走走，罷了。

海灘的上界，大片的瓊麻林投樹高低地襯著，紅灩日暮，酒醉的華麗，沒有探戈，祇有哀怨南胡自遠方傳來。我擰起一枝新生的瓊麻放入嘴裡咬著，在城市裡和它照見多次，初嚐原味是澀澀底，莽莽底。但，它卻不足以餵飽我深處的靈魂核心。

匍匐於萬千年的大地，節奏進來了。敲打聲若都市的工程，夜以繼日。變動，結晶，溶蝕，切割，堆置，逆向，殘骸，遍野，那白礫砂岩，似那戰後亡靈的白骨。我蹲坐一晌，卻見潮間帶裡，四條魚兒在啃嚙著一條小魚，氾濫的死亡氣息，使我走往另一個旅地。

在射寮村以南到貓鼻頭一帶，聲響轟轟隆隆，海涯陡立，望之凜然。經年的驚濤駭浪，衝擊，相逼，制衡，膠結，撻伐，歷練出這般的絕美。地形險惡，宜盤腿屈坐冥想，和恐懼相照見。

華美之後是絕悵。

一顆巨大灰黑岩以開天闢地之勢，滾落海上，激起的波濤足以淹噬一切，然現在他也祇是一個地標，人們說他是船帆岩，還說像尼克森的頭顱，我卻祇聽到他嘆吁一聲，轟然祇得來一生芳躅荒涼，成了一個憑弔的遺址。

我悵悵然來到風吹砂處。好似在沒有答案下，步行再步行是不二法門。我撈起一掌心的砂，素雪素胚般，覷著那潔白如胎毛的不思議。望近眺遠，極目，沒有地平線的世界盡頭，終於懂得「一行一步玉沙聲」之境界。風吹起，視野茫茫，萬頃琉璃，頗有大漠孤煙直的遙想。孤煙之白，近乎空。

風，海，歲月，絕佳的造型手。我在這裡找到了線條：水痕，波絲，漩縷，裂璺，甚至是那山地孩童的笑紋、蒼叟的足漬，癯仙似的一線天。然後是色彩。沒有琪花瑤草，倒是殘垣斷壁，孤枝枯椏多，紅鏡金兔，常年伴著丘墟沙荒，奔流伏水，累月裡斷著人煙，合宜孤獨的島嶼邊緣，我發現了驚聞於大地之色美。冷暖色皆至飽和，鄰近色不會互相搶奪，生物的保護色叫人臣服，淡濃素烈互相對比，如此之下原色的基調本性卻猶在。

曛夕，墾丁，擾擾紛紛，造假的飯店叢林就在眼前，我徘徊一陣，被南洋的音樂轟得五臟內腑俱起了焚風，是紅赭的焚熱。於是，我盪到了民宿。

一進門，我說希望能看到海。於是，每到一個房間，老闆娘就委身地躺在床上，「看得到，都看得到。」一逕地說。我望著那粉紅至近於性暗示的房間，拉開多邊蕾絲窗簾，望望遠方波濤，便無聲地給了她房錢。

杜甫是滄江一臥驚歲晚，我是在此房間一躺百年移。來此度蜜月者，因交歡而忘歲，我是驚懼那粉紅，而眼見自己墜下俗豔的遽癟、風化，如石。

暝夜，鄰近啤酒屋和酒吧震天價響著，我便晃去了沙岸海邊，有人影處便有些小光圈，似是秉燭夜遊，又是磷火熒光，妝點著銀海。月光澹蕩，浪尖成峰，海潮湧湍。我思起，上火車前，陪朋友去產檢。看到超音波上小小心臟的跳動，一閃一閃地，「看！像不像螢火蟲的尾巴。」朋友說。然後螢幕上似外星球的橢圓圖上突然張出了一隻似蛙的小手，像回應似地說著嗨。

那隻伸向蒼穹的小手，甚至還不能完全說是手的手，張出的動態，令我在海邊打了個冷噤。

我的城市日子當時非常接近任何一種五瓣的花，時間生命等分成五，睡醒吃做睡。所以我航向此間，不是救贖，祇是想把花開得不規則些。

殘暑微收了，薰風猶罡，桃汛何時來？步履間，一個畫面進來，我的內在稍稍能探觸原生的力量。嗯，是高更嗎？還是盧梭、梵谷？還是鄰鄉的陳澄波，描繪街坊姑婆小姐的李梅樹？

我搖搖了頭。它們和風景一樣，是可朝聖的，但都不是我失落的東西。

沉溺塵膩的心，在旅途裡稍有了緩歇。忽一陣香氣撲鼻而至，原來是窗外戴斗笠遮面的老婦向我兜售玉蘭花。

車窗外人流如織，一樣地台北；不滅的記憶，祇因旅行的種種，祇因合於孤獨的島國邊緣。從此，我願以草為枕，露宿郊野。旅行有如讓我飲下了邱比特手中的馥郁漿液，讓我乍然或緩慢地脫胎換骨。感到宛似泡在鹽水的台北肉身，發著顫，邁向肉身道成之日。這是旅行，這是屬於我的感性之旅。

——一九九九年十月·選自新新聞版《台灣美術山川行旅圖》

咖啡館沒有女人

乾燥醞釀了這裡的一切。

女人豐植了此地的眾生。

往昔，這裡的人們說，進入天堂前，要先經過沙漠的試煉。洪荒時代，滿載希望的諾亞方舟就擱淺在突尼西亞的Nefta，一廂情願把它音譯成「納福塔」。通過層峰無盡的沙漠，乍見綠洲，心中確是有如納了飽滿的福氣般。

「讓天空下的水集中在某一個地方，並使乾燥的地方出現。」腦中突然浮現了米開蘭基羅的「創世紀」，靈光一閃的光芒之指將要創世紀的交會。如果沙漠也有天堂的話，綠洲應該就是上帝遺留的聖跡了。那麼女人呢？上帝遺留她們在這個國度是爲了做什麼？有沒有比生育子女更好的答案？

離開柏柏人(Berber)的洞穴，唇邊好似還殘留著柏柏人主食Couscous的青椒味，馬鈴薯和小米香氣也還在胃裡翻攪著。

而人已經窩在吉普車內了。

回望了一眼隱沒在山坡上的一窪窪窟窿似的洞穴，觀光人潮一陣風似地從洞穴進，從洞穴出。柏柏人兩千年的洞穴生活，代代相傳，幽幽生息地流淌著。歷史的熙攘裡，他們不曾張望過外界的繁華，卻把我們給吸引了進去。

一路上腦波仍不斷地放映著方才柏柏女人表演著織布、搗米，望著觀光客一大票的眼神，邊梭巡著躲在洞穴的賴皮小孩，扯開喉嚨喚著大一點的姊姊帶妹妹去上學，手下的動作沒有停下。織了一下布，看觀光客丟了錢幣在她的碗裡後，便又跑去幾個牲畜的洞口，丟著草啊什麼地餵食著。而她的那口漢子則盡是在旁邊哈著菸，和載觀光客來的司機們閒扯著。

當婦人數著旅客隨意放下的幾個Dinar（突尼西亞一元幣值）後，她們漂亮的臉蛋線條才有了點柔和。

柏柏老奶奶從黑洞裡邁出身子，恍然間，還以為是風揚起的一塊花布。老奶奶紋身刺青，衣布光豔，蹲下身子，也不理觀光客就逕自地揉著麵團。

把貧瘠的陌生家園當觀光般展示，只因為洞穴的特別，但這樣的入侵還是讓我一路不太好過，老是想起搗米的母親和那不肯獨自上學的小女孩。小女孩後來在母親的厲聲下從洞穴裡露了臉，長得像朵花般，讓人目不轉睛。她走過我身旁時，我按了快門。小女孩靦腆地一笑，閃著長睫毛向我討著身上的筆。

看得出柏柏女人擔任了所有的家事，畜牧種植育兒樣樣來，「十五、六歲就可以嫁人了，不過第一個女兒嫁了，才能嫁第二個。」導遊說。聽著這樣的話，浮現著美麗女孩的輪廓，心裡有了聲喟嘆。

洞穴人家坑坑洞洞的黃土表面，漸行漸遠地消失在地平線上。直至吉普車離開了馬特馬她(MATMATA)，坑洞不見了。代之而起的是，沙石連天。於是人也跟著吉普車四輪傳動著，上下折騰著肉體。

有個走過同樣旅程的女友曾說她一路上嗟呼著：「如果我的奶子夠大，胸罩的肩帶一定被它給震斷掉，簡直是瘋瘋了。」她的話猶言在耳，現下換我體嘗，還眞是瘋瘋了。只有女人才能在這樣的荒漠顚躓裡感覺那兩條細帶子，緊緊呵勒著胸，讓我走至世界的盡頭依然想到我是一個女人。

「女人沒什麼不好啊。」我沒說不好，但在旅途裡這般提醒著意識的也是這個身分。沙漠裡，我沒有向極地挑戰；倒是一遍又一遍地看到了自身女相。「好朋友」一路尾隨他鄉，下體流出的液體冰涼黏稠，緩緩幽釋著血腥殺氣。和眼前的景致調性一致，一種不安的靜謐。

陰影和陽光交歡的沙野似布匹般，成捆成捲地伸展在極目的視野，風聲、車輪和沙石三者時而搏鬥、時而相擁，誰也不肯相讓的三角關係。末了，只有我們這一輛吉普車脫隊，爲了能讓多一點的景色入鏡。阿里巴巴咖啡店在沙野的高處，司機穆罕默德停車讓旅人進去採買個水，以一解沙漠的恐水症。小小咖啡店的四面牆塗滿了字體，阿里巴巴說，簽個名吧，他黑晶晶的睫下，閃動著好似長久未見過女人的熾熱；我掏出筆望著滿牆的名字，雖然很多語言讀不出來，但我可以感覺女人的名字非常稀少。穆罕默德說女人能夠來到高曠無邊的荒涼沙漠是不容易啊。於是簽個名字好像比婚禮的誓約更重要似的。好像簽個名字在這片孤野之牆，等於宣告了自己的成功出走。慎重地簽下名字，筆才待收下，阿里巴巴就端著咖啡示意著要和我交換筆。

咖啡苦苦的，沙沙的，舌頭沾的是沙或咖啡漬已難分了；一種小小而模糊的感覺刺裂著心，那一會兒好像回到了故鄉的秋月天，喝的一種米麩茶。

行於沙漠，不會特別去望望天色，大概因爲極目的起點和盡頭都是大片的枯黃吧。回望車輪，一陣風起，線條痕跡盡杳。心想如果人生能像沙漠陡然驟起的風般，瞬間崩解牢構心中的價值觀，倒也是好的吧。只是幾天下來，一路還是黃沙無盡無邊，空間再也無法駕馭了；巨大的時間沙漏，把旅人圍在這片沒有地標的平野裡，突然又開始想念著文明。

車裡不時漫泗著懶散的睡意。旅人就像其他撒哈拉民族一樣，在走遍了沙漠後，對於旅途簡化成只想找棵樹，在它的陰影下歇憩著。沙漠生活原來不是浪漫的，它讓我感到深沉的孤寂。

看見沙漠旅店後，想的是趕緊洗個澡，睡覺。夜晚，風聲簌簌。風在沙縫裡玩耍鑽營，仔細聽倒又是有些如泣如訴。歌聲，從沙丘飄上來，許是惡魔在試探著旅行者。人們對沙漠的恐懼起於那股神祕無涯的荒涼，生怕一旦進入了沙漠，就忘記了出口的路線了。半睡半醒的幽冥狀態，屏息聽聞隔壁，確定是人聲了，才安然睡去。安慰著自己，創世紀不是這樣說了嗎，第一塊浮出宇宙水面的土地是乾燥的，如此才創造了蒼穹。

隔日，週遭依舊是滿眼的黃沙世界，在杜茲(Dozu)向個黑人買了罐可口可樂。穆罕默德說，這裡看到的黑人，都是以前從蘇丹買來的奴隸。他們是被香料地毯珠寶所換來的，離開了家園，幾代後也認此爲家了。待車過了吉特利鹽湖後，陽光燦亮，灑在死寂的湖上，然後就看見了遠方一列火車緩緩地在陽光下駛過。

這是陷阱，幻境的陷阱。這是誘惑，幻覺的誘惑。沙漠和女人這時候才在性情上合而爲一。瞬間裡，前方從沙野上大吐著一朵黃色燈蕊，瞇眼一探是太陽的光暈，靜靜地在誘著沙丘，魔音泌泌廝磨著耳際，彷彿還聽著了火車上的人聲齟齬呢，那太陽神是男人的化身。

閃閃發光的遠方之幻，明知是海市蜃樓，明知是撒旦的誘惑，卻也甘願。

瞧不夠了，還伸出手去搆；手印的長度只達窗上，留下一抹淡淡紋路。有限的邂逅距離，和眼前這片綿亙的無限相比，自是不如。沙漠下，一切朦朧，所營造的幻滅足以吞噬旅人小小的眞理。

在一個廢墟上，車子停下讓我們拍照，相機還沒拿穩，眼前兜地冒出好些個小孩，一群小男小女晃著陶土捏的小魚兒小星星項鍊，說著one dinar, one dinar，較大的女孩逕自摸著我的腰包，比著嘴唇向我索討著胭脂。豔陽下螺旋槳飛機從領空掠過，嚶嚶嗡嗡地，瞬間裡我以爲自己是處在越戰的氛圍。

小孩子是從眼前的廢墟冒出的，走進廢墟才知道，圮園已成了觀光地。一九六九年，三天三夜的大雨，沖垮了泥土屋的屋頂。對當地人而言，苦難過了就過了，雲飄過就飄過了，雨下過就下過了。他們還要過日子呢，沒有太多時間憂愁。對他們而言沙漠的可怕不是因爲無邊的荒涼或惡魔擾人心弦，可怕的是被神祇遺棄。對女人而言，勞動和生育都不算什麼，就怕被男人拋棄。

這個廢墟村莊的人，每天就在山岩上敲敲打打，挖出水晶和化石，向旅客兜售。我用一美元買了個化石，化石內有貝殼紋路，手裡頓然感到埋藏地底千年的重量之沉。

西方觀光潮侵襲著沙漠，我感到我所見的都是樣板，並非是從土裡長出來的聲色。於是渴望碰見個人，眞正行走於沙漠曠野的人，不像我們這般委身於吉普車的旅客。

稀微昏黃的天色下，從後照鏡望見一個挪動的身影，再望是一群小小的旅隊。忙喚穆罕默德停車。駝蹄移動而來，騎在牠身上的主人不停晃動著，見到我們，便下了地來。三個人，正好三代，爺爺父親兒子。爺爺看起來像曾祖父，父親像爺爺，兒子嘛也像個父親。沙漠的人青春特短，風霜陷在溝紋裡。頭布頭巾地纏著，眼睛晶晶地望著我手裡的相機。父親走過來索錶，兒子向我要太陽眼鏡，我搖頭笑一笑：爺爺過來討菸，成了。他笑得挺開心的，有股炫耀似的得意。

那向我索討太陽眼鏡的兒子，讓我想到騎駱駝的那個黃昏。

在撒哈拉騎駱駝也是隨興給錢的，因此幫旅客牽駱駝的那個人會特別服侍著，以等整個騎駱駝的旅程結束好獲得多一點的小費。牽我那批駱駝的是一個會講英文的阿拉伯年輕人，一路上他津津說著上回他的駱駝坐的是個日本女生，夜晚他們就在沙漠搭著帳棚看星星，好美呀，光看景色，不談感情，不談過去未來。他說如果我要，可以晚上七點在旅店門口等我。我向他搖頭笑了笑，倒問起他我騎的這隻駱駝是雌是雄，「母的，你現在極目所看到旅客騎的都是母的。」然後他指了指蹦在地上休息的一隻駱駝說，那是公的。「整個駱駝群裡，只能有一隻公的，兩隻以上，會一直鬥，鬥到分出勝負。所以母駱駝一旦生下公的小駱駝，我們就會把公的小駱駝送走、隔離。」

想到這裡，我從我的綠黃色太陽眼鏡下看向這祖孫三人，一種昏慵幽黃之感。上了吉普車，他們也跨上了駱駝，緩緩地移動著，揚起了塵霧；他們點著菸哈著，望向迷離的日落盡頭。淺鵝黃的沙漸漸蒙上了懾人的金紅，椰棗樹叢在岩石沙堆裡露了臉，依著車速前行，綠臉愈露愈多；長長葉子似手般地揮呀揮的，有時一個轉彎處會失去它的蹤影，躲貓貓似的讓我們眼球疲憊著。

眼神在橘黃和墨綠中游移，向晚的風開始吹起，陡然下降的冰冷；渾身肌膚滲透著冰沙，山岩崩塌於前；起先一切都覺得新鮮，但一成不變的視際，讓睡意斷斷續續地來襲著。等到椰棗的墨綠也沉入了落日的紅缸後，視野就又陷入了舉目無物之感。幾分鐘後，連那舉目也用不著了，大片的黑墨霎時吞飲了紅，我也開始打盹了起來。冰風簌簌廝磨著狂沙，哀歡縷縷，「一個比死亡更接近死亡的狂野入口」我終於懂得了這句話。人可以在此塵歸塵，土歸土；凡間的死寂不會再來打擊脆弱的人性，因爲這裡就是死寂了。

醒來，風吹葉舞的窗外，我喘了一口氣，知道車子已經在吐澤(TOZEUR)綠洲上行進了，成海的椰棗林，搧來一些熱帶氣息，發酵著醇蜜的甜意。

當下最想做的事就是聽到人聲，吃點小吃，逛逛市集，好除卻那一路尾隨的死寂之感。

人影幢幢的市集，最接近活著的眞實感。市場上捻亮著燈泡，風吹來，燈影晃啊晃的，白衣白頭巾的婦女頂著竹簍子急急走過，好似燈影的盡頭，有一家子在等她回去煮飯。只有像我們這樣的女人和旅人，才能喪失時間感地這裡嗅嗅，那裡聞聞。讓肌膚浸淫在市集裡雜沓的汗水、香精、煙味中廝混交纏；光影色彩豔滋滋地，即便我已疲態懨懨了，但這樣的人氣紛紛，兜轉在四周，心情於是跟著擾攘。小販見我盡是兜走，轉著一攤又一攤的，忍不住嘰哩咕嚕地交談，然後有個會英文的大漢子手往竹簍裡抓，抓起了三隻毛茸茸的小駱駝，「一隻兩元，三隻五元。」搖頭向他笑一笑。前面才賣一隻一元呢。他大約看出我嫌貴的臉色，於是乾脆把小駱駝硬是遞到我手上。「不一樣的，妳看這四隻腳可以彎的，瞧，牠向妳跪下來了。像不像求婚的姿態。」我見他說得有趣，於是往竹簍裡挑揀著，挑了淺灰、米黃，就沒得挑了。「兩隻三元。」我說。他點頭。只不過如此交談，卻有點小小的快樂，比起早些天的沙漠冷酷荒蠻總是更貼近生活。

嫁至突尼西亞的東方女子在旁看我手裡抓著兩隻駱駝，笑說，以前沙漠的嫁娶是看女方值幾匹駱駝才下聘禮，結果有個老婦向男子說，「我給你八百匹駱駝，你來娶我。」我聽了大讚聲好！

隔天，吉普車在一處公路上稍做暫停，讓我們買薄荷茶喝。幾家漆著粉紅色的屋子矗在灰樸的公路上，很是顯眼。只要看到漆粉紅色的店就是賣羊肉的鋪子，當地人解釋道。聽了有點不好意思起來，先前我還以爲那是色情店呢。喝薄荷茶時，穆罕默德在路邊的野叢裡摘下了一株草。

「Hanne」他說。Hanne，漢娜在手中搓揉有一股刺辣之氣衝上腦門。

待了解了漢娜是爲了作新娘化妝用的染料後，才得知這裡嫁人是件折騰的事，心想有上千隻駱駝送我可能也不嫁了。原來漢娜經過研磨，會成爲粉末，是一種天然染劑，和了水，綠轉成紅，十分美豔。我想起了逛市集舊城時，燈影昏魅下，好些叢綠山似的小影子在眼前浮現著，原來就是漢娜的身影。

現代胭脂不是方便多了嗎，當地人卻大大搖著頭。塗漢娜才有阿拉的祝福。但是要得到這份祝福，卻得先通過耐性的考驗。突國人塗抹漢娜的重點地方是臉、手心、手背、指縫、腳心、腳底，趾縫。漢娜得層層上色才能著色，且不光要染還得用塗料畫著圖案，等色素染到了皮膚上至大功告成，得花上個七到十五天。腳底塗了色未乾，所以這些日子裡新娘不能下床。準新娘就這般地被服侍著，獨自在房間裡暗暗揣測著未來；屏息地聽聞親朋好友在屋外殺羊烤烤喧囂，倒是伊自己一片芳心寂寞，忐忑莫名。

有人覺得被服侍著宛如皇后，我卻寧可選擇自由。

女人應該像我現下裡可以四下隨意地走著，不是嗎？

聽完了漢娜的故事，我望著成片如絨的綠野，想花草若有精靈，那麼漢娜是一種被祝福寄生的精靈。這樣一想，於是也愉悅地彎身輕折了一株，把祝福放在口袋裡。

北非旅程的最後的一天，吉普車把我們載回首都突尼斯下榻。下榻的飯店就叫漢娜，眞好，「幸福」一路尾隨至夢的雲端。傍晚，想瞧瞧阿拉的子民是如何過夜生活的，於是走到市中心的幾條街上，逛著。首都的女人大部分不再蒙臉蒙身地披頭巾了，我替她們感到高興。

連沙漠高原的咖啡店都去過了，到了城市自也想找尋咖啡的身影。當我從橘金帶藍的天色走進昏幽闃暗的咖啡館，頓時，我感到所有的目光泅泳而來，那是男人的眼睛，帶著一種騰騰野氣。片刻裡體察眼睛的意含，感到眼睛裡帶點試探，混含好奇，張望慾望。咖啡館沒有女人，除了我之外。幾天來，其實已經習慣了此間的女人不在公共場合露面的環境了。但在首都的小巷子裡，乍然相見還是沒有適應過來。

怎麼可以呢，屋外突國的男人放肆著眼神，直接捕掠著匆匆行過的女人聲色。沒有女人的咖啡館，我成了唯一。入晚的風襲來，咖啡冷卻地快，我也跟著喝快。倒不是因爲怕什麼，突尼西亞治安很好的，但我不喜歡在只有男人的咖啡館喝咖啡，因爲那咖啡館的氣味，讓我想到了故鄉家鎮日在某個角落發出嬉戲春遊的野貓。

我終於知道面紗罩袍是罩不住人性的原欲。

不管女性壓抑之眞實性是否存在現今的此地社會，我想的是至少應該讓咖啡館裡有女人走動吧，女人可以大方地坐下來喝咖啡，吃塊派吧。

我的「好朋友」已經在旅途裡漸行漸遠了，每個月拜訪一次地提醒著女人身分。此地的女人，卻不用內裡的「她」來提醒自己是個「她」，只消公共場所晃一圈，就知道「她」是多麼受到提醒的了。

漢娜飯店外，天邊的最後一抹檸檬黃，就給鑲在窗外。仰頭看，天幕漸翳入了黑，於是襯得那不肯離捨風華的陽光，顯得晶亮。冷空氣忽忽一起，我見到那黃光游移在一名包著頭巾的傳統婦女身上，女人手裡牽著個綁了馬尾的小女孩。看不清楚小女孩在張嚷著什麼，好像是被樹下的鳥給灑了滴鳥屎，哇哇叫著。母親拍拍她的頭。

我當時心想，頭巾其實倒也挺管用的。像那個母親就沒有沾到屎呢。母女之情，天下同。我的腦波意識裡突然想到兒時母親在廊下幫我剪西瓜頭的畫面。清涼的秋夜，風游盪在露出一截青亮的頭皮上。剪完後，母親彈上了白粉，順手在頭皮上輕拍了幾下，嘴邊哈出了氣，幫我吹去殘留頸間的細毛。不遠處，有嗶嗶響的米麩茶小販緩緩駛向村子裡。

在旅途那樣片刻的遙想裡，尋思返鄉應該要把漢娜的祝福帶給母親。也許母親終能明白，女兒的幸不幸福和嫁不嫁人，是不可以劃上等號的。如果我說，也許到回教國家開家咖啡館，當女老闆，不也挺好。母親鐵定要張口結舌的，她的年代其實和我在旅途裡相遇的柏柏女人之際遇是雷同的。

差別只在於，她的女兒可不願繼續成為下一代柏柏女人。

——二〇〇二年五月・節錄自大田版《永遠的橄欖樹》

散文卷

唐捐作品

唐　捐

本名劉正忠，台灣南投人，1968年生。台灣大學中文系博士，現任東吳大學中文系助理教授。著有散文集《大規模的沉默》，及詩集多部。曾獲中國時報文學獎、聯合報文學獎、梁實秋文學獎、台北文學獎、年度詩人獎等。

毛血篇

1

月亮如一點頑強的油漬，從天空的底部滲出，又慢慢向周圍渲染開來。山裡的夜，可以清楚地感知雲霧的游移與生滅。那些繁複的聲響早在耳道裡生根，入夜以後更加繁榮，如同雨後的青苔大肆侵向陰濕的岩縫。我嘗試去分解其構成，先扣除掉三十尺外嘩然的山澗，剩下的便是各種禽獸昆蟲的鳴叫呼嚎了。

晦澀的霉味在竹寮裡遊走，我們坐在木凳上吃飯，醃肉的味道鹹得令舌頭打顫。吱吱吱，一種聲響起自竹寮外側的竹籠，彷彿在響應四面八方傳來的浩大的啼鳴。竹籠裡關著幾隻山鼠，頑固地鑽向四周的縫隙。牠們頭上的皮毛因無休止的摩擦而脫落，並滲出些許血絲。血絲逐漸凝固以後，像髮膠般，把鼠毛黏成一束一束，使毛下的皮肉暴露出來。

時節已過了白露，竹棧裡堆滿熬煮過的筍米，雖然用塑膠布密封起來，還是散發著濃烈的氣味。按照往年的進度，應當僱工從山裡挑到水庫邊，僱船載回村落，曬成筍乾，以待農會收購。

然而筍季未完就傳來筍價慘跌的消息，與運費工資相抵，賣了等於沒賣。

竹林內外種了許多樹薯，向來苦於山鼠爲患，父親買來十幾個鼠斬置於田間。隔天果然捕得數隻，隻隻腦滿腸肥，顯然吃了許多民脂民膏。父親把牠們宰了下鍋，肉質堅韌，使人脾胃大開。尤其我們蟄居山林多日，吃慣了令舌頭痙攣的醃肉，更能體會其美味。堂叔在屏東經營餐館，客人最愛山珍野味，山羌野豬既不易得，同樣腥臊嗆鼻的鼠肉便成了最好的替代品。於是我們由農家轉爲獵戶，展開另一場生產。

2

霧在擦拭月光的殘痕。清晨時分，草木結滿晶瑩的露珠，屏息靜立，等待吮食第一道陽光。我們的作息一如往常，在破曉以前，就讓冷冽的山澗洗去昨夜的殘夢，帶著工具，邁向山林的各個角落。說是捕獵，倒不如說是摘取，期待碩果從利如虎口的鐵斬中萌生。一隻隻肥碩的山鼠就是我們的農作物。

樹薯跟麻竹筍一樣生性粗獷，能夠硬著頭皮，突破枯瘠崎嶇的土壤。它們把太陽的膏脂轉化成白色的乳汁，由根部發送至枯葉莖幹。芳香甜美的氣味在溽熱的空氣中蔓衍，和一股奪魂的魔咒，滲入深深的地底，搓揉山鼠的肌膚，侵入牠們脆弱的神經網路，使牠們口舌發癢，神昏目眩。

這些騷動茫昧的生命被薯汁誘引出來，絲毫不能抗拒。牠們鑽向薯田，伸出顫巍巍的利爪，火速撥開土壤，拖出肥美的塊根，用那奇癢無比的齒牙，狠狠地啃食。飽含澱粉的白色汁液融入口涎，滲進血脈，慢慢平息體內的騷癢，並轉化成一股源源不絕的活力，叫牠奔跑跳躍，叫牠中伏哀嚎。

草叢土堆間，隱然有些錯綜的鼠道。牠們的身軀雖然龐碩，行動卻同樣敏捷。那近兩斤重，長達八寸的軀體在乾硬的地表上幾乎不留掌印，唯有細長的尾巴偶然拖出一條淺淺的痕跡。齒印與排遺，便成了我們追蹤的唯一線索。啃啃啃啃啃，牠們不斷囓啃草木的根莖，彷彿要翻遍整座山林才肯歇止，一堆堆飽含纖維的灰色糞便就是最具體的成就。

我們逐一檢視昨天黃昏布下的陷阱，遠遠便聽到一陣斷續的哀鳴，那哀鳴使我們浮起收穫的振奮。鐵斬上咬著一隻稚幼的山鼠，經過一夜的掙扎，已經顯得虛弱不堪。與斬仔接觸的皮肉，因爲死命的抽拔而愈陷愈深，舊的血絲已在毛上凝結，新的血滴仍然緩緩地滲出。十尺外另一張鐵斬上，但見一支粗大的鼠腳，看來是經過極爲劇烈的掙扎，終於棄肢保命而去。

3

父親在竹籠的出口套上布袋，將山鼠誘入其中，緊縮袋口，稍稍施以壓迫。牠銳利的爪牙乍時失效，徒勞地在袋內搔抓著堅韌難移的夜暗。父親舀起滾燙的熱水，準準淋過去，吱喳一聲，布袋裡竄出一股腥臊的煙霧。亢動的身體忽然向外急扭，四肢微微晃動，迅速歸於沉寂。

我們來到水邊時，鼠身依然溫熱燙手。山澗從十尺高的岩壁落下，潔白的瀑布在眼前大幅地開張，使人想起喪家的靈幡。下方有一片清澈的水潭，潭上瀰漫著沁人脾肺的水氣，即使在白日裡，也有一種陰涼的氛圍。

雪亮的刀口映照著樹影與水波，明滅閃爍，彷彿收羅了潭水的森然之氣，使人感到暈眩恍惚。當刀身插入鼠腹，一股鮮血汩汩流出，牠氣息未絕，但已無掙扎的餘地，連垂死前的吱吱哀鳴都顯得那麼微弱，很快就被滔滔的水聲掩沒了。

血滴沿著刀鋒向下流淌，灑在流動的水波上，稍稍旋動，隨即向四方裂開，遂融入水中，流向遠遠的湖泊。

父親的喘息聲比老鼠的哀鳴還清晰，且不時交雜著響亮的咳嗽，他吐向水面的痰並不像鼠血般迅速融解，而是以一種頑強凝固的姿態滑向下游。

瀑布持續擲落，水氣向四方擴散。父親把手伸進山鼠的體腔，掏出紅紫交雜的內臟，彷彿有一股溫熱腥臊的氣息漫向空中，與陰森的水氣遭遇，遂凝成堅硬的微塵，淤在眼耳鼻舌之間，難以刮除。

父親的咳嗽聲更加密集，一口一口濃稠的痰隨著鼠肺鼠肝納入水流。清澈的溪澗發源於山林，污穢的臟腑與痰涎亦發源於此。父親自年少起，就隨著伯父出入這片廣袤的坡地，闢林築路，栽植數千畝麻竹。筍的重量與山的坡度是那樣強悍迫人，終於捏壞他瘦小的身體。有一天他冒雨工作，頭暈目眩仍不休止，幾經延誤，終於惡化而衍爲難纏的宿疾，從此與藥罐爲伍。

當時我們姊妹都尚年幼，加上醫藥所需，得病的父親仍須時時爲生計操心。麻竹、樹薯、木瓜和薑，這片貧瘠的林地可以栽植的作物，幾乎都種過了。如今山鼠成了新的作物，他用務農的指掌剖開鼠的腔腹，掏出臟腑，就像往日處理一顆木瓜。

4

如果無辜的陰魂永日不散，緊緊跟隨著加害者，在頭頂三尺處盤桓。那麼，我的身後一定熱鬧如黃昏的樹林。最多的是折翅斷足的蚊子、蟑螂、螞蟻，以扭曲的姿勢跟隨我坐臥寢食。其次便是這些開膛剖腹的鼠輩，在空中拖出一條條凌亂的血痕，看不見的血滴次第在我的膚髮上灑落。

次第灑落，那溫熱的血液。我從父親的手上接過利刃，用力切開稍稍蠕動的鼠腹，將手掌伸進暖溼的腔腹，用力搜括，濃稠黏膩的體液密密地包圍過來，噁心的感覺沿著神經、血管傳入我的體內。整顆心臟徹底浸泡在腥味中，彷彿就要被鼠同化了，有些粗硬的鼠毛從心肌上萌生。

獸身經過熱水的熨燙，肌肉鬆軟，趁勢拔除獸毛，粗糙的皮膚逐漸裸露出來。我看到牠們原本藏匿在密密體毛下的五官，以十分僵硬的陣式構築一副漠然的表情。當牠們挨刀就死的剎那，用以反映痛楚的除了斷續的嘶鳴之外，就是這張扭動的臉孔。

想來愈高等的動物垂死的掙扎愈淒絕。我們宰魚的時候，聽不到魚的哀鳴與抽搐，唯見冰冷的血滴默默流落。而蟑螂蒼蠅之屬就更等而下之了，連血都沒有，當然更不容易引發加害者的同情與悔吝。

我猜想這些粗糙的亡魂，應當跟生前一樣茫昧渾沌，如野煙，默默融入大氣，歸於虛無。然而果眞如此嗎？千萬隻蚊蚋就死的痛楚是否仍然不值一滴眼淚？牠們靈魂質量的總和是否抵不過一道淡漠的虹霓？

5

去年清明到父親的墳頭掃墓，墓地內外原是一片樹薯田，雖然荒廢多年，土裡殘留的塊根仍在默默地膨脹。隱約可見它們掌狀的葉片從荒煙蔓草間伸出，以陰森的手勢，搔抓著奇癢難耐的天空，抓出幾條淡淡的血絲。我們以筍刀除去堅韌的菅芒，發現墓穴前後竟布滿大大小小的坑洞，從旁邊挖土來填補，土壤卻不斷地滑落進去，看來頗爲深邃。

我仔細觀察那洞口的形貌大小，赫然想起多年未見的山鼠。啊，一定是了，我記得有人稱牠們爲山貉或鬼鼠。這些別稱不都標示出一種凶狠嗜陰的天性。

牠們長久生養於此，即使周遭漸漸腫起磚土拱聚的墳塚，仍不肯輕易撤退。在這謀食日難的年代，人跡罕至的亂葬崗不失爲可靠的居所。牠們在潦草的土地裡搜尋飽含澱粉的樹薯，以療養轆轆作響的腸胃。也許地底下的薯塊並不多，牠們只是貪戀此地的陰涼罷了。

那些坑坑洞洞使我耿耿難安，彷彿顱上長了瘡孔，亟待平復。以沙石堵塞既然失效，於是我四處布撒藥劑，誰知牠們潛伏愈深，竟無視於地表的變化。我聽鄉里父老說，非到清明，墓地是不能隨意登訪的。入土爲安，平日不要妄動墳頭的一木一石。

然而我始終不能釋懷。頭顱裡攢動著百十隻開膛脫皮的山鼠，牠們環繞著一顆巨大的樹薯，拚命搔抓其皮，囓啃其肉，被嚼碎的薯屑卻又從剖開的胸腹洩漏出來。啊，不是樹薯，牠們環繞囓啃的竟是一口輕薄的棺木。黏膩的血絲東塗西抹，取代了剝落的漆彩。濁黃的痰涎從罅縫滲出。

我不願再以藥毒殺，或以鐵斬誘捕。血濺墳頭只會更加侵擾父親的亡魂。熱騰騰的湯汁從樹梢洩漏，午後的亂葬崗有一種燥熱不安的氣氛，一塊塊淡薄的陰影淤在草木蓊鬱處，風來稍稍流淌。隱蔽的角落傳來吱吱唧唧的聲響，我彷彿看到一隻隻山鼠在濃綠淡陰間竄走。

也許事情沒有我想像的那樣糟。讓溫熱的毛血陪伴冰冷的屍骨未必不好。生者與死者同處一穴，人獸共居，何嘗不是一種難得的和諧，彷彿新仇舊恨都歸於虛無。愛熱鬧的父親在方木之內聽聞嘎嘎攢動的聲響，應當會有一種近似重生的喜悅吧！這樣說來，當我捻香膜拜之際，也大可不必計較拜的是活著的鼠輩或死去的父親了。

——一九九七年八月·選自聯合文學版《大規模的沉默》

魚語搜異誌

1 魚　臉

湖裡浮現一對慘白的月亮，如溺者泡水數日的乳房，點綴著一塊塊深褐色的屍斑。夜裡的湖泊凝滯如果凍，少年Q蹲踞在湖畔，讓鳥的啼鳴蟲的聒噪獸的叫喊滋潤他枯乾的耳膜。他困惑著，月亮，怎麼會是成雙成對的呢？揉揉痠痲的雙眼，眼皮裡流洩出許多令人駭異的影像。許許多多虛幻縹緲的魚群游到他的跟前，張開蒼白的嘴唇，發送喃喃不止的音波。那些細微的聲響夾雜著起滅不定的泡沫，一旦流入Q的腦髓，竟然漸漸凝成一粒粒滾動的語音，色明味濃，可以提鍊出斷斷續續的意義。如同海水，衝入鹽田，留下大片結晶的粗鹽。

啊，少年Q竟然聽懂了魚的語言。

他忽然發現魚也是有頭有臉的，由於頭部緊緊接契著身體，伸展不出去，使人誤以爲牠們只是一塊塊游動的骨肉。牠們的聲帶長在鼻孔之內，液態的語音總是在水中湮沒，因此又被誤爲天生的啞者。牠們的眼睛長在兩側，不斷從左右邊逼壓過來的兩片視域，總是無法在腦海裡完整地統合，如同兩張溼濡的畫片黏疊在一起，相互滲透渲染，造成迷離恍惚的圖像。更可悲的是，頭的正前方竟然沒有眼睛，只有一張突出而寬闊的大嘴，不斷地開合吞食，再加上連昆蟲那樣的觸鬚也沒有，只好以口代眼，以食物決定去來的時機與方向。這就注定了觸網銜鉤的命運，給了釣者無限的樂趣。

只有少年Q知道，魚們都有左右兩張不相連屬的臉，會微笑，更會大聲地嚎啕。只因鎮日在水中游動，即使流了淚亦不自知，笑了，亦無從鑑照。只有在離水的剎那，俯身下望，才看到自我的形象；只有在離水的剎那，才知道隨身攜帶淚水以潤膚爽身之必要。

2 腸 肚

少年的故鄉僻處郊野，距城百里，四面環山，懷抱著島內最大的湖泊。滿水位二百二十五公尺，面積十七平方公里，總畜水量七億零八百萬立方公尺。每到星期假日，城裡的人們總會乘著汽車，來到這裡，如螞蟻聚向一攤糖水或蟲屍。人人都愛湖，愛湖從肚子裡吐出一尾一尾肥美的魚蝦。

街上於是興起一種叫作「筏釣」的行業，以膠筏載客到湖心釣魚。原本靠山吃飯的少年Q的父親，如今也在湖裡營生了。

所有的魚都像孩童一樣，用嘴巴來認識世界，用唾腺來思考。當牠們在蒼茫水波中，嗅聞芳香的魚料，便要義無反顧地游向釣客預設的陷阱。被鐵鉤穿透的齶，仍能輕輕地扭身，美好的血腥味一點一點在水裡流行。這時會有一隻幸運的魚兒，用有力的尾巴甩開朋伴，張開嘴唇，狠狠吞食。銳利的鐵鉤立即貫穿牠的嘴唇，愈是掙扎，傷口就鑿得愈深。離水的剎那，湖底彷彿也有一隻手在挽留著牠，但巨大的痛楚使牠不得不服從釣線，終於甩甩尾巴，慘然離開永恆的家園。

每日黃昏，魚們就搭乘著堆滿冰塊的鐵箱，駛向岸上。釣客們手裡吃力地提著一尾二三十斤的大頭鰱，咧著唇齒，站在湖邊拍照。父親蹲踞在水龍頭下，替客人殺魚。他用長刃切開魚腹，像拉開胯下的拉鍊那般流利，血水嘩嘩地噴洩出來，紅紫交雜的腸肚擲落一地。

少年Q發現，垂死的魚最大的娛樂便是模仿釣客的臉。但是淚水總會刺破生硬的笑臉，悽慘的啼哭只有少年Q聽得見。父親手握魚刮，吋吋刨掉貼身的魚鱗，淡淡的血絲滑入眼眶，與淚水相互碰撞，暗暗地發出轟隆轟隆的聲響。離水的魚目具有一種神奇的透視的能力，牠們看見每個人的腸肚都像池塘，游著無數的魚魂，牠們看見天空的底部埋著鳥的骨骸，牠們看見自己的腸肚化入昆蟲的腸肚，在草叢裡蹦蹦跳跳。

3　血緣

「魚乃水之花。」少年Q聽過這種說法。那麼，湖水也是一種泥土了。少年Q看到許多細小的魚苗被播入湖裡，在豐饒養份的滋潤下，慢慢生根發芽、成長茁壯，開出肥美燦爛的花朵。於是人們動手從水裡將牠們拔出，一條條看不見的臍帶在空中斷裂，濕答答的血水悄悄地流淌。絕對不是花，Q想，魚可能更像是湖的鱗片。當人們取走任何一尾魚，湖便承受一次刮鱗剮肉的痛楚。

少年Q含淚凝視著湖面。他知道，每隻魚從湖裡被拔走，都會留下一個永不結痂的瘡孔，表面上雖然風平浪靜，其實不斷流出黏稠的膿汁。Q想，那些瘡孔是魚的出口，同時也是人的入口。短短一個暑假，湖泊已吞食了本地三名少年，吞食且加以咀嚼、消化，不吐一根骨頭。奇怪的是，從來不曾聽說外來的釣客失足落水。這樣看來，湖也是挑食的吧！他夢見那些少年的魂魄化作浮藻流菌，滋養著魚蝦，使水色長保碧綠。

湖跟少年之間，其實是有血緣關係的。他出生的村落就在湖底，人工造湖的計畫才把村人趕上高處。湖底飽含著童年的記憶：水井。阡陌。泡著水牛的池塘。土地祠。祖父母的舊墳。他總是覺得自己與湖之間原來也有一條臍帶相連，跟魚一樣。這樣想時，他忽然發現湖水和血肉竟是同質同色，交感互通。當人們把釣線垂入湖裡，他的肌膚感到痛楚痠疼，像被針灸一樣。當釣鉤從湖裡被拉出，他感覺精氣流失，腦海裡湧出昏黑的氣體，全身虛弱不堪。

4 輪迴

少年Q在路邊撿到一本善書，《鳥語搜異誌》，公冶長先生奉天公之命，降鸞寫下的著作。據說，他本是孔夫子的學生兼女婿，生來通曉鳥語，死後昇天成仙。書中共訊問了三十四隻鳥，歷數前世今生的因緣。墮落的孌童被罰作牡孔雀，永世無聊地炫耀著毛羽。夜間晃蕩不眠，四處偷竊的男子變成貓頭鷹，再也無力承受明亮的日光。刻薄刁鑽的酷吏化作嘴硬的啄木鳥，日復一日，敲打著樹木。販女求財的賭徒，九十九世側身羽族，轉世爲百靈、樹喜、八哥之屬，供人玩賞殺戮……。

這樣的話，天上的鳥禽無一不是帶著罪孽飛行的惡人了。少年Q想，那麼，整座湖便是一個大囚籠，龜鱉魚蝦不斷地泅泳著，以洗滌前世積累的惡業。當牠們最後被人釣起、剖殺、吞食，也算是罪有應得了。可是，蒙昧無知的魚鳥日日夜夜讓慾念催動著，飢則食，倦則眠，飽暖則交配以求繁殖，既已忘卻前世種種繁複的枝節，又怎能體會今生失卻人身的緣由與意義呢？或許，Q想，讓牠們不明不白地承受苦難，正是最嚴厲的處分吧！

這天他躺在竹筏上睡著，湖伸出白皙的指掌輕輕撫弄他的胸膛。

夢裡，他感覺體內的水份嘩嘩地向下滲落，湖水重新注滿他的心湖和腦海。於是他看到了，一尾武昌魚急切地游到足下，雙眼浮腫，彷彿長期被PH値七的強酸的淚水浸泡著，惶惶然將要潰爛。牠搖動著孱弱的尾部，輕聲地哀求著：「釣起我吧！拜託。無法再忍受湖的統治、水的拴囚，但無手以自盡，無腳以逃亡，唯一的希望是釣鉤。釣起我吧！拜託拜託。」少年Q駭然坐起，像搶救溺者般，急急甩出釣竿。那魚立刻咬餌不放，催促少年快快提起。當牠離水的剎那，拚命地扭腰，彷彿眞是那麼那麼地亢奮。

5 水孕

少年Q裸身在湖裡游泳，夕陽暖暖，湖水發出一種淫蕩的聲響，水質香滑甜軟，如同少女初初成熟的肌膚。少年Q滑泳著，忽潛忽浮，感覺自己像個嬰孩在羊水中快樂地蠕動。波浪在搓揉他的感官，陽光在激發他的綺想。少年生猛地泳動，在湖心與岩岸間不斷來回，感覺到無數魚目在水底窺探，無數魚唇在礁石藻草間唼喋。湖水愈來愈冰涼，少女已發育爲少婦，散發迷人的芳香。夕陽更用力地將最後一道殘光洩入湖泊，湖水頓時劇烈地顫抖搖晃。少年Q從勃發的身體裡，射出一道腥臊的白漿。水溫陡然升高了三度，母魚全都聚攏過來，同時急切地排卵。

這時湖面漸漸向上凸起，渾圓，飽滿，如孕。

虛弱地躺在岩上。湖裡慢慢浮現那對乳房般的月亮。少年Q彷彿看到他撒下的種子在水裡長成美麗的魚苗，搖動稚嫩的鰭翅，追逐起滅不定的泡沫，自由地嬉戲笑鬧。他把雙手插入水底，讓幼魚吸吮著指頭，於是十指都成了乳頭，泌出濃濃的汁液，享受哺育的快感。魚在優游中成熟膨脹，但少年Q知道，有一天牠們也將相吞互併，同歸於盡，或者陷入網罟鉤叉，魂斷砧板。想到這裡，他發覺指甲裡滲出的不再是乳汁，而是淚水。水裡的手指已經被泡得慘白而皺摺，少年一下子老去了許多。

那天晚上，餐桌上照樣有一盤煮熟的魚屍。被蒸爛的白眼彷彿還能瞪人，家人的竹筷起落頻頻，很快就剔光了白嫩的肉。少年Q折下魚頭，仔細端詳，忽然他發現魚頭左右兩面的表情竟然不同：一面充滿悲哀，唇部下凹，生前未流盡的淚水繼續滑落，因而顯得特別濕潤；另一面則掛著淺淺的笑容，彷彿在享受死亡的歡欣。少年Q想，從湖泊游向餐桌，究竟是蒙難，還是解脫？

他剝開魚頭，吮食甜甜軟軟的魚髓，細細體會積蓄在其中的美夢與惡魔，於是他看到了濃濃的影像：扭腰的武昌魚。鸞書。湖泊下的祖墳。白漿。

——一九九八年七月・選自聯合文學版《大規模的沉默》

少年遊

半截嬰仔哭啾啾。夕陽如骷髏。鬼登神位，狗臥龍穴，人在糞海泅。　滿城無嘴皆住口。好天氣、少年遊。褒山褒海，褻天褻地，精血涕尿流。

1

警方在清晨的辛亥隧道裡發現一具殘破的棄嬰。少年宰我坐在公車上，被收音機裡撒出的新聞網網住。驚駭隧道，不就是那位於廢城西郊瀕臨墓地而以產鬼著稱的地方嗎。腦海裡忽然湧現前世讀過的字句：「大隧之中，其樂也融融。」「大隧之外，其樂也泄泄。」多麼爽快的景象，我（在此爲第三人稱，指少年宰我，非謂筆者本人，讀者幸勿誤會。下同）忽然極端豔羨起那名嬰孩。

我看見嬰魂灌入許多氣球之中，握在孩童們的手上，輕快地飛舞。所有氣球突然同時破滅，嬰魂如氫氣，四處自由地流竄。

我聽見嬰魂來到耳邊，發出輕柔的告白：

世界還停在嬰兒期，而我已好老好老。地球的壽命有兩百億年，而她只用掉三分之一；我總共活了一萬零七百七十九秒，而現在只剩下三十秒。我夢見我長大了，長到七歲，聰明，健康，可愛，會背唐詩三百一十首（只有那首跟針有關的小詩背不起來）。然後被人綁架，頭顱套進堅韌的繩索，屍體丟入山溝。不甘願，就再夢一次，於是我夢見我活到十四歲，可愛健康聰明，珠算已經學到三段，也會芭蕾天鵝湖也會鋼琴布拉姆斯。然後我被帶到暗巷盡頭的涵洞，用削尖的竹棍插入生殖器。不甘願，再夢一次兩次九十九次，我的腦袋被砂石車碾碎我的子宮被子彈貫穿我的皮膚被鹽酸剝下我的胃腸被刀槍消化……，夠了，我活夠了，感謝生我棄我宰我的那個人，讓這些可怕的經驗沒有機會成眞。喔，大隧之中，其樂也融融，大隧之外，其樂也泄泄。

2

公車繼續在廢城裡穿梭：停停，走走，呑呑，吐吐，若有隆重的心事。樓房、車輛、老舊的行人、新穎的廣告招牌一一流過。少年宰我看見街頭巷尾都貼滿了血紅的紙張，紙上一律寫著「住口」，於是我吐出口香糖，緊抿著嘴唇，不敢亂動。可是別人的嘴裡仍然嘎嘎地呑進各種亂七八糟的食物，嘩嘩地流出黏稠的餿水一樣的話語。我站起來，生氣地喊著：「住口住口住口，你們沒有看到要住口嗎？」乘客們眞的住口了，同時用憐惜的眼光注視著我。

走下車子，視域凝定下來，他發現紅紙上寫著的，其實是斗大的「售」字。售。每一棟房子的窗口都掛著「售」。每一根電線杆上都貼著「售」。櫥窗裡的每一件貨品都標示著「售」。每個人的身上臉上舌上都寫著「售」，So，So，So，彷彿口頭禪那樣流利。啊，他們，他們要把這座城市裡的每一件東西都換成錢幣嗎？房子，街道，河川，地皮都要賣掉了嗎？這麼多東西，誰來買呢？

少年宰我在街上作了一個白日夢，他夢見鬼們從墳地裡坐著王船進城。船上載滿了紅紅綠綠的鈔票，插著一面大旗，正面寫著斗大的「購」字，背面則是「Go」！在主題曲「購購購啊累啊累啊累……」的伴奏下，雄壯威武嚴肅沉著忍耐積極勇敢地前進著。宰我的夢繼續插送。他夢見買不起房子的人坐在河邊哭泣，而鬼們卻把城市裡的每一件有人願意出售的貨品搬上船，帶走。房子街道河川貞操和臉皮。廢城裡什麼都沒有了，只剩下滿天飛舞滿地翻滾的鈔票，淹沒人們的腳目。

站在被炒得火熱的地皮，少年宰我感覺雙腳就快要被融化，像一隻熱火鍋上的螞蟻，惶惶然不知要跑到哪裡。啊，宰我終於知道，人們爲什麼要冥紙燒到陰間去，因爲，鬼也會把鈔票燒到陽間來。在這座以臉皮換取地皮的城裡，人們只要眞鈔，不要貞操。

3

這是鬼門大開的時日，孤魂野鬼無不來到人間大肆採購。畸河東岸的地藏王廟裡早已擠滿前來賄賂的人群。少年宰我最最著迷的是滿牆連綿不絕的地獄圖。五殿宋帝王六殿卞城王七殿泰山王八殿都市王，（咦，怎麼會叫都市王呢？）我在第八殿駐足細看，本殿設有十六小地獄，有蒸頭刮腦小地獄……，我亢奮地觀賞著，感覺血脈僨張如緊繃的琴弦，生殖器昂揚如清晨的國旗。我想，這便是人們所說的春宮圖嗎？四溢的精、血、涕、尿，赤裸的人和人和人和人，叫我瞠目結舌閉目開心。我繼續熱切地觀下去，割腎鼠咬小地獄、沸湯淋身小地獄、腦箍拔舌拔齒小地獄、焚焦小地獄、鴉食心肝、狗食腸肺小地獄……。

狗食腸肺？少年我的腦海裡忽然浮現驚駭隧道裡那具殘破的嬰屍，身長七吋，血肉卻拖曳數里。啊，少年我驚駭地發現，眼前這不是地獄圖或春宮圖，是不折不扣的城市導覽圖，我早就在嬰魂的嬰海裡見識過，如今一一落實。那些駭人聽聞的所謂「新聞」，其實不過是反覆臨摹眼前這壁畫而已。

閻君當然可以號稱都市王，你看，哪一幅不是人間的實況。少年我想起歷史課本中那些原始人的壁畫，經常描寫人放狗帶箭追逐著野獸，而眼前這壁畫卻反過來，由牛頭馬面烏鴉野狗蹂躪著人身。少年懷疑，這畫可能出自畜生的目光手筆，用以紀錄人類的歷史。這時牆壁忽然流轉如動畫，恍惚間我看見鼠、牛、虎、兔、貓、龍、蛇、馬、羊、豹、猴、雞、狗、豬、蟑螂團團圍聚，猜著酒拳，輸的要喝一口孟婆湯，醒來便轉世爲人。

4

對人而言，這是中元普渡；對鬼而言，卻是清明掃墓。鬼們個個腦滿腸肥，一年一度，回到人間哀悼那些不幸仍然活著的家人。祂們手持鐮刀，在屋宇上方用力地揮砍，但晦氣惡味實在太盛，強烈的慾望如一桶一桶漏氣的瓦斯，隨時都有爆炸的可能。

少年我走過濕溽嘈雜的夜市街，一群虎虎生威的野狗圍聚過來，頸上各自掛著口涎串成的唸珠，舌頭顫然如貝葉。人們用力地叫賣，狗們用力地消費。宰我發覺牠們身上的皮毛有如焚過的地毯，斑駁殘破，四處鑲著大小不一的癩痢，有的早已結痂，有的仍然新穎，吞吞吐吐流著腥臊噁心的膿血。喔，不，那些癩痢竟然大肆扭動，如嚼著檳榔的嘴唇，發出嘖嘖好吃的聲音。看來那紅白交雜的流體不是膿血，而是另一種口涎。仔細嗅聞，竟然帶著一股嬰兒體味的芳馨。少年想起晨間新聞公佈的一份有關市政的民調，反對全面撲殺野狗的市民高達百分之六九，比反對廢娼者要多得多（狗和娼？眞是「老子與韓非同傳」）。現在我明瞭了，狗的存在是爲了給嬰孩的死亡增加一種福利。眼前這些野狗有的吃了肺，有的吃了肝，有的吃了腸胃……，嬰屍如暫時打亂的拼圖，安放在狗的體內，使狗們彼此產生關聯。這是好的，葬身虎口狼腹總比慘死於同類的手來得乾淨。可惜自己早已遠離嬰仔的年齡，血酸肉硬不打緊，滿身的四維八德枯乾如蠟，免費奉送狗也不領情。

人們可能不知道，根據狗民大會的民調顯示，百分之九六的野狗反對全面撲殺人類。蓋如此則無異殺雞取卵，將斷絕百獸萬物的生息。代表們因此決議：三歲以上八十歲以下的人類稱爲人苗，嚴禁撲殺。至於人苗自相割砍凌虐，如地獄圖所示者，非狗律所能禁止，聽其自便。

5

滿臉橫肉的「售」字，張著血盆大口，如獸，獠牙上還掛著唾沫。少年宰我睜目張耳掩鼻住口，怯怯地繞過那一群野狗。每日一字，我記起來了，給人祝賀要寫「壽」，給鬼祝賀要寫「售」，音同義異。迎面是高聲抗議的隊伍，她們蒙頭蓋面，高喊人民有售的自由。據說在這器官、嬰兒、天理、法律、噓聲掌聲地皮臉皮都可以公開喊價的城裡，獨獨禁絕以原始的方式提供「爽」的交易。彷彿前世讀過的大詩人李白的僞詩，宰我想起，笑矣乎，笑矣乎，楚有屈平趙豫讓，賣身買得千年名。這樣看來，眞是只准偉人賣身不准草民買春了。

電視上報導著一則新聞，十六歲的少年甲與五十六歲的乙婦人在畸河邊的廢屋交易之後，竟離奇的失蹤了，後來利用剖腹生產的技術，才把甲從乙的肚子裡抱出來。宰我知道，那少年其實是爲了重新成爲嬰孩，以爭取狗的垂涎，才鑽入裡面。另一則，七十三歲的丙男子用酒瓶代替身體猥褻了十三歲的少女丁之後，竟然產下一具狗形的老嬰。醫界咸信，是酒瓶裡的丙的腦汁使丁受孕。還有一則，警檢調聯合小組已經研究出來，棄嬰特多，屬於不可防範的天災。蓋驚駭隧道地近鬼域，又在大量人車的抽插下稟受本城最精萃的烏煙瘴氣，已經變成大地的陰道，具有自行懷孕生產的能力。你看，隧壁內不斷滲出的血水便是最好的證明。總之，那些死嬰是鬼胎魔裔，非關吾人。

這些不是新聞，少年我知道，甲乙丙丁都是殘破的棄嬰的腦海裡播放過的夢，地藏王廟的壁畫裡也有相同的版本，絕無馬賽克，看起來更過癮。棄嬰的夢繼續徒勞地播放著，在第一九九九個夢的第一章第十七節裡，他夢見自己變成一名叫作宰我的少年，宰我晝寢又作了一個夢，夢見自己長成一名叫做唐捐的少尉，某日無事，在兵營裡填了一闋清新婉約的小令，調寄「少年遊」。

——一九九九年一月．選自聯合文學版《大規模的沉默》

鍾怡雯作品

鍾怡雯

廣東梅縣人，1969年生，長於馬來西亞。台灣師範大學國文所博士，現任元智大學中語系助理教授。著有散文集《河宴》、《垂釣睡眠》、《聽說》、《我和我豢養的宇宙》，及論文集等多部。曾獲中國時報文學獎散文首獎及評審獎、聯合報文學獎散文首獎、九歌年度散文獎、吳魯芹散文獎、梁實秋文學獎、華航旅行文學獎、中央日報文學獎散文獎、星洲日報文學獎散文推薦獎及首獎、新聞局圖書金鼎獎等。

垂釣睡眠

一定是誰下的咒語，拐跑了我從未出走的睡眠。鬧鐘的聲音被靜夜顯微數十倍，清清脆脆的鞭撻著我的聽覺。凌晨三點十分了，六點半得起床，我開始著急，精神反而更亢奮，五彩繽紛的意念不停的在腦海走馬燈。我不耐煩的把枕頭又掐又捏。陪伴我快五年的枕頭，以往都很盡責的把我送抵夢鄉，今晚它似乎不太對勁，柔軟度不夠？凹陷的弧度異常？它把那個叫睡眠的傢伙藏起來還是趕走了？

我要起性子狠狠的擠壓它。枕頭依舊柔軟而豐滿，任搓任搥，雍容大度地容忍我的魯莽和欺凌。此時無數野遊的睡眠都該已帶著疲憊的身子各就其位，獨有我的不知落腳何處。它大概迷路了，或者誤入別人的夢土，在那裡生根發芽而不知歸途。靜夜的狗嗥在巷子裡遠遠近近的此起彼落，那聲音隱藏著焦躁不安，夾雜幾許興奮，像遇見貓兒蓬毛挑釁，我突發奇想，牠們遇見我那蹺家的壞小孩了吧！

我便這樣迷迷糊糊的半睡半醒，間中偶爾閃現淺薄的夢境，像一湖漣漪被一陣輕風吹開，慢慢的擴散開來。然而風過水無痕，睡意只讓我淺嚐即止，就像舔了一下糖果，還沒嚐出滋味就無端消失。然後，天亮了。鬧鐘催命似地鬼嚎。

我從此開始與失眠打起交道，一如以往與睡眠爲伍。莫名所以的就突然失去了它，好像突然丟掉了重要零件的機器。事先沒有任何預兆，它又不是病，不痛不癢，嚴重了可以吃藥打針；既不是傷口，抹點軟膏耐心等一等，總有新皮長出完好如初的時候。它不知爲何而來，從何處降。壓力、病變、環境太亮太吵、雜念太多，在醫學資料上，這些列舉爲失眠的諸多可能性都被我否定了。然而不知緣起，就不知如何滅緣。可惜不清楚睡眠愛吃甚麼，否則就像釣魚那樣用餌誘它上鉤，再把它哄回意識的牢籠關起來。失眠讓我錯覺身體的重心改變，頭部加重，而腳下踩的卻是海綿。感覺也變得遲鈍，常常以血肉之軀去頂撞家具玻璃，以及一切有形之物。不過兩三天的時間，我的身體變成了小麥町——大大小小的瘀傷深情而脆弱，一碰就呼痛，一如我極度敏感的神經。那些傷痛是出走的睡眠留給我的紀念，同時提醒我它的重要性。它用這種磨人脾性損人體膚的方式給我「顏色」好看，多像情人樂此不疲的傷害。然而情人分手有因，而我則莫名的被遺棄了。

每當夜色翻轉進入最黑最濃的核心，燈光逐窗滅去，聲音也愈來愈單純、只剩嬰啼和狗吠的時候，我總能感受到萎縮的精神在夜色中發酵，情緒也逐漸高昂，於是感官便更敏銳起來。遠處細微的貓叫，在聽覺裡放大成高分貝的廝殺；機車的引擎特別容易發動不安的情緒；甚至遷怒風動的窗簾，它驚嚇了剛要蒞臨的膽小睡意。一隻該死的蚊子，發出絲毫沒有美感和品味的鼓翅聲，引爆我積累的敵意，於是乾脆起床追殺牠。蚊子被我的掌心夾成了肉餅，榨出無辜的鮮血。

我對著那美麗的血色發呆，習慣性的又去瞄一瞄鬧鐘。失眠的人對時間總是特別在意，哎！三點半了！時間行走的聲音讓我反應過度，對分分秒秒無情的流失尤其小心眼。我想閱讀，然而書本也充滿睡意，每一粒文字都是蠕動的睡蟲，開啓我哈欠和淚腺的閘門。難怪我掀開被子，腳跟著地的剎那，恍惚聽見一個似曾相識的聲音在冷笑：「認輸了吧！」原來失眠並不意味著擁有多餘的時間，它要人安靜而專心的陪伴它，一如陪伴專橫的情人。

我趿上拖鞋，故意拖出叭噠叭噠的響聲，不是打地板的耳光，而是拍打暗夜的心臟。心有不甘的旋亮桌燈，溫暖的燈光下兩隻貓兒在桌底下的籃子裡相擁酣眠。多幸福啊！能夠這樣擁抱對方也擁抱睡眠。我不由十分羨慕此刻正安眠的眾生、腳下的貓兒、以及那個一碰枕頭就能接通夢境的「以前的我」。眼皮掛了十斤五花肉般快提不起來了，四天以來它們闔眼的時間不超過十二個小時，工作量確實太重了。黃色的桌燈令春夜分外安靜而溫暖。這樣的夜晚適宜窩在床上，和眾生同在睡海裡載浮載沉。

或許粗心的我弄丟了開啓睡門的鑰匙吧！又或者我突然失去了泅泳於深邃睡海的能力；還是我的夢囈干犯眾怒，被逐出夢鄉。總而言之，睡眠成了生活的主題，無時無刻都糾纏著我，因爲失去它，日子像塌陷的蛋糕疲弱無力。此刻我是獵犬，而睡眠是兔子，牠不知去向，我則四處搜尋牠的氣味和蹤跡，於是不免草木皆兵，聲色俱疑。眾人皆睡我獨醒本就是痛苦，更何況睡意都已悉數凝聚在前額，它沉重得讓我的脖子無法負荷。當然那睡意極可能是假象，儘管如此，我仍乖乖的躺回床上。模糊中感到鈍重的意識不斷壓在身上，甜美的春夜吻遍我每一寸肌膚，然而我不肯定那是不是「睡覺」，因爲心裡明白身心處在昏迷狀態，但同時又聽到隱隱的穿巷風聲遊走，不知是心動還是風動，或是二者皆非，只是被睡眠製造的假象矇騙了。那濃稠的睡意蒸發成絲絲縷縷從身上的孔竅游離，融入眾多沉睡者煮成的無邊濃湯裡。

就這樣意志模糊的過了六天，每天像拖個重殼的蝸牛在爬行。那天對鏡梳頭時，赫然發現一具近似吸血殭屍的慘白面容，立時恍然大悟，原來別人說我是熊貓只是善意的謊言。此時剛洗過的頭髮糾結成條，額上垂下的劉海懸一排晶亮的水珠，面目只有「猙獰」二字可形容。頭髮嫌長了，短些是否較易入眠？太長太密或許睡意不易滲透，也不易把過多的睡意排放出去，所以這才失眠的吧！

到第七天，我暗忖這命定的數字或會賜我好眠，連上帝都只工作六天，第七天可憐的腦袋也該休息了。我聽到每一個細胞都在喊睏，便決定用誘餌把兔子引回來。那是四顆粉紅色、每顆直徑不超過零點五公分的夢幻之丸，散發著甜美的睡香，只要吃下一粒，即能享有美妙的好夢。

然而我有些猶豫，原是自然本能的睡眠竟然可以廉價購得。小小的一顆化學藥物變成高明的鎖匠，既然睡眠之鑰可以打造，以後是否連夢境也能夠一併複製，譬如想要回味初戀酸酸甜甜的滋味，就可以買一瓶青蘋果口味的夢幻之水；那瓶紅豔如火的液體可以讓夢飛到非洲大草原看日落；淡黃色的是月光下的約會；藍色的呢！是重回少年那段歲月，嚐嚐早已遺忘的憂鬱少年那種浪漫情懷吧！

我對那幾顆小小的東西注視良久。連自己的睡眠都要仰仗外力，那我還殘存多少自主，這樣活著憑的是甚麼？然而我極想念那隻柔順可愛的兔子，多想再度感受夢的花朵開放在黑夜的沃土。睡眠是個舒服的繭，躲進去可以暫時離開黏身的現實，在夢工場修復被現實利刃劃開的傷口。我疲弱的神經再也無法承受時間行走在暗夜的聲音。醒在暗夜如死刑犯坐困牢房，尤其月光令人發狂地恐慌。陽光升起時除了一絲涼淡淡的希望，伴隨而來是身心俱累的悲觀，彷彿刑期更近了，而我要努力撐起鈍重的腦袋，去和永無止盡的日子打仗。

我掀開窗簾，從沒看過那麼刺眼的陽光，狠狠刺痛我充血的眼睛，便刷的一聲又把簾子拉上。習慣了蒼白的月光和溫潤微涼的夜露，陽光顯得太直接明亮。黑夜來臨，我站在陽台眺望燈火滅盡的巷子，彷彿一粒洩氣的氣球，精神卻不正常的亢奮起來，如服食過興奮劑，甚至可以感覺到充血的眼球發光，像嗜血的獸。

我想起大二時那位仙風道骨的書法老師。上課第一節照例是講理論，第二節習作。正當同學把濃黑的注意力化作墨汁流淌到紙上，筆尖和宣紙作無聲的討論時，突然聽到老師低沉的聲音說：「唉！我足足失眠兩個星期了。」我訝然抬頭，還撇壞了一筆。老師厚重鏡片後的眼神閃現異光，那是一頭極度渴睡的獸。我正好和他四目相接，立刻深深為那燃燒著強烈睡慾的眼神所懾，那是被睡意醃漬浸透、形神都淪陷的空洞，或許是吸收了太多太多的夜氣，以致充滿陰冷的寒意。然而他上起課來仍是有條有理，風格流變講得井然有序，而我現在終於明白他不時用力敲打自己的腦部、揉太陽穴，一副巴不得戳出個洞來的狠勁，其實是一種極度無奈的沮喪。他是在叩一扇生理本能的門，那道門的鑰匙因為芸芸眾生各持一把，丟掉了借來別人的也無濟於事，便那麼自責的又敲又戳起來。

然則如今我終於能體會他的無奈了。可怕的是我從自己日趨空洞的眼神，看到當年那瞬間的一瞥復又出現。晝伏夜出的朋友對夜色這妖魅迷戀不已，而願此生永爲夜的奴僕。他們該試一試永續不眠的夜色，一如被綁在高加索山上，日日夜夜被鷲鷹啄食內臟的普羅米修斯，承受不斷被撕裂且永無結局的痛苦。然而那是偷火種的代價和懲罰，若是爲不知名的命運所詛咒，這永無止境的折難就成了不甘的怨懟而非救贖，如此，普羅米修斯的怨魂將會永生永世盤桓。

失眠就是不知緣由的懲罰。那四顆夢幻之丸足以終止它嗎？我聽上癮的人說它是嗎啡，讓人既愛又恨，明知傷身，卻又拒絕不了，因爲無它不成眠。這樣聽來委實令人心寒，就像自家的鑰匙落入賊子手裡，每晚還要他來給自己開門。於是我便一直猶豫，害怕自己軟弱的意志一旦肯首，便墜入深淵永劫不復了。

睡眠的慾望化成氣味充斥整個房間，和經過一冬未曬的床墊、棉被濃稠地混合，在久閉的室內滯留不去，形成房間特有的氣息。我以爲是自己因失眠而嗅覺失靈的緣故。一日朋友來訪，我關上房門後問：「你有沒有聞到睡眠的味道？」他露出不可思議、似被驚嚇的眼神，我才意識到自己言重了。

就像我沒有想到會失眠一樣，睡眠突然倦鳥知返。事先也沒有任何預示，我迴避鏡子許久了，一如忘了究竟有多少日子是與夜爲伴，以免嚇著自己，也害怕一直叨念這一點也不稀罕的文明病，終將爲人所唾棄。何況失眠不能稱爲「病」吧！如此身旁的人會厭惡我一如睡眠突然離去。而朋友一旦離開就像逝去的時間永不回頭，他們不是身體的一部分，亦非血濃於水的親密關係，更不會像丟失的狗兒會認路回家。

那天清晨，自深沉香醇的夢海泅回現實，急忙把那四顆粉紅色的夢幻之丸埋入曇花的泥土裡。也許，它們會變成香噴噴的釣餌，有朝一日再度誘回迷路的睡眠；也可能長出嫩芽，抽葉綻放黑色的夜之花，像曇花一樣，以它短暫的美麗溫暖暗夜的心臟。

——一九九八年三月·選自九歌版《垂釣睡眠》

茶樓

我是來尋找，或是證明許久以前在這裡發生的一切，不過是一場頁碼錯亂的記憶……

散落滿地的殘枝敗絮，它們曾是燕子的暖窩，我那枯淡童年的華麗裝飾。挑高的大樑上蛛網和灰塵聯手攻陷星羅棋布的燕巢。在我離開的漫長年月，這裡究竟歷經甚麼劫難，熟悉的咖啡和麵包香味到哪裡隱居去了？此刻，連燕子都棄巢而去，那麼，我還留戀甚麼？

茶樓在歲月的大手搓洗下，竟然如此急遽衰頹。明亮的陽光下，它剝落的外觀更顯猥瑣，冒出牆縫的青苔喜孜孜地宣布茶樓的挫敗，敗在時間和速度的陰謀裡。我坐在時間的殘垣敗瓦裡啜著變質的咖啡，突然覺得連杯子的式樣都顯得老朽而不合時宜。咖啡甜膩的滋味討好發胖的慾望，充滿商業文明的淺薄諂媚。這樣一個炙熱的下午，人們的腳步通通被吸入對面那家新開的麥當勞裡去喝甜甜的可樂，吹凍人的冷氣來安撫毛躁而噴湧的汗水。太熱了，我的額頭鋪了一層細密的汗珠，味蕾因為沒有找到懷舊的味道而感傷失神。

我邊「呑」咖啡邊嫌棄自己無可救藥的挑剔，這是甚麼時代和社會了，哪一個老闆或伙計，還有閒情逸致，慢條斯理地給客人泡一杯優閒的「咖啡烏」？它獨有的碳黑與苦澀，已成為記憶裡荒蕪的碑石。那個騎腳踏車代步、喝茶消磨時間、聽淒愴粵曲感懷人生的古老年代，就像茶樓老闆的鑲金門牙，業已被時代的潮流淘汰。泛黃的天花板上一隻斷尾壁虎探頭探腦，想來牠也不在乎那截尾巴遺落何處，反正會再長，像人類身上不斷剝落不斷增生的皮膚……世事不都如此新陳代謝？何況，茶樓已那麼老態龍鍾了？

也許茶樓從來就沒有年輕過，打從我有記憶開始，它就是老人了。來來去去的顧客也不外乎阿公阿嬷，或腆著籃球肚的中年漢子，偶爾牽來掛著兩行鼻涕的小跟班，圖的純粹是口腹之慾。茶樓的空氣總是瀰漫著一股特殊的味道，像曝曬過度的乾柴、龜裂的泥土。我一直以爲那就是「老」的氣味，這種氣味和咖啡、麵包、砂糖混合得十分融洽，復與沙啞、粗俗乃至不入流的談話契合無間。它的市井、喧嘩絕不屬於西裝皮鞋的文雅或高尚。幾個茶房都穿著一式的白背心，裸露在外的皮膚黝黑。肥潤的叉燒包上桌之前，我眨著七分醒的睡眼認眞比較過，阿貴這菸槍的皮膚最像印度仔。他嘴上無時無刻都叼支三個五牌的香菸，身上長年累積一股菸臭，令我對他十分反感。哪天是他端來的點心飲料，在口味上都要打些折扣，更避忌他薰黃的手指來摸我的頭。他搭條白毛巾的身影在一桌又一桌的客人之間穿梭，用含著菸的廣東口音愉快的和大家打哈哈，我清楚聽到自己惡作劇的調侃：「虀清無油，鹹魚無條。」於是，笑意便不由得撐開嘴角偷溜出來。

我至今也沒弄清楚，爺爺大清早把我從暖床挖起來去喝早茶的目的，就像我弄不懂客人爲何對阿貴特別熱絡的原因，也許我根本就沒有興趣懂。常常我坐在腳踏車後座，搖著三分醒的腦袋，沐浴著微涼的晨霧朝著街場顛簸而去。彼時街燈猶亮，逐漸明亮的天光襯得它們守夜的眼睛分外無神，總是腳踏車即將行盡的剎那，它們撐不住沉重的眼皮一一睡去。

喝茶的人起得那麼早，惟恐去晚了茶會變味似的。聽說那位紅光滿面的劉老先生，老愛在打完拳，茶樓未拉起鐵門之前就鵠候在外。還在夢與醒之間遊移的老闆，每每被那一聲洪亮的「早」嚇得從夢境裡跌出來。我們祖孫二人這樣披風飲露的趕來竟然算是晚到。

茶樓眞是一個安全溫暖的所在，沸水的煙霧和蒸包子燒賣的水氣把茶樓煮得像暖房，一長盞一長盞的四呎日光燈照得通亮。我置身在這樣的太平盛世裡面，常常嘴裡嚼著包子眼睛偷吃鄰桌的燒賣。爺爺是那種連地上的一分錢都要撿起來的人，我印象中吃燒賣的次數決計不超過五次。

那寥寥可數的五次美味，卻足以讓自此以後所有的燒賣黯然失色。甚至連那一壺菊滘茶也成了一種永恆的存在。吃燒賣一定要配上一壺菊滘茶，從養生的角度來說那是去油清腸，在我看來，暗褐色的茶湯上浮著一朵飽蓄水分的黃花，那視覺的美感遠勝於味覺的享受和養生的意義，偶爾菊花一動，像老者混濁的眼神，被記憶的靈光觸動乍現的一閃清光。

茶樓的主要風景是「人」，而且是老人。健朗的老者大多提著鳥籠，夾一分早報施施然而來。茶樓裡鳥啼和粵曲的混聲就像清嫩的嬰語和低瘖的喪樂合奏，於是茶樓便浸潤在曲折繁複的生命基調裡。我和爺爺抵達茶樓時，迎接我們的常是這樣滑稽的畫面：無數份《南洋商報》和《星洲日報》的上半身銜接一雙雙粗細不同、顏色不一的腿。這些閱報者的神志在鉛字中爬行，全然不理來者何人。剛好拿下報紙的，才會把坐在鼻樑上的老花眼鏡往下一壓，眼球向抬頭紋靠攏，慢條斯理吐出極其珍貴的一個「早」字。

我無法記住這些老者的相貌。人老了都變得十分相像，而且總好像老到某一個程度便不會再老下去了。喝茶的芸芸眾生來來去去，久了我也能憑聲辨人，識得幾個特殊的人物。隔一條街的廣東大叔，講話「丢」聲不斷，開始我以爲這個人粗心大意老是弄丢東西，不過爺爺皺眉頭的樣子告訴我那絕不是好話。到後來我明白意思後，一聽到那人講這個字的狠勁就忍不住笑。他實在講得太習慣了，聽的人只當是口頭禪。只要他在，茶樓就更市井，被他的粗嗓門喊起來的氣氛遂更加活絡。那些忙著看報、吃早餐的人不得不聽那些豪氣的言論，而且總有那麼一兩個持不同觀點的人忍不住岔嘴。別看他們枯瘦，不服氣開始喊話的時候，音量可是雄壯威武。我好像沒有看過哪一個老人心甘情願贊同別人看法的，人老了舌頭大概也和骨頭一樣硬化而固執，一件比雞毛更輕比蒜皮更小的事就會爭論得臉紅氣粗，然後拋開省籍通通「丢」來「丢」去。爺爺喜歡安靜喝茶，也惜言如金（這點和他吝嗇的個性一致，卻令我加倍迷惑：他帶我來喝茶做啥？），不過一旦那群人裡有他的老友處於下風，他會義不容辭拔「舌」相助。

總而言之，茶樓是一個舞動「口舌」的所在。升斗小民口誅政府的施政，討論民生用品物價指數的攀升；還有人痛批自家老婆的不是，以及最近如何衰運福利彩票萬字票全賠等等。男人們把愛嚼舌根搬弄是非的「三姑六婆」之名硬套在女人身上，卻大言不慚地盜用其「實」——你去看看茶樓的男人就會發現，嚼舌根其實是「人」的本能，無關性別。舌頭品嚐美味之餘，也樂得按摩按摩被好味道養肥養懶的身軀。

在熟悉的氣氛和人物以及談話的腔調之外，偶有一些陌生的臉孔。佈滿血絲的眼睛明白宣告了他們是開夜車的卡車司機。小鎮是南北大道的必經之地，這樣「優越」的地理位置或許就是茶樓今日的宿命。

我對這群奔波的人充滿好奇。他們流動而變化的生活方式，和茶樓的安定平穩正好相反。這些通宵達旦以速度負載生命的人，身上都有一種與時間競爭的痕跡。他們不太交談，即使說話也是簡單短促而必要的一兩句，不時看錶，不吃東西便抽菸。他們的口舌用來抽菸和吃喝，至於喋喋不休的能力，都在急速的飛馳中退化，甚至對生活的不滿和怨懟，都和著提神的咖啡默默吞下肚裡。這群人像茶樓樑上的燕子來來去去，我連一個面孔都記不起，一切化約爲他們走出茶樓時，一條條寂寥疲憊的背影。

爺爺帶我上茶樓，就像拎一個公事包或夾一分報紙的作用那樣。到了茶樓，他便自顧自埋首於報紙，我只好瀏覽窗外伴隨陽光的溫度而熱鬧起來的人潮。茶樓一邊向東，面向大街，在茶樓剛坐下時，陽光通常還棲息在樹梢，和一群早起的燕子麻雀簇擁著做早操。彼時人群零落，上學上班的人潮已過，上菜市場上街的主婦陸續出門。視線越過兩排店屋，靠茶樓的這排盡頭是傳統市場，吸納從茶樓走過的所有主婦。那交易的聲浪隔了十幾間房子那麼長的行廊，卻依然清晰可聞。偶爾間夾幾句扯破嗓門的討價還價聲，更多的時候是一群行走的衣裳在穿梭流動。市場的黃色燈泡下映出豬肉的油潤光澤，以及蔬菜水果的富足。我自然知道這樣好整以暇的心情和美好印象是我遠觀的美感，可能緣於香濃的咖啡和湯汁飽滿的肉包。

不過，上茶樓的好日子隨著父親調職而結束，喝早茶由日常生活的例行公事變成返鄉度假的一個節目，並且成爲離開時一種遙遠而眞實的記憶。有很長一段時間，我常在課堂上享受開茶樓的白日夢，眼睛牢盯著課本，思緒卻構思茶樓的設計、佈置和擺設，譬如要有大樑好讓燕子築巢，牆壁最好糊上壁紙，可以隨時拆換，以免重蹈茶樓那種被咖啡、辣椒醬沾污的覆轍。擺在桌下的痰盂既不衛生又不美觀，應該撤除；桌上最好鋪上針織的桌巾，擺一盆油綠的黃金葛，辣椒醬必須是新鮮辣椒加蒜和薑搗成的，這樣和蝦餃燒賣才能相得益彰。

我的茶樓藍圖反覆勾勒修改了好幾年，後來發現，這種改良式茶樓的構想，其實不過是大都市咖啡館的變調，咖啡館和叉燒包的組合因此便顯得突兀而可笑了。我的白日夢終究也僅止於白日夢，而今，甚至連那點殘存的溫暖和懷舊的情緒也像滿地的空巢敗絮，消散在午後炙熱的空氣裡。

——一九九八年三月·選自九歌版《垂釣睡眠》

懷被

直到現在，我仍然不喜歡冬天。台灣的冬，濕而冷，永不休止的悲風，把中壢這台地吹得分外憂鬱。冬衣大多灰暗沉重，我怕冷，每次出門，衣服一層又一層，穿成一隻扎實的粽子，像我母親裹的，餡很實在的那種。走路時把手抱在胸前，頭往脖子縮，一種自認被寒冷打敗的頹喪姿勢。人在外面，想的卻是溫暖的棉被和床。出門的目的彷彿只爲了回家。最難過的是入睡前，身體觸到床，棉被兜頭罩下的剎那。每晚我都忍不住大叫，好冷啊！身體扭來扭去，兩隻腳拚命摩擦取暖，想要鑽出一點熱來。

這就是冬天。在台灣過了十二年，冬的新鮮感早已消磨殆盡，剩下難耐的濕和冷。過完年返家，小妹追著我問，冬天有什麼好？我想了很久，最後說，可以蓋棉被呀！赤道不可能蓋的棉被，又厚又重，很舒服呢！她罵我神經，一臉不可置信。說這話時，我已失眠多日，忽然極度想念那床被，在攝氏三十二度的高溫下。薄毯太輕，沒什麼安全感，也承載不住夢的重量，而且有股奇怪的味道，形成無法穿透的距離，或許在櫃子放太久，才有那股自閉而拒絕溝通的氣味。

總而言之，我就是睡不著。

於是不斷變換姿勢，最後還把手腳伸出來。這鬼天氣，即使薄毯都嫌多餘。我把毯子挪來挪去，怎麼挪都不對。清晨醒來，毯子被不安的夢踢得老遠，而我縮手縮腳縮成蝦米，擁抱著自身的體溫抵禦寒氣。

每晚我都輾轉到凌晨，擁著新被懷念老棉被溫暖的擁抱。那熟悉的味道，貼身的安全感，還有厚實柔軟的觸碰，這一切遙遠得簡直令人心碎。從棉被再想下去，自然就會想到送走快兩年的貓咪，那和棉被一樣肥胖的肚腩、那觸感和氣味，和老棉被是多麼相似。在寂靜的夜裡，悄悄的，便有了淚的衝動。只好傷心的承認，我是多麼安於現狀耽於逸樂，再加上幾近濫情的懷舊，還妄想要冒險異域夜宿野地，簡直是痴人說夢。

別以爲我蓋的是高級的蠶絲被，或是輕柔的羽毛被。那只是一床重七斤，不超過八百元的普通棉被。論外形，它實在沒什麼優點，不但舊，還有些破，而且臃腫癡肥。但是你聽過新科父母嫌棄自家小孩嗎？棉被也一樣，再破再醜，都是自己的好。小叔到了二十三歲還留著小時候蓋的毯子——不，應該說，毯子的殘骸——那塊灰黑的布團，是毛毯的一角，看來像是童年的壽衣，用力一扯就會碎裂。那塊髒兮兮的破布比抹布還要爛，任誰看了都皺眉。他當寶一樣放在床頭，像是夢的守護神，同時用來憑弔逝去的時光。

我說的棉被，其實包含了棉被套。唯一的棉被套子，也和棉被一樣用了六七年。並非我裝窮，純粹是習慣。習慣了那種溫馨的破舊，還有，套子上那一百隻貓的微笑。起床的時候，那讓人想到老式面巾上印的「祝君早安」。微笑的貓還會微笑的祝我晚安。只要想到一百隻貓微笑送我入眠，心情先就愉快起來。入睡前我擁抱一百隻貓同時也被牠們擁抱，然後把頭埋進去，一連狠狠吸幾口，啊！熟悉的棉被味道，令人感受到具體的幸福是如此柔軟可親。

兩年前送走的貓，曾躺在這被套上拍了一張帥氣十足的照片，我總是假想把頭埋在貓咪身上的那種幸福。因此我不喜歡新洗的被單，就像不喜歡剛洗過澡的貓失去了貓味。洗衣劑的味道是一種可以複製的人工氣味，如何能夠取代獨特的時間之味？

來台灣之前，只從小說裡讀過棉被。

初抵台灣是九月，天氣微涼，老飄雨。空氣因爲冰涼而顯得明淨，像從冰箱吹出來的那樣。外出得加一件赤道肯定不會用上的外套。黃昏，師大路上的水果攤開始賣柿子。黃澄澄的硬柿，一種我從來沒吃過的水果，在燈光下排列得那麼整齊美豔。那時我便想，哦！這就是秋天。從文字裡走出來的秋天那麼夢幻，令人忘了現實。有一晚冷醒，我從床上爬起來，發現剛搬進來的兩位室友擁被而眠，裹成一隻蠶的樣子看來溫暖得令人妒忌。

第二天我立刻約了唸美術系的朋友去買棉被。她早來兩個星期，在吳興街打工。因此她建議我到吳興街去，她的棉被就是跟她一起坐公車回來的。師大路當然有棉被行，就在和羅斯福路交接處。只是我老貼著師大宿舍活動，且方向感奇差，附近有些什麼店根本弄不太清楚。也許我看過那家老式的棉被店，但是沒有留下印象。我記得花店，但不記得那家在花店隔壁的老棉被行。在我買了棉被之後，它才納入我的認知範圍以內。

那天是週末，我們乘一路公車大老遠到了吳興街，逛了兩三家棉被行，試了許多不同價錢不同質材的棉被。對那些能夠增加冬天幸福指數，但高價位的棉被，只好一摸再摸，又按又揉的，然後，輕輕的嘆氣。朋友附在我耳邊說：「有錢眞好。」之後我很認命挑了價錢便宜的傳統棉被，和一個水藍色的被套。我腦海浮現《苦女流浪記》，爲了省錢，苦女過的是那種要把生活費掐得死緊，一毛也不許多花的生活，連買根針她也猶豫。臨走時我又看中了一個床墊，一面是軟墊一面是草席，冬夏兩用的那種。對我而言，這東西也是新奇的奢侈品。室友都用白布套的棉墊。可是，我還是買了。原來省了上頭的錢，錢還是打下邊流走了。

那晚我抱著大棉被，朋友提著捆成一捲的床墊，在路人的注目下，快步走到公車站，從吳興街搭一路公車回到師大。雖是初秋的天氣，仍然因負重而出了一身密密的汗。上車時，司機和乘客都投來怪異的眼光。我還瞄到司機從後視鏡跟蹤我們到落座方鬆開的眼神。當時覺得好玩，好像做了一件不理世俗眼光的事。可是當我發現那間位於路口的棉被店時，眞覺得自己蠢得可以。那些原來不當一回事的眼光，立刻變成了難忘的嘲諷。

無論如何，終於不必半夜冷醒。蓋棉被的感覺很像夾心餅，棉被和墊子都是餅乾，躺在中間的人便是餡。一間寢室有六塊夾心餅，左右各三，我的位置在中間，仍然是夾心的位置。住了四年宿舍，我都睡中間。因爲開門的位置容易被干擾，又不好意思搶最裡面的好所在，只好在不好不壞的中間落腳，算是保守卻安全的選擇。不過，我可是一點也不欣賞這樣不徹底的自己。

棉被的感覺和薄毯是多麼不同，我第一次深切感受到來自物質所給予的安全感。從初秋到深冬，隨著溫度的下降而增加對它的依賴。照不到太陽的寢室特別冷，有時乾脆把棉被裹在身上，把腫胖的身體塞進椅子讀書寫字，每個星期固定給家裡寫一封信。照例是報喜不報憂，好事誇大，壞事絕口不提，通常都是我過得很好，不必掛念之類。此外就是一些無關痛癢的活動報告，就像小時候搬到南部，爸爸規定我每個星期得給北部的祖父母寫的那種，乾脆就叫「報喜信」吧。報喜信一寫七八年，直到我開始打電話，用高額的電話費取代十三元的郵資。

裹在棉被裡寫信令人堅強。現實再怎麼壞，至少有一床殷實的棉被可以依賴。我無法用一些抽象的概念來安撫自己，譬如「天將降大任於斯人也」這種一點說服力也沒有的高蹈理念。最好是具體可觸之物，一件舊睡袍，或是老棉被都遠比高不可及的說辭來得即時而有效。

不上課的早晨，就把枕頭當靠墊，窩在床上擁被讀書。讀著讀著，棉被漸暖，睡意漸濃。我漸漸能體會同寢的師保生學姐為何堅持不能與人共被。寢室一共有兩個師保生學姐，其中一個已經離婚，比我們大上十歲，有個五歲的兒子。她最喜歡裸身與棉被廝磨，每次滑進棉被時，總是發出滿足的嘆息。那長長的嘆息，是噩夢的假面。伴隨著長嘆的，是暗夜裡的夢魘，半夜總是被她的囈語驚醒。有時是一聲突來的咆哮，有時則夾帶著淒楚的哭泣，更多時候是一串模糊不清的閩南語。一一三四室，大概是師大女生第一宿舍噩夢最多的寢室。

醒來後，我抱著生平第一床棉被，瞪著很近的天花板，揣測她的夢境，為她編造一個愛情悲劇。自然是跟背叛有關的主題。愈想，意識便愈清醒。隔天早上醒來，夢境撫平了她的情緒，我卻陷入她的夢境泥沼裡。

被迫成為窺夢者，使我面對她時懷著異樣的情緒。她一如往常般跟我們說笑玩樂，令我不安，當然也有更多的好奇和同情。但是白天的學姐樂觀得近乎強悍，反令人懷疑暗夜所聞是我的顛倒夢想。大一那年的睡眠多半是破碎的，勉強用來應付沉重的課業。半夜裡那些不快的夢境指向什麼？大概只有她的棉被最清楚了。不過棉被肯定不會出賣主人，毫無疑問，棉被絕對比情人忠誠。那些不快樂、膠著、灰蒙蒙的情緒，被巨大而柔軟，像海綿一樣的棉被吸附了。隔日醒來，一個開朗愛笑的學姐復又出現。

畢業後在新店山上租房子，一個多貓多雨，濕氣很重的社區。我在那裡認識了許多貓，也收到風濕這分意外的禮物。晴朗的冬日，從一樓到五樓，整條巷子都掛滿了棉被。棉被曬在頂樓，我曝於陽台，樓下的鐵皮屋頂則成了曬貓場。跟這幾隻野貓雖然相識，但這時我們互不理會，連招呼也懶得打。冬陽下，大家都暖和舒服得說不出話來。

棉被隔兩小時要翻面，好讓棉絮徹底蒐集太陽的能量。最好拿撐衣竿把棉被打鬆打軟，打出細細的棉絮在空中飛舞盤旋。曬過太陽的身體變輕了，有一種說不出的通透感。本來心情萎縮得像一顆僵硬的饅頭，被太陽一照，就好比蒸過變鬆。

冬陽怎麼就那麼有魔力？連貓咪都幸福得閉起眼睛，即使有老鼠經過，我相信牠們也懶得抓。曬過的棉被跟人一樣變輕盈了，棉絮膨脹，濕氣蒸發殆淨，而且散發出陽光的甜香。軟玉溫香抱滿懷，應該用來形容曬過的棉被。這時候，給棉被一個結實的擁抱吧，像擁抱睽違的朋友，棉被也會熱情的擁抱你，並且獻上太陽的馨香。

曬棉被那天最期待的是上床。什麼是幸福呢？就濕冷的冬季而言，便是蓋一床膨鬆的棉被，聞著太陽的味道進入夢鄉。夢鄉不再潮濕，第二天醒來手關節便暫時離開疼痛，心情立刻好轉。不過濕氣很快就會浸透，最慢一個星期，太陽的味道就漸漸消散。於是便期待下一個在家的好天氣，一個晴朗無雲，可以用棉被蒐集陽光，蒐集短暫幸福的好天氣。

從來沒想到棉被也有壽命。我原來納悶社區的冬怎麼愈來愈難熬，寒流來時，寒氣穿透棉被，我便戴手套穿毛襪睡覺，還是冷。這才意識到，棉被年限已盡，換成是母親，我相信她一定會塡些棉絮到被裡，就像隔一兩年在睡扁的枕頭裡塞棉花一樣。我不是節儉，是無可救藥的懷舊，因此捨不得老棉被，便把睡袍罩在棉被上，這樣也混過了一年。

買了新棉被，生平第一床棉被便送給家裡兩隻貓享用。曾在這棉被上拍過照的貓咪特別喜歡這破被，我一廂情願的以爲牠迷戀我留下的氣味。牠時而抱著被子猛踢，時而把頭埋在被裡，以爲看不到我便意味著我也看不到牠，叫牠不應，還得意的擺動尾巴，跟我捉迷藏。爲了不讓牠失望，我只好假裝找不到，一遍又一遍的叫小肥，對露在棉被外面肥碩的貓臀無法抑制的大笑。

我帶著第二床棉被搬來中壢。這裡的冬天沒有新店濕，可是風的勁道極猛。附近有家殯儀館，不上課的日子，常被譜上嗩吶的風聲喚醒，總是被迫倉皇脫離夢境。在黯淡的天色裡，死亡一下逼近，被喧嘩的樂音裝飾過也依然難掩淒冷。我把棉被裹得緊實，慶幸懷裡有一床睡暖的被可以依靠，冬日晚起變成理所當然。大學時養成的積習難改，不睡覺時也擁著被子賴在沙發，拿著遙控器無意識的逛過八十幾個有線電台。這是窮極無聊時常做的事，最後是什麼都看過，而實際上什麼也沒看到，貪圖的是和棉被纏綿的懶時光。

只是那床棉被如今年老色衰，一端滿布暗褐色的大斑小斑，很像老人斑，其實是被時間吮乾的血漬。乾冷的冬夜熟睡時，從脆弱的鼻子爬出來的血蛇在棉被、臉頰和脖子留下痕跡。乾涸在臉頰的，常讓對鏡的我倒抽一口氣。一張惺忪帶血的臉，出現在恐怖片裡就可以了。

從馬來西亞回來後我e-mail給小妹，告訴她冬天最開心的兩件事，一是曬太陽，另外一件，也跟陽光有關，就是曬棉被。她回信說那冬天有什麼好，馬來西亞天天都有曬得死人的毒太陽，高興什麼時候曬都可以，根本不必那麼苦情等太陽露臉。末了她說母親終於給她縫了一條碎布接的百衲被。九月時要一併帶去倫敦，想家時有個東西依靠，還可以用來拭淚。

讀到這裡我便笑了，畢竟是姐妹，在最細微之處，我們仍然相似。但也畢竟是老么，她從不放過撒嬌的機會。至於曬棉被和曬太陽的快樂，也許，要等她過完倫敦的冬天，方能深切的體會。

——二〇〇二年六月・選自聯合文學版《我和我豢養的宇宙》

酷刑

這是福報啊。每天從診所出來，就得一遍又一遍給自己心理建設，否則，就再也找不到復健的動力了。我一手撐著腰，用力拉開腳步，支著被復健機器和推拿師拆過，又重新組合的全副骨頭，狀似懷胎多月的孕婦蹣跚行走。剛才針灸過的點說不出是痛是癢，我得重複說服自己，這實在是個不小的福報，得惜福啊！幸好遇到良醫，否則長骨刺時再治療，可就嫌晚了。

離開診所時，通常已黃昏，中山東路充塞覓食的下班人潮。錯身的行人總是皺眉，大概濃重的藥味很不討喜吧！我知道自己的表情、動作，都不屬於這個時刻，周遭食物的氣味，使得身上推拿擦的草藥味突兀，與夏日蒸散的體味不搭軋。覓食的人們臉上有吃的慾望，張望店招的眼神散發對食物的熱切，行走的速度於是格外帶勁。我習慣性的嘆口大氣，剛才那番大整治把人顛來倒去，又扭又拉的，胃口早給整掉了。

每次四到五個治療程序，等待的空檔，我總是棒著水杯，聆聽病人交換彼此的病況。有些人把病情聊成雲淡風輕，有些則怨天怨地。那些聽來的病和痛，令人懷疑身體的存在意義。在這裡，身體不是享樂的載具，而是痛苦的承受體。置身於裝載病痛的軀體樹林令人迷失，變成更嚴重的懷疑論者。享樂眞的只是生命的表象，痛苦乃是本質？所有的享樂都是痛苦的麻醉劑啊！兩三個小時下來，心愈來愈沉，胃囊灌成了水袋，哪來吃飯的閒情和塡充食物的空間？只是時間到，我不得不學著正常作息。

陳君隆醫師一再告誡我得作息正常。我反問他，什麼叫正常？多麼相對的概念，我認爲自己比起好多朋友來，簡直正常得過分。醫生的標準實在太高，他說正常就是準時吃飯，十一點以前睡覺。除此之外，還得坐有坐相，站有站姿，不得搖腳扭腰歪在椅子上，不能長期低頭，同一個姿勢不可持續半小時以上。

陳醫師對我的苟且態度很不滿意，去年年底就該治療了。他一壓我的虎口，讓我當場從椅子彈起，痛得差點流淚。他的判決我根本不信。按一下手就斷定我脊椎嚴重側彎，骨盆腔傾斜扭曲，難道你有透視眼？他讀出我眼裡的懷疑，叫我去照片子。我花了一千四百塊，照了那四張X光片印證他的診斷。

還是拖了九個月。復健機器簡直是滿清十大酷刑的現代版，向這些機器要回健康？生病已經夠可憐了，還得被五花大綁？針灸室裡，一字排開被針釘在床上的肉體，豈不是耶穌受難圖的民間版？想到十幾根二吋長的針插秧一樣插進肉田裡，心就一陣抽搐。我拿出一貫的拖字訣，拖吧！忍無可忍時再說。

這九個月來，背上像坐著一個小鬼。它越吃越重逐漸肥碩，壓得我腰背疼痛，輾轉難眠。靜夜裡像猴子一樣攀在我身上，雙手扳著我的脖子像扳一棵樹，我的肩頸因此而僵硬疼痛。牠脾氣不好時，便大力拍我的左後腦，偏頭痛讓我幾乎跪地求饒，呼叫小祖宗你饒了我吧！（我屬猴，當然得叫它一聲小祖宗。）這些症狀都在預期之內，因爲脊椎彎曲頸骨弧度不夠，血液無法順利輸送到腦。可是，我不肯賭這把，那種地方，當時我的武斷想法是，去久了有兩種可能：看破紅塵，或厭世。

我還要吃喝玩樂，並且深深眷戀這個讓我流淚歡笑的人世。

然而我的身體狀況像七十歲的老太婆。有一回我奶奶抱怨她的老骨頭從背痛到腳，不如扔掉算了。我說妳孫女比妳年輕五十歲，卻有一副跟妳一樣差的臭皮囊。說完覺得自己眞窩囊，再看她四十五度的駝背，當下心裡一驚，我的駝鳥夢，霎時甦醒。想到自己四十歲時，將會長成一副隨時跟人鞠躬的禮貌身體，就再也沒有老下去的勇氣。

復健得與機器爲伍，我怕針，更厭惡固定門診。一被別人「規定」該如何如何，我的後腦立刻冒出一塊反骨，痛就痛暈就讓它暈吧，反正不到忍耐底線就不去。私底下我卻花了不少錢朝「健康」、「少痛」、「促進血液循環」這三個目標前進，譬如一個攜帶型的通電按摩器，計有「捶敲」、「按揉」、「按壓」、「推搖」等幾種功能，兩個中型電池的電量。頭繃得太緊時，就把兩塊貼墊放在後頸兩側，開啓微弱的電流。選擇「按揉」，立刻有一股痠麻的電流導入神經，很輕很輕的，如有一隻力道小巧的手在揉脖子。

儘管如此，我卻不怎麼喜歡它，它的效用和電流一樣微弱。觸電的恐怖經驗令我對它充滿戒備，一次不小心調到大的電流量，立刻產生「快被電死」的恐慌。然而它對活血確實有效。所有腰痠背痛或中風的病人，都逃不開「被電」的命運。通電的肌肉很像田雞被剝下外皮時，仍在跳躍的死亡掙扎。

記得第一次看診時，我便追著陳醫師問，什麼時候才可以不來啊？陳醫師正在給病人下針，從針盒裡拈出一枚暗器，一彈，針落入肌肉裡，試探位置，調整深度，時而上下左右撥弄，那架式像極武俠小說裡的暗器高手。他掐一下那位歐巴桑的脖子，自言自語，眞想拆下來，給妳再裝一副。這個隨時消遣熟悉病人的醫師，喜歡一邊工作一邊遊戲，工作就是娛樂，他出手下針宛如庖丁解牛。病人儘管哎喲哎喲叫痛，卻不怨他，離開時千謝萬謝。我覺得在這時候道謝很奇怪。謝什麼呢？謝謝你虐待我？

我對治療這麼不耐煩，陳醫師一點也不生氣，慢吞吞的說，一年後再問這個問題。你說眞的假的？我一緊張嗓門就提高，一年？後面那位中風的中年人，這時慢慢抬起扭曲的臉，用悲苦的眼神看了我一眼。他的右手插著針，電流通過時，肌肉一鼓一鼓的彈跳。多麼殘酷的生命寫眞。我不敢正視他，生命的眞相，如此令人不忍正視。他的病痛全縮進那張沒有表情的苦臉。他每天報到，已經接受，而非忍受電擊和針穿的痛。那種特殊用針，是一般病人使用的一倍長，看一眼就會讓人心臟收縮。他很少說話，對生命，大概已經到達無言以對的境地吧。

我看到醫生拔針就怕。好多次在醫院打針，護士都宣稱「找不到靜脈」。針插進去又拔出來，死命拍我的手拍到痙攣，還嫌我的靜脈埋太深。靜脈又不是金礦，我才不怕別人挖，什麼叫「埋得特別深」？不知道自己怎麼那麼倒楣，盡遇到這種差勁的護士。還是潛意識抗拒打針，所以靜脈都躲起來了。多年前那次住院，左手被打得坑坑洞洞像箭靶，顏色青裡帶黑，蛇狀瘀血順手臂逶迤爬下。陳醫師一說得針灸，我的手臂立刻開始疼痛起來。如果用針撥，好得更快。他補上這句，我眞想拔腿就跑。

如果拉腰、拉脖子、滾床、推拿、針灸和放血都算酷刑，那麼，針撥法就是酷刑之首。某個中風病人看診時間與我相同，隔一陣他就得做針撥。針撥很有效，然而針刀無情。陳醫師看診向來不關門，他一天看百多兩百個病人，且大都是熟客，習慣不把病情當祕密。有個女人一進看診室就用大嗓門報告病情：醫生我的月經很少很不準喔！所有人都知道她的經期何時開始何時結束，何時又開始量多正常起來。這種狀況大家習以爲常，可是針刀一下，再無情的人也會動容，無言的病人再也不能無聲。

觀者看到刀子在肉裡挑撥，都露出痛極的表情，他們看針刀，我看他們感同身受的表情。動刀的陳醫師不動如山，冷靜得像個殺手。病人的太太說，先生中風第六十八天就天天到這兒報到，從不會走不能說話，到現在行動自如，喪失的語言能力逐漸恢復，就只剩下那隻右手。這些長期同時段看診的病人，彼此熟悉病情，看診的空檔總在閒聊，或者跟護士、推拿師和醫生抬槓，感情極好。而我習於旁觀，好笑的事就跟著笑。再怎麼融洽，畢竟是診所。那是病人的地方，我打從心裡抗拒。

然而我也終究習慣了。兩個多月來，每週固定三次看診，按順序把脈、熱敷、拉腰或拉脖子、針灸，最後推拿。我最喜歡那張滾床，躺上去，小腿壓好設定時間，只能十五分鐘。陳醫師醫術太好，後面永遠等著一大掛病人。滾輪像結實的海濤，一波波來回輾過我的脊椎。那滋味，只有兩個字可以形容：痛、快。痛者，快也，痛快乃一體之兩面。

這台不像治療器材的設備只躺過一次，陳醫師是個虐待狂。至少，他老是在罩子上的人像圈腰圈脖子，要我去躺那台拉腰拉脖子的可怕機器，舒服的滾床沒我的分。他一說拉腰我就給他一張哭臉，心裡老大不情願。他便恐嚇我，再討價還價就多賞你兩針。我立刻乖乖去熱敷。

拉腰拉脖子前都得綁在椅子上熱敷，我實在不喜歡那塊貼過無數男女老少的電熱敷袋。每一次我都要求調到最低溫，凡是通電的物品我都心存畏懼，包括家裡的吸塵機，那轟轟的吸塵聲強而有力，眞怕哪一天把自己倒楣的腳趾頭也吸掉。可是現代人實在太多這類變相的產品，譬如抖腰腹脂肪的腰帶，無以名之，姑且叫去脂帶。我家附近的運動用品店就有，我好奇的問，這能歸入運動器材類嗎？老闆娘笑著說，反正目的一樣嘛！

譬如烤箱，我是指給人減肥的那種，進去的是人，不是家畜。不過，靈感大概來自烤雞或烤鴨。有一次在旅館內誤闖桑拿浴間，門一打開，一蓬滾燙的熱氣衝出來。我正奇怪，怎麼在這裡燒開水？沒想到小小的空間，竟窩著幾個烤得紅通通女人像煮熟的龍蝦，她們笑嘻嘻的招呼我進去烤一烤。好舒服哪，有人這麼強調。

再怎麼舒服我也是個人呀，怎麼可以把自己等同於雞鴨？

有一次拉腰結束，我已經滑到床的半中間。護士來鬆綁時，問我怎麼沒拉緊握桿？只好傻笑，人嘛，總有失神的時候。每次拉腰都把我當動物一樣綁在床上，腳架高，腰勒得死緊，機器一截截把身體往下拉，拉到極限，再一截截把我的下半身送回來，我眞擔心會折成兩截。這時你會體悟何謂「人爲刀俎，我爲魚肉」，不能動彈，只好任人擺佈。

拉脖子更令人膽戰，想像被送上斷頭台，或是上吊的滋味吧！每次躺上去，我就開始想像，古人如果看到這個畫面，一定以爲我犯了什麼滔天大罪在接受懲罰。天曉得我只因爲摔跤了幾次，長期姿勢不良，習慣不好，了不起再加個低頭走路，因爲我得隨時檢視地板是否有落髮，在外行走爲了少跟人打招呼。如果要定我的罪，罪名就是潔癖，加上輕微的孤僻。父親就認爲我奶奶的駝背，肇因於每天非得擦地板。

拉腰拉脖子要二十分鐘，拉完得側身起床，以免才校正的脊椎承受太大的負擔。二十分鐘裡我大多閉目，可是總有雜念叢生，腦海裡常常飄來當年讀的斷句殘篇，反反覆覆出現那句「吾之大患，惟吾有身」。吃五穀雜糧的身體總不免要病痛，老子應該也領略過被身體折磨的痛楚吧！連我向來沒什麼好感的孟子遺訓「勞其筋骨，餓其體膚」都跑到腦海來了，以此推斷，要歷經人世苦難，方可體悟成聖成佛之境。

其實拉腰時，「怕痛」的情緒已經在醞釀，接下來的針灸是療程的高潮。不就是平凡的一根針，爲什麼能有療效？這種神奇的中國傳統醫學結晶帶來的「痛」，也是複雜神祕的，有人認爲針灸的感覺是麻、痠或漲，也有人說完全放鬆時，像螞蟻咬。

趴在床上時我已經頭皮發麻，全身肌肉緊繃。預先知道的痛最可怕，那會讓皮肉的疼痛指數升高。陳醫師最不滿意我的肩頸，通常要狠狠的下個六到七針。如此讓我哀嚎求饒之後，他彷彿稍稍滿足了，繼續讓我的腰吃上四到五針。每一針對我而言都是大磨難，我不得不呻吟。陳醫師一聽我叫痛便高興，每次都說，痛嗎？好，再來一針。等他虐待完畢，我咬牙切齒的說，陳醫師，我此生最大的心願，是好好回敬你一百針。你想當刺蝟還是仙人掌？

針灸時我早已學會不管面子，痛起來誰還顧形而上的問題？曾經聽到一個女人說，每一次她都叫好大聲。我很想瞪這個多嘴的女人一眼，可是全身被十幾根針鎮住，動彈不得。陳醫師下針時，習慣要問這裡那裡痠不痠。我的標準答案一律是：不會。沒有。無論如何，少一針總是好的。

十幾根針要在肉裡插上十五分鐘，這十五分鐘如同點了穴，不能動。嘖嘖得忍著。那瞬間的爆發力會引發暴雨梨花針。時間，突然很慢很漫長。陳醫師的大陸式針法下得深而準，絕對正中要害。針完，我一貫扶著床沿爬不起來，額頭壓得一片暈紅，異常狼狽。

針灸結束，苦難就算過去了大半，剩下的推拿是尾聲。我捧著水杯觀察別人服刑。其中一個胖胖的歐巴桑，背部算算竟有二十一針，那是看診必然相遇的熟背影。另外一個粗壯的男人，本來準備移植大腿人工關節，來這裡試試運氣，一段日子後，竟然也像正常人開始行走。這時他的臀和大腿插著長針，陳醫師下針時，他一聲都沒哼。那邊拉腰床上躺的瘦弱女生，亦是熟面孔。看著這些病痛眾生，我再不敢埋怨。

雖然如此，年輕的推拿師梁師父把我當麵糰轉來扭去，壓得骨頭喀啦喀啦響時，我仍然唉唉叫痛。他只要一說「妳這麼年輕，怎麼一身病」之類的話，我就非常不服氣，立刻搬出大道理改造他的想法：按照我的觀察和推理，只要是人，都有輕重不同的隱疾。別露出不信的嘴臉，你也是。只是我比較在意身體發出的訊息，才顯得毛病特多而已。

其實，這不是我說的，是上海人民醫院高慶祥醫師的意思。那時因爲心臟不肯規律跳動，陳思和帶我去看他的主治醫師。高醫師只跟我聊了半小時，立刻斷定這是心病，叫「早搏」，非形而下的心臟病，跟情緒、壓力、天氣、太過敏感有關，我保證妳的心臟沒問題。

聽到不必吃藥不必做心電圖，而且有名醫拍胸膛保證，我的心臟立刻恢復正常。心電圖儀器跟電腦斷層掃描，同樣令人緊張。掃描前，得喝一杯叫顯影劑的灰色液體，灰濁的顏色，噁心的氣味，很像化學毒藥。送入電腦斷層掃描器那一刻，我覺得自己被扔進了焚化爐。八年前的事了，回想起來，感覺跟接近死亡一樣壞。從此我對一切醫療儀器都抱著敬畏的態度。應對這些高科技，不只是身體，連心理都要調好頻率。否則，沒病也會嚇出病來。

後來針灸時，我便開始幻想：總有一天，陳醫師的醫術到了化境，不必拉腰拉脖子，無須挨那十幾枝針，就可以把我的身體推回常軌。可是，那將是一種什麼狀態呢？大概，嗯，等陳醫師練成絕世武功，用他的內心打通我的任督二脈，再那麼三兩下，走位扭曲的骨頭，全都各就各位。

——二〇〇二年六月・選自聯合文學版《我和我豢養的宇宙》

陳大爲作品

散文卷

陳大為

廣西桂林人，1969年生，長於馬來西亞。台灣師範大學國文所博士，現任台北大學中文系助理教授。著有散文集《流動的身世》，及詩集、論文集等多部。曾獲台北文學年金、聯合報文學獎散文及新詩首獎、中國時報文學獎散文及新詩評審獎、中央日報文學獎散文次獎及新詩首獎、星洲日報文學獎散文及新詩推薦獎、新聞局圖書金鼎獎等。

木部十二劃

這個字，老喜歡跟童年糾葛在一起。

木部，十二劃；這個「樹」曾是我最討厭的生字。每寫一次就怨一次吳剛：爲什麼他的巨斧不砍掉這些惱人的笨筆劃？不然還能怨誰呢？我的見聞還那麼瘦小，會砍樹的只認識吳剛。要知道這雜草般的生字，可是小手最大的夢魘，它還害我被豬頭老師罰抄，整整兩百遍。沒錯，我是故意把它簡寫成「村」的，誰叫它這麼難寫！

老師好不容易找出原因──我總是把左邊的「木」寫得很大，佔半格，而且枝幹粗壯，儼然是上了年紀的老喬木；其餘筆劃變得好幼小，像寸短的豆苗苟活在地表，後來乾脆拔掉。爲了此「樹」，老師在作業薄上澆了半升口水，我同時聽到兩種躍然紙上的呼聲：喬木得意地冷笑，豆苗在溺斃邊緣求饒。佔半格的問題，我足足反省了一支冰淇淋的時間。我一點都沒錯！樹是大木，所以「樹」字的「木」旁一定要夠大。奇怪，老師怎麼想不通這道理。

學無止境的生字對我而言，等於一棵特大號的喬木，我是那有待進補的白蟻，六肢虛軟，觸角迷茫。張開成長中的腹眼，我跟豆苗一起蹲在地表，仰望喬木的身軀，沿著說不上尺寸的根莖，仰望仰望再仰望，直到瘦了眼睛疼了頸項。就這樣，我被生字一筆一筆地揠苗助長，長成書生的呆模樣。

我討厭「樹」，是因爲我喜歡樹。

樹，在我的作文和散文裡出現了好幾百次，有時說好只是露露臉，後來卻成爲喧賓奪主的熱意象；有時很聽話，乖乖地佯裝成某個故事的冷背景，靜靜杵在字裡行間。我小時候也常常杵在樹蔭底下，聽風如何剽竊鳥語、如何丈量歲月。樹蔭涼快了我半個童年，所以每篇作文都飄進幾片樹葉。

葉飄如蝶，忽有丈長的鬍鬚穿過記憶，逗醒我怔怔的冥想。不是哪位高齡的老者，是那幾棵很嚇人的百年老榕樹。在還沒有鉅細靡遺、大規模地回憶童年之前，老榕樹們確實把記憶吃去很大的一片，不管如何峰迴路轉，筆尖終究會扯上幾撮嚇人的老鬍鬚。

可是我萬萬想不到，連土地公公也不知是哪個閒人，在這塊空地植下十幾棵榕樹。只聽說後來要鋪馬路，不得不請吳剛來砍掉八字較輕的幾棵。外婆很沒有把握的接著說：在媽媽出生那年，還剩下十一棵，數十年來先後被雷劈掉長相猙獰的兩棵妖榕……。這番說詞像狐狸，躡手躡腳走過我的耳膜。外婆常常唬我，等我嚇青了臉再哄回去，用童話，或新奇的玩具。該不該相信狐狸的小腳印呢？可惜外婆陳述榕樹野史的表情，我早已忘記。

但我還記得在榕樹底下乘涼的每個午後。

樹蔭把感覺裁成壁壘分明的兩個世界。蔭影之外，是灼熱的炎陽在烘烤所有移動或靜止的事物，熨平了馬路，煎軟了石墩，更設法燙傷我用來描述景象的詞藻。各種可能的創意都中暑了，每位作家在仲夏流下一樣的汗，記述一樣的豔陽天，統治大地的盡是火部的惡字眼。還有微焦的風，吹來一股燜感覺。所以躲在密不透光的老榕樹下，是最廉價的避暑方法。

別忘記，這是九棵巨大榕樹拼湊起來的，超大號的蔭涼。其間雖有陽光凝眼的小縫隙，但不礙事。色澤昏暗的影子是一張幸福的地圖，幾乎全村的閒人、土狗和賤鳥都會到此避暑兼聊天，於是樹下匯聚了不同物種的語言。把天聊得最起勁的是閒人俱樂部，其成員不外乎：小頑童、長舌婦、老骨頭。長舌婦手裡端著頑童的午飯，嘴裡應答著老人家，匙也掏掏，舌也滔滔；如此三位一體，彼此咀嚼著彼此的午後心情。

榕樹林是村民的記憶網絡，要是它們有好奇的耳朵，那聽進去的閒話勢必塞滿年輪，連半圈也轉不動。我構想過一則童話：榕樹林是一群道地的說書人，在螢火的時辰，透過晚蟬這快板，述說白晝聽來的，增補修訂後的家常。榕樹甲低聲提起——我和小夥伴們偷了一罐雜貨店的蝦餅，在它那像腳指的板根之間喫了半天，順便餵肥了饞嘴的胖麻雀；榕樹乙和榕樹丙唱起某對姦夫淫婦的反目大戲，相互指責，用難聽的語意、悅耳的方言；接著是榕樹丁的破產故事、榕樹戊的未婚生子……。榕樹的年輪是一部人類讀不懂的話本，即使成爲紙漿，還繼續聆聽書寫者的心聲，或傳遞發言者的訊息。說書，是它不想告人的宿命。

其中一棵老榕樹長了顆古怪的瘤，遠看似金魚浮凸的蠢眼睛，近看又像水牛飯後的副產品。總之刺眼，後來它半推半就地擔任起我們的箭靶，所有自制的武器都往它身上招呼，像動了再動的超級手術。有一回我突發奇想——要是一手抓住根鬚，一手握著利器，學羅賓漢兼泰山，從這棵榕樹的外圍遢進來，一槍往靶心刺去！越想，越刺激。那是一個紀念屈原投江的中午，吃過阿倫他祖母裏的粽子，我們聚集在靶前作初步的沙盤推演。沒騙你，我隱約聽到瘤靶子顫抖的怪聲音，嘎啦嘎啦的，原來它也怕死。大夥眉飛色舞的比擬著刺靶大計，然後搬運高凳、物色韌鬚，再漆紅了靶心、並墊護可能撞擊和墜落的地方……。忙了一個小時，只等主角上場。

眼看餿主意逐步成形，我偷偷預想泰山和羅賓漢的威風。十歲的我爬上三呎方桌上的兩呎高凳，左手緊緊抓住榕樹的長鬚，任它喊疼、罵笨，反正我這回英雄是做定了。居高臨下，我總算清楚看到夥伴們崇拜不已的目光，那種瞳采，唉，那種如同在等待神話英雄的瞳采，眞教人心醉，即使槍毀人亡也在所不惜啊——

眾望所歸的我，遂遢出歷史性的弧度。

時間在雙腳騰空之際停頓了一陣子，再緩緩滑動。跟電影裡靜止的畫面很相似，每一張崇拜的嘴巴呆住，加油的聲波形成氣狀的漣漪，一環一環地朝我叩拜過來。差點忘記應有的動作——拔槍，瞄準，刺殺。整個過程大約四秒：欣賞一秒的風景、一秒的表情，再愕去一秒，到了拔槍的第四秒，瘤靶子已近在眼前了。不過我還是不負眾望，連人帶槍一併擊中目標，同時被目標擊中。原來瘤靶子是一顆重量級的拳頭。如果不是早有防備，我肯定槍毀人亡了，不止是左腳挫傷而已。這件事成了歷久彌新的飯後笑話。

不過我那群有良心的夥伴可不這麼認爲，他們覺得這是件很壯烈的事蹟，作文最高分的胖子當仁不讓地挺身而出，他說要發揮過人的修辭能力，用國中生才懂的文言文，寫一篇非常厲害的碑文來記載此事。結果他眞的寫了，用刀，在樹瘤左邊刻字——「辛亥年端午，不世英雄○○○，在此一擊」。當時他還很得意的解說了一番：辛亥年，是孫中山革命成功的年分，是一個威風的年分，用在這裡更能說明擊樹一事的偉大。五天之後，我們才知道天干地支的正確用法。不管怎樣，「辛亥」一詞雖然會誤導後人對此事的考據（萬一我成爲偉人的話），但從中卻可看出胖子等人對我那分至高無上的崇敬。「他裹著石膏的殘軀，在樹蔭底下顯得十分悲壯，有一股風蕭蕭兮易水寒的感覺；我的整顆眼珠子，好像漂浮在淚湖上面。」若干年後，我在胖子發表在副刊上的一篇散文，讀到當時的自己。他沒有忘記那件事，只是把「英雄擊樹」改成「英雄撞樹」。

那天下午我很氣憤地捲起報紙，守在榕樹林的前端，等胖子回來。胖子到高三那年已經瘦了，但回家的路必得穿過事發地點。鐵青著臉，心中盤算久久的咒語，像一柄隨時出鞘的快刀，我一腳踏在榕樹浮起的青筋上面。「我昨天遭遇綠林大盜，他手操三呎番刀，一腳踏在寫著『納命來』的石墩上；風虎虎吹過，氣氛非常武俠……。我清楚感受到一千顆冷汗撐開毛孔，大規模地逃亡。」兩個月後，胖子又發表了以上的描述，還敢敢寄一份剪報給我！

除了胖子的散文，我多次在鄰居孩子的作文裡讀到榕樹林；從國小到高中，我陸續讀到一代代的孩子王，在統治、在發展一篇篇榕樹林的傳奇故事。相同的榕樹，不同的演出；從午後的頑皮遊戲、傍晚的長舌聚落，到子夜的靈異傳說。榕樹睜開懶洋洋的眼睛，又軟軟閉起。是的，千百種故事在樹蔭下演出，卻怎麼也跳不出這張涼爽的地圖。聽說某位新來的國小老師，對眾學子的作文發了一番牢騷，說什麼一天到晚都是樹，榕來松去的，未免太煩人了。樹，似乎成了老師們的夢魘。

想想也對。除了樹，難道我們沒有更值得紀錄的事物？除了樹，童年就舉不出更盡興的玩具？難道，除了這片老得快成精的榕樹林，以及附近幾棵落單的松樹、兩叢觀音竹，作文就找不到其他更好的故事背景？

於是我把回憶逐格倒帶回來，然後假想——如果沒有榕樹林，我們這群不學無術的村民，會以什麼樣的形態來消磨時間？最先想到水部五劃的「河」。易寫，又好記的「河」，偏偏水濁不見魚，流勢又急如催命，當然不是一條人緣很好的流域。河的兩岸是讓頑童著迷的鵝卵石灘，但石太滑且多陷阱，每隔幾年就有孩子成爲水鬼的收藏品；洗衣也不行，太濁的水質有股越洗越髒的土味；至於那群終日閒閒的老骨頭，即使再怎麼窮極無聊，也絕不肯跋涉兩哩到此釣魚。在河邊，我們的童年找不到聚集的理由，孩子的作文都不喜歡兇險的水聲。

太遠，太濁，太滑，太急。筆劃很少的「河」，絕對是一個被排除的地理。

山部五劃的「岩」呢？村口有數十塊由山壁崩落的花崗岩，大者如丘，小者如球。想想也不妥當。難不成叫老態龍鍾的長輩來攀岩？更難說服長舌婦頂著火部的字眼，跑到岩縫間話家常。要是任由孩子從岩頂野到岩底，在山部裡書寫一節陡峭的生命，那我們的童年足以成就一部琳瑯滿目的傷殘紀錄。我眞不敢想像——萬一胖子失足夾進石縫裡的窘態，他可能在散文裡這麼自述：「在巨人齒縫間，我是那半條賴死不走的韭菜，塞得滿滿的，休想三兩下把我剔出來。除非你找來盤古，將齒縫闢寬……。」這必定是一個成天瘀血的童年。易寫，但凶險的「岩」，並非一個滋長得出生活情趣的好地點。

排除了五劃的岩堆與河水，只剩下田了。田部零劃，太單調的阡陌，只能吸引青蛙到此玩耍。

我不知道筆劃是否跟生活內容保持某種神祕的正比例。但那些筆劃太少的山水，確實無法架構起童年既豐饒又雜亂的記憶。唯有木部十二劃的「樹」，才能讓我從容地攤開、晾起微潮的歲月。榕樹之外，我們的村子還有幾十棵散佈各處的喬木，知名或不知名的，像一個巨大厚實的胎盤，呵護著頑童的世界。我忍不住要下定論：火部的存在，是爲了凸顯木部的涼快價值；樹所以存在，爲的是替童年添幾分神采、替作文佈置最立體的舞台。

於是我寫了一篇叫〈木部十二劃〉的散文，用這兩句話來結尾：「我喜歡樹，因爲它可以簡寫成內涵豐富的村。」

——一九九九年十一月·選自九歌版《流動的身世》

從鬼

多年以後才發現，原來我是透過一本又一本的詞典，來認識不斷膨脹的世界。乳牙帶給我咀嚼和咬辭的能力，一張八枚新齒的小嘴，盡咬一些意思不明的生字，滿嘴跌跌撞撞的讀音。這種曾經有詩人稱之爲霧的嬰語，可眞叫媽媽猜破了腦筋。跟其他小孩子一樣，我的兩顎與舌頭很努力將世界在讀音裡扶正，直到事物坐穩它們在語音裡的位置。讀音，是我解讀世界的第一把鑰匙。

剛開了一把鎖，卻有另一把在後面等著，這世界到底有多大呢？我毫無估算它的動機，反正每天都有新鮮的名詞等著我去認識，等著我去把它的名字牙牙地讀出。剛上幼稚園，眼前的事物即開始擁有自己的紋身，雖然筆劃跟樹枝同樣難看，但我眞的聽見文字誕生時的歡呼，畢竟是我一筆一筆把它們寫出來的。才學了幾個生字我便到處塗鴉，常常因爲明知故犯而被打；後來學乖了，塗在牆壁的最低海拔，除了路過的螞蟻、蟑螂，以及媽媽隨手揮舞的掃把，其他人類都不可能察覺。

上了小學，生字宛如河床沖積的淤泥，迅速淤積在習字簿裡，我很快失去塗鴉的興趣。課文的篇幅似瓜棚裡的南瓜日益肥大，剖開來又是一堆讀不懂又記不牢的怪筆劃，有些字連讀音都很難去聯想。我不得不學查字典。這可是一座沒有書店的小城，父親走遍了整片文化沙漠裡僅有的幾家文具行，好不容易買到一本印刷精美，還附圖表的學生字典。捧著這部文字的族譜，我津津有味地查了一個下午，令我感到新奇與迷惑的是「部首」這玩意兒。

部首，重燃我的熊熊字戀。

翻開部首索引，我看見好多漢字的內臟和肢體，譬如打字的手、陳字的耳朵、肥字的肉，當然還有一些完整的字型。老師曾經這麼比喻：部首是一群十分厲害的酋長，各別統治著他們的屬下，並且下令部屬將同樣的記號塗在身上，這樣大家才不會搞亂。這款說法很新鮮，我忍不住翻開魚部，果然！果然！我吃過、沒吃過和想吃的魚類——鮭、鯉、鯊、鯧、鯨、鰻、鱸——統統在此，牠們根據魚體結構的簡繁來排隊。接著我讀到眼花撩亂的金部，有兵器如鎗、有廚具如鏟、又有工具如鉗農具如鐮，十足一個聯營的鐵器兼兵工廠。像吃麵，我一條一條地吃掉隨文的解說，用胃去想像那些看不到的事物，或在遠洋深處，或在城堡林立的上古。世界在翻查中急速擴大，字典的厚度告訴我：還有太多還未讀到的東西在書頁裡躺著。

於是我變成讀字典的書蟲。

班上同學見識過我的識字能耐之後，我得到一個無敵的封號——字典王。替大家解說字義，竟成了字典王無比榮幸的下場。兒童節那天，同學們臨時起意決定考考我，先是金木水火土，再來是鹿鳥虫魚鼠，最後是零星的幾部。他們赫然發現——我解釋得最精采的是鬼部。鉅細靡遺，好比一隻野鬼在介紹同類的迷離身世，語氣裡隱隱有青煙交織。

是的，鬼，就像一個懂得拚命張牙舞爪的生字，一下就被我的好奇從字典挖掘出來。我一向怕鬼，每次問媽媽有關鬼的構造與細節，她老是恐嚇我：再問，再問今晚鬼就出來找你。悄然成形的問號，似魚鉤，牢牢鉤住我欲言又止的上唇。我只好從電影裡歸納鬼的內容——人死後變鬼、透明的靈魂、沒有腳、會穿牆、會飄、無孔不入……

其實字典到手當天，第三個查勘對象即是鬼部。令我非常失望的是，只解釋了一句：人死後的靈魂。我速速瀏覽了含本字在內的十六隻鬼——鬼魁魂魄魅魃魈魋魍魎魏魑魔魖魘魙。鬼族的規模眞的很小，除了幾隻冒牌貨，大部分是山裡的妖精，對我這個長年住在小城的孩子而言，必須借助聊齋故事來驅動腦袋，才能想像出山魈、石魍、樹魑的嚇人形態。我對鬼的理解根本就是經由文人描述的語彙和慣用的書寫邏輯，所組構起來的鬼怪世界。可是我的鬼，豈能局限在字典那簡陋的說明裡面！爲了探究鬼的生態結構，我巧立名目，豎起對生字和新詞的求知大旗；此計果然感動了父親，他又花了半天去物色一部磚塊大小的詞典。

詞典，成爲我知識晉級的臺階。

從字典王到詞典王，班上同學明顯意識到彼此間的智慧距離。小六那年，背詞典之風因我而大盛；爲了寶座，我夜以繼日不斷啃詞典，以擊退接踵而來的挑戰者。從一個單字到一串相關的詞，我的世界越來越大，也越來越空洞與陌生。總是有一些古怪的名詞，在界說不可思議的事物；最令我百思不解的是平時說話的語彙，爲何遠不及詞典裡記載的精采，究竟是我們弄丟了那群冷僻的詞，還是它們自閉在生活之外？或者它們根本不存在？我靠詞典讀回來的世界，有幾成是眞實的？尤其鬼部的成員，此刻他們是否飄忽在我身邊？會不會只舞爪在詞典裡面？

我的生活被詞典的戰爭鑽成一支牛角，很尖很尖。

直到升上國中，這場無聊的競技才結束。我對數理的思考能力低人一等，不得不把詞典收起來，專心去演算百無聊賴的習題。儘管除了詞典之外，還有令人欣喜若狂的超大型辭海，以及各種大百科，但那不是凡人啃得動的巨冊。詞典王到此自動夭折，在辭海的岸邊化成安分的貝殼，回歸到大百科的條目裡去。

也許是宿命吧，我誤打誤撞的考上中文系。如果把我對字典和詞典的迷戀，比喻成大麻和白粉引發的毒癮，那說文解字便是一公斤高純度的海洛英。

我被許愼的解字之術，死死地迷住。

小篆是漢字的童年，比甲骨金文的嬰兒期晚一點點。童年的行徑是比較不可理喻的，固執，任性，有些聲符實在猜不透，乍看是散步的飛禽，瞧仔細了卻是走獸的背影。許愼在進行一場前無古人的大猜謎，他的謎底洩露了大量漢字的小祕密。我翻到鬼部，所有跟鬼相關的字都「從鬼」，由鬼這個大酋長親自領隊。原來鬼的脖子上頂著個似田非田的醜陋大頭，跟我童年想像的不一樣；看來在造字的時代，鬼已經是惹人討厭的醜東西，尤其臉部一定有縱橫的刀疤，或猙獰的表情。也許可以構成一種巫祝的文化吧，如果有人將歷代的幽靈召回來詳加考據。那魂呢？魂字被解釋成令我眼睛爲之一亮的「從鬼，云聲」。

云聲，難道是雲在風中移動的聲響？好一句「從鬼，云聲」。

我不禁想起每個看過鬼片的夜晚，失眠的耳蝸管常常把聲音誇大，削尖，磨利，再拉長！從童年到壯年都一直如此。我的想像，會主動替寂靜的房子配樂，木質的櫥櫃不時傳出古怪的夢囈，打算喚醒某些被封印千年的老精靈；我長不大的恐懼，躲在膽囊兩側探頭，朝著異聲的來源悄悄豎耳。佛呢？我佛在信仰的邊陲靜靜佇立，不視不聽不動不語，說是太遠，而且又是微不足道的幻想事件。偏偏有風在窗外搬弄著布袋戲，樹和莫名的影子是奸角在排練劇情。多風的小城本來就適合鬼怪氣氛的萌生，雲的移動扭曲了天空單純的內容，成就了我印象中的鬼魂。在一切從鬼的云聲中，我度過無數失眠的夜晚，硬撐到天色微亮才草草入睡。

我從故事書和外婆逼眞的形容裡得知，靈魂有雲的質地，白白一團，正好在魄字中得到印證——「從鬼，白聲」。中文系的老師皆把白字唸成入聲，跟怕字的唸法差不多，這個讀法讓我得以進一步推想：魄字的讀音裡似乎包含了白和怕的音義，所以造字者必定目睹了一隻白色的魂，用害怕的筆劃將它的形聲記錄成魄。不管是白色或彩色的魄，我都沒見過，尤其搬離外婆那間舊房子後，機會更不多了。

舊房子，每件事物都有厚厚一層情感的蛛網罩著。白蟻在木板牆的夾層中享受牠們的天倫，我們在木製的歲月裡渾然不覺地作息，直到房子撐不住身子骨，用咳嗽提醒外公它隱瞞多年的病情。白蟻專家才花半小時即鑑定出結果，我們一是搬家，一是成爲它的陪葬品。記憶一節節搬運，家具逐件逐件處理；該丟的丟，能留的留，其中最難取捨的是曾祖母遺留下來的一張原木梳妝台。逾百年的木齡加上秀氣的結構，宛如晚清遺老過時的叮嚀，輕輕頂撞就碎掉它的元神。

我一直視它爲舊房子裡的老妖精，如同許愼所解的魅字——「從鬼，未聲」。他很精確地指出：此乃「它物之精也」。不過魅的本字寫得遠比楷書更傳神——彪那個古怪的彡旁，沒有讀音，只有令人毛骨悚然的含義，竟然是一撮鬼毛！人老長鬚，物老長毛。難道長毛乃老物成精的表徵之一？另一個同義的魅字，看來是在否定一些我們對鬼怪妖精的成見，很多「未知」的東西「未必」就如我們認定的那般惡劣。然而形同昧字的讀音，又在暗示誰的愚昧呢？

許愼超凡的想像力，把我推回二十年前的某個深夜。

那個年頭常常停電，尤其雷雨前的炎熱夜晚，全城超額用電的結果就是全城沒電可用。外婆在每個角落點亮蠟燭，行走的人影在牆上變化著形狀和尺寸，影子是光替物體隨意謄抄的副本，經常走樣成陌生的圖騰。當晚我睡在較涼快的二樓客廳，梳妝台就擺在樓梯上來的正前方，枕頭的五點鐘方向，我可以清楚看到上樓的人影。媽媽曾告誡我深夜莫照鏡，以免瞧見不該看到的髒東西。該不會在影射那面古鏡吧！只聽過修煉千年的蛇妖與狐精，從沒想過古鏡也會成精的，儘管某些部位長出毛茸茸的霉菌，懸掛兩三條蜘蛛的絲巾。

想著想著，突然有一團烏黑的人影浮現鏡中，我可沒聽到上樓的步聲。啞口無言的樓梯板子是否嚇呆了？我趕緊轉過身子，用涼被把頭蒙得密密的。耳膜緊綳如鼓，草木皆兵，在冷汗與熱汗的拉鋸中淺淺睡去。後來證實那是我的誤判，原來是晚歸的舅舅輕聲上樓，以免吵到我們。可是梳妝台已成爲我日後惡夢的重要佈景。許愼解魅的角度，進一步顯微了我的回憶，其實老房子四周長滿了大樹和灌木，有一股不可言說的陰氣。老物長毛則成精，必然是古人辛苦歸納出來的道理。

後來我到大學教書，從千遍一律的作文，我發現學生慣用和風、雨相關的詞彙，來調整夜的內容，獨特的部首悄悄統治著特定的主題。從雨、從水、從山，幾乎可以砌出一幅山居歲月；從心、從手、從足，即是一則動人的故事。我偶爾跟學生提到說文解字之術，談到從鬼之屬，十來個單字，組合成數十種聳動的詞。最遺憾的是說文找不到魔字，根據造字的法則，一定是「從鬼，麻聲」，麻字得讀成摩聲。鬼令人生畏，魔則使人心臟麻痹，好像有利爪壓著顱骨來回摩擦。

「凡是『從鬼』的字，皆內有文章」，我的結論如磷火，附在他們角膜上發光。

——一九九九年十一月・選自九歌版《流動的身世》

我沒有到過大雁塔

跟你讀膩的許多抒情散文一樣，我選擇了夜晚來作第一個場景。雖然我沒有抒情的習慣，更不打算。只是，我突然很想要一盞強烈的桌燈，最好是八十瓦的菲利浦燈管，把書頁裡蜷伏的情節，大刀闊斧的推展開來。

我的書房實在簡陋，一些呆板的線條上下縱橫，幾乎找不出值得描寫的地方。但你萬萬不可小看這座古今文人智慧的納骨塔。經我去蕪存菁的數千冊平裝與精裝，蝸在書架裡疊羅漢，疊出色彩繽紛的書背。你應該可以自行想像，芸芸眾書的怪模樣，但請你務必忍住竊笑的聲音，讓我清明的腦袋得意地坐擁書城。天冷地寒鴉雀無聲，這可是一個適宜埋首讀詩的夜晚，我從書架抽出老木編選的《新詩潮詩集》，攤在桌上，鬆開瞳孔的直徑，從第一頁北島的〈回答〉，大口大口地鯨吞下去。詩如神龍乍現還隱，我拔腿追去，路轉峰迴狼避虎退，左右兩頁盡是簡寫的瘦瘦漢字，盡是如霧如嵐的朦朧詩。風湧在前雲動在後，我是夸父的百代後裔，在這深邃的長峽裡追龍。

詩句的峽谷意象森嚴，有無法言說和不准言說的訊息，攀爬在幻變叵測的兩面峭壁。長峽追龍確實很費神，山嵐悄悄釀製我的睡意，伺機偷襲。於是桌燈伸出它八十瓦的巨靈掌，啪啪兩聲，彷彿雷與雷正面撞擊的分貝，就這樣狠狠刮醒幾首催眠的短詩。可那躺在書頁上的漢字，竟然也被刮出斜斜的影子；影子恐懼，躡手躡腳地翻越他們僵硬的本體，沿著我羊腸般的思緒小徑，往腦海中那棟巨塔前進。尾隨著他們的足跡吧，你好奇的眼睛將會讀到一座古塔，和它崎嶇的命運。

那是頁二八二，矗立在三十二開的大地中央，是詩人楊煉，以及他花了好大的功夫才蓋起來的〈大雁塔〉。楊煉穿一套緊身而單薄的楷體，徘徊在大雁塔左前方，懷裡抱著塔的歷史檔案，以及一雙古人編織的童話。有幾隻燕子盲目地盤桓，孤寂的身影因而更加孤寂。他一行行吐出肺腑中的怨言，瞄準歷史微駝的背脊，瞄準當代讀者如鬥雞的雙眼。成千上萬，令你吃不消的重金屬字句，粗獷而且劇烈，掘起古中國文明的重金屬，以及無可避免的傷痛和屈辱。

詩句越吐越多，匯聚成滾滾山洪，反覆沖刷你的閱讀，讓你看那烽煙如何編織宏偉的風景，看那意象衝刺，瘀傷，斷裂於敘述的肋骨之間。你勢必清楚感受到，有巨大的靈魂被撕成條狀，然後鍾鍊成很痛的聲響，自右耳魚貫而入，往左耳蜂擁而出。你不斷搖頭，詩的山洪實在難受。

我們遂發現，楊煉不再是楊煉，他的靈魂是無數個靈魂的重疊。大雁塔不再是大雁塔，它成了歷史的頸椎，慢慢地左右張望；把人們遺忘的種種痛苦望醒，在視野裡如春筍萌芽，從一行叢生到二二四行。有人歷遊三遍仍不知所以然，有人在朦朧的霧中悟出幾匹肯定的意象，有人斬釘截鐵地說出南轅北轍的看法。你原本一目十行的視線，在霧中蝸成一團，有點累，有點茫然。

我不確定，這是不是原來的大雁塔。

不過我相信，你沒有觸摸到任何眞實的磚瓦，或者描繪得十分逼眞的筆劃。彷彿廢墟的空無，宛若三峽的水勢迴盪，又像語言和意念的亂葬崗，讀起來有沉雄的壯麗流動在胸膛，更有色澤瑰奇的吶喊，沾上翻頁的指甲。可是誰怎也找不到登塔的階梯，嗅不到諸佛像蘭花的氣息。我們墜入霧中，看來它的方圓不止五里，怎麼也走不出去。你很想問問楊煉，問問他到底在描繪哪一座大雁塔？是他腦海中的純想像，還是我們的視力太差？乘載了這麼複雜的民族情感，大雁塔的神經系統會不會因而浮腫，因而疼痛？你疲乏的眼神在垂釣他的答案。

我總覺得他在用自己的血肉，去抽換大雁塔的每一塊磚瓦，神經則成了層層架設的大柱和巨樑。我們踏著階梯的每一步，就等於在楊煉的脊椎攀爬，朝他詩潮洶湧的大腦。所以他便是它。我們千山萬水的，隨那風兮雲兮的詩句，在楊煉的五臟六腑跋涉了一番，朦朧了半個夜晚。可是我們究竟到過哪一座大雁塔？它是不是大雁塔？這實在很難說。

但我很確定，這不是後來的大雁塔。

你或許不認識詩人韓東，可他在頁五七五和五七六的那兩畝小小的荒地，用了區區二十三行就蓋起他的〈有關大雁塔〉。寫在楊煉之後，風雲不起狼煙不再的那幾年。你勢必無所適從，像我第一次讀它那樣，雙手扶不到欄杆，雙眼失去必須瞭望的對象。只因爲楊煉滔滔不絕地寫下來的大歷史，一下子煙消雲散。風景突然變得十分簡單，就像我無從描寫的單調書房，但這首詩可是韓東智慧的舍利子，同樣不可小看。

跟你一樣，我當時非常懷疑是不是到了大雁塔，或者某個冒名的勝地。

韓東的詩句認眞地走過來，一步一步，不揚起半點塵土。他叫我們爬上去看看，看看就好。還說曾經有好多旅客和詩人，從大老遠的地方趕來，爬上去，希望能感受一下英雄排山倒海的氣慨，以及歷史古樸蒼涼的情懷。這座韓東私營的大雁塔，竟然拒絕提供任何特殊的文化意符。我們爬上去，隨便看看一片空白的風景，就下來。當然會產生某些失落感，所以你不能怪我只用了很小很小的篇幅，不痛不癢的筆觸，去記述它。它本身又何嘗不是這個模樣？

韓東的臉綠了綠。說他這麼辛苦的，一片片削去楊煉附加在大雁塔上過多的崇高，切除每一顆惡性的悲劇腫瘤。如此乾淨，沒有多餘話語的大雁塔，才是它的本來面目。如此簡單，眞瓦實磚的古建築，更能刺激我們的想像，反省它原來和後來的，穿鑿附會或有待補充的文化內涵。其實韓東說得很對，我們都是必須輕鬆過活的小老百姓，搞得這麼沉重，又何必？它也只不過是一座古塔。

點頭如搗蒜，你實在不得不同意韓東的刀法不遜於庖丁，這種消解還眞的是有些道理。可我們先後遊歷了兩百多行的大雁塔，究竟是怎麼一回事？是幻覺嗎？還是我們誤闖了酵母菌的世界？玄奘呢？曾在此塔存放梵本佛經的玄奘，是不是也有他專屬的一座大雁塔？

我們的三藏法師，可能只關注經卷的防潮技術，尤其空氣的濕度。任憑落日的餘暉，胡亂地粉飾孤寂的外牆；任憑風沙從窗口伸進來，逗弄菩薩的臉龐。他只管譯他如麻糾葛的經文，寫他因明邏輯的唯識論。時値貞觀年間，我們的大雁塔還很年輕，屈指算不出閱歷，歷史的馬蹄尙在千百年後的歲月裡，匆匆趕來。玄奘解讀過的，大多是百無聊賴的狼煙。如果大師也來湊個熱鬧，寫一首〈佛說大雁塔〉，我們有理由相信，其中定然扯上菩薩化身爲雁，再捨身布施的故事，外加幾句大慈大悲的佛號，就是一首專家們都不得不讀的詩。差點，我們又要逛一座以「如是我聞」開頭的大雁塔。

我追龍的足跡，止於這棟古老建築物的階前，雲氣散去，陝西仍是我沒有絲毫情感與概念的陝西。古塔落寞，更糟的是佛祖並沒有特別保佑，所以它在兵災火劫中，蓋了又塌，塌了再蓋；在不同的詩人筆下，遇熱情即膨脹，遇冷漠就收縮。也許在旅客口中埋怨的是門票的值與不值，以及淡季與旺季的票價波動。他們根本沒聽說過什麼詩人楊煉，和詩人韓東。詩人，算什麼。

我曾經蹦出這麼個念頭，寫一首後設的〈非關大雁塔〉湊合一下。我甚至把成堆的資料和圖片找來，攤在丈寬的書桌上，神遊了兩個寒冷的夜晚。桌燈八十瓦的巨靈掌，也不知刮跑多少惺忪的詩情和創意，但我始終沒有下筆，不是寫不出來，而是覺得十分多餘，不然你就得多逛一座莫名其妙的大雁塔。

追龍千里，跨過多少大氣磅礴的意象，但我沒有眞的到過大雁塔，文本中的大雁塔都不是大雁塔。陝西的大雁塔我也沒到過，一來已不感興趣，二來懶於旅行。可我還是忍不住要向你推薦那兩首詩，懇請你預約一盞嚴厲的桌燈，裁剪出完整的一塊時間，將夜色墊在《新詩潮詩集》下面。然後夜遊，從楊煉到韓東的大雁塔；再折返，重讀這篇小文章。說不定，你會寫一篇〈我也沒有到過大雁塔〉來湊合一下。

——一九九九年十一月．選自九歌版《流動的身世》

張娟芬作品

張娟芬

台北市人，1970年生。台灣大學社會系畢業，曾任職新聞界，現專事寫作與翻譯，作品散見各報刊雜誌。著有散文集《姊妹戲牆》、《愛的自由式》等。

口傳情慾文學論

我們這個城市裡，有一種「口傳情慾文學」的傳統。大家都在說以及被說、猜以及被猜，所有的故事都在傳述過程中被賦予了新意，足以讓主角大吃一驚。新增與刪減、局部放大與縮小，口傳情慾文學沒有權威版本，也永無定稿的一日；文本在寫作的過程中傳散，也在傳散的過程中繼續它的寫作。這是一個最具主體性的閱讀經驗：口耳相傳的每一站都既是讀者又是作者，閱讀是爲了要誤讀，你這一刻消費了別人的故事，下一刻就生產出一個新的版本來餵養下一個讀者。作者陣容這樣浩大，文本內容當然難免聚沙成塔。不過作者們不但蓄意湮滅上一位作者的名字，自己也一律不具名，如果你硬要逼問他師承何處，他大約只好截彎取直，將中間好幾手的轉折逕行刪除。「著作權」的概念在口傳情慾文學中是不存在的，創作的報償完全來自消費他人時所產生的快感。

口傳情慾文學有最後設的生產過程，最魔幻的文本，卻有最具寫實主義傾向的消費市場。有的作者因此走火入魔發展成考據癖，踏破鐵鞋，挨家挨戶做地毯式詢問；考據範圍以故事主角爲圓心層層向外，故事主角卻是必然的遺珠。考據癖作者在口傳情慾文學中厥功甚偉，以詢問的形式達成告知的效果；他們是情慾奇蹟幕後的無名英雄，不過不是黑手，是黑口。

口傳情慾文學有時是斷簡與殘篇，有時則空餘故事大綱，讀者必須自行填補文本中的空缺，並且建立自己的觀點與詮釋。照理說，這樣生產出來的口傳情慾文學該有無窮無盡的版本、各式各樣的史觀；可是口傳情慾文學卻偏偏是百樣米養一樣人，各個版本的情節容或有異，但對故事的詮釋或評價卻少有不同。通俗模式如：一男一女的單選題、瞞天過海的外遇遊戲、先來後到的篡位競爭等等，都是經典文本，讀者的想像力就像囚於如來佛手掌心裡的孫悟空，翻不出什麼新花樣，詮釋來詮釋去也不過是拙劣的重複罷了。

這是口傳情慾文學生態圈中的檢禁制度，由讀者自行消毒。所以有創意的版本很難出現，偶然出現了也很難生存，偶然有生存下來的，則難免被拔牙去爪。倘若文本像回力鏢那樣出去繞一圈再轉回來，我們將沮喪的發現原本妖言妖行的主角竟然已經洗盡鉛華了。

而作者們常常是善意的。他們常常同情故事中的女人，委婉的提醒她，或者在重述故事的時候偏袒她，呵護她，心疼她，然後同聲譴責那個男人。同情的目光如繭，將女人層層包縛，她變成涉世未深的純情少女，誤信情人空嘴薄舌。所有大腳女人在這兒一律被迫穿上小鞋。關愛的眼神看不見女人的主體性，這種善意禁不起追問，它與歧視水火同源。

口傳情慾文學可以用來測量我們認知版圖的規格，想像空間的寬窄。它在一個集體創作的過程中那樣容易被收編，說明了這個「集體」還在體制的懷抱裡安睡，不曾覺醒。他們理解事物的架構是體制內的，既有的感情經驗也是體制內的；所有零落的流言注定要被組合成一樁樁沒有創意的情慾事件，因爲無論故事主角用了誰的名字，作者眞正投射的都是自己的情感，自己的慾望。沒有創意的作者們，集體唱出了口傳情慾文學的輓歌。

——原載一九九四年十月十日《中國時報》人間副刊

飛入尋常百姓家

時差。九五年就三審定讞了的三名死刑犯，拖著金屬沉重的撞擊聲來到了九九年。去土城探監兩次，眼前是三條隨時可以被取消的人命，三個早已被宣告應該消逝的形體。槍聲都響過了，我聞到火藥擊發的煙硝味，子彈劃過空氣嘶嘶飛行，慢動作。時間是借來的，卻不知道到底借到了多少。拿一把尺，循著子彈行進的方向往前畫虛線，單薄的胸膛跳動的心就在不遠處。虛線中的空白串起成爲實線的時候，三個生命就將斷裂成爲虛空。

那好像不是活著，而是暫時還沒死。那好像不是生命，而是類死亡，類鬼魂。搶在某種時差裡，我們會面，進行幽明兩隔的交談。

當蒼白的面容與我相對，我很自然的去尋找他們與我的關聯性。我們年齡相近，他們小我兩歲。被捕的時候才十八、九歲，如果沒有冤案的發生，我們不會見面，彼此的生命也不會因此感到缺憾可惜。如今我們還是在冤案的前提下相見了，無法忽視這個前提，卻很想忽視。第一次見面，我一點都不想問案情，獄中八年，他們說過上千次吧，生命不該只剩下這個。只想若無其事說一點有的沒有的，運氣好的話，也許可以不動聲色的，悄悄收藏一枚微笑。

回來以後的幾天，看了台權會寄來的資料，覺得這眞是個政治威權殘留下來的最後冤獄，經典的。營救行動卻盡其所能的匯聚了法界專業人士、社會運動者與「社會名流」，就一個社會事件的行銷而言，差不多也是經典了。台權會的朋友問一位參與營救的法界人士：「您覺得我們還有什麼可以做的？」「沒有！」很難反駁。縱然不想承認。

於是我每天傍晚爬到陽台上高高蹲踞，看著天色的變化直到夜晚正式來臨，山間有時靜默，有時呼嘯，我希望自己強壯，能夠平靜柔和，什麼都不計較。悲沉的心念有這樣的人間美景安慰著，很夠了，很奢侈了。傍晚是一天中令我明確感到外在世界存在的時刻，天光遞移的韻律外於你我意志，外於人世紅塵，「和諧、美麗、敏感、優雅」。山間晶瑩的亮著燈火，那麼謙和節制，天色尚明時一燈如豆，夜色深重時也一燈如豆。很夠了，足以令我善良的微笑。

或許因爲這樣，我開始想忘記他們。第二次探監，帶了一些怪裡怪氣的書去給他們看，仍然感覺到自己很想忽視那迫在胸前的死亡，獄中八年了，判死刑四年了，這樣一個人會不會逐漸習慣自己鬼魂一般的存在？我幻想跳過一條河，直接來到他們獲得重生的日子，看見他們以清白之身成爲社會新鮮人，我爲那樣的他們挑選著書籍。當他們又拖著沉重的鐐銬走進會客室的時候，我假裝一切都已完成，時差被消泯了，子彈被收回了，河被跳過了，我假裝天地靜好，大家身輕如燕，嘻皮笑臉。

一轉身走開，我就忘記了他們，只看見魂飛魄散的一隻鬼，曾經爲社運寫過柔情蜜意的文字，也寫過劍拔弩張的文字，如今靜默無言，啞著。這是另外一重時差，我們失之交臂，沒有在彼此鬥志高昂武功高強之際並肩作戰，所以幽明兩隔。他們三人其實以各自的方式懷抱著存活的信心，專注的營救自己，冤獄是人生中的歧出，不知道最後會通往那裡，但旅程中哺餵著對生命的渴望。只有我在河的這一岸遠眺，看著夜幕低垂。

帶著期望幻想這就是最後一眼，以後三人冤情昭雪，世界遼闊起來，生命終於塡進了那些原本就該有的，即使俗事多麼無味，情愁多麼無謂，都好。我們終將痛快相忘，因爲不必記得，也許素面相見。也許我們路上擦撞路邊吵架，互相幹譙一番絕塵而去，心底暗暗奇怪這那裡來的俗辣怎麼有點面熟咧。連那樣都好。所謂人生哪，不過是飛入尋常百姓家。在那裡，時間是自己的，不用借。

——原載一九九九年七月六日《中國時報》人間副刊

希臘喜劇

我帶著一個我不想要的答案出門旅行，希望找到繼續問問題的力氣回家。

之一

我們坐纜車上山頂吃晚餐，等著俯瞰雅典的夜景。這是一個八點了還不天黑的地方，黃昏很長，長到我們頻頻看錶，因爲太陽緩步下山，風可是愈來愈涼了。

我看著悠緩的希臘夕陽，想起自己家陽台上的夏日黃昏，覺得十分幸福。旅行的美景竟然令我想起居家的情韻，表示旅行不是逃竄。

希臘的天空並不特別藍。雅典想必亦是個糟糕的城市，房屋無邊無際的排列著，不過多半是樸素的樓房，沒有炫耀性的摩天樓，也許希臘人還是願意把最接近天空的地方留給諸神。這是個可愛的信念。

等待夜晚時，我們有「阿呆與阿瓜」式的對話：

她：「都這麼晚才天黑，是因爲緯度的關係喔。」

我：「是嗎？這裡又不是赤道。」
她：「不一定要在赤道才會白天很長啊。」
我沉思一秒鐘。「這裡有比較北邊嗎？」
她：「有吧，不然白天怎麼這麼長？」
我又沉思一秒鐘。「歐洲下面是什麼？」
她：「非洲。」
我：「嗯。」我覺得有理，然後又發現了破綻：「可是這裡離北歐還很遠啊。」
她：「可是歐洲很小啊。」
然後兩人終於意識到自己的愚笨，狂笑了起來。

之二

我在沛立莎，雖則我並不知道為何。我們坐船來聖托里尼，下船後要找旅館，就找來了這一處幽靜的鄉野，綿長的海灘立著茅草頂的陽傘，深藍的海水使人忘憂。世間純粹之事總使我喜悅。

歇腳於白牆藍窗的民宿，希臘人不做床架，卻用水泥砌出一方平台，放上床墊，就是床。夜風呼嘯，這個小地方開闊僻靜，應該適宜觀星。但是閉上的眼睛是看不見星星的，而我早已睜不開。

之三

來費拉，好可愛的小城，一看就愛了。整個城市都在斷崖上，居高臨下的俯視整片海洋，那樣飽滿的藍。費拉小城比雅典更樸素，臨海的全是粉白小方格似的建築，多半是餐廳或旅館。自然的坡度使得每一家都有海景，每一家都融爲費拉美景的一部分。街路狹小，令人想起九份。但費拉從容大氣。店家都派專人在門口設法與遊客搭訕，買賣不成仁義在，本地人很自然的與遊客平起平坐。

但這是一個落差很大的城市，舊港在懸崖底下，城市卻在崖頂，兩百公尺的落差，由纜車與毛驢來彌補。我們選擇坐纜車下去，騎驢上來。

走在街上遇見驢，覺得驢好大。眼神很憨。我在心裡默想：我只要一匹小毛驢就好了。結果牠好大，可能是懷孕的母驢，我的腳搆不到蹬，只好死夾著牠。驢屁股顛啊顛的走在之字形的驢路上，我想，老天爺可能是會錯了意，把牠肚裡那匹小毛驢給了我呢。到了上頭，眾人下驢，前面那人下驢時，不偏不倚踢了我的驢一腳。我還在驢上哪！但驢脾氣好，一聲也不吭的讓人家摸摸臉，就接受了對方的道歉。

我們下了驢，發現大鈔找不開，只好一個去換錢，一個留下來當人質。那就是我。趕驢的老頭靠著牆坐了，招呼我，我也去坐了。跟他聊天想問點驢事，但是他好像沒聽懂我的問話。然後走過來另一個趕驢的老頭。驢們也靠著牆站，我身旁已沒有足夠的空位讓新來的老頭坐，除非他肯讓驢尾巴掃到他臉上。我起身請他坐，老頭看見的我的手勢，說：「No No No!」啪的一鞭打在驢屁股上，驢往前走兩步，就大家都可以坐了。

之四

我們住在便宜的民宿，主人長得像是卜派老了以後。從沛立莎坐巴士過來，一下車，卜派老頭就來搭訕。他笑吟吟的要我們跟他走，我們很聽話的拖拉著行李跟著去；住下來以後才開始高興，因爲好便宜，又是個鬧中取靜的好位置。我們付了第一晚的房錢。

第二天卜派老頭沒出現，但倒了走廊上的垃圾。第三天他還是沒出現，我們開始憂慮，因爲我們打算明天離開。卜派老頭只抄了我們的英文名字，連我們的護照都沒要。我們只好去巴士站找老頭。遠遠看見一個稍有年紀的男人戴著帽子，我們就交頭接耳：「那是不是我們的老頭？」後來回房休息，聽見樓下有疑似倒垃圾的聲音，趕緊跳起來，一舉成擒！

但這其實是希臘悲劇，因爲找到了他，就得付錢。

離去時還是坐巴士，卜派老頭還是在巴士站，向我們揮手道別。全世界的歐吉桑都是一樣的，卜派老頭卻使我感到悵惘。我很可能永遠不會再來。而我即使再來，也不會再見到他了。我因此明白，「永遠」這個字眼後面，一定要接否定句才爲眞。

之五

這是一個需要大量喝水與大量尿尿的國度，所以每天早上起來都尿得千軍萬馬，氣勢磅礡。這是一個人人都要抽菸的國度，每家小店都瀰漫著強烈的菸味，那不是一兩支菸所能達成的任務，主人的菸灰缸裡鐵定是滿的。不過這也是個女人不刮腋毛的城市，光是這點我就覺得挺不錯。

看見月亮的唯一機會是白天。十點半了還是不肯落下，半透明，令我疑心它也許不會落下，而是在原地愈來愈透明、愈來愈透明，直到融入晴空中。

希臘的海是不食人間煙火的藍，相較之下，天空就很世俗了。一片雲也無，天空有些無精打采。我很高興台北的天空並不怎麼希臘，我喜歡大塊大塊的雲隨侍在側。

入夜以後便大大不同。希臘的夜空深邃，繁星卻閃亮。我們在海灘長椅上躺著，略一定神，就可以看見比原先多一倍的星星，彷彿每顆星星身後都躲著一顆更害羞的星星，只有穩定善意的目光可以解除它們的防備。寧靜的夜裡，海潮的湧動十分規律，一遍一遍的淘洗著沙粒、沖刷著海岸。聽覺重複而安詳，視線卻彷彿可以一直望進宇宙的深處。靈魂失重的漂浮著，我想到李叔同的偈：「歌舞剎時齊放手，一支禪杖一袈裟。」

之六

抵達伊拉克里翁的時候已是晚上十一點。我們住進一家C級旅館，電梯僅容三人，沒有客房服務。那浴室，任誰進去了都會非常秀氣的以指尖取物，最高境界是「纖介不取」，能不碰就不碰。夜裡出了旅館，往有燈光處走，想去覓食，結果是幾家色情俱樂部，門口站著油頭保鏢，其他的油頭騎著阿飛機車前來，然後就跨在車上，等豔麗的女子前來搭訕講價。吃的倒沒有。可是反正我們累了，隨便吃點乾糧，回到旅館什麼也不管的，還是睡了一個好覺。

隔天睜眼，外頭已是陽光燦爛，房間的陽台上可遠眺蔚藍海面，正對著的人家則在陽台上晾了剛洗的床單，一滴一滴滴著水，旁邊蜷著一隻貓。如此便知這城市早晨醒來，又變了一個好人。

之七

逛菜市場，賣肉的攤子上掛著一隻小動物，完整的，小頭、小身體、四隻腳。以爲是狗。雖然比狗還小一點，但我想也許剝了皮以後瘦了一圈，就是那樣了吧。後來細看，有短尾巴、長耳朵，後腳健壯而長，前腳卻短——兔子！

闖進一家美容院剪頭髮，狀似台灣的家庭美容院，牆上掛著美髮師十幾年前去法國學美髮的畢業證書。她是個中年女子，把菸擱在菸灰缸裡，剪一會兒就靠近桌邊抽口菸。客人都是熟客。

我的朋友翻出髮型雜誌裡最短的一款照片給她看，她眉頭也不皺一下就點頭。她手起刀落，非常俐落的剪下一圈，我在一旁暗暗歡喜。因爲我們早就受夠了台灣的美容院，美髮師愛惜女人的頭髮如同貞操似的，一開口要他們剪短，他們就會露出恐懼的神情，我得好聲好氣的安慰他。這裡是希臘，眞不錯。

美髮師刷刷刷修得更短。我想可以了，卻見她大刀闊斧又剪了一圈，終於停手。嘩，遇見膽識過人的美髮師，感覺眞過癮。

不跟團的好處之一，就是可以碰觸到異國生活裡非常家居的一面。我坐在美容院裡「陪剪」，窗外清風徐來，忽然覺得這樣很有趣，換一個十萬八千里之外的場景，進行一個熟悉的活動，然後頂著一個非常陌生的頭回家。

之八

克里特島上有克諾索斯皇宮，皇宮裡有牛頭人身怪。從前在女性主義理論裡念過「牛頭人身怪」，那位學者叫作桃樂斯·丁乃斯坦(Dorothy Dinnerstein)。她認爲把照養小孩的責任完全放到女人的身上，會對整體的性別文化有非常惡質的影響。男的就像牛頭人身怪那樣貪噬權力；女的則像美人魚，是來自神祕海域的誘惑者。丁乃斯坦認爲這樣的兩性文化，在心理上有種不健康的互相依賴，所以她用牛頭人身怪與美人魚這兩種半人半獸的怪物，來比喻這種非人狀態。

丁乃斯坦是心理學家。她的論證是，嬰兒期的經驗影響一個人至鉅，而父親缺席的結果，是母親成爲孩子最愛與最恨的對象——母親提供一切，但是她畢竟不可能分毫不差的滿足那還不懂得表達的嬰兒。男性因此植入對女人又愛又恨的情結，日後仍然時時恐懼落入女人的控制，因此產生強烈的心理需要，「先下手爲強」的壓制女性。

這是一九七七年的理論，我在一九八九年把它當理論讀，二〇〇〇年遊希臘，意外的想起它來，發現它早已變成善於譬喻的小說。

另外一則巧遇是在旅遊資料上看到莎芙(Sappho)的大名。莎芙與蘇格拉底、柏拉圖約當同一時代，是優秀的女詩人，時至今日已成為西方世界裡最富盛名的女同性戀。英文的「女同性戀」(lesbian)這個字，就源自希臘的一個小島Lesbos，那是當年莎芙帶領一群年輕女子終日吟遊的地方。不過旅遊資料要介紹的不是Lesbos，而是靠近愛奧尼亞海邊的另外一個小島，叫作Lefkada，離希臘本土很近，兩地有海底隧道相通。小島的最南角叫作Lefkata，那白色的懸崖又稱「莎芙的跳躍」(Sappho's Leap)，相傳她是在這裡殉情的。

此行我航過的都屬愛琴海域，深藍的海水與潔白的碎浪，曾經令我釋懷的微笑。愛奧尼亞海是否藍得特別憂鬱？我想像莎芙縱身躍下的弧線，連接著蒼白之崖與鬱藍之海。

我沒去那兩個與莎芙有關的小島。情關難過，各人自己過。我也沒去克諾索斯皇宮，因為我與朋友在路邊盯著風景明信片看，出現如下的對話：「妳覺得怎麼樣，要去嗎？」「那裡看起來……好熱喔。」我就說：「喔，知道了。」

之九

溫度不客氣的節節上升。某一天坐計程車，司機用簡單的英語說：「Hot! Africa!」我們會心大笑。

終於吃膩了黃瓜番茄沙拉，忍不住吃了一頓中國菜，菜單寫得極其複雜，其實端上來便知是醬油炒麵和醬油牛肉。回程過境新加坡機場，忙不迭的吃了一碗湯麵，睡不著，躺在機場的豪華皮椅上，看見日出。

之十

希臘的太陽一個個紅光滿面的沉入海底，餘暉還可以溫存好久。集滿十個太陽，我就該回家了。騎過驢，走過薩馬利亞峽谷，航過愛琴海，在希臘進入旅遊旺季之前，我黑心的扔下一些牽掛與煩憂，一走了之。

——原載二〇〇〇年十一月二十九日《聯合報》副刊

李欣頻作品

李欣頻

台北市人，1970年生。政治大學廣告系、廣告研究所畢業。現就讀政大新聞研究所博士班。

曾任職廣告公司文案工作，現為自由文案與創意工作者，並為台灣科技大學、中原大學兼任講師。著有散文集《愛欲修道院》、《我和我的戀愛詔書》、《愛情採購指南》等，另有廣告文案作品集《誠品副作用》等，並兼及美食、旅行攝影、網路創作等作品。

奧菲莉亞寫給善戰情人的SPA招降書

這是夢境。一家新開張SPA的夢境。已經實現了的夢境。可以張眼和你一起看到的夢境。空氣有藥味，女巫在作法。我很高興我在這裡。你不曉得外頭亂世之亂，小人當道，我受了傷，把自己關在這，靈命垂危。很大的洞穴。你也進來了。你很狐疑，我卻開心。這裡很安全。敵人找不到我們。還好，死亡不是唯一的退路。這裡是秘教叢林，是我倆難得殘喘的活口。就像是從棺木中醒來，可以活更久。

我們身在原始叢林之中，被人把我們帶開隔離。我還是看得見你，你在葉隙中、在沙幕之後，我在水上。我玩水玩得開心，忘了手上的箭傷未癒，把水邊的白花染成紅點斑斑，像處女的血，留給你驗貞操用的。有人拿熱水敷我，幫我止血，戒心漸除。你在不遠處，我才開始不怕人。十二個人輪流按撫我，花了六個時辰，一一打開我全身緊張的防衛。開始感覺身體每處叛離自己的靶心，各自逃離百戰的我。我清醒地感知身體的每一個部分離我多少距離。末梢的疼痛範圍，圈出了我身體的邊界。有人先你一步在我肉身清除障礙，我的身體擴大極限，到此止步。赤身多時之後，他們讓我穿回連身單件的白長袍。我想像此時你也正被人碰觸，與我的身體同步。

只要閉眼，就猶如我們在彼此愛撫，兩人都不用力氣。她們要招降你，讓你的武裝盡釋，讓你忘了因果，否則你如何放手，不帶殘酷，進入我已沒有守防的身體疆域？

這裡一直是黃昏，我的視力已經變得很低，所以我的聽覺靈敏了。我聽到遠方有人擊鼓，有人生火，有人汲水，更遠的地方有鳥，一對。你離我很近，我聽到你的呼吸，我聽到你正好奇，正在找我，正在等著各種可能卻什麼也沒發生般地平靜。你在我的東南方十二步左右。你聽見我的難得笑容嗎？

不要怕。這裡是我們的地方。都是我們的人。我們可以裸身裸足。沒有會割人的石頭。你看到我身上的傷嗎？是舊傷也是新傷，每次療傷時都會被迫公開。舊的是我自幼歷經血戰的刀疤，新的是我自己弄上去的。我幫自己刮骨療毒。我背上的新傷紅得一條條，像魚骨。我原是人魚兩棲，陸上都是幻滅，所以我躲進水裡。你進來是因為聞到血了嗎？你是憐惜還是嗜肉？愛和性對你而言，哪一個比較接近死亡？我們在用難得的機遇，玩一輩子生死的遊戲。

我累了。睡著。這是我難得的安眠。你卻不睡。你在守什麼？莫非你等一下就要離開？你如果走了，你會找不到路回來。或是你會不小心把敵人帶進來。請不要出去，我已經沒有力氣打鬥。請你坐下，放棄外面的世界。

你問，傷還痛嗎？為什麼還是吃不下飯？我怕自己又吐，所以不吃。沒關係，我只是絕食淨身。我的殺業太重，我在用不人道的方式，自律自虐。你在陪獄，請不要用愛姑息我。我有喝水，我還是濕的。我的水源供應不斷你潛力十足的創造慾，夠我們養出全世界各種各樣的人口。

他們都將有著我們不定與安淨並存的基因。都將有血源關係。

太陽一直不下山，很好。我是在黃昏的時候出生的，我想一直維持在剛出生的樣子，有點溫度，有點光。氣候、氣溫、濕度恆常，這樣我們可以專心地感覺自體潮汐：升高一度的體溫，就能讓我們的世界發生溫室效應，引起我黑色的暖潮，自你的岩岸北上。沒有日正當中，你會忘了打鬥。我們舒服到像是失去意識不佔空間但仍有權力的人。這裡不需要戰爭就能生存。沒有死亡，時間無限制地用。我們可以溫柔地肉搏，偶爾來個思想的交鋒，但我們必須在吃飯前和解。我們要好好地品嚐食物，細嚼慢嚥養生餐帶給我們的萬壽無疆。我們得習慣太平盛世。

文明才剛開始。我想和你創造文字。音樂。與鼓聲。你也來列，列出我們的天地清單。我們一起孵成，沒有雜質的文化。無窮無盡。我們可以活好幾輩子。或許我華麗而繁複的文字，會一夕之間變成簡樸，我的話簡單到就是我的意思。你原來迷戀我的繁華將逝，我的文字不再迂迴影射，你不須藉著我的文本聯想我、翻譯我。你從我的文字迷宮走出，開門進入我最直接的心靈環場，善於推理的你，可以甘於如此平淡的解讀路徑嗎？

我們彼此尚未來得及交換的過去，讓我們用神話和寓言來說。讓我們在沒有戰火的時代，寫沒有腥味的詩。美國小說家Paul Auster說：「記憶，是一件事會再度發生的空間。」以我們的聰明，與想像力，不須讓過去元元本本地再發生一次，那樣沒有創造力的復原不算是復活，而是一種精神病似的毀壞，像復發的休火山，死傷無數。我和你的現在，不必再去追究眞相，我們可以快樂而且不負責任地生育著〈一千零一夜〉結尾接著開頭、有循環的故事，走回你的我的童年，和我們永遠不會來到的老年。我們可以在電腦前打字，跟著ARTHUR RUBINSTEIN的巴哈鋼琴聲，敲出有配樂的劇情。

你我的聲音都好聽，我們可以來唱歌。用你的聲音，唱我的詞，然後用我的聲音，哼你的曲。久了，就會像是出自同一個人的聲音。有回音。有協奏。很渾厚的聽覺。那不是上帝的聲音。

我們的知識豐足到，可以用彼此的系統餵養彼此，我們依然生產知識，所以永遠沒有饑荒。這裡沒有鏡子。我們想像力十足，不需要複製才能塡滿天地。我們有很大的佈局，很多的留白，供我們追逐、躲藏、思念之用。

如果我們自己訂定規則，或許說是我們倆的憲法，你最想定的是什麼？犯什麼你的戒會被逮捕？而我，剛爲了你而違反了外頭的律法，我也認了罪。我竟然逃到這裡，把這個放逐與處罰的荒原，當成了應許之地，還想立國。一個流亡者訂的法，是不是比較自由？自由到沒有人犯得了罪，罪名永遠不成立？

這裡不用謊言來保護自己。人活著不需要藉口，不需要不說實話。這裡很大，沒有閒雜人等虎視眈眈，沒有人找到你孤獨的入口，你能眞正的獨處。你的新世界和你的思考一樣大，只要你沉默，你的沉思沒有人要求你的解釋。沒有人吵你。你在自己透明的罐子裡。

這裡什麼都有，什麼都不缺，我們比魯賓遜的島還富裕。我們失去供需所訂定的價値與價格標準，我們不在意物質，所以我們將失去欲望。我們會不會對彼此失去渴求？

失去感覺，是愛情最殘忍的結局。比生離死別，更讓人不想追回。如果我們要訂法律，我們得訂：生離死別。我們在連續見面的第四個黃昏之刻將分離。那是我們的愛情安息日，澆冷一下：越燒越旺、有可能導致燒山與自焚的殉道激情。我們可以預言，也可以改變命運，或是收回自己下的詛咒，像我們在塵世那樣，只要我們把這裡的時間加一倍速度，就能調回到地球的時差。但請不要回到現實太久，那會讓你想起，自己是人；讓你忘了，你會死。這眞是一個風險很高的賭注，那將讓你以爲到了更陌生的異國，遇見了初戀情人般的錯覺。萬一你回去了，就像電影「似曾相識」銅幣上的年份，把暫停的時間又啓動，這將會引起一連串的老、病、死，然後腐朽，無人能擋。請不要因好奇而引起船難，一場諾亞方舟全船人的災難。不要走出伊甸園。不要留下你的影子和腳印在外面。你的心軟，會讓你的靈魂沒有能力停止死亡。我必須深究你的意識與潛意識，用俄國生理學家Ivan Pavlov已經實驗成功的制約與反應，立下嚴刑峻法限制你的出境，專制地保護著你的安危。

我很擔心，有一天毀掉我們的，只是你對塵間的依戀與責任。那是你的牽掛，你可不可以瞬間頓悟？你有著我無窮的想像力還不夠？我可以扮演任何你想要我扮演的，讓你耽溺在看不完的貌相裡：如果你要情人我就是情人；如果你要家人我就是家人；如果你要孩子，我就是孩子，我可以是男孩也是女孩。但請不要打開門，讓現實入侵我們的無菌眞空，讓蛇爬進我們的伊甸園，碾平我們剛創立的一切，吃光我們剛繁殖的自己和還沒長成的未來。請不要用你無聊的理性，在我狂野的想像中留下一道難看的煞車痕。

你的車在外頭，哩數不變。那是時間中止的證據。你不用付人間的停車費。請以我們的作息爲鐘。我們已經離開了全人類的時間。我們已經活在當下、過去及未來。福樓拜在寫給露易絲•科萊的信中說過：「……我總是感覺到未來，一切事物的對照總是出現在我面前。每次看到一個孩子，我總是想到他／她會變老；每次看到搖籃，我總想到墳墓；每次看到赤裸的女人，我總是想像她的骨骸。」

我們的地圖，因你的猶豫、我的不放心，讓我們的路徑仍停在入口，無法展開。我想創造法國式輻射線般的道路，你卻像在阿姆斯特丹「路與運河繞成的同心圓」裡，兜圈子。就像你糾結的感情線，像我之前循環極差的血液網，老是手腳冰冷，哪都去不成。你的迷失，是一種對慣性的不捨，你待在原處並不能找回原來的自己，你尚未自由。讓我們往前旅行吧。旅行是人生旅程的加法。能快速累積哩程又不會耗損壽命。你在自由之地圈地自限，不是流浪，而是在浪費自己靈魂飛翔的能量。你將失去自主的行動力。你將繼續輪迴。我得等多久才能等到你的轉世？

我並沒有在製造你的愛情錯覺。我不是那種動手腳避人耳目以贏得驚歎的魔術師，我很誠實的看到我所想的，我沒有在誘惑你。幻覺是一種看得見的奇蹟，信者才能得救得永生，它在現實世界中被視爲精神錯亂者的麻醉劑但它很眞實，比歷史或新聞都來得眞實，而且有快感。我必須偏執地說：世界是假的，想像是眞的，因爲只有想像的世界才能繼續運轉，眞實世界的盡頭都是核戰後的廢墟，沒有半點生機。我不想動用那些一下子就幻滅的魔法，它們很容易引起感官，但沒有時間性。

愛情的可貴，就是自己與自己相信的東西很靠近。但我駭怕像Paul Auster說的：「這是一項徒然的任務：寫一本永遠沒有人會打開的書。」如果你從一開始就沒看見我所看見的夢境呢？就像我昏暗的燭光，原來只是賣火柴女孩用來取暖的幻覺，在你眼前從來沒亮過，你一直留在黑暗的現實裡，繼續累積你的停車費。

Paul Auster還說：「每本書都是孤獨的意象。上面的文字代表著一個人許多個月的孤獨。當A翻著另一個人的書，就像是進入了他的孤獨，並使其成爲他自己的孤獨。一旦孤獨被入侵打破，就不再是孤獨，而是一種伴侶關係；房間裡只有一個人，卻擠著兩個靈魂。」（引自：《孤獨及其所創造的》）我正在書寫的同時，我確認你並不在現場。如果你在幾個月後看到了這份孤獨的文本，你將有可能打破我的孤獨。如果你沒看到，我將還是保持我的孤獨，就像房間自從我離開上鎖後就沒人打開翻動過，宛如這個房間根本不存在。但無論你看到與否，你都已經無法更動我寫出來的任何一個：當時十分孤獨的字。連現在的我也無法修改，它們當初孤獨誕生的原意。我已經不在房間裡。你不知道我在哪裡。你已無法從一寫出來就死掉的字，聯繫到還活著的我。

因爲我書寫，文字幫我記下了幻象的每一處細節，成了可以連續加洗的負片。我終於可以開始自現在起，大膽遺忘。

——二〇〇二年二月・選自時報文化版《愛欲修道院》

身體最近，靈魂最遠的旅行

——記太陽馬戲劇團CIRQUE DE SOLEIL的西班牙、香港演出

波赫斯在他想像中的地下室，找到一個只有吋許大，卻可以容納宇宙所有空間點的奇蹟之處——從這裡，他看見了海洋、日出日落、美洲大陸、埃及金字塔、布宜諾後街鋪的磚塊、倫敦街道、全世界……。

這是一個讓我看到失神的場景：沒有雜質的輕唱，喚醒了兩具躺在沙發上慵懶看報的中年靈魂，他們掙脫了無力感並捨下負荷，開始飛離地面。在群眾裡走失的人，從跳格子裡跳回了童年，老萊子式地取悅自己和受過傷的人。接著，一個得意的人站進大鐵輪中，他復活了達文西的人體比例圖，在圓形裡張開四肢，向自己和地面施力，自行運轉一個美麗的身體摩天輪；所有人的視線，與他的身體交匯成三百六十度的立體半徑，著迷的就會被納入他的身體圓周率裡，轉進他的世界中——他的自由，來自他把肉體枷鎖在一個不安定的形框裡，靈魂不肯受刑，所以飛轉在天地間。後方走出一個失去頭的人，撐著傘，仍然駭怕淋濕著涼的習慣還在；他掉了的帽子被小女孩撿到，女孩聆聽著帽裡儲存的幾聲鳥鳴，就像海王子的海螺記著浪聲，小孩總能在這個現

實中找到聽天籟的出口，這是上帝和他們保持溝通的秘密管道。快樂的人彈動手指就能振翅，跳躍的腳尖踩出一段旋律，就喚出一整隊沒表情的大鼓手，從舞臺後面向外昭告四方，他們要開始一個儀典：四個全身鍍了金的中國女孩，用繩子玩起扯鈴，鈴一拋上天空就變成仰望的星，墜下了趕快許願，流星狀的夢還來得及成眞——她們是結黨爲盟的女哪吒，在調皮而精準的拋物線下不想長大。旁邊一個人背著鏤空的翅膀，充斥著透明的意象卻不能飛，但他至少自私地把左右手邊的領空全佔下來了，沒有人可以阻礙他的航道。抬頭看見一開場就高升的中年靈魂，臉嵌在全開的報紙裡，出神地在半空中緩慢地夢遊行走，下面的亂世浮生還是動個不停——主角都分層分版演出了，每個人忙著自體回歸，世界就要和平。

一個穿肉色的憂鬱女子獨自吊在舞臺中央，她的哀傷引來了所有昏黃的燈光，厭世的企圖，讓她與兩條血紅的長布糾纏在高空中，有時自棄地放手，從空中快速滑下，頓時止息在地面上一公分，靈魂摔碎在肉體裡……足足十多分鐘幾近自殺的驚險，讓底下的人怵目驚心、停止呼吸。女子焦慮的身體張開一面紅色，然後自纏綑綁著四肢吊著示眾，無罪的自罰，讓有幻想前科的圍觀者都心虛了——布帶是她可以遠離塵囂的浮力，是她在天上人間掙扎遊走的努力界線，也是她緊抓不放的唯一維生臍帶。這個時候，原本哀傷的音樂放起了歡樂七彩的煙火，剝極而復的奇蹟在絕處逢生。和平的盛世，久了就有人覺得無聊，十幾個人開始自發性地玩起了跳繩：用人訂的時刻，把無味的空間切割成可以跳躍、牽手、翻轉的趣味界面，繩子有了自己的節奏，想玩的人就得服從，否則就得受違規的鞭刑。不想玩群體遊戲的，租了一個飛行工具，不用風也不必借助熱力，自己的一雙腳站起來，就可以讓坐在熱氣球的上半身升起。

黯裝而孤獨的女人，找到一根支柱就能自轉，水平的身體形成美的軌道曲線，流暢得讓人忘了現實是有空氣阻力和摩擦力。自由的極限不在於身體彎曲變形的弧度，而是如何讓周遭歸順你的身體時序，以你爲公轉的中心。身體是時間的鐘擺，敲完午夜十二下之後，鐘擺停了，你的時間也到了，原來時間才是執行死刑的劊子手，法律不是。混沌的死後世界很美，你已不在的孤獨疆域，告別式之後，赴約的人重組世紀末的現代叢林，安置好火種點點，未亡人的慾望燒起來就足以燎原，還是有人要誕生，地球不想絕滅。一對從伊甸園出走，無髮的結髮夫妻，走進蠻荒的文明，他們要用盤古開天闢地的聲響，演繹神的人類學，或是人的神學：太極生兩儀，陰陽兩性的身體組裝成一個肉的十字架，彼此是對方唯一的支柱信仰，用肌肉相扶持一輩子；腿是入世的支點，水平撐成一根男女合身的肉橫桿，吃力地舉起兩人的全部，和一個新的地平線；創造是如此辛苦，他們互長互分離，共修苦行爲了要負荷一種力求平衡的共生，兩人不斷努力地延長身體，企圖否認自己是神的贗品，這是人最初建築的原型。在他們專心的周圍，空中飄著行屍走肉的孤魂野鬼，地面則出場一群被白紗蒙面、拿著麻繩撐直如劍、像劊子手更像要自行了斷的含冤女子，朦朧的肅殺之氣，不寒而慄。

在任何時候，空中是他們的求愛舞臺，每一個人都專注地心算衝動的速度、最短的失重距離、一起飛、藉一根繩索在空中相遇、以默契生死與共，然後同時墜地。他們的藝術，是一種看得見的人體數學，一種必須實現的未來預言，兩人的愛必須堅信，一猜忌一失誤就會受傷。

憂傷的兩個小時有個Happy Ending——沒有頭的人，找回存滿他記憶的帽子安心回家，所以演出的人都套上潔白的衣褲，重新生還，出場謝幕。

這些是我在西班牙畢爾包，目睹太陽馬戲劇團CIRQUE DE SOLEIL的劇碼“QUIDAM”巨細靡遺的記憶，我可以清楚地描述我所見到的世界。對我而言，想像力走得比旅行遠，但如果是在旅行中激發出來的想像力，那就可以帶我們到更遠的地方。所以在我得知，太陽馬戲劇團將在二〇〇〇年三月到香港演出另一個劇碼“SALTIMBANCO”我放棄了原定的埃及之旅，意志堅決地排定了到香港的行程。

這回住在中環，五年不見的香港依然好看，只是這次因中年而多了些不同的取樣：在華洋共處的蘭桂坊聽很晚的爵士樂、在鏡面浮生的「又一城商場」找九七之後香港人的身影、買下圖文繪本的Morgan春裝、拍到Kitty and Daniel的結婚喜車、到赤柱吃很貴的法國菜，並趁空搬回寫滿老子道德經的陶瓷書鎮、爬上胡文虎公園的山頂看地獄報應圖、坐船乘大浪到南丫島吃最後一晚的海鮮……，這些是生活，另一種經驗的生活；但至今仍佔據我的，還是在中環由太陽馬戲劇團搭建的白色巨型帳棚，幾個高高低低的尖頂佈陣，張開很回教式的莊嚴；帳棚搭在摩天林立的辦公大樓中央，成了很多圍在周邊加班開會的香港人，喜出望外的幻想出口。

看太陽馬戲劇團“SALTIMBANCO”的那一晚，很興奮地就要走進那個開啓我想像的實境：玩耍的角色在觀看席裡跑來跑去，和早到的觀眾當場玩了起來，就這樣一直玩到開場；一個孩子攀在爸媽身上試著各種親密的姿勢，登在他們的肩上看見了更遠的未來，然後順著架高的身勢旋轉下樓；接著，所有被染了色的人爬上高杆，帶猴性的人在空中飛來飛去交換支柱，擺盪之後定了性，就用有顏色的手腳長出花來。旁邊都是翹鼻子變可愛的小丑臉，人間幻成天堂。兩個壯男以一根釘桿，將雙方的肌肉直角相撐，彼此對抗成一種平衡，自力旋構一個穩當的雄性地基——兩個小時之中，巫術、魔術、比喻、神蹟不斷，有天賦的人都在折磨自己的肉體，其他的人在叢林裡找到了狂歡的藉口。當一個女孩從地面上走在一根線向上四十五度，停在高空的水平上騎腳踏車、劈腿、後跟翻，還跳起舞來，所有的凡人都動情驚魂；她沒有地心引力的困擾，沒有人能和她爭在天上的舞臺，比我們多了專心，卻少了好多煩惱。女孩之後，走出一個手上玩滿了球的女人，從三顆演進到七顆，從臺階上玩到臺階下，把球玩成了一個各自運轉無誤的星系，她的創世紀維持了十分鐘。接著，已經上臺的這麼多人，照例要玩一場集體冒險遊戲：一個海盜船式的鞦韆，站滿了頑皮的男男女女，在最外面的人要完成一個高空三翻轉的動作，然後得準確地落到大彈簧床上——他們把激烈的奧運會，昇華成和平的遊樂場，掌聲最大的，都是身邊一起冒險的人。最後一幕，高空垂下幾根有彈力的繩索，把人從地面彈回天上，四個人同時升天、轉身、牽手再瞬間墜地，像降落傘下有風的特技，逼真的幻覺，帳篷裡的我們同時感覺到了天空。

人變成四肢動物，把身體當獸來馴，越獄的野性就可以在虛擬的原野上好看地奔跑；一個舞(武)臺隱藏很多出口入口，好幾處同時舉行的慶典，你看到的每一段現象都有溫度、力量和因果；古老的儀式還是能洗滌點什麼，總還能為後代留下生機。令人不可思議的是，那麼一個自得其樂的世界，無憂無慮的人還自定射程挑戰自己的極限，所以生生不息。全世界六十億人口具體而微，就是這組各懷鬼胎的馬戲團員，人只要傳神地虛構馬戲團裡會特技的動物、天使，神獸合一就沒有缺憾——時間無意慰留情節，兩個小時的啓示已經說完了，但我很捨不得他們演完。

在三十歲之際，我已完成到日本、東南亞、美洲、西歐、北歐、東歐、南歐、北非……等地的旅行，我從沒料到的是，這次離台灣最近的香港之行，反而帶我到心靈最遠的邊境——所有過去失去的，未來還沒發現的，都在這裡了；我玩命用字所描述的一切，都還不到他們境界的萬分之一，我的耳朵還沒離開當時買的九張太陽馬戲劇團CD——所有創作時的困頓傷神、過量的挫敗、在現實中高速磨光的自由創意，讓我二十歲的想像力提前用完；目前離四十歲預計還有五萬多英里的旅行，三十歲後的我，如果還能長出新的想像力，對明天還有好奇心，還能看見有趣的世界，那一定是太陽馬戲劇團移轉給了我，足夠而絕對專心的精神能量。

——二〇〇二年十二月·選自東觀版《我和我的戀愛詔書》

吳明益作品

散文卷

吳明益

台灣桃園人，1971年生。輔仁大學大傳系廣告組畢業，中央大學中文研究所博士。曾任《音樂時代》、《廣告》雜誌專欄主筆，現任教於東華大學中文系。著有散文集《迷蝶誌》及小說集多部。散文曾獲梁實秋文學獎散文佳作、中央日報文學獎散文組第二名、散文集《迷蝶誌》獲台北文學獎文學創作獎、中央日報出版與閱讀2000年十大好書獎等，小說曾獲聯合報文學獎小說獎大獎、聯合文學獎小說新人獎佳作、王世勛新人獎小說佳作等。

眼

父親左眼微血管破裂，開刀用雷射光凝固時，我正在直升博士班提交論文的發表會場上。那晚我搭火車回家，但母親說晚上探病經過急診室，會帶回晦氣，堅持隔天早上才准我去醫院。她塞了一個從三太子那裡求得的護身符，放在我上衣口袋。

只能用一隻眼看著我的父親，透氣鐵片壓著的方型紗布底下，那個球圓底，柔軟底眼，用某種動物的纖維繫住傷口。當手術刀準確劃出一道微釐米的罅縫時，曾在眼裡的某些畫面，不知道會不會像裂開的行李箱滑漏出來？

父親說，目珠擴（張）開，會感覺撓撓（癢）刺刺，親像狗蟻（螞蟻）旋（溜）過去同款。所以，只好放乎伊一直睏。

慢慢啊旋過去，的，某種東西。

父親曾經是做鞋的師傅。過去由於黏劑的效果不夠好，總是需要線縫。如何將針穿梭在韌實的皮革和堅厚的膠底，並且像閱兵陣列一樣等距散開，眼睛必定要能在遞送畫面的過程中，將扭曲降到極低。我不曾看過父親做鞋，在我出生的時候，父親的銳利眼力已經遺失了。不是像翻書一樣還可以翻回來，而是像磨平的鞋跟，某個稜角，永久地消失。

當然，縫鞋底也需要極悍的手勁，這點我是親身經歷的。

有回我和四姊難得地獲准買小蛋糕，她挑了一塊巧克力，我不知道挑了什麼口味的，回到家就後悔了。姊顯然不願輕易地將蛋糕換給我，我便抽筋一樣哭鬧起來。母親一面勸解，一面威脅姊讓給我，父親感到不以爲然，說，家己揀e（要）怪啥郎？

每次我想起我回父親那句話，便感到上頭旋著一扇轉到某個角度，會微頓一會兒，喀一聲才能扭過去的風扇，所散漫落下的滾滾熱風，夾帶著汗味從我面前飄過。接著，便是每次和二哥比看誰摸得到，微燙的日光燈管，慢緩緩慢地，把那間現在已經不存在，卻異常完整鞋店的每一個角落，逐一地從黑暗的記憶裡打亮。

在鄰居多得不得了，又靠近得不得了的商場，那句話顯然導致他們對我產生了一種鄙視或是恐懼的複雜情緒。幾天後，顧車的老李還打趣地對著我說，哇，你這小子，竟然叫你爸吃屎。

父親之後極少跟我說話，這種沉默到大學聯考後更加沉默，那時父親曾嘗試建議我一些對未來的看法，我同樣也給了一個類似的回答。父親穿上鞋子，出門去了。

叫汝喫屎汝卜喫否？我說。

三姊曾說很小的時候，她動過我鬈長睫毛的腦筋，本來算計要將它剪下來的，可是我的睡姿不好，翻來覆去導致她從來沒有成功過。我的大學同學顧寶有一次盯著我，惡狠狠地說：眞想把你的眼睛挖出來。她們那時都還不曉得我的眼睛網膜中央窩裡，六百萬錐體細胞的紅、綠色群，無能將吸收的光能量，準確地轉導爲動作電位。就像先天性冷感一樣，即使累得滿頭大汗，也無法稍稍認識書本上所謂的高潮。

沒錯，我有一雙美麗卻無法對色彩產生高潮的眼睛。

世界從我的眼角膜穿過瞳孔，蕩漾於膠質的水晶體，最後躺映在深處的視網膜黃斑上。無人得以窺刺的地牢。

在我激烈四處塗鴉的年紀，曾參加學校的美術輔導。每學期交三百塊，每星期帶一張畫回來。母親說：恁老爸眞甘開，乎汝提錢去學畫圖。學這卜做啥？啊汝畫這是啥米碗糕？

百貨公司啦，對面伊間人人百貨啊。

百貨公司窗仔是紅e喔？汝是像汝老爸同款色盲啦，色盲學畫圖較學嘛無效，黑目鏡畫做紅色，三百塊拿去擦尻川（屁股）嘛較會合。

我想起拿鞋給客人的時候，父親常把棗紅色拿成咖啡色，有的客人玩笑地說：

「哇老闆你們的鞋子會變色喔？」

鄰床那位視網膜剝離的中年人，告訴我們六樓有一個空中花園，不妨去走走。父親顯得興致不錯，穿上拖鞋。我和母親走在後頭，她說：啊，汝的龍骨（脊椎）那會歪歪？比前一陣仔歪愈厲害喲？

某些東西，慢慢啊旋走。或者，歪斜了。

父親四十二歲生我，想必那時他的瞳孔便已有些色澤，滲到眼白。但他的記性極佳，要我們買了珠算練習本，每天打然後計時。前天二十一分十一秒，大前天二十一分十七秒，再前一天二十一分八秒……唯一常被家人提起的他的忘性，是大哥考上明星高中的那年，他騎著腳踏車去看榜，竟忘了騎回來。

母親說，現在家裡常常東一張日曆，西一張日曆：因爲伓爸驚代誌忘記，就寫佇日曆後壁，四界囥（四處放）。

桌上、樓梯扶手旁、房間、沙發、洗手間，放著一張張已然過去的時間，背後寫著明天、後天、大後天要做的事。怕開了窗，風吹進來，便會亂飛，所以又用筆筒、茶杯壓著。鞋店打烊後父親回到家，電燈一亮，屋子裡飄動著記憶和提醒記憶的紙條。

花園在一扇玻璃門之後，像魚缸裡的海洋。這在醫院裡也算難得了，聽說還設有佛堂和祈禱室呢。問父親要不要出去走一走，他說，免啦，日頭傷光，會感覺撓撓刺刺。母親說，這間病院這呢大，病房這呢濟，一間收兩千，十間兩萬，一工賺歹算咧喔！

我們都笑了起來。

父親的右眼只能微開，怕眼球轉動時牽動左眼縫合的線，會感到刺癢。他沉靜地立著。我順著他的眼光游過去，無聲地。

玻璃門外的花圃，色彩正激烈開放。

——原載二〇〇〇年一月二十一日《中央日報》副刊

十塊鳳蝶

我坐在銀野村唯一麵店裡，吃著一碗四十塊的陽春麵。並不是嫌貴，只是這碗用開水和煮熟的麵泡起來的，清淡無比的麵，讓我這張被台北養成重口味的嘴，深感食之無味。要不是老闆問要不要鹽的時候，我和M異口同聲說要，這碗麵恐怕更難下嚥。

朗島國小的校長正好帶著一本台灣海域的魚類圖鑑準備向老闆請教，由於我們叫了麵，店裡狹促，遂決定先離開一下，想必是有許多魚的謎題待解。

「校長常常來找我，因爲那個海裡面的魚，國語的名字和蘭嶼話的名字不一樣，校長來問我蘭嶼話的名字。」老闆說，他年輕時可以潛入海中十分鐘以上。我有點不相信，但還是敷衍地讚歎一番，老闆瞪著他的大眼睛，像是看穿了我的不老實。我以懷疑的語氣問他眞能認得圖鑑中的每一種魚？那本圖鑑裡的魚種，恐怕比蘭嶼島上的人數還多。

「每一種魚都有名字，蘭嶼的名字。」老闆自信地說，那種口氣有一種莫名的力量將我的疑慮制伏。

關於魚的名字，我想起了夏曼．藍波安在《八代灣的神話》中所提到的關於達悟人飛魚的傳說：

傳說中由於達悟人吃了飛魚而生病，於是飛魚的領袖黑翅膀遂託夢給達悟人祖先石先人，自稱爲Alibangbang，二至六月是他們飛臨蘭嶼的季節。黑翅膀告誡達悟人必須尊重飛魚，不能將飛魚與其他漁獲混煮。他並與石生人約定在海岸與其他魚類相會，一一介紹魚的名稱，及對待他們的方式。

這是一場奇妙的，魚對人的自我介紹。

這是達悟人將魚分爲「好魚」（wuyod，是所有人都可以吃的魚）、壞魚(ra'et，只有男性能吃的魚)、老人魚（kakanen no rarake，只有祖父級男性才能吃的魚）的典故吧？達悟人甚至將魚分爲特別適合孕婦、哺育幼兒中的婦女食用的魚；將做父親的男子，及家裡有幼兒的父親所食用的魚；以至男童、女童、做了祖父的老人家食用的魚。

達悟人簡直是離不開的鯨豚。

北赤道洋流帶來了蘭嶼的生命依靠，達悟人對待海洋及海洋生命，或許，就是他們認識自己的方式吧。

我將珠光鳳蝶❶的形容告訴老闆，一種黑色翅膀，後半部有著神秘金黃色珠光的蝶。老闆點了點頭，說：「到處都有，到處都有。」他用極大的動作比著，補充地說：「你知道他們的孩子吃什麼嗎？在樹上，一種在樹上的藤……。」

這是我第一次，聽到有人用「孩子」來指蝴蝶的幼蟲。

一下二十人座的飛機，在等待民宿主人周牧師的時候，就遠遠地看到跑道旁的鬼針草上，背著一道虹彩飛行的琉璃帶鳳蝶❷。琉璃帶鳳蝶與烏鴉鳳蝶是近親，或許是蘭嶼這個山地雨林(mountain rain forest)的熱情，他的綠色物理鱗片顯得更加浪費而無節制地成為翅上的裝飾，與紫色斑輝映成一種野性的華麗。

一路上，特有的毛脛蝶燈蛾的數量，遠遠超過台灣紋白蝶，成為道路兩旁隨時可見的伴遊。這種蛾不但進食，而且比蝶更沉醉於花蜜，有時一頭栽進，旁若無人，他們也是少數夜晚不受燈光蠱誘的蛾。玉帶、紅紋與大鳳蝶偶爾勾引我們的眼光，然後拋棄我們躲入林中。這裡，琉璃帶是主旋律，其他的鳳蝶是和聲，海風則用林投樹數著節拍。

短暫的一個多小時，我們並沒有遇上珠光鳳蝶，太陽便幾乎把所有的蝶哄了回家。

隔天一早，我們從野銀出發，往東清村的方向騎去。一分鐘後，遇上了第一隻珠光鳳蝶。不是粉蝶少女般的輕盈，不是斑蝶時而優雅、時而迅捷的善變，不是蛺蝶疾速而又囂張地巡航，不是蛇目蝶奇詭底跳躍姿態。當珠光鳳蝶從蘭嶼藍得驚人的天空振翅而過時，我和M都以為那是一隻鳥，但恐怕沒有鳥的尾羽，有那麼耀目的、陽光都幾為之黯然的金黃。據說歐洲有一種鳥翅蝶屬的鳳蝶，翅翼將近三十公分，因此曾經被當作鳥而遭到獵鎗射擊。

我只希望我能成為林投樹頂端，一枚恰好在適當角度探頭的葉，靜靜地看他，在海灘邊一小塊林地末梢攀附的港口馬兜鈴上，彎起尾柄，留下卵嗣。然後，看著海風一路相送他們回紅頭山。當我和M從高仰角調回水平的視線時，我們都從泛著光的眼神裡接收到彼此的快樂，一種宛如自己曾經飛行的快樂。

十分鐘後，我們看到另一隻雄蝶。

在一個多小時的等待後，我和M決定暫時離開，因爲島上不只珠光鳳蝶的存在，對我們來說，與紋白蝶聊聊也是值得珍視的友誼，我無法想像失去紋白蝶的田畦，蔬菜們生長得是多麼寂寞。那天在往朗島的路上，我們還遇上了大鳳蝶、姬紅蛺蝶、黑脈樺斑蝶、小波紋蛇目蝶、蘭嶼黑挵蝶、琉球小灰蝶、琉球紫蛺蝶以及從異地移居而來，宛如驚歎號的綠斑鳳蝶和黃裙粉蝶。

我以相機和在攝氏三十度下的琉球紫蛺蝶❸及姬紅蛺蝶，搏鬥了近一個小時。

這是蘭嶼、熱情的蘭嶼啊。

林熊祥先生在《蘭嶼入我版圖之沿革（附綠島）》的研究曾經提到，達悟人和漢人大約從清同治年間開始接觸。在中國還未警覺到巨變即將來臨的光緒初年，清政府曾派代表，攜帶布疋、鐵器、瑪瑙珠、火柴、糕餅等訪問蘭嶼。獲得島上四處可見體型迷你的豬隻、粗放的羊群、小規模墾植的芋田與野生的椰子作爲回禮。這些在被達悟人視爲財富象徵的物產，在中國眼中自是極爲輕賤。也因此，漢人的移民的遷居地圖裡，或許根本沒畫上蘭嶼。這其實是一種幸運，那段時間蘭嶼得以獨自面對太平洋，撫養著這群約八百年前，從菲律賓北部巴丹群島移居至此的海的子民。一八九七年，那是馬關條約訂定後的第三年，著名的人類學家鳥居龍藏接受東京帝大的派遣，乘著輪船「打狗丸」，穿過黑潮，來到蘭嶼。島居可能因爲島上居民自稱「我們」（Yamen），於是便將這群溫和的住民，稱作雅美人。鳥居的研究本尚稱順利，但不久發生了帳棚火燒的意外，助手中島藤太郎燒傷而死。長老前來弔祭，說：天上的繁星是“mata mo anito”，人死後就增加一顆星，中島先生的靈魂也變了一顆星……。

mata mo anito，意即死者的眼睛。

鳥居可能想不到，有一天這群被他稱爲「武陵桃源的人們」，將與供應台灣明亮夜晚的核廢料同居。一九八八年二月二十日，蘭嶼島上舉行了第一次反對核能廢料場的遊行，那天夜晚的台北，想必也正燈火輝煌，光彩絢爛。

而蘭嶼漁丸上刻的「舟眼」，靜靜地望著大海，像一個沉思者難以入眠。

我與M回到住處時，周牧師熱情地問我玩得愉不愉快，我興奮地告訴他，珠光鳳蝶從我頭上飛過的姿態。和麵店老闆一樣，周牧師也不識得「珠光鳳蝶」，但他知道，後翅發出珍珠光彩的美麗蝴蝶。聽我的描述，他恍然大悟地說，啊，你說的是十塊鳳蝶。

十塊鳳蝶？

是啊，十塊鳳蝶。以前抓來賣給臺灣人，一隻十塊嘛，所以我們叫十塊鳳蝶。周牧師解釋。日本人和漢人到來以後，帶進了貨幣，也改變了達悟人的思維。財產原來不只是豬、羊，或是水芋田，還有萬能的錢。當一隻與達悟人共同守望海域的珠光鳳蝶被賦予「十塊」的經濟價值後，他的飛行便不再自由。標本商以十塊驅使達悟人捕蝶，然後以百倍的價格，賣給都市人或外國人作爲牆上的裝飾，他們用肥油的手指著，多麼美麗的蝴蝶啊！

五十年代，當蘭嶼設有離島監獄時，曾爲搜捕逃犯高金鐘，縱火燒山；六十年代，一個個十塊叮叮噹噹的銅板，換走一隻隻珠光鳳蝶；七十年代，中藥商爲了供應馬兜鈴根，告訴達悟人，挽掘不一定要栽種。於是，珠光鳳蝶選擇黯淡。

文明是一條誘惑的蛇，它帶給達悟人的禮物，是宛如圈索的環島公路，緊緊勒住珠光鳳蝶的咽喉。

周牧師說，現在不抓了，不會有人抓了。

我和M到蘭嶼的時候是papatou（國曆四月），patou是釣線捲軸的意思，這意味著，飛魚隨著黑潮，飛臨蘭嶼了。我和M則試圖在短暫的三天裡，去認識這個無論走到那裡，都有草蟬歌頌陽光的島嶼。

我們多次，經過專門爲運送核廢料建築起來的紅頭碼頭，那裡的海水，被水泥阻擋，而無法吻到蘭嶼的土地。核廢料場外是整個環島公路中，最平坦的路段。這裡是都市光亮燃燒後灰燼的墳場，是惡靈(anito)聚集之地，沒有一株樹，願意爲它遮擋陽光。

在我拿著相機和琉球紫蛺蝶搏鬥的草叢附近，有一座精神保壘，被噴上「誓死反核」。也像睜著的舟眼，望向海洋。蘭嶼島上的任何東西，都望著海洋。

離開的前一天，我們又到麵店去吃麵。老闆剛從機場回來，他問我們那時候訂的機票？M

說，過農曆年後不久就訂了。老闆邊下麵邊說，難怪，我都買不到機票，每天到機場去補位，都補不到。我要帶我兒子的女兒去台北，她留在這裡，每天吵死了。

老闆被遊客困在蘭嶼了。二十人座的飛機，負載的大多是蘭嶼度假的觀光客，他們到了之後，重要的目的也許是找尋穿丁字褲的達悟人拍照。當政府禁止用十塊錢購買珠光鳳蝶，文明人便嘗試買點別的，比如說，可以炫耀的一個海島假期。

我和M默默地，吃完「清湯煮麵」，一碗四十塊。

註釋：

❶珠光鳳蝶(*Troides magellanus* C. & R. Felder)是典型的熱帶蝶種，和分布南台灣的黃裳鳳蝶極相似，但珠光鳳蝶僅分布在蘭嶼。蘭嶼全島均可見，朗島、東清附近較易觀察，但數量不多，習慣高飛。展翅約10-13cm，前翅黑色，後翅在陽光下皆呈動人的真珠色澤，雄蝶尤其鮮明，現已列入保育。幼蟲食草是卵葉馬兜鈴、港口馬兜鈴等。

❷琉璃帶鳳蝶(*Papilio bianor kotoensis Sonan*)是烏鴉鳳蝶的蘭嶼亞種，是台灣相近種類中，色澤最為華麗的。在蘭嶼島上，遠比其他鳳蝶更常見，多緣路旁飛行。展翅約10-12cm，與烏鴉鳳蝶的相異處，在其金綠色鱗斑呈現帶狀，如銀河般散布在黑絨色的前後翅翼上。幼蟲食草是芸香科的飛龍拿血。

❸琉球紫蛺蝶(*Hypolimnas bolina kezia* Butler)是低山帶的中型蛺蝶種類，雄蝶與雌紅紫蛺蝶雄蝶甚為相似，但其前翅腹面有明顯白色斑紋。雄蝶有強烈的地域性，常盤據草叢附近的高枝。雄蝶前後翅各有兩個紫色

物理鱗斑，雌蝶後翅則無。幼蟲食草是旋花科的甘薯、錦葵科的金午時花等。展翅約6-7cm。

——二〇〇〇年八月・選自麥田版《迷蝶誌》

我所看見聽見的某個夏日

晨午氣溫的曲線像一隻尺蠖行進的日子，我的喉結總像住了一隻麻雀般不安，醫生說是先天性的氣管過敏。因此當我約了房東看房子的時候，盡量保持沉默。房間很小，跳起來可以摸到天花板，使勁撐開雙臂可以摸到兩側，長度是一張床加上一個達新牌尼龍衣櫥。房東打開窗，風正經過外頭的綠竹林，寂靜隨著竹林擺動的節奏擴散過來。

決定租這房間，也許是因爲我看到沒有紗窗的窗戶外，停憩著一把吉他。

我住進這個房間，論文寫的是王漁洋，那個獨標神韻，二十八歲就被錢謙益叮嚀「勿以獨角麟，儷彼萬牛毛」的清代大詩人。我常把眼睛擱到窗外的那把吉他上，舌尖像轉動一粒糖果，將那些柔軟而盈滿的聲音在頰中推滾：盡得風流、不著一字、田園丘壑、古澹、清遠、總其妙在神韻。漁洋是一個善長讓人意識模糊的催眠家，他誘使你唸詩，每一個字，都敲著鬱結在你僵硬的筋絡與心脈的秘密上，讓你的腦葉除了顫抖，暫時失去思惟與辨識的能力。

我習慣在閱讀時將漁洋的詩話一字一句地打進去，看著兩百年前的話語一個字接一個字浮在螢幕上，像鑲嵌在光上的反回文。

鏡中之象，水中之月，相中之色，羚羊掛角，無跡可求，此興會也。

那天我正準備寫一章研究方法。寫著，然後Delete掉，一個上午仍然無法使這篇文章多幾個字元。寫這論文或許是愚蠢的，因為即使以精密的手術分解詩的頭顱、皮骨與內臟，還是無法依這些零件，重組另一首詩的生命。就像即使你手中擁有組成生命的原始材料，還是沒辦法呼嚕一下子造出法布爾(Jean-Henri Fabre)所謂「能歡能悲的蛋白質」。

窗外陽光翻閱著每一片竹葉，但無法讀出竹葉佈滿縱向的凹槽，藏匿的那些密碼般的紋理。一隻紅嘴黑鶇停在那把吉他套的柄端上，喵喵叫著。那聲音有蜂蜜的黏稠與甜美，又帶點潮濕。他把頭往前微伸，像要吐出噎在喉間的糖果似地用力，像要把火燄般的心臟從紅色的嘴喙嘔出來似地用力。動物行為學家韋斯特(Meredith J. West)和金恩(Andrew P. King)曾經進行觀察，發現雄燕八哥特別在求愛季節喜歡用某種聲調的原因，是雌鳥會在她聽到所喜歡的曲調時，將翅膀外翻以示鼓勵。那千分之一秒由翅膀發出的微笑，讓雄鳥深深記住這個愛情的曲調。我的經驗是，一群紅嘴黑鶇嘻鬧時的音調常有極多變奏，單獨或立於高點的紅嘴黑鶇較常發出喵喵聲。這是他記憶愛情，渴求微笑的曲調嗎？

這問題對我來說，太過神韻。

也太詩。我在電腦記錄上寫下：五月十六日，第一隻紅嘴黑鶇在窗前出現。這前半日難道這窗只路過一隻紅嘴黑鶇？我為自己連這塊兩尺乘三尺的天空都無法窮盡而懊惱，視網膜與聽覺鼓遺漏掉的是吸納進來的一萬倍，一千萬倍，不，也許是一億倍。我擁有一扇窗，但只能看到萬分之一的窗，聽到千萬分之一窗，記得億分之一的窗。

這幾個月來，《漁洋詩話》已經被我在每頁捺上數層的指紋了。還有《分甘餘話》、《香祖筆記》、《池北偶談》……，我必須承認，即使所有的字都認識，有些句子我還是讀不懂，只是卻覺得那些字都在它們該在的地方生長，像一座天然林。

一個橙褐色的影子使馬櫻丹顫抖了一下，畫出一條塗鴉般的飛行路線離開。孔雀紋蛺蝶？不不，我想是黃蛺蝶。你看，你的視覺暫留區還留著他多裂的後翅，和豹紋的身形，那不齊整的後翅告訴你他不是豹紋蝶，那豹樣的紋身告訴你他不是孔雀蛺蝶。我修改了我的記錄：「五月十六，今年在園裡看到的第一隻紅嘴黑鵯帶來第一隻黃蛺蝶，在第一聲熊蟬鳴叫的一周之後，第一隻橙帶藍尺蛾被一個女學生誤以爲藍色蝴蝶的三天之後。」

必須倚靠記錄，我才能記得住時間，這些畫面幾乎是不分時序地疊影在腦中。安海姆(Rudolf Arnheim)始終想證明視覺相較於時間具有精確性與優先性，證明我們靠翻閱記憶以存活的生命，是一部聯綴起來的連環圖。他用那雙睿智又狡黠的眼問：當一個舞者以優美的舞姿跳過舞臺時，時間的流逝確實是我們體驗中的一個方面嗎？

難道我們會說她來自將來，通過現在然後跳到從前去了嗎？

時間不主宰記憶。某些物事，不論它是否已像金星誕生一樣遙遠，我們的腦葉都能以一種神奇的載具將它召喚回來。我回來了，那是第一次看到西藏綠蛺蝶，停在血桐上，像血桐長出了翅膀；我回來了，在蘭嶼用盡全世界藍色油彩的海岸旁，池鷺進行著灰白分明的飛行。我回來了，那是面天樹蛙的眼睛，你的眼淚在他的虹膜上面流動，然後靜止，然後重新流動起來，然後你抬頭，看到天津四三千光年前燃燒的藍白色灰燼。我回來了。

我用意志力強制左眼瞄著電腦螢幕，右眼留在窗外，似乎還留在某個星宿上。留在那把吉他上。是誰，以什麼樣的姿勢拋下那把吉他呢？而它又在綠竹上搖晃了多久？紅嘴黑鵯不知道何時已經飛離。我叫出播放程式，讓Bob Dylan的指頭，以四十倍的轉速將凝止在光束中的聲音解凍。那口琴聲有一種能將你的眼睛不斷向外撐開，並把世界摺疊進來的能力。Bob Dylan站在不知高度的世界邊緣，靠著紫藍色的雲撥弦，Bowing in the wind。他的指尖流下汗，弦讓空氣爆裂。

打雷了。或者說你先是看到竹林與相思樹頂住的那片天空失去亮度，然後世界在光速中明滅了數次，閃電的筆跡是一道鋒利波浪，雷聲從浪間挾著強大的震波而來。你的腦袋彷彿被一本巨大的書敲擊了一下。

下雨了。或者說你先是看到竹林與相思樹彷彿是靜止在赤道無風帶上的帆，然後風突然讓你的眼睛脫焦，嘴銜著一枚雀榕種子的白頭翁回頭望了你一眼。你的皮膚像被冰毛巾撫過，起了疙瘩。

這雨讓我飽受漁洋曖昧、魅惑的文字折磨不堪的思緒，略略冷靜下來。像是將整個夏天的雨都要集中在這一天揮霍掉，沒有一隻蒼蠅能找到空隙飛行。窗緣原本排隊到馬櫻丹上巡視蚜蟲的黑蟻隊伍被雨水打亂，有幾隻腳不幸被雨黏住，正在用其餘的腳使勁划動。但不久他們便像趴在一個巨大的水晶球上，而水晶球又融成湖泊。被隔絕在水線外的蟻群則驚訝前行者腹部腺體留下的氣味之路不見了，跳起驚惶的圓圈之舞。

昨天晚上出現俗稱「大水蛾」的白蟻婚飛，早晨路燈下鋪上薄薄一層脫落的褐翼，現在這些短暫的飛行器變成浮在雨水上的小舟。而金龜子被房間檯燈穿透毛玻璃的發光頻率所吸引，整夜用堅硬的翅鞘求我開窗。早晨我在路燈下撿到其中幾個可能是撞暈的傢伙，有的是青銅金龜，有的是藍帶條金龜。前者翅鞘如鏡般發出幽燐的綠光，後者光線將翅鞘鍾鍛成青銅，上頭模鑄著樸拙的縱紋。紫紅蜻蜓則停在水池旁枯枝上，爲避免體溫急速升高，尾部像時針指著太陽。正午的時候甚至倒立，直到偶爾有雲勸他鬆懈一下。這幾天陽光都像要融化我的意志力一樣冷酷，卻又和悅地誘使鹹豐草、槭葉牽牛、金午時花在相思林的外緣過度興奮地開放。

或許這一切都是夏的徵兆，這場雨的徵兆。

現在你只能聽到巴掌一樣的雨，俐落地摑著發燙的地。吉他袋讓雨發出了有別於落在地上與樹葉上的沙沙聲，一種有塑膠感的聲音。我想沒人會把吉他刻意吊上竹林，除非是二樓以上的高度往下拋。或許住隔壁的那位朋友曾經想成爲Jimi Hendrix，嘗試把靈魂彈進吉他的空心裡。那麼，爲何又要拋棄呢？

Jimi說：音樂是宗教，長存不滅。

一把吉他撞擊到綠竹上，不曉得是什麼樣的音樂？什麼樣的宗教儀式？

詩也是宗教。選擇這題目時，教授說「神韻」是非常難做的。是的，我知道，解釋「神韻」的難度其實相當於解釋美，那是一種你拿出「解釋」的套索，就當場自殺的驕傲生命。有一位教授曾對我一篇論文不以爲然，他認爲用詞太文學性，缺乏說服力。但我以爲漁洋的「神韻」和退特(Allen Tate)費了數萬言解釋的「張力」，說服力其實產生在不同的關節上。漁洋說：大抵古人詩畫，只取興會神到，若刻舟緣木求之，失其指矣。

而好像是史耐德(Gary Snyder)說過：靈感是可談的東西，但不能在大學裡教。

關於夏天的雨，除了氣象學、物理學與生態學外，也有些東西不能在大學裡教。

雨下了約三片CD的時間，然後以不可思議的速度隱匿。現在的天空是剛被創造出來的。我穿上運動鞋，走到屋外。

其實雨並沒有消失，你看那稻子快滴出水的青綠就知道，你看田溝裡以一種執拗的急促流動的水就知道；你吸一口氣，然後肺與毛孔會知道。雨水並未消失，分隔田界的竹子也知道。據《竹書》所載，桂竹能貯存夏日的陽光和雨水揉成一種翠綠的力量。一天可以拔高二十四・五公分。雨並未消失，在帶著細毛的酢漿草葉面上，現在是帶著夕陽色的珍珠。

吉他袋裡有吉他嗎？我從來沒有嘗試把那把吉他拿下來一探究竟的念頭，但這場雨讓我的念頭發芽了。站在窗口下，那竹子出乎我意想的高。袋子的拉鍊有幾處都裂開了，裡頭深黝黝的，像一個宇宙。我拾起地上一枝長樹枝，往那宇宙裡頭探……。沒有碰撞的實感，沒有吉他，這只是一個吉他袋，空袋。我不能否認有點失望，脖子停在那個角度，就像紫紅蜻蜓高舉他的尾部。

就在這時候，一個清亮的鳴聲，讓我眼睛的黑暗宇宙突然爆炸了，超過五百赫的聲頻細針般射入皮膚，順著靜脈擊刺心臟。那聲音就在附近，我想是澤蛙。

就在我嘗試從那些臨時的水潭中找出他時，幾百個宇宙爆炸穿越光年傳進耳膜，空氣顫抖著，我的血液顫抖著，地面顫抖著，夏日顫抖著。手錶指著五點半，太陽將落未落，世界還亮著，田裡的澤蛙們因爲這場雨使眞皮層黏膜感到舒暢，而放聲了。一隻雄澤蛙就是一把自己能發聲的吉他，現在田裡有幾把呢？我蹲在石頭上找到那發出第一聲的傢伙，有條金黃色的背中線。對我來說那是一條炫目的黃金之鍊，對他來說是生命之鍊，這線可以破壞輪廓，干擾捕食者的攻擊判斷。他的單一鳴囊將空氣困住，震出獨特音頻的情話，雌蛙負責聆聽。根據蛙類學家的研究，雌蛙讓聲音經中耳進入耳咽管，再經過口腔到另一耳的耳咽管，再回到中耳。藉同耳兩遍的音頻撞擊，藉以定出雄蛙的方位來。而某些蛙肺的一部分甚至會隨著耳膜一起震動，讓這情話在身體裡一遍遍傳誦。

這撞擊傳到她強壯的後腿上，她泅泳了，她跳躍了，她顫抖了。

我的耳膜也顫抖著，並且激動地咳嗽。約一個小時後我聽到黑眶蟾蜍，再五分鐘後我聽到貢德氏赤蛙野犬般的吠聲，把已爬到墨藍色天空上的月，叫喚得驚人的亮。

我幾度站起來，幾度又蹲了下來。我想我必須看看聽聽這樣的夏日，逼漁洋自殺的事，明天再說吧。

——原載二〇〇二年二月《幼獅文藝》

許正平作品

許正平

台灣台南人，1975年生。中山大學中文系畢業。現就讀於台北藝術大學戲劇研究所主修戲劇創作，亦曾於皇冠、耕莘小劇場藝術節中發表作品。創作以散文為主，並兼及小說與劇本創作。著有散文集《煙火旅館》。曾獲聯合報文學獎散文評審獎、台北文學獎評審獎、梁實秋文學獎佳作、全國學生文學獎首獎、中國時報文學獎等。

聲音地圖

1

你看見黑暗。

暗中，一串腳步聲由遠而近迤邐過來，悠長，遲緩，是一雙沾了塵泥的舊鞋吧，踩過落葉成道的荒索小徑，蹈著蕭然冷瑟的風，走著，把路拉得長長的。路旁，或有野楓一株株，都枯了。

漸漸有了光，銅黃色的光，淡淡飄落，像第一場雪來到冬天，落在斑駁年老的舞台地板上，漬出一圈陳年的老色，無聲。

久久，彷彿滑過幾枚手風琴哀愁的單音。

旅人黑衣黑帽，走進光裡。唯一而瘦弱的光，黑暗噬盡後，最後的國土。光塵緩緩包圍住旅人厚重的風衣，舊風衣上植著一綹一綹毛球，蒲公英一般，在暖黃的陽光煦照下，就要離開站立的土地，流浪去了，一路還散落著昨夜酒館宿醉的伏特加餘味。一枚單薄瘦削的影子。在遠遠吹去的風裡，移徙，飄泊。

他低頭摘去帽子，放下當年離家遠行時帶走的破皮箱。箱子輕輕顫晃，然後靜止。終於，年輕時候種種騷動不安的欲想和幻夢都沉澱下來，凝止成破箱子上的幾道刮痕、幾窪雨水來過又離開的痕跡，幾點青苔，在頰邊攀爬生長，變成一堵風化後的頹牆，陽光偶爾停駐稍坐，風來，風走，草葉間殘下一些舊日的天光雲影。時間已經走得很遠了，像水面上倒映的影子，像車窗裡倒退的風景，只能是依稀彷彿。日色將暮。

旅人抬起頭，將眼神放出柵欄，奔馳，奔馳，往最遠最無限處，那倦極卻倔強不肯屈服的眼啊，映出了漸層的景深。

於是，看見了。一棵樹、一座戲台、一輛鏽蝕落漆的老鐵馬、一道筆直前進前往遠方的鐵軌。一張又一張老照片投影在劇場巨大的天幕上。樹下的板凳、戲台邊的棉花糖攤子、鐵道旁的稻野。鐵馬的車鈴應該壞去許久了，很久不再發出叮叮脆脆的聲響。

像一本以剎那裝置出永恆的相片簿，旅人龐大的記憶疆域，翻閱著，卻都模糊不清了，褪色、泛黃、龜裂。失眞。時光是一場湯湯沛沛的水災，漫過整片白色的布幕，讓凝視之眼失焦，將如煙花燦爛的往事漂洗成黑白。

一顆，又一顆，肥皂泡泡從暗處飄飛出來，飛入劇場，穿過旅人和舊日之間，一顆，再一顆，上揚，下墜，各自旅行著。那是我們小時候常常玩的泡泡罐子，一瓶五元，輕輕吹氣，泡泡在陽光下漾著彩虹的顏色，飄過我們的頭頂，然後，啵，消失了。旅人轉身，尋找吹泡泡的小孩，孩子們總是會追著泡泡，跑過街道。但是，沒有小孩子，也許他們都長大了吧。只剩下泡泡，飛，墜，啵，消失。

燈光漸漸又暗去了。長日將盡。

暗中，綿長的靜默裡，你聽見旅人長長的嘆息。

2

導演說：「音效！給我一些鄉愁的聲音！」

3

喀隆，喀隆，夜行的火車有一種舒緩而規律的節奏，像一位正唱著搖籃曲的男低音。安穩的音符裡，乘客們有人睡著了，有人繼續翻動報紙，有人笑著和友伴聊天。偶有輕輕的咳嗽，輕輕顫起等待氛圍中的些微騷動和不安。有人憑窗，看窗外全黑的夜幕，究竟，他們看見遠方平原上屋舍的燈火，還是投映在窗玻璃上的自己呢？

火車向南，平原如墨。那些錯落在遠方的光點，疏疏淡淡，像排列在鋼琴上的音階，沿著地平線錯落彈奏。我的家庭眞可愛，整潔美滿又安康……。我細細哼著。想像在那些光裡，正有一頓快樂的晚餐，爸爸媽媽哥哥姊姊，就像小時候從國語課本上讀到的一樣。有一個小小孩，把筷子當成麥克風，他剛剛學會一首完整的兒歌，正大聲唱著「只要我長大」。昂昂歌聲在島嶼又高又遠的夜空裡傳響開來，結成星星，一閃一閃亮晶晶。嵌入歸鄉旅人的眼睛裡，譬如我。

記不記得？不懂事的年紀，每在夜晚，總不忘記把臉貼在薄薄的紗窗上，望天空對星星們許願。保佑我明天就跟阿炮合好。保佑爸爸買給我那個雙層鉛筆盒。保佑我將來賺很多很多錢。保佑我快點長大。每一顆星球上，都住著一個我們童年的心願。

我們果然很快長大了。我回到窗玻璃上的自己，朝他笑了笑，左邊臉頰上有一窪淺淺的酒窩。他住進一副大大的身體裡，獨自搭上長長的列車，離開，去了夢想中的城市，和遠方。

那是在小時候。每個日影淡去的下午，我總是仰著頭，搖著爺爺的大手。「走啦！走啦！去看火車！」我說。爺爺摸摸我的頭，嘿咻一把將我抱上老鐵馬前頭的橫槓。出發囉。老鐵馬篤篤啓程，像拖著長長一串喝完的飲料罐子，一路喀哩匡啷，襯入我純然天眞的歡愉裡，淡出。

隔著灰撲撲的水泥柵欄，火車一班一班，奔跑而過。天空色的普通車和復興號、橘子色的莒光號、泥土色的自強號，色塊飛一般掠過，跳接成記憶的空鏡。我好專心看著窗口，每一個一閃即逝的身影和臉龐，站在車門口抽煙的阿兵哥、拉著吊環背書的蒼白少年、還有那個趴在窗口看我的小孩。他們究竟要去哪裡呢？爺爺蹲下來，告訴我這班列車會開到大城市裡去，爸爸媽媽就在那邊工作，要賺好多好多的錢，給我買回來鐵金剛金光槍和電動小火車。

轉身，我壯志滿懷對爺爺說：「等我長大，也要坐火車去很遠很遠的地方。」爺爺又摸摸我的頭，把我抱起來。火車漸漸走遠了。

二十三歲的火車車箱裡，我按下隨身聽的錄音鍵。錄音帶沙啞的空轉聲，持續記錄下規律安穩的火車前進，和永不止息的前進中不經意遺落在路旁的聲音和舊事。給我一些鄉愁的聲音，導演說。那麼，就從這裡開始吧。我們先坐上來時的火車，回家。聽火車踩過鐵軌的聲音像海潮一遍遍湧來，就像異國的旅人在城市夜街上唱起家鄉的民謠，路過的人們專心傾聽，歌聲飄散在染了霓虹的風裡，微涼。旅人悠悠哼著，唱著，我們終於聽見，字裡行間的童年。

聽見了沒？當火車劃過萬籟俱寂的深夜，所有暗中的綠樹、稻野和山巒，合唱起一首童謠。火車快飛，火車快飛，穿過高山，越過小溪，不知跑了幾百里，快到家裡，快到家裡，媽媽看見眞歡喜……

4

排練完，圍坐在練習室的木質地板和暖黃燈光中，我按下錄音鍵，問演員：「給我一些鄉愁的聲音吧？」

阿樹說：「應該是海的聲音吧。小時候住在海邊漁村，爸爸和爺爺擁有一艘漁船喔。常常在深夜天還沒亮，聽到噗噗噗噗的馬達轉動聲，就知道他們出海打魚去了，船的聲音漸漸遠了，只剩下潮水撲來、退去，像催眠曲一樣，很快又把我送進夢鄉。你們知道嗎？浪頭大一些的時候，簡直就像直接打在我家牆壁上一樣，我迷迷糊糊醒來，有時還會聽見我媽很小聲很小聲地哭著。」精壯黝黑的阿樹，我們總以為他的童年一定充滿了午後陽光落在海面上的金燦喧嘩，還有椰子樹葉間的風。

阿女是在眷村長大的，聲音特別豐富熱鬧。「很多喔！那種前門貼後院的房子，每到了黃昏，孩子們奔跑、打球、爭吵，電視機開開關關，阿美家的關了換小華家開播，李家媽媽罵小孩的山東腔從窗口飄進來，和在門口徘徊的張媽媽的台灣國語疊成混聲合唱，她正拔高了音喊：『醬油沒有了啦！』在這樣好哄鬧、好細瑣的氛圍裡，我們都專心地做著一件事，便是等爸爸回家。常常，我做完了功課，便安靜地坐在客廳裡，任日影暗去，聽各種聲音在家家户户的屋頂叱咤、飄散，然後，我會非常準確地辨認出那一串由遠而近、獨一無二的腳步聲，奔出去，讓爸爸將我高高地舉過頭頂，我伸出手，總以為可以抓住掠過的歸鳥。」阿女的鄉愁之聲是以非常精準的多重聲軌錄製而成的，非常突出的畫外音效果。

「我的鄉愁是無聲的吧，尖銳而刺耳的安靜。」鑰題兒阿牧說。「自己開門、開燈、開冰箱、開電視，關門、關燈、關冰箱、關電視，切換的瞬間，像有一把刀切入冰冷的空氣，然後，對自己說：『哈囉！我回來了。』廣大無邊的靜默裡，我站在落地窗前，凝視高樓天際線之上的血色天空，感覺那兒有一萬隻海豚在沸水中叫喊。」寂寞如詩的阿牧。

還有阿森，他說鄉愁的聲音就是神仙伯伯說故事的聲音。阿森小時候認識一個神秘的神仙伯伯，每當他被隔壁的肥寶欺負或爸媽處罰的時候，神仙伯伯就會從不知名的地方過來，阿森考據說那是一處尚未被人類發現的森林。伯伯會告訴他那座遠方森林裡的故事，那些故事有著神奇的功能，讓他變得勇敢，不再怯懦、不再那麼愛哭。伯伯的故事總是這樣開始：「在很遠很遠的地方……」我們都懷疑阿森一定是小時候童話看太多了。阿森堅持是真的，只是神仙伯伯很久沒有來過了，他已經記不得伯伯的長相……

都說完了，錄音帶的空轉聲兀自淡入，彷彿嗜聽故事的耳朵，央求還要最後一個。

布烈松說：「眼睛膚淺，耳朵深奧而有創意。」

在演員們的聲音地圖裡流浪，聽見那些被放大了數千萬倍如走鋼索特技的特寫，或者，長鏡頭般，遠遠的、模糊而不可辨識，就像在異地城裡的早晨醒來，聽見遠方山林裡的果實掉落，你懷疑，那究竟是超越肉眼的真實存在，或僅僅是心裡偶然泛起的一道淺淺的鄉愁回音呢？

鄉愁，原來是這樣一個細密而歧異的繽紛花園，每一件記憶都有各自的詮釋權，悲傷、快樂、孤單、甜美，都有自己發聲的位置。它們將聲音鑲嵌在記憶體的內裡，當畫面上的風景皆已斑駁、泛黃，它們仍然在野地露宿或擁擠的市街行路中，對你忘情呼喊，你回過頭，有一些似曾相識的陌生。它於是喚起你幼年的名，而你將欣然笑開，與之擁抱。

5

淡入風，風吹過樹。

淡入錄音帶轉動的聲音。

夏天的末尾，我回到小鎮，島嶼南方，埋藏著陽光和童年的小鎮，找尋導演要的鄉愁的聲音。我來到當年和阿炮、肥滋滋他們一起抓蟬的大榕樹下，這裡也許會有蛛絲馬跡的線索吧。常常在大人們都午眠之後，我們便以這兒爲祕密基地，展開我們化外之民的魔術時光。打彈珠、甩尪仔標、彈橡皮筋。樹上蟬聲好吵好吵，持續了整個童年。

然而，沒有了。阿炮在四年級那年搬走，而肥滋滋據說在入伍前夕喝酒撞車，死了。我離開夏日小鎮，忘了說再見。離開的時候，蟬都停止了歌唱，哀悼小孩的死亡。所以，都沒有了。剩下對街的預售屋，灰撲撲地對我微笑著。切入車子的爭吵。切入工地的敲打。切入，鳥在籠中的振翅之聲。

我爬上樹，看見一扇扇掩起的窗戶，和窗裡厚重的窗簾。從前坐在這兒，我能夠一眼看見鎮上的清水寺拱起的飛簷。

淡入鑼鼓鐃鈸。

淡入香腸小販和賣涼水阿伯的吆喝。

淡入彈珠汽水的微發泡聲。

那是古老陳舊的野台戲時光。黃昏緩緩燃燒的廟埕前，老人和小孩各自擁有一方天堂。阿椪嫂和阿炮的阿嬤總是在討論哪天哪兒又有個賣藥團要來，記得相約去領免費的贈品，聽說這次要送一種新發售的洗碗精喔。我一定和肥滋滋還有他妹妹美乃滋躲在戲棚後，看演小旦的女主角一邊扯粗話，一邊描上細細的柳葉眉。而爺爺總是倚在他的老鐵馬旁邊，趁著戲開演前的空檔，好好抽上一根長壽。

爺爺的老鐵馬，是我小時候最主要的交通工具。總是嘿咻一抱，爺爺騎著它載我去上幼稚園、看火車、看歌仔戲。我們在街道上來回騎著，一一經過了店仔頭、阿炮家、理髮店、吝嗇伯的小麵攤……。我一路按響鐵馬清脆的鈴鐺，穿過街道。

淡入阿遠伯公永不止息的咳嗽。淡出。

淡入阿炮媽媽剛生的小妹妹哭聲好洪亮。淡出。

淡入阿雀姨朗聲招呼。他說要幫就要當新郎官的小伍哥哥剪個好看的新郎頭。淡出。

淡入爺爺說故事的聲音。

啊！是了，是爺爺沉穩厚實的聲音，陪伴我在鐵馬上長高、長大。我太小了，爺爺的聲音總在頭頂上方飄著、浮著，告訴我街坊鄰里的歷史，解答我諸多小頭腦的問題。「爺爺！我還要多久才會長大？」「爺爺！去台北要一天還是一年才會到呢？」「爺爺！我要喝吉利果！」……。爺爺總是默默笑著。他的故事總是這樣開始，「還記得在我細漢的時陣……」跟著爺爺緩緩的敘述，騎進了舊時的土石路、竹籬笆，還有牽牛花。顛簸的路，艱苦的年代，辛苦的人。我聽著，覺得自己變得勇敢，不再害怕。

原來，爺爺正是我的神仙伯伯，默默陪著我平安長大。然後，像每一位神仙伯伯一樣，在完成任務之後，輕輕拍起翅膀，飛走，不再回來。

我在南風吹掠的樹上，風鼓吹起微汗的恤衫。白雲舒捲，在天上飛翔。我深深地展開雙臂，聽見自己輕輕唸出：「記得在我小時候……」

淡入夏蟬，響亮如午後的雷陣雨。

淡入滿滿的、滿滿的小孩們的笑。

淡入，鄉愁。

導演阿布說：「鄉愁關乎記憶，而記憶，是一件再主觀不過的事。」

讓我想起那部電影，里斯本的故事。

錄音師在一段冗長而困頓的旅程之後來到里斯本，卻找不到他的導演朋友，只找到一堆已錄製完成的膠捲段落。當初，他接到這位朋友的求救信，要他幫一組尚未配音的影片作音效，以挽救這些影像。他檢視那些半成品，發現它們都是極度自由而隨意的畫面。彷彿將攝影機揹在背後，便大街小巷穿行遊走，走到哪拍到哪。一組隨意塗鴉的記錄片。

在導演失蹤的時日裡，錄音師按著那些即興片段，帶著錄音器材漫遊在城市的各個角落，工地裡怪物般的巨響、鴿群撲翅飛翔、電車叮噹、風裡晾曬飄飛的衣衫、窗户內的說話聲，一一放大、收錄，城裡的生活，生活中的欲望和酸甜，於焉現形。他也遇見一群掌鏡為樂的小孩，為他們以紙、以沙、以響板摹擬出曠野中馬的奔跑和火的燃燒，小孩們驚歎著，一個外於現實的真實世界完成了。還有一組樂團和一位美麗的女子，在夕暮中，在月光下，唱著熱烈的民謠，像戀愛一般，剎那間叫他見識了整個城市的美。

自然音、特效和音樂。阿布，我要做的就是這些了，只能是這些了。

聲音原是如此繽紛而多元，記錄、摹擬、襯和，穿越時間的距離，增加空間的景深，建構出旅人龐大的鄉愁和記憶世界。我們都在組裝鄉愁的過程中，體會到記憶不得不的主觀，正像將攝影機揹在背後的導演，以為不以肉眼所見即客觀和真實，然而當他選擇走這條街、彎那條巷，同時也決定了拍攝的宿命。

我們都相信了，當電影結尾，當導演再度出現，拿起攝影機。關於記憶的真實，我們相信，我們將離開夜晚城市的長街，回到舊日，拼貼懷念，裝置安慰，最後，重新找到眼淚。

我們正在摺疊時光呢。

7

安靜的音控室裡，我按下播放鍵，錄音帶開始轉動。整條午後的街道開始流動起來。麻雀、花貓、小狗、公雞。紗門咿呀、樹葉沙啞。叭㖠叭㖠的雞蛋冰、歪咿歪咿的收舊貨，還有麥芽糖的叮呤叮呤。孩子們正數著一、二、三，木頭人！腳步聲一陣零亂後，不整齊地收住，有人喊王麗美動了，「沒有啦！沒有動！」，「有！你動很大下！」，然後有一串很不情願的跺步聲。鴿群掠過。

有一疊很細很細的叫喊聲，越過圍牆，隨風黏上窗口，說：「阿歪！下來啦！我們去抓蟬！快點，你爺爺睡著了！」我側耳傾聽，啊，是阿炮，是阿炮呢。我悄悄打開房間的門，躡步下樓，客廳裡，爺爺已經盹著了，老收音機裡兀自播放一則虎力丸的廣告，嬌滴滴的女主人接著說了，「接下來，我們一起欣賞一首思想起……」

思啊想啊起日頭出來啊伊都滿天紅枋寮哪過去啊伊都是楓港曖呦喂……我在哀愁的歌聲中漸

行漸遠，穿過街道，穿過稻野，穿過廟埕。爺爺的叮嚀彷彿一句句還在身後追趕著，夏天的蟬鳴眞是嘹亮徹響，像點點葉隙間的陽光篩在身上，它們一句一句唱：知了知了知了……

遠方，有雷隱隱，作響。

那天，我也許在大樹下累得睡了很長很長的一覺。醒來，舞台燈光漸亮，旅人微近中年，蟬聲已杳。只有樹，這棵站了不知幾百年的樹，還執意不肯離開了。旅人很累了，欸休一聲坐上樹下的板凳想歇息會兒，板凳老朽，應聲斷裂，旅人跌了下來。

滿天透明泡泡中，一群小孩喧嘩而過，落單的一個在後面跑，跌倒了，伏在地上著急地哭了。旅人抱起小孩，拍拍他身上的塵土，輕輕地說：「要勇敢！不可以哭喔！伯伯講故事給你聽！好不好？」小孩點點頭，眼睛亮了。

「記得啊，在我還很小很小的時候……」一雙翅膀在旅人背後，緩緩，緩緩伸展開來。

——二〇〇二年九月・選自大田版《煙火旅館》

煙火旅館

好吧，我們就坐火車，循著一直以來逃離城市的路徑。翻開鐵道列車時刻表，稀薄的晨霧裡有一班平快車將要離開。我們都喜歡平快車。喜歡那種老朽斑駁的漆藍車身、綠皮塑料座椅，被沙粒和風磨礪過的窗玻璃上沖洗出黑白照片般的氛圍，陽光穿透，一格格模糊失焦的風景。我們喜歡那樣的速度，遲滯悠緩，笨重的輪軸沿著鐵軌叩隆叩隆，優雅從容的逃離姿態，停泊，在一個一個或陌生、或偏遠的小站裡。我們都喜歡那些陌生小站的名字。喜歡頹圮月台的牆洞裡長出來被草原遺忘的油黃小花，蝴蝶飛來，斂翅停棲。好妖豔。

好吧，上車，還是喝可樂。輕輕拉開扣環，咖啡色甜水的微發泡聲紛紛攀著窄小瓶口擾擾攘攘，像你頰上恣意竄長的大片鬍渣，我於是能夠清楚記下，每每，你的唇在我臉上梭巡磨蹭時那種微刺的觸覺。啜一口，略顯甜膩的柔滑感在你的喉頭呻吟，然後不見了蹤影，想像一股水流順著你體內一道道流沙般的丘壑下陷、下陷，發酵，消弭無形。好好喝，你說。我接過你剩下來的半瓶，輕輕晃蕩，一場小型幽閉水域中的潮騷，瓶身沁出飽滿涼滑的水意，沾黏在我的掌心，變溫，蒸散，翳失在燠熱的老車箱裡。遲緩的車行中，退了冰的可樂瓶慢慢凝出一行行眼淚，哭在我的牛仔褲上，染深舊藍色的布面。

好吧，還是聽雷光夏。聽她唱十二月的陽光、五月的風、七月的仲夏夜和你的背影。兩枚耳機，一枚分給你。純淨哀愁的鋼琴單音裡，她悠悠唱了：「你一定全都知道，你一定全都不在乎……」我看著窗外。田野裡廢棄的空屋。無人道路。遠方是海。夏天。恍恍的情緒裡，我看見鯨魚衝上沙灘，時間重疊轉動，日光漸漸亮起來，刺痛我的神經末梢，凝出微汗的感覺，緩緩蔓延。我聽見身上的毛細孔發出虛弱的嘆息，像擱淺的鯨哭。我的確是把我的頭擱淺在你的肩上了，再也不肯離開。這是南瓜馬車啓動的時刻，珍貴而虛幻，CD文案裡，歌手如是宣稱。好吧，我們出發，去尋找陸地上的海市蜃樓。

但是，這一次，我們能逃往哪裡呢？當然，無論如何只要別忘了帶那本日本作家銀色夏生的攝影散文集，《光裡的孩子們》。

這樣，在你睡著的時候，我便能夠藉由綻放在雪白銅版紙面上的一朵朵童顏，悄悄出走，到海邊，到大樹下，到原野上，再重歷一次過往的童騃時光。一個手執捕蟲網的小孩，躲在空闊的背景和黑白光影裡，鴨舌帽、小背心和小背包，走在沒有人的原野上，想像，這一路上他將遇到青蛙、大肚魚、蜻蜓、蟬和天上的白雲，並一一和它們打過招呼。沒有人。照片上，反射著顯然是夏天才有的逆光。我惦念著那些完整俱足的孤單與快樂。

我也將因此想起，幼年有一回和家人上街，迷路了，站在車來人往的城市街頭放聲大哭，直到過往的車輛紛紛被我擋住去路，直到一位叔叔終於下車牽我穿過馬路，並願意陪我到家人尋來。整個忙碌擁擠的城市，因爲一個小孩的哭泣而停頓下來，等著他笑。

我惦念著，那個理直氣壯的年代。

直到我們長大，遇見戀人。初夜，雨勢像神話中永不停歇的淹城大水，在城市上空淋漓揮灑，像反對黨街頭運動的千軍萬馬，嘶吼狂飆。我們抱躺在床上，噤聲閉語，不敢震動小公寓裡凝止般的空氣，生恐狂暴雨獸回頭發現，大舉攻伐進來。這是我們唯一僅存的漂流荒島了。一絲一絲濕涼腥羶的氣息自我們裸裎的胸腹間攀爬生長開來，褪去身上潮潮汗意，是的，那是我們用以餵養彼此的黏液和氣味，證明我們存活下來的唯一證據。雨光透窗，在天花板上麕集如一萬隻正在產卵的飛蛾，用肥大的肚腹產下成群子嗣。我不能不想起那部叫作「異形」的電影，我們黏稠緊擁的身軀是一枚卵化中的巨蛹。你將頭埋進我的胸膛，觸鬚般的髮刺進我的胸肉。我想你是睡著了。

剛剛，在路上和暴雨遭逢，沒有雨衣雨傘的我們變成只能以肉搏爲武器的困獸。雨箭很快打濕我們的頭髮、襯衫和鞋襪，射出一道一道傷痕，我們一路逃亡，回到我的公寓。褪去殘破衣衫，你的身體看來像一團被棄置街頭的小動物，既然撿回來，我必須豢養你。我將自己弓成一張毛毯，包裹你，熱回你的體溫，帶你入夢。來，你可以住下，這是給你的鑰匙，這是家。然而你一動也不動，大氣不吭一聲，我知道你微弱而無力的抗拒。我們之間，走不長久的，我害怕……。你在囈語嗎？我可不可以不回答。我只要抱著你，把你嵌成我的血肉。不要想，不要想你從不肯在機車上抱攬我的腰、不肯在夜街上手牽手（測速照相也開愛情罰單？）、不肯在我的答錄機裡留言（你總是懷疑，在某個秘密角落藏匿著一個龐大的竊聽組織）。你小心翼翼，湮滅所有我們在城市中曾經共存的歷史，翻閱記憶，在我們的段落畫線刪去。好吧，我們就只是相陪一段，一段在開始就約定結束的陪伴，我說，勾勾手，一言為定。像誓約，像供詞。我只能偷偷背著你，回過身去撿拾你褪下的影子，與之獨舞、共眠。

我看著窗玻璃上汩汩竄流的水影幢幢映在我們的肉身上，黑洞夜色在窗外鑿出一條幽暗無盡的下水道，污穢、腥臭，流水如爪，將你一點一點浸濕，溶蝕，流走。我扶著牆走，感覺冷意慢慢從腳踝升至膝蓋。或者，這是你的夢中魔法，召喚大雨，用以摧毀我們藏匿的荒島，試圖崩裂、塌陷整座情欲城市。從不存在。消失。原來，我們正搬演著一齣錯謬的恐怖電影。

直到，你醒過來，我便闔上書，結束漫遊，回到車箱裡來。陽光淡淡，染亮你手臂上細細的寒毛，現在，你已經健康而豐腴了。我側過臉餵你一個微笑，嗯，我從未離開，而你一直都在。老舊的座椅上，陳列著拎菜籃灰白髮髻的老婦，和禿頭的中年男子，抽完煙，盹著了。彷彿，他們一直都坐在車上，隨著翻出破椅墊的海綿絮一塊兒變舊，朽壞了，一輩子，都不打算下車。於是，在每次逃離的路上，我們遇見他們，像一則寓言。列車持續往前奔跑。

城市已經遠遠落在背後了，不要回頭看，看了，也許就像化成鹽柱的羅得之妻，走不成了。城市裡正在興建一棟號稱此城最高的摩天大樓，接近完工了，每到晚上，樓頂尖端會亮起一座皇冠般晶亮的燈飾，在黑暗中熠熠發出童話故事的光澤。第一次見到，你興奮地說，那兒也許有一架音樂旋轉木馬，每晚會唱起童謠，繞著整個城市的星空打轉、奔跑、跳躍。天使會拍著翅膀在深夜降臨，騎上木馬，將代表願望的星星一顆一顆收好，等到隔天再撒在夜空上。然後，我們漸漸發現，不管騎車經過城市的哪一個角落，我們總是一抬頭就看見那頂大皇冠，漸漸發現這城市原就是個大型的旋轉木馬遊樂場，每個人花去長長的一生，都在宿命而盡責地轉圈圈，唱著或許早已走調的兒歌。

我們於是開始計畫一次又一次的逃離，逸出，當然，我們都知道，逃離的終點就是很薛西弗斯地再度回到城市，就像你把我當成逃離的旅館，暫住，而終將離開。逃離的目的，只是爲了養出一點回去後還能在城市生活的勇氣，只是爲了著迷於逃離。

所以，不要回頭看。我們就要在一個不知名的荒僻小站下車，然後轉搭地方客運車，往更偏遠的山中小村去了。車子在蜿蜒陡峭的山路上長煙迤邐，枝葉橫亙茂長的樹影間，撒下斑駁的陽光，幾片枯葉，被山風吹進洞開的窗戶裡來。吱呀作響即將解體般的車箱，整段路程一直沒有人再上車，只有我們兩位乘客。倒是在路旁會遇見背著竹簍的黝面老婆婆，和黝黑健壯的大鬍子機車騎士，他們都是山村的居民，世世代代山路走慣了，也就這麼走下來，任公車兀自空著，偶爾載一兩個旅客，各走各的路，各自好好地活著。

車子在最後一個站牌停下來，大約還得爬坡兩公里才能到達村子。我走在後面，看你，你的白T恤、牛仔褲和登山鞋，還有我送你的藍背包，你走路的樣子，你側過臉笑時的角度，你最怕癢的耳後根，我必須一一記住，保存每一道開啓記憶的密碼。你轉過身，伸出手，要我和你並肩嗎？我奔過去，握住，要記住在陽光下和你牽手走路的感覺，這裡沒有人，只有禽鳥在枝葉間飛翔的振翅聲。走過橋上的時候，一群大眼睛皮膚黝黑的原住民小孩在溪裡玩，抓魚、游泳、跳水，好快樂。像不像……，你說。銀色夏生。我們終於異口同聲了。於是，奔跑過來，像孩子般笑開。溪水歌歡。

我們總是依賴著這些，小小的默契和想像，偶然迸開的快樂和滿足，度過蒼白苦悶的愛戀時光。

在城市中，時常，我們經過華麗的商品櫥窗，季節遞嬗，流行永遠正在換裝。在唱片行的騎樓底下，聽痛苦悲傷甜蜜哀愁理直氣壯到此情永不渝的各式情愛公開耳語，經過，恍然錯覺得到了溫柔和安慰，恍然，風過雨過，我都站住了。我們去電影院，偷窺主角們的慾望化成種種巨大的苦難，傾城沉船，然後，我把票根都夾在筆記簿裡，夾成標本。我們去城郊的湖邊，看對岸燈火在水面上野遊，發光，喧嘩燦爛，沿岸一座座歐式的橘黃燈色，夜風穿過樹，夜釣者的魚線被甩出時發出飛翔的聲音，像天使飛過。銀色夏生。雷光夏。可樂。一種城市裡慣有的戀物癖性格。我努力拼貼著我們過於貧血的愛情面貌，藉由華麗的包裝，抵擋住你的被動與沉默，抵擋住拆開包裝紙的想望。我們都沒有能力再去檢視那個黏稠腥穢的內在肌理了。所以，暫時不要回頭，會變成獸，夜裡向彼此需索、囓咬，留下殘骸，然後離開。好不好？我們出發，去旅行。

山村裡殘著唯一的旅店，低矮平房，鐵皮招牌白底紅漆歪歪斜斜地寫著「英花旅館」。也許就叫英花的肥胖老闆娘，有著響亮豪爽的嗓音，領著我們一路穿過陽光如塵的走道，來到盡頭的房間。門板咿呀。「櫃台有賣泡麵，一碗五十啦！」她笑開一嘴金牙說完，扭臀走了。

房間不大，大木床上怪裡怪氣鋪著幾塊榻榻米，翻捲破損的壁紙上開著碎花。舊式熱水瓶和沾有黃漬的玻璃水杯。燈管半亮。浴間窄小，半塊沒用完的肥皀，微濕，殘下上一位借宿者棄置的毛髮和氣味。一個晚上要一千塊，好貴。但窗口很好，可以看見山綠天藍，雞鴨小路，還有村口簇著尖頂的小教堂。花瓣和樹葉映著夕光，飄飛如雪。隱隱的，好像可以聽見教堂裡的鐘聲和風琴聲，牧師帶領著村民齊聲頌讚。

我從背包裡取出一串陶鈴，掛在窗口，讓風牽出一段叮叮咚咚，清清淡淡。陶鈴的棉線繫住一張飄飛的卡紙，寫著：平安幸福。你說過的，一直想有間可以掛上簷鈴的房間。我幫你佈置了。你從仰躺小憩的床上坐起，我們一起並肩坐在床緣，聆聽山中清淡平安的日子。叮咚，叮，咚咚……。很久以後，你轉身，抱住我，讓我的頭埋在你肩上。謝謝。我聽見，你說。我用胸口諦聽你的心跳。你看見了嗎？我還幫你準備了豐盛的晚餐，熱粥、荷包蛋、白煮蛋、蛋花湯，都熱騰騰的，就在這個老老的旅館房間裡。我回抱你，緊緊的，不知道爲什麼，想起多年前那一對在荒遠旅館裡相約自殺的高中女生。

「去洗溫泉吧，很暖和的。」入夜之後，老闆娘權威般下令。往更深的山裡去，有一座露天溫泉，終年湧出暖暖的水，滌淨旅人塵囂。我們攜了泳褲，出村莊，沿細瘦的山路慢慢走著，溪水流過路面下方的河谷。淺淺吟唱，和著我們的腳步，把憂傷化成長長的哭。是旅遊淡季吧，空谷無人，溫泉自顧自地嘆氣。既無他人，我們脫去衣衫，裸裎下水。讓溫熱水流自肚腹間上升蔓延，水蒸氣一一貼緊舒放的毛細孔，繾蜷纏綿，溫柔安慰。我沾濕了毛巾，幫你洗浴、擦背，清水一遍一遍剝除你身上的城市煙塵和黏液，傷口膿瘡皆癒合。你像個小孩子一般乾淨了。我親吻你，記住這是我的唇，開啓你的記憶，記住這是我的眼，看得見你的脆弱和驚惶，記住這是我的耳，感覺你傾聽你包容你，耳朵是翅膀、耳朵是飛翔，記住這是我的身體，總是帶你離開城市，到遠方。夜光藍，照拂山林，林雀驚飛，遠古的獵人回到村莊，把酒放歌高聲唱。

記住，我。

很夜的時候，黑暗無聲，彷彿，有旅行的人正輕輕掩上房門，準備離開旅館。我躺在你身旁，專注聽著你熟睡後的鼻息，安穩的呼吸像一片廣大的草原，牛羊皆安睡。銀河星空下，草原中央，有一棟小小的屋子，木頭材質。越過白色短牆，院子裡伏睡的小狗叫米地，白天牠總是和你的女兒一塊兒奔跑、追逐。窗裡，暖暖黃黃的燈亮著，你的女兒已經睡著了，而你和太太也進入了夢鄉。好安詳。萬籟俱寂。連風都不來打擾。我記著你述說過的永恆之家，一個整潔美滿又安康的理想家園。當然，不會有我的，那時，我將是一段灰飛煙滅的歷史，只能在最遠最遠的行旅路上，從你的窗口，經過，走開。我這樣想著，覺得悲傷，彷彿，我之於你，是一段提早發生的外遇。

山中小村在十二月的時候，會飄起霧白的煙嵐，人們一邊說話，一邊吐出白白的熱氣。平安夜的晚上，教堂前的廣場便聚集起一年一度的夜市，橙黃色的燈泡一一點亮、擴散開來，將靜寂的山村裝飾得熱鬧非凡。然後，人們都集合起來，在廣場上點燃引信，一朵朵美麗燦爛的煙火就飛進夜空，爆炸、綻放，呀呼，煙火散開的姿勢，像天使張開翅膀。人們的臉都被照耀得明亮美好。所以我們約好，要在十二月的時候到山上來，看煙火。

但是，我們前不著村後不著店的愛情，也許捱不到那個時候了。我檢視自己的身體，知道所有你留下來的氣味、刮痕和擁抱，都在這個潮悶腥稠的大城裡，凝成汗意，漸漸化開，淡去。所以我們提早來了。我獨自趴在窗口，看著烏雲一片一片游移堆積，遮蔽了星星，樹葉紛紛在空中拉扯、捲飛。這是夏天，而且，氣象預報說颱風就要來了。雨很快就要下了，溪水會慢慢漲起來，沖垮橋墩，毀壞來時路，淹進來，淹沒我們呢，我們會被困在旅館裡吧，困在只屬於我們的房間裡，直到煙火燦爛的季節。

山風好大。

你聽，那只陶鈴被風扯直了身子，正哀哀叫疼呢。

——二〇〇二年九月・選自大田版《煙火旅館》

照相

故事應該從一個十五歲少年身上說起。爲了讓故事順利開始，我們必須把時間撥轉回十年前的夏日黃昏，溫溫呑呑有點潮悶的南部小鎮夏日黃昏，場景是街角的眞美照相館，夕陽光把建築物的牆與窗都染黃。燈光打好之後，現在，我們可以看見少年了，他站在照相館的櫥窗前，白上衣藍短褲斜背著一個綠色大書包。放學後晚餐前，少年這樣站在這裡不知道有多久了。

順著少年的眼光看過去，可以看見櫥窗裡有一張女孩照片，幼稚園年紀，兩根辮子上綴兩枚紅蝴蝶，瞇瞇眼地笑著。少年好用功看著照片中的女孩。照片中的眼神注視著少年，甜甜的笑容彷彿爲他而綻開。女孩現在已經長大了，唸少年的隔壁班，頭髮剪成西瓜皮，但微笑時眼睛彎起來的弧度，以及酒窩，依然沒有改變，少年一眼就認出來。

每個放學後的黃昏，少年這樣站在這裡，不知道有多久了。

這時，如果加進旁白，我們便可以聽見「我喜歡妳」這四個字如詩歌般在晚風裡被顫顫地吟唱著。那是現實中少年永遠差那麼一點點勇氣就能對女孩說出的話。少年總是納悶：爲什麼一模一樣的笑容，隔了十年面對面時，他卻變得這麼膽小無助呢？

少年低頭摸摸自己頰上初長的鬍渣子，刺刺的。當他再度抬起頭面對照片時，那視線突然就越過了時光，看見十五歲女孩的笑容，發著光。喀嚓。

●

多年以後，老照相師總愛重新拿出那段少年往事來調侃我，那種少不更事的專注、被發育中的身體給困住了的苦悶。沒想到，那時旁若無人地望著照片的愚騃身影，竟被隱藏在櫥窗後的一雙眼睛給拍進記憶裡去了。我聽著聽著，在老照相師津津有味的敘述中架起視線往照相館外的騎樓搜尋，彷彿真的就見到那個傻乎乎站在黃昏逆光裡的國中少年。喀嚓。於是，我跟著老照相師一塊兒哈哈笑起當年對著照片練習表白的癡傻。

多年以後，每次回到鎮上，我也總要想起越來越老的老照相師和他那家老字號的眞美照相館。想起的時候，我便騎上單車穿過大街去找他，聊幾句話。在那個照相仍是好稀奇一件事的年代，老照相師的眞美照相館，曾經是小鎮上獨一無二的一家，如今老了，卻仍然堅持傳統手工作業，一張一張慢慢沖洗出所有永恆的一瞬。我時常也反將老照相師一軍，哈哈笑他這種跟不上時代的笨專注就像當年十五歲的我錯把過往當成現在。然而，卻也因此，無論是在多遠的異地拍照片，我總盡可能送回這裡來洗。我知道老照相師必然會珍惜所有人獨一無二的記憶。他將會一邊專心審視著我在他方拍的照片，一邊絮絮述說從前人們對於照相總是好敬謹、好愼重，好像那是一不小心就會被輕易毀壞了的一刻。那彷彿是非常久遠的年代了，而我總是愛聽傳奇一樣聽著那些。

是的，在從前那個久遠的年代，照相，對小鎮人家來說可是一件大事，時常是在遇到某個特別的日子才會想起來的，譬如結婚二十週年、寶寶誕生，或是家中有人突然間感念起全家人這麼一起平安幸福地生活了幾十年的時候。在這一天，婦人們特地燙上一頭新髮型，男士們則一改平日不修邊幅的形象，穿上西裝，打好領帶，小孩子也被打扮成一副過新年的模樣。上照相館去。老照相師躲在笨重的照相器材後面，一邊測量光線與機器的角度，一邊探出頭來，調整這一群緊張的人們臉上僵掉的表情。這大概不是一份容易的工作吧，老照相師的額頭上笨重地綴著幾顆汗珠。然而，他很有耐心，「臉稍微轉向右邊三十度，好！肩膀放鬆！美春姐，妳的頭髮塌一邊了，啊，妳別急，對，用手輕輕攏一下，這樣就對了！好！笑！記得要笑啊！很好！就是這樣，不要動，要照了……」喀嚓。他知道這彌足珍貴的一刻得來不易。「再一張！笑！」喀嚓。快門瞬間開闔，某個時間的切片便被恆久地封存在一張薄薄的感光紙面上，供人們存取、溫習、紀念。

老照相師不斷地講述他照相經的同時，我也慢慢從腦頁中抽出一張全家福。它被擺放在客廳的矮几上，裱框起來的爺爺奶奶爸爸媽媽還有尚未出嫁的姑姑，以及仍被褓抱著還沒學會站立走路的我，大家都笑著，紙面上的光打得黃黃暖暖的。我看著全家福中的自己，記憶中卻找不到拍照時那一頁。是啊，那時我當然年幼地什麼都不懂，也還沒學會記住事情，只是在鎂光燈閃動的瞬間跟著笑開了，好燦爛。幸福美滿的家庭時光。

照片和藹可親地放在那裡，印證一切都是真實不虛。

直到後來，當我長大一些，興致勃勃地拿著照片去一一比對現實中家人們的臉龐時，卻發現照片與生活好像並不一樣。首先，姑姑披著白紗出嫁了。接著，爸爸開始三更半夜才回家，濃濃的酒氣將整個人醺得神智不清。鄰居們有人說看見爸爸在某個賭場裡耗整晚，有人發現爸爸醉酒了倒在路邊睡到天光亮，有人摸摸我的頭說：「你爸爸有另一個家了喔。」我跑回家問媽媽，媽媽坐在客廳裡，她也在等著爸爸，可是天都黑了，晚飯時間也過了，爸爸卻還是不見人影。客廳黑洞洞的，媽媽說：「既然不想回家吃飯，那大家都不要吃。」爺爺奶奶躲在他們的老房間裡。沒有人說話。我把滿室燈光啪啪啪一盞一盞地打開，在媽媽身邊坐下。全家福的照片被照亮了，所有人仍然笑著，我悶悶地想：「那就是爸爸的另一個家嗎？」我曾經在夜半的夢中驚醒，看見媽媽手拿著菜刀對爸爸狂吼，要爸爸一刀劈死她，劈死了，就沒事了。地上是剪碎的衣服、是打破的杯碗、是黑夜裡的鬼影。我起身奔出去，推開門下樓梯，爺爺奶奶的房間依舊靜悄悄的，我繼續往家外面的街道奔跑，出去。我心裡想著那個年紀才剛剛學會的一個名詞，離家出走。

我離家出走了。

夜半小鎮捻熄了所有的光，只剩下真美照相館櫥窗裡的燈仍微微把世界照亮。打著赤腳，我在櫥窗前站了好久好久，突然想起賣火柴的小女孩，於是一遍一遍地，我數著櫥窗裡照片中被燈光打亮的人影：那是誰家大姐姐的大學畢業照、那是大舅公他們全家出遊時的野餐、那是鄰居哥哥和他的新娘子、那是一個剛出生的寶寶……。數著數著，我突然感覺到在我身後還站著另一個小孩，他長得和我一模一樣，嘴裡彷彿含著棒棒糖似地對我說：「回家吧。」夜晚很快就要過去。我跟著他回到家，他卻一溜煙跑進全家福照片裡去了，仍笑著那張棒棒糖臉。院子裡傳來爺爺奶奶早起做養生操的吆喝，爸爸在浴室裡刷牙漱口，我看著照片中的自己，知道背後就快要響起媽媽呼喚全家去吃早餐熱騰騰的聲音。這一切，究竟是作了一場惡夢然後醒來？或者，不過是一場扮演遊戲，爲了拍一張照而存在？我轉過身仔細尋找即將要捕捉這些畫面的鏡頭，再不然，我一定是跑進照片的世界裡了，說不定當快門按下的那一刹那，世界就此被一分爲二，那麼這個照片裡的世界會是眞實的並且永遠存在嗎？

奶奶過世時，我拿著她幾年前照的大頭照去給老照相師加洗放大，當作遺照。照片裡的奶奶抿起嘴來，淺淺笑著。我們靜靜地看，那是一張帶著情緒飽含生命的臉。我想像奶奶拍這張照片時，是否意識到這將是她最後被記憶的表情，於是在提起嘴角的刹那信手將幾十年點點滴滴所攏聚而成的故事與背景都鑲嵌了進去，而如今，那樣的表情裡包含了死，包含了不在。一直看著照片的同時，老照相師說起爺爺奶奶幾十年前的結婚照也是他拍的，那時，他還是個初初出師的小師傅，連店面都租不起，背個笨重的大相機四處流浪找生意。閨女拿來相親用的得拍得美美；士紳應酬聚會講究風流倜儻；畢業典禮則是排排站，一窩蜂地好熱鬧，也好感傷。奶奶結婚時害羞得很，頭始終不敢抬起來，老照相師一直稱讚她化了粧好美一定要好好拍一張留作紀念給子孫看，奶奶這才微微將頭仰起了幾度。「每個新娘子都同款，抬起頭來的模樣寫滿了對日後生活的害怕與期待。不過，彼時人們對照相不像現在這麼自然，再怎麼擺pose，看起來都是阿呆阿呆的。」我試著連接時間兩端，結婚照與遺照，那一定是個漫長而奇妙的過程吧，從嬌羞而坦然，從什麼都不懂到怡怡含笑，那之間一定有什麼秘密讓奶奶終於能夠面對鏡頭、面對生活。一邊聽著老照相師娓娓道來，我一邊看著他額頭上如河道般深刻的皺紋。喀嚓喀嚓。

回到家，我在雜物堆裡翻找，終於找到那張爺爺奶奶的結婚照，塵灰飛揚中，照片被靜靜積壓在舊時物件裡不知道有多久了，漬黃斑駁，像是早已經歷幾番輪迴的風吹雨打，最後，滑入了屋子裡久未清掃的一角，漸漸為人們所遺忘。我很訝異，這樣貴重而不再重返的記憶竟被我們在不經意中當作無用之物給棄置了。奶奶模糊的身影站在照片裡，嬌小的少女模樣和我一直以來當作「奶奶」在喊的那個遲緩笨重的老人身軀幾乎畫不上等號，六十年前被收攏在照片內的光影，在我手中只餘下一些侵蝕、摩擦過後的殘餘痕跡，幽幽發著光，從那邊到這邊。跟著結婚照一起出土的，還有爸爸與姑姑小時候過年穿新衣的模樣、爸爸高中畢業理著大光頭的當年、姑姑年輕時流行的髮型與服裝款式、恍如是爺爺奶奶結婚照拷貝版的爸爸媽媽結婚照，還有我，三歲吧，騎在小木馬上朝向鏡頭外的遠方熱烈揮手……。屬於姑姑的那一落照片中，有幾張應該是兩個人的合照，但是站在姑姑身旁的人影卻被刀剪剪去了，徒留空白人形。我猜相姑姑年輕時或許有著一段未竟戀情，但照片所記錄著的卻歷歷在目，真實不虛，於是姑姑這樣揮刀將他剪去，成為死與不在。這些照片在剛剛沖洗出來時曾負載過多少人的凝視與喜悅，隨著姑姑出嫁，隨著時間不斷變遷，它們也就雜亂地被堆置在屋裡的死角，像生活中必然會生產出來的廚餘雜物，像人們本來就毫無章法從不加以整理的記憶。

買來一本新的相簿，我開始依序排列這個家族的歷史，爺爺、奶奶、爸爸、媽媽、姑姑、我，現在，他們都站在各自的時空端點上，開始串連起照片外的栩栩眞實。彷彿是一場牽罟的古老捕魚儀式，所有的人在沙灘上開始拉動撒在時間海洋裡的巨大網絡，用力，用力，再用力些，漸漸我們就能看見那些在陽光下活跳跳閃動著刺目光芒的記憶。喀嚓。我把客廳矮几上的全家福也取下來，擺進相簿裡，爺爺奶奶爸爸媽媽還有尚未出嫁的姑姑，以及仍被襁抱著還沒學會站立走路與離家出走的我，最後，通過如此召喚時間的儀式，這些人終於聚靠在一起，站在老照相師的鏡頭前，喀嚓，照片洗出來，薄薄的一張紙，複製著這得之不易卻也好容易在瞬間被撕毀棄置的一刻。拍完照，家人們抱著我走上初夜的街道，大夥一起散步回家，而我睡在媽媽懷裡好溫暖。長長的街。走著走著，漸漸便有人從街角叉出的暗巷裡走開了去，永遠不再回來，我自夢中轉醒，看見遠方家中的燈在黑暗中發著光。全家福，不論眞實或者扮演，都在快門開闔的幾千分之一秒裡，反映著人們對生活的美好期望。

接著，我擺進一張仰角拍攝的台北新光三越摩天大樓照片，那是老照相師的攝影作品，和相簿中的眾多人物照放在一起彷彿是個空鏡。擁有自己的照相館以後，每年老照相師仍會找幾天，在門口掛上休息的牌子，像年輕時一樣四處遊走，尋找拍攝的題材。他說當年浪遊是為了賺錢餬口，現在則是為了尋找年輕時候的自己。那年，摩天大樓才剛蓋好，全島嶼的人都為之仰望，照相師進城，為了拍它。是的，老照相師把它擺進櫥窗那天，越來越著迷於離家出走的我幾乎就把那大樓頂端的烈烈陽光當成天涯海角了。我看著它，就像看著女孩的微笑一樣專注。多年以後，老照相師將它與女孩的照片一起送給我。

多年以後，在相簿的最後一頁，我放進女孩的照片。照片裡，女孩依然保持著單純美好的笑臉，我眼前的焦距卻漸漸改變，最後，那張臉變成了十五歲少年，遠遠站在時間那頭，凝視著十幾年後的我。是的，藉由照片，我終於清楚地回憶起來當年那個敏感而執著的十五歲，那是我身上短暫卻永恆的瞬間，那是永遠不會曝光消失的存在，我的一部分，那是我。把照片送給我時，老照相師說：「給你，當作紀念。」

●

老照相師在我拍回來的照片裡揀揀選選，挑出其中一張來，帶起厚重的眼鏡仔細看看。那是我跟著情人上到新光三越摩天大樓瞭望台時用傻瓜相機拍的，天涯海角，背景是大城台北，離小鎮大約有搭飛機五十分鐘的飛行時數，當時，老照相師搭火車大概要花去半天時間吧。遠方。離家出走的想像。情人甜甜地站在我身邊。

「會在那裡住下來吧？」老老的聲音問。

「應該吧，我想。」

「這張照片讓我擺在櫥窗裡？」

「照得不好啊！」

「照得好不好沒關係，不是好不好的問題啊。」

我點點頭，我懂。於是，老照相師拿出老木頭做的相框，拿出仰角的摩天大樓照片送給我，把我和情人放進去，放進櫥窗，放進小鎮的記憶裡。打亮燈光。我和情人幸福美滿地微笑著。喀嚓。

——二〇〇二年九月・選自大田版《煙火旅館》

《中華現代文學大系（壹）——臺灣 1970 ～ 1989》

劃時代的巨獻，跨越兩個十年，樹立台灣文學新座標，面對整個中國及世界文壇。走過從前，邁向未來，傲然矗立文壇，以有限展示無限。《中華現代文學大系（壹）——臺灣 1970~1989》計分詩、散文、小說、戲劇、評論等五卷，十五鉅冊，由余光中、張默、張曉風、齊邦媛、黃美序、李瑞騰等 16 位名家，選出 300 多位作家及詩人的精品，9000 餘頁，是國內空前的皇皇巨著，熠熠發光。推出後，深受海內外各界讚譽、推崇，因此才賡續出版《中華現代文學大系（貳）——臺灣 1989~2003》。

總編輯：**余光中**

編輯委員

詩　卷：**張　默、白　靈、向　陽**

散文卷：**張曉風、陳幸蕙、吳　鳴**

小說卷：**齊邦媛、鄭清文、張大春**

戲劇卷：**黃美序、胡耀恆、貢　敏**

評論卷：**李瑞騰、蕭　蕭、呂正惠**

精裝豪華本 15 冊定價 8380 元

平裝藝術本 15 冊定價 6880 元

《中華現代文學大系（貳）——臺灣 1989 ～ 2003》

承續《中華現代文學大系（壹）——臺灣 1970 ～ 1989》的大業，本輯銜接兩個世紀的文壇風貌，展示台灣各類型菁英作家的才華，爲華文世界再樹新里程碑！《中華現代文學大系（貳）——臺灣 1989 ～ 2003》計分詩、散文、小說、戲劇、評論等五卷，十二鉅冊，由余光中、白靈、張曉風、馬森、胡耀恆、李瑞騰等 16 位名家，選出 300 多位具代表性作家及詩人們的精采作品，値得閱讀、典藏。

總編輯：余光中
編輯委員
詩　卷：白　靈、向　陽、唐　捐
散文卷：張曉風、陳義芝、廖玉蕙
小說卷：馬　森、施　淑、陳雨航
戲劇卷：胡耀恆、紀蔚然、鴻　鴻
評論卷：李瑞騰、李奭學、范銘如

精裝豪華本 12 冊定價 6200 元
平裝藝術本 12 冊定價 5000 元

中華現代文學大系（貳）

——臺灣 1989～2003

散文卷（四）

A Comprehensive Anthology of
Contemporary Chinese Literature in Taiwan, 1989-2003
Prose Vol. 4

總 編 輯／余光中
編輯委員／張曉風 白 靈 馬 森 胡耀恆 李瑞騰
陳義芝 向 陽 施 淑 紀蔚然 李奭學
廖玉蕙 唐 捐 陳雨航 鴻 鴻 范銘如
發 行 人／蔡文甫
發 行 所／九歌出版社有限公司
臺北市八德路 3 段 12 巷 57 弄 40 號
電話／(02)25776564 ・傳真／(02)25789205
郵政劃撥／ 0112295-1
登記證／行政院新聞局局版臺業字第 1738 號
網　　址／ www.chiuko.com.tw
印 刷 所／崇寶印刷公司
法律顧問／龍雲翔律師・蕭雄淋律師・董安丹律師
初　　版／ 2003（民國 92）年 10 月
定　　價／散文卷（全四冊） 平裝單冊新台幣 360 元
精裝單冊新台幣 460 元

ISBN 957-444-072-9

國家圖書館出版品預行編目資料

中華現代文學大系（貳）.臺灣一九八九～二〇〇三
散文卷／張曉風主編. --初版. --臺北市；
九歌， 民 92
冊；　公分.
ISBN　957-444-066-4（第 1 冊：精裝）
ISBN　957-444-067-2（第 1 冊：平裝）
ISBN　957-444-068-0（第 2 冊：精裝）
ISBN　957-444-069-9（第 2 冊：平裝）
ISBN　957-444-070-2（第 3 冊：精裝）
ISBN　957-444-071-0（第 3 冊：平裝）
ISBN　957-444-072-9（第 4 冊：精裝）
ISBN　957-444-073-7（第 4 冊：平裝）

830.8　　　　92012283